写给奇安的信

杨俏么儿／著

重庆出版集团
重庆出版社

图书在版编目(CIP)数据

写给奇安的信 / 杨俏么儿著. —重庆：重庆出版社, 2015.8

ISBN 978-7-229-09861-2

Ⅰ. ①写… Ⅱ. ①杨… Ⅲ. ①长篇小说—中国—当代 Ⅳ. ①I247.5

中国版本图书馆CIP数据核字(2015)第100432号

写给奇安的信
XIE GEI QI'AN DE XIN

杨俏么儿 著

出 版 人：罗小卫
责任编辑：陶志宏　汪晨霜
责任校对：刘小燕
装帧设计：重庆出版集团艺术设计有限公司·王芳甜

重庆出版集团
重庆出版社　出版

重庆市南岸区南滨路162号1幢　邮编：400061　http://www.cqph.com
重庆出版集团艺术设计有限公司制版
重庆川外印务有限公司印刷
重庆出版集团图书发行有限公司发行
E-MAIL：fxchu@cqph.com　邮购电话：023-61520646
全国新华书店经销

开本：787mm×1092mm　1/16　印张：24　字数：305千
2015年8月第1版　2015年8月第1次印刷
ISBN 978-7-229-09861-2
定价：35.00元

如有印装质量问题，请向本集团图书发行有限公司调换：023-61520678

版权所有　侵权必究

CONTENTS 目录

Chapter 1 { 流光碎影 }

- 01 书店奇遇 _ 003
- 02 初见司徒轩 _ 017
- 03 钟夕文的闪恋 _ 039
- 04 篱苑书屋 _ 057
- 05 午夜烟语 _ 077
- 06 糗　事 _ 096
- 07 奇怪的夜 _ 112

Chapter 2 { 静水微澜 }

- 08 邱野的午餐 _ 129
- 09 郊　游 _ 150
- 10 表　白 _ 171
- 11 情愫暗涌 _ 188
- 12 青岛之恋 _ 200
- 13 返　京 _ 213
- 14 抉择两难 _ 224

Chapter 3 { 沧海桑田 }

15 雨夜惊魂　　　　　　　_ 245
16 释　然　　　　　　　　_ 266
17 相　恋　　　　　　　　_ 272
18 小双的晚宴　　　　　　_ 290
19 官厅夕落　　　　　　　_ 322
20 投　标　　　　　　　　_ 336
21 往事钩沉　　　　　　　_ 348

Chapter 4 { 夜火轻燃 }

22 分　手　　　　　　　　_ 363
23 迟来的道别　　　　　　_ 366
24 晨曦小镇　　　　　　　_ 371
25 想　念　　　　　　　　_ 377

Chapter

1

流光碎影

01
书店奇遇

奇安,昨夜的一场雨淋进了梦里。梦里,我回到了故乡。

晨曦山下的那间老屋,青苔舔着红墙,半壁沧桑。推门而入,往昔被定格在了一张旧照片里。一样的八仙桌,一样的老藤椅,陪伴了一季未及收起的木炭火盆。所有东西都是静止的,只有红木柜上的那把挂铜雕花小锁轻轻地晃着,像有人来过的样子,拘捕了一季流光,藏进了那里。

推开窗,一排墨绿与红蓝交错的彩釉长檐伸进了灰调子里,显得虚无缥缈。雨丝不断地滴落,顺着屋瓦与屋瓦之间的缝隙奔涌成泉。间或打在芭蕉叶上,惊起了一地飞鸿。

曾几何时,就爱这小窗一叶。小小的身子,长久倚在这里,看花事枯荣,看景色迤逦。满山遍野的山茶、杜鹃、粉桃,迎着春风的招惹,化为彩绸轻拂。思绪也于那时漫溯,魑魅魍魉,向着远山的幽邃隐去。许久,再回时,必是被那蔷薇花的花香带回。从来如是。那花香就像是记忆里的某根极熟悉的音弦,震颤间,将所有的迷蒙弹了开去。

奇安,醒来,你的衣物就在枕边,不知何时取来的,竟紧紧地抱了一夜。上面留存着气味,一如当年。蔷薇花的花香,柑橘味的须后水,还有你独有的体香。它们之于我,不再是单纯的气味,更像是一台老旧的时光机,可以随意将我带回某段时光里。

往事从不刻意记起,想来,却已无从忘记。

奇安,如果说当初迷恋你是从这气味开始,那么多年来,这气味已变成了一种习惯。像不曾淡出的感官需求,日渐成瘾,再戒已难。或许一切都如你所说,只有回到那气味开始的原乡,才可真正放下对你的依恋与不舍。只是,你又真的希望我如此吗?

慕小梅丢开笔,转头去看窗外。秋雨依旧。难得北方的雨,下得如此缠绵。雨点打在玻璃窗上,发出了叮咚之声,间或一两滴淘气些的,脱离那齐直的队伍,歪斜地落到窗棂上,一圈一圈地画着圆。只是心中那圆,却总差那么几笔,无法顺利一端连接到另一端。于是,无期限地从这头盼着那头,一直遗憾下去。

手机提示音突然响起,"叮"的一声,在这静谧的空间里,略显突兀。慕小梅拿起来看,是微信。她犹豫了半秒,点开了微信。

父亲的头像从手机屏里猛然跳出,突现的白发令慕小梅心头一紧。记忆中的父亲仿佛永远只与精致有关。衣服不曾落下褶皱,头发不曾零乱半分。然而多年过去,是什么让一个人改变如此之大?对形象放弃了多少,是否就意味着对生活妥协了多少?慕小梅不得而知。或许某天,当她也走到父亲这般年纪之时,才可真切地体会他此时的心境吧。

父亲头像旁边还有两个脑袋,慕小梅瞬时眯起了眼。可惜,还是无法躲过。那是小姨和同父异母的弟弟慕小俊。三个脑袋同时向着一个方向聚拢,显得尤为和谐。慕小梅知道,这和谐是因为没有她的参与才如此地恰如其分。

她点开微信,读了起来,父亲的声音仿似响在了耳旁。

梅梅,下个月是你母亲的祭日,你回吗?六年你不曾回来过一次,也未曾给我打过一个电话。有些事,年迈如我已深感无力。只是我多么希望你能原谅我,原谅过往的一切。梅梅,你即使不想我,也很想你的母亲和奶奶吧。毕竟一个生了你,一个养育了你。虽然我深知,远在他乡,你亦会年年祭拜她们,但毕竟这里才是你的故乡,你的家。梅梅,等你回信。见字如父。

字已走到尽头，余光却还停留在那里。许久，慕小梅于回复栏里写下：好的，请容我安排时间。写完，手指却停在了半空中。她转头去看窗外。雨依旧下着，像某人用力憋住的泪水，得从另外的通道找到出口。她回过头来，点了删除键。未能作出的决定，就让它停留在原地吧。

手机被重新搁回了笑得酣畅的小公仔的手里。那是个卡通手机座，祝奇安多年前买给她的。慕小梅不觉得自己是个太懂珍惜之人，但对祝奇安买给她的一切，无论大小，她都细心地保持如新。

小豆子将卧室的门挠开，自顾自地跑了进来。它扒着椅子腿儿，不停歇地朝着慕小梅摇尾巴。这是一只刚满一岁的牛头犬，正是生命力超级旺盛的年纪。它的出现让原本有些死沉的气氛热烈了起来。慕小梅低头抚摩它，它就势一倒，竟然躺在了地上。

一年前，慕小梅跟几个朋友去狗市的时候，原打算买一只纯种的牧羊犬回来。可刚走进狗市，就被这只蹒跚而来的小家伙给拦下了。任她如何哄，如何轰，也无法再将它赶走。或许这就是所谓的缘分吧。想当年，那个十六岁的女孩第一次见到祝奇安的时候，又何尝不是这般的顽劣与可爱呢。

饿了吧，慕小梅对小豆子说着话，起身朝它的食盆走去。小豆子心如针细，立刻扭着大屁股也跟了过去。

慕小梅打开狗食袋，将食物倒进了小豆子的食盆里。小豆子靠拢过来，舔着慕小梅的手不放。慕小梅笑着对它轻吼，将手往上躲去。等小豆子不甘心地再抬头时，那手已在不可企及的高度。它等了等，放弃了，将头埋进了食盆里。

慕小梅重新走回书桌旁，坐下，将目光回落到还未合上的日记上。她拿起笔，继续写道：奇安，冬季将至，天气转寒，这样的夜，尤为想念。如若心知，回，我等你。

慕小梅终于罢了笔，收起日记本，起身朝阳台那方走去。

她推开窗，让风透进来。原本服帖的发梢，连同身上那件纯白睡裙一同飘进了风里。长发吹开后，露出的那张脸是极美的。

Chapter 1　流光碎影　| 005

一丝妆容也无，也美到令人惊叹。南方女孩特有的精致五官，配以白皙胜雪的娇嫩肌肤，显得格外娇艳欲滴。纤长的睫毛，微翘似羽。低眉垂目时，长长的睫毛于眼睑处扫出了两道优美的弧线，像芭蕾舞舞者偶然间的举手投足，显尽优雅。

深秋的风虽柔，也含了刀刃，拂过肌肤时，有微疼的感觉。慕小梅随着那风微颤了起来。她张开手臂抱住了自己，右手的食指很自然地触到了锁骨的位置。有种微凸的感觉，好像又瘦了一些，是天气的缘故吗？这问题很傻，慕小梅知道，却还是问了出来。奇安在时总是因此取笑她，这么怕冷的人为何不去一个更温暖的城市。可慕小梅知道，这不是城市的问题，这是人的问题。如果奇安喜欢北方，她便要决意留在这里。

屋内的手机极不识趣地响了起来，慕小梅揉着被风吹凉的额头，返回了屋内。

哪位？她用极轻极柔的声音接听起电话。

起了吗？宝贝？电话那头传来了极具东南亚特色的口音。

文子啊。怎么，今天不用去公司吗？慕小梅轻笑了起来。

看看窗外，大小姐，钟夕文在电话那头叫，声音却是慵懒的。

窗外怎么了？慕小梅假装不知。

下雨啊，宝贝。你什么时候看见过本小姐雨天出门的，最讨厌这种天气了，搞不好就弄得一身湿乎乎的。呃，好恶心。说到"呃"的时候，钟夕文的声音假意地抖了两抖。

慕小梅笑得更大声了，有那么严重吗？你还没起床吧？

是儿，钟夕文打了个哈欠。昨天陪客户吃晚饭搞到很晚，今天犒劳犒劳自己，放假一天。

慕小梅每回听到她说这个"是儿"就想笑。

钟夕文是新加坡人，来京久了之后，总想说点京片子。只可惜乡音难改，说出的调调总带着某种刻意为之的滑稽。而且，永远找不准儿话音的规律，所以总加得不是地儿。好在美女当前，旁人总以宽容待之，时间一长，竟让这种不伦不类的"东南亚京片子"茁壮成长，变成她独树一帜的特点来。

所以呢？慕小梅还在问。

所以什么啊，睡醒了，想你了，给你打个电话不行吗？钟夕文开始撒娇。

恐怕不止这样吧。慕小梅没有放过她。

嘻嘻，钟夕文怪笑了起来。你今天忙吗？

忙，慕小梅答。

别啊，宝贝儿。钟夕文说这个宝贝的时候，后面又加了个"儿"，这回加得倒挺是地儿的，只可惜重音又落错了位置，落在了"儿"字上，显得更为滑稽起来。她自己当然是不知的，继续狂叫着，宝贝儿，宝贝儿，宝贝儿。

慕小梅最受不了的就是她这一招，腻腻歪歪的，令她浑身起鸡皮疙瘩。她缴械投降，好了好了，钟夕文，求您姑奶奶别叫了。快说，什么事？

还不是明天联谊会的事儿。钟夕文终于将话题转入正轨。

联谊会的事怎么了？演出团队已经帮你请好了，也答应你带个键盘吉他过去了，还有什么事啊？

哎呀，这些事都已经搞定了，只是明天穿什么啊？我昨儿都挑了一整天，连一件可穿的衣服都没挑出来。简直急死个人，小梅，这可怎么办，怎么一房间的衣服就没有一件适合穿的呢？

你那么多衣服还挑不出一件来？你当你去相亲啊？

当然就是相亲。不相亲，我搞个鬼联谊会啊？

你搞联谊会难道不是为了跟客户套套近乎，拉拉关系吗？

那只是一方面。最关键的是聚众公司的青年才俊无数，所以我才要跟他们搞联谊会的，要不然那么多的合作伙伴公司，我干吗非要跟他们公司搞啊？促进友好合作的同时，顺便给自己找个如意郎君嘛，这叫公私两不误。怎么样，佩服我吗？

佩服个鬼！慕小梅叫了起来，钟夕文，我看你是想结婚都想疯了吧，怎么什么事你都能跟相亲联系起来啊。恶心！她想起几天前自己费心费力地帮她找演出团队，组织节目，联系会场，跑前跑后那叫一个积极。敢情到头来就为了钟夕文这么个小私心，她能不气吗？

钟夕文却也不甘示弱，对她吼道，慕小梅，恶心就恶心。此时不相，更待何时啊？你以为人家和你一般年纪啊，芳龄二十四，你当然不急了，姐姐我都快四十了，碰到你这么个不知心疼我的朋友，我还不会自己心疼心疼自己啊。不急，哼哼，再不急，黄花菜都凉了。

慕小梅听她这么一叫，倒也平静了下来。想了想，将音量降了下来，苦口婆心地劝道，钟夕文同学，感情的事急不得。如果缘分未到，你再怎么强求也是没用的。

钟夕文完全一副不领情的样子，啐道，慕小梅，你跟我谈什么感情啊？你自己不也是抓着一份空壳夜夜哀号吗，你现在倒好意思说上我了，哼。

好啊，那敢情好啊。既然这样，我从此不管了。求您了，钟夕文，别再给我打电话了好吗？你不是挺有主意的吗？你自己拿主意好了。慕小梅说着就要挂电话。

钟夕文立刻投降。喂，喂，喂，小梅，小梅，别挂，别挂。我错了，错了还不行？再也不说你了，你快来帮我吧，我觉得自己简直快要死了，立马儿就要死了。

是立马，不是立马儿，慕小梅实在听不下去了，随口纠正道。

管它是立马还是立马儿，钟夕文故意将那个"儿"说得特大声，听着像不经心打了嗝。来嘛，小梅，这次真需要你。

慕小梅狠了狠心，答道，来不了，一会儿还要带小豆子去散步呢，散完步还要去对面街角的那家书店看书。这样吧，你先选着，如若还拿不定主意，再来书店找我。

啊，那得背多大个包去啊？钟夕文再次哀号了起来。

那我就管不了那么多了，妹妹我可是仁至义尽了，就这样吧，再见。慕小梅气定神闲地挂了电话。

慕小梅走回写字台，打开电脑，从音乐库里选出一组音乐集，拧开音箱，放出了 Eliane Elias 的那首《They can't take that away from me》。一个极为缠绵悱恻的声音飘在了这个宁谧的午后，慕小梅瞬时感觉自己坠身于一间巧克力的作坊店里，被那满屋飘散的牛奶与可可的浓香包围了起来。

她踏着那节奏，随意地扭动着身子，幅度虽小，薄薄的一层棉质睡衣还是隐约透出了极好的线条。她慢慢走进厨房，打开冰箱，取出三片面包丢进烤面包机内。再取出半罐金枪鱼，一个西红柿，一小棵生菜。金枪鱼罐头与千岛汁混合成酱汁，搅拌均匀。西红柿洗净，切片。面包烤好后，一一夹进去，抹上酱汁，放盘，踱步，走出厨房。

饮料依旧是一杯香浓的咖啡，深秋的房间，清冷的空气，咖啡带来的感觉不仅仅只是口感间的香甜，更像是某种慰藉与体贴。暖暖地包裹住身心的那刻，像瞬间躺进了某个男人怀里，被极度宠爱的感觉。当然，那感觉，只关乎于心，纯粹灵魂的需索。

等慕小梅再看窗外时，雨已经停了。真好。她呢喃起来，像与谁说着话，却无人来答。她自嘲地笑笑，朝衣橱那边走去。

拉开衣橱大门，祝奇安的衣服突然就跳到了眼前。每一件都被极小心地用透明衣袋包裹得好好的，挂得也极整齐，隐隐散发而出的气味，极为熟悉。事实上，你若细心，你会发现这屋子里的每个角落都留有祝奇安的印记。有些，是祝奇安在时留下的，有些，则是慕小梅在祝奇安消失后去到他的住所打包带回来的。某时，慕小梅也想将它们全部收起。可无论下了多大决心，却也说服不了自己去执行。那是祝奇安留下的痕迹，提醒着她，曾有过那么刻骨铭心的一段。往事，如何忘？

她深深地叹息，将指尖滑过衣服。木头衣架碰撞后，发出咯咯的声音，散发出的气味更浓烈，撕裂着她的心，她只有迎着那抹熟悉的味道，让自己的心，因某种想念而拉得生疼。

她停了很久，终于扯出一套灰白色的运动套装随意地套上，再唤来小豆子，带着它走出门去。

下楼，出小区的大门，慕小梅没有直接往书店去。她拐上了一条林荫小路，走得极慢。她在闻这座城市的味道。她总是这样，像身体里的某种需求，她通过此种方式来识别城市与城市之间的毫厘之差。她喜欢这些味道，它们是这座城市的血脉，流在这座城市的杂味纷呈里。而此时此刻，被雨水浸染后飘出的淡淡腥味也难掩这座城市的气味。瑟瑟发抖的树干的味道，转黄了的叶子的味道，永远只在楼与楼之间飘来荡去的砖墙的味道，深度隐藏的钢筋的味道，水泥与水泥之间开始发臭的铁锈的味道，小食店里煎饼的味道，旁边菜市场刚刚送来的新鲜鱼虾的味道，超市里永远清理不掉的榴莲的味道，还有对面的锅炉房里烧出的沸水的味道。人的味道，狗的味道。花的味道，草的味道。所有的一切，全部在她的鼻息之间细细地萦绕开来。

　　她带着小豆子顺着那条小路来回走了很久，直到小豆子走累了，趴下来休息，她才停了下来。她一直等在那里，等到小豆子休息够了，才又重新上路，带着小豆子往书店去了。

　　走进书店的大门，她将小豆子交给工作人员，自己刷卡朝店内走去。经过一位工作人员时，那人对她笑了笑，又指了指她手里的那杯咖啡。她赶忙耸耸肩，对那人比了个OK的手势。那人再笑，摇摇头，走开了。书店原本是不让带饮料入内的，好在慕小梅是熟客，才得以放行。

　　她一直走到书店内的休息区才停下。这里有几排木头桌椅，供读书人所用。她放下手里的咖啡，朝书架那边走去。刚刚下过一场雨，阴霾的天气，微寒的温度，稍稍有些低落的心境，极为小资的自怜感爆棚。由此，她决定选一本诗集来读。她顺手抽出一本《徐志摩诗集》，揣着，往回走了去。

　　坐到那里，她并不急着去看，而是端起咖啡来喝。刚啜饮一口，身旁闪过一人，她下意识地转头去看，心头猛然一惊。她快速放下了手里的咖啡，跳起来，朝那人追去。可惜，那人走得极快，转眼消失在了书店门外。

　　慕小梅停下脚步，惊魂不定地往回走，心下突然空落无比。她再端起咖啡时，手竟然在抖。她只好放下了咖啡，任由泪水狂泻。她不断提醒自己不要在这里丢人，可眼泪还是不自控地涌出。她只好抬眼去看屋顶上的吊灯，那吊灯有极多的分层，像无

数的白色小花开在了那里。每朵小花都闪着极温暖的黄色淡光,慕小梅不敢看那淡光,只是盯住了那花瓣傻看。这方法是管用的,眼泪很快倒流了回去。她一直等到眼角有了干涩的感觉才重新低下头来。再看书店大门时,那里已是空茫一片。

奇安,刚才是你吗?她问着谁,却无人来答。身后突然被人重重一拍,她吓得惊跳而起。或许动作太大,叫声太响,竟令拍她之人跳开了好几步。

守门的保安听到动静也走了过来,看了看慕小梅,冲她叫道,什么情况?发生什么事了吗?

慕小梅来不及回应保安,而是转头去看身后,发现拍她的人竟是钟夕文,也一副惊魂未定的样子。慕小梅狠狠地瞪她一眼,转头对保安笑道,对不起,对不起,好朋友闹着玩而已。

保安用手指指旁边的看书人,对她低语道,闹着玩也别在这儿啊,这儿是读书区,你又是老熟客了,应该知道书店的规矩。

慕小梅连连点头,答道,是,是,我们一定注意。

那保安再看她一眼,不再说什么,往书店大门处走了回去。

慕小梅拉过钟夕文,埋头坐了下去。

钟夕文边拍着自己的胸脯边小声地叫,你想吓死我啊,开个玩笑而已,你叫那么大声干吗?

慕小梅狠狠地掐她一下,啐道,谁让你没事乱拍的。

钟夕文龇牙咧嘴地甩开她的手,继续低叫道,我那不是想给你个惊喜嘛。

惊喜个屁啊,惊悚还差不多。

慕小梅又看了一眼书店大门,对钟夕文低声道,我刚才看见了一个特像祝奇安的人。

不可能,钟夕文忍不住大叫起来。

慕小梅吓得用手死死捂住了钟夕文的嘴。轻点,你想咱俩被请出书店吗?

在哪儿?在哪儿?钟夕文的声音虽然低了下来,神情却开始极为紧张地四处张望起来。

别瞎看。慕小梅将她的脑袋扳回，答道，刚才在，现在走了，你来之前我看到的。

你怎么不去追啊？

我追得上吗？大长腿，跑得还贼快。慕小梅叹口气，将身子窝回到座位深处。

大长腿？那就是说，个儿还挺高。

慕小梅一听着她那东南亚京片子就犯晕，低声吼道，别"个儿个儿"的好吗，听着老跟打嗝似的，说不好就老老实实说"个子"。来，跟我学，"个子"。

去你的，都什么时候了，还有心思跟我开玩笑。说，到底有多像？是不是你追到了，留了电话，故意不告诉我的？

真没追上，追上了我还能在这儿发呆吗？早随他走了。

终于露出真面目了吧，还敢说我花痴，你自己不也一样？

呸，我可不像你，对谁都花痴，我分人。

钟夕文也不在意，再问，说说，到底有多像？

慕小梅刚要端起咖啡来喝，想想又放下。文子，万一是真人怎么办？

慕小梅，你到底有没有正经了？快说，到底有多像？

走得太快了，只看见个侧脸。这么跟你说吧，简直就是个翻版，还是个年轻版的。你看了或许更有感觉，到底你们俩是发小。

钟夕文的眼圈瞬时红了起来，叫道，小梅，我伤心了，那样的话，我还是没看到的好。

别啊，文子，咱不在这儿丢人啊。

钟夕文擦擦眼睛，对慕小梅叹道，小梅，你答应我，下次若还有机会碰到他，一定要留个电话。到底奇安还是爱你的，什么奇迹都让你碰到了。这种事，我怎么一次都没碰到过呢？

好了，好了，我好不容易才让你放下对我的芥蒂，我可不想因为一个莫名其妙的鬼影子再失去一个闺密。干脆这样吧，如若再碰到，就当他不存在好了。

不要！钟夕文大叫了起来，突然又意识到了什么，将那个

"要"字生生吞了回去。她警惕地瞅瞅四周。保安站得很远，正认真地盯着大门看。她放心下来，转回头对慕小梅低声道，下次如果再碰到，一定要留个电话。

算了，别说这事了。你的衣服呢，不是来找我拿主意的吗？

钟夕文这才想起自己此行的目的，低身将搁在脚边的一个巨型旅行包抬了起来，放到了慕小梅的眼前。

慕小梅看了看，没好气地叫道，干吗，家都搬来了，我不是让你在家先筛选筛选的吗？

筛选了啊，这就是筛选过的。

筛选了还这么一大包？

这就算少的了，若不是我精心筛选了一遍，比这还要多。

唉，真不知怎么说你才好。那就换吧，还等什么？

钟夕文朝四周打量一番，缩缩脖子问，就这儿？

慕小梅翻翻白眼，对她说道，当然是洗手间了，难不成你以为书店还会为你预备个更衣室？

啊，那儿啊。好臭。要不去你家吧？

绝对不行，我还要在这里看书呢，别捣乱，快去换。慕小梅拂开她的手，假装拿起了书。

钟夕文看了看慕小梅，突然厉色道，老实交代，是不是你在家里藏了个野汉子？

慕小梅不由得笑了起来，她将手里的书合上，对钟夕文轻声道，我到底是想啊，可上哪儿找去呢？

钟夕文一副完全不信的样子，继续将身子趋前，死死地瞪住了慕小梅看。慕小梅也不介意，继续面不改色心不跳地回看着她。很久，慕小梅笑着道，好了，快去换衣服吧，别再烦我了。

全部都要换吗？

慕小梅翻开手里的书，丢出一句"废话"，便不再理她。

一共八套衣服呢，你想累死我啊？钟夕文依旧站在原地。

慕小梅晃晃脑袋，不看她，直接抬手指了指她身后的洗手间，笑道，提醒你啊，看清楚了是男是女再进，别又跟上回似的，引起一众骚乱，再把你当个变态给抓起来，我可就不管了。

呸！钟夕文嘴上啐着，身子却往慕小梅指的方向去了。

慕小梅长长地吁口气，她不是不愿意让钟夕文去家里，只是房间里到处都是祝奇安的东西，让钟夕文看见了，铁定又是一顿苦口婆心的劝说。重新开始，岂是容易之事？钟夕文只是暗恋祝奇安而已，而自己则是实实在在跟这个男人谈了一场恋爱。孰轻孰重，唯有自知。

这么想着，钟夕文已从洗手间里走了出来，迈着极鬼祟的脚步，朝着慕小梅这边移动。途经别人时，还不忘对着那些用惊诧眼光打量她的人点头哈腰打着招呼。慕小梅原本在看窗外，猛然间转头，一口咖啡就要喷了出来。她扯了几张餐巾纸堵住嘴巴，继续盯着钟夕文看。

钟夕文走近，将手里一直提着的一尾蓬松裙摆放了下来，捋平，再轻盈地转个圈问道，怎么样，宝贝儿？

慕小梅将嘴角的咖啡擦净，答，不错，亮瞎眼了，不过弱弱地问一句，这位大姐，您这是要去演一个疯狂新娘吗？

什么跟什么啊？钟夕文叫了起来，这可是我最漂亮的一套衣服了，有那么不堪吗？慕小梅，你这是嫉妒！

慕小梅将手里的咖啡杯重重地放到桌上，吼了起来，钟夕文，我嫉妒个鬼啊。麻烦您动动脑子想想好吗？那是联谊会！联谊会！不是您的结婚现场！你穿成这样，不被人笑死才怪。

钟夕文低头再看自己，又伸手抚弄一番裙摆，弱弱地问道，真有这么严重吗？我只是想穿得漂亮而已。

非常严重，难道你看不出这就是一套婚纱吗？

哪有这么简易的婚纱啊？

你自己看呗，白色的丝绸大拖尾。大姐，您这还简易呢？别躲了，这就是婚纱。钟夕文，我拜托拜托您好吗？你能把你那颗心收得紧点吗？别这么公然地坦露出来行吗？算我求你了。

那完了，小梅，里面至少还有六套都是这样的长款蓬蓬裙。

慕小梅将身子靠回椅背，叹道，文子啊文子，我可真服了你

了，你那个包怎么装得下？

卷啰，塞啰，还能怎么办？

怪不得这么大个包，你就不怕把自己给累死啊？

慕小梅，只要结局是美死，过程累死我也愿意。

钟夕文，你死你的啊，别扯上我，我可不想陪着你一起死。快点吧，不是还有一套不一样的吗？穿给我看看，搅得我连看书的时间都没有了。烦。

钟夕文的眼神留恋地盯着那包衣服，不甘心地再问，那这些都不用试了？

慕小梅耸耸肩，摊开了手，一副不然怎样的表情。

钟夕文只好跺脚，伸手去掏传说中不一样的那件。好半天，手出来了，顺带着拉出一件揉成一团的东西。她抱起来，对着慕小梅哭丧着脸说，如果这套还不行，我就去死。

慕小梅悠闲地靠回椅背，笑道，快去死，我耳根就能清净了。

少顷，钟夕文再从洗手间里出来的时候，慕小梅收了笑。那是一件银灰色的拖地长裙，后长前短，刚好显露出钟夕文一双纤细修长的美腿。足蹬一双银灰细根鞋，简约大方。鞋带也很有心思，很长，细细的于腿脖间缠绕了好几圈，显得那双美腿更加的性感。巨大的V型领，显出了极好的胸型。再往下，细腰，美臀，散开的褶皱裙摆，让钟夕文看起来俨然就是一条极尽妖娆美艳的美人鱼。刚才一直披搭在肩上的长发也被她高高地盘起，无意间散落的几缕，拂在她白皙娇嫩的脖间，更添几分柔媚来。

钟夕文在她的眼前旋转，站定，伸腿，叉腰，将头微偏，摆出一副极文艺的姿态问，怎么样？

高贵，典雅，娴静，外加小性感。刚刚好，那么好，如此好。慕小梅不再吝啬任何夸赞的言语，连连给出了三个好。

钟夕文心满意足地收起一直拗着的造型，叫道，累死我了。

慕小梅笑着回道，行了，这回累了也值了，这么美。

值了，值了，终于值了。钟夕文也跟着连连叹。

去吧。慕小梅说，赶紧把衣服换回来吧，我还等着看书呢。

是儿。钟夕文行了个军礼，蹦跳着往洗手间那边跑去。一会儿工夫，又换回了刚才的那套休闲服走了出来。她走到慕小梅的面前坐下，不甘心地，真有那么好看吗？会不会过于简单了？

慕小梅看着她，正色道，相信我，人生大美是简洁。刻意为之的东西，再美也会落入俗套里。就是它了，绝对迷倒全场。

好，这回算是踏实了。说吧，晚上想吃什么，我请客。

慕小梅起身帮她收拾摊了一桌的衣物，答道，不了，下次吧。

钟夕文原本坐着，听了这句站了起来。什么情况？美食当前，竟然拒绝，这也太反常了吧？

慕小梅将最后一件晚礼服塞进旅行包，淡淡地答，没什么啦，有点累而已，待会儿看完书想早点回去休息。

钟夕文拉上旅行包的拉链，问，是不是被刚才那个伪奇安搞得心神不宁了？

慕小梅也不掩饰，答，有点，不过主要是昨晚没睡好。

鬼。钟夕文啐道，没睡好是假，伪奇安是真。小梅，我还是那句话，该放手了，奇安已经走了，不会回来了。而你呢，还这么年轻，人生才刚刚开始。中国不是有句俗话吗，天涯何处无芳草。赶紧恋爱吧，要不大好的青春都被你给浪费了。

文子，你再这么长篇大论，我就先走了。

好了，不说了。不过小梅，良药苦口，你明白我的苦心就行。

慕小梅垂下眼帘，文子，这事……再给我点时间。

钟夕文拍拍她的肩，温柔地笑道，小梅，是给你自己时间，给我时间干吗呀。

慕小梅点点头，笑道，好，我会的，放心。

钟夕文站起身来，拍拍手里的大包，对慕小梅笑道，既然你今天不肯赏脸，我就先走了，记得明天早点到哦。

好，要没什么事，我一定早去。

钟夕文背上了那个巨型旅行包，对慕小梅挥挥手，朝大门那边去了。

慕小梅重新坐回座位，发现咖啡已然凉透了。

02
初见司徒轩

奇安，昨夜的一场秋雨，扫落了一地黄叶。今晨醒来，心也似那凋零之物，唤醒了一季荒芜。花开叶茂的季节就要走远，转眼又要地老天荒。记忆却停留在原地，等不来归人。

奇安，多想将这时光变成手中的笔，用心中的感悟去写就如许人生。又或者，将过往的种种遗憾与失落，悲欢与离合，通通化成眼底的浮云，不落痕迹地随风飞去。

醒来，才知不过一场痴人梦话而已。相逢一场何不淡然相忘的道理说来容易，做到的又有几人。原谅我这性情中人，明知往事已各奔东西，却依旧执念深重地等在原地。

还记得咱俩第一次见面的情景吗？或许你已忘记，于我，却恍如昨天。那样深秋的季节，那样阴霾的天气。那年的我多大？十六岁，还是个完全不谙世事的小女孩。就坐在那间墨香四溢的书店里，晨曦小镇唯一的一间书店里。你呢？祝奇安，三十有二？纯白色的立领麻质衬衫，宽松肥大的黑色麻质休闲裤。一件深灰开衫毛衣，不穿，闲闲地系在脖间。那样清爽乌黑的头发，随着你的脚步微微地起伏跳动，间或飘出某种暗香，闯进了书店的空气里，被解构，被重组，形成了一股奇香。

慕小梅轻笑了起来，她丢开手里的笔，转头去看镜中的自己。乌黑中分长发顺滑地垂至胸前，衬着那双黑瞳清亮无比。

时光瞬间回到过去，慕小梅正随着那奇香不知疲倦地穿行于书店一行一行的通道里。突然，前面那人站住了脚。她想躲已来不及。她假装去看书架上的书，双手尴尬地在身体两旁乱晃起来。

你为什么跟着我？那人开口问道。

我哪有跟着你？慕小梅不答反问。

你都跟了我两条道了，还没跟着我？

慕小梅皱起了眉头。怎么了，这书店是你们家开的？只许你走，不许我走？

那人笑了起来，不承认就算了，但请不要再跟着我了。

喂。那人就要转身，慕小梅又叫了起来。

那人转回了头，又怎么了？

慕小梅嗫嚅道，那什么，嗯，你身上的香水是什么牌子的？

那人怔了怔，低头闻了闻自己，问慕小梅，有吗？突然，他摸摸自己的下巴说，你说的是Happy须后水的味道吧？

Happy须后水？慕小梅瞪大了眼睛。

是啊，淡淡柑橘的味道。

慕小梅摇摇头，不止这个，还有别的。

别的？那人再抬起衣袖，再闻。嗯，好像还有蔷薇花的香味。我家后院有许多这样的花，都是我祖母栽的。她有时要我剪下一些插进花瓶里，所以衣服上可能也就沾了这些味道。

慕小梅笑了起来，点头道，我就说嘛。不过还有别的，可能是你身上自带的。

自带的？那人皱了皱眉。

慕小梅继续说道，是啊，不过那味道不是一般人能闻得到的，只有我可以。

是吗？这么神奇？那人打量她一番，眼神里透着揶揄的味道。

慕小梅的表情却极为认真，问他，你不相信吗？

那人笑了起来，不答反问，你喜欢这些味道？

嗯。慕小梅红了脸。

为什么?

因为……很像一个朋友……

你父亲?那人突然问。

慕小梅瞪起了眼,你怎么知道?

那人笑了起来,你这个年纪,除了你父亲,谁还会用这种须后水,难道是你的男朋友?

怎么可能!

就是嘛。所以我才猜你父亲的啊。而且我还知道,你父亲肯定不常在你身边,所以你很少能见到他,对不对?

你又知道?

你肯定是因为太想你父亲,所以才跟过来的吧?

你真聪明,慕小梅傻傻地笑起来,露出嘴里一排洁白的小米粒,单单于最右尾处跳出一颗小虎牙来,至为可爱的样子。

我叫祝奇安,很高兴认识你。那人向慕小梅伸出了手。

慕小梅将手往裤边蹭蹭,也向他伸了过去。我叫慕小梅,也很高兴认识你。

慕小梅,对方轻轻念了出来。很好听的名字,我记住了,那我以后就叫你小梅吧?

慕小梅的脸更红了些,问道,你的口音好怪啊,你是哪里人?

新加坡人,我的华语说得很烂,是不是很难听懂?

不是不是,慕小梅摆手道,很容易听懂,只是觉得口音有些奇怪而已。那你为什么会来到这里?

我祖母是本地人,我回来陪她。

哦……怪不得。

你经常来这里看书?

慕小梅轻轻地点了点头。

好,那以后能经常见到了,请多关照。祝奇安右手贴胸对慕小梅鞠了个躬。

慕小梅赶忙学着古代仕女的样子,往下蹲了蹲,算是还礼。

祝奇安收回手,站直身子问,我现在可以走了吗?

不行！慕小梅大叫了起来，声音突兀地响在静谧的空间里，发出了"嗡嗡嗡嗡"的回音。

不行？这次轮到叫祝奇安的人瞪起了眼睛。

哦……也不是不行啦，只是……你手里是什么书？慕小梅嗯嗯啊啊了半天，终于转了个话题。

祝奇安低头看看自己手里的书，好脾气地答道，《百年孤独》，你呢，打算看什么书？

《百年孤独》，慕小梅跟着念了出来，她将手里的那本诗集藏到身后，对祝奇安笑道，我也正打算看这本书呢。

《百年孤独》？对方有些不相信地看着她。

是，就是这本，百年，嗯，孤独。慕小梅说着，脚尖往上踮了踮。

那好吧，先给你看。祝奇安将书递给了她。

慕小梅舔舔舌头，欣喜地接过来。真的可以吗，那太感谢了。

对方耸耸肩，一副不置可否的样子。没关系，你喜欢就先看吧，反正我已经看过了，只不过打算再看一遍而已。

好看吗？慕小梅边翻边问。

不错。这本书1982年荣获了诺贝尔文学奖，可以算得上是拉丁美洲魔幻现实主义文学作品的代表作。以前看得太过粗略，所以才会选择重看一次。不过书中内容庞杂，人物众多，怕以你这个年纪读起来会有些吃力。但好在情节曲折，再加上又是神话故事，或许可以吸引到你，就看你有没有耐心看下去了。

慕小梅抬头看着他，一脸的兴奋之情。你喜欢看的，我肯定也喜欢看。

祝奇安笑了起来，那祝你阅读愉快。我现在可以走了吗？

慕小梅的神情瞬间又慌乱了起来，她左右四顾，假装不去看他，嘴里却开始磨磨叽叽，嗯……你真的……很赶时间吗？

祝奇安笑了笑，答，也不是很赶啦，打算借完书回去做个小点心，配壶红茶来喝。

哦……那个……小点心好吃吗？慕小梅实在是找不出话来

答,只好又开始胡乱扯起来。

祝奇安还是一副不介意的样子,非常好吃,要不要来吃?

好啊,慕小梅立刻兴奋地叫了起来,转瞬又想到了什么,皱眉道,算了,还是算了吧,奶奶不许我去陌生人的家里。

你跟奶奶一起住?

是,慕小梅羞涩地点了点头。

妈妈呢?

生我的时候去世了。

哦,对不起。祝奇安莫名地心疼了起来。

慕小梅却好像没太在意的样子,皱皱鼻子答,没关系,都过去很久了。从没见过,所以也没有太多的感觉。

所以你很爱你父亲和奶奶吧?

是。慕小梅憨憨地笑答。

那这样吧,祝奇安摸了摸自己的下巴。我先陪你回家去,问过你奶奶,再留个地址和电话,然后才带你去我家。或者,把你奶奶接上一起去,反正我家里还有个老祖母,正好让她们两个老人在一起聊聊天,你看好不好?

啊,那太好了。慕小梅几乎兴奋得跳了起来,看了看四周,又极为神秘地对祝奇安说,你肯定会喜欢我们家的,我们家后院也种了好多花。你说的蔷薇,我家也有。我最喜欢它的香味了,奶奶每次都将它们晒干,放到衣柜里,枕头下,我和爸爸的衣服上全是这味。你闻。慕小梅把自己的手伸给了祝奇安。

祝奇安笑了笑,低头来闻。嗯,好香啊,我也好喜欢这味道。

慕小梅收回手,继续说道,还有呢,茉莉花、风信子、三色堇、含羞草、山茶花和栀子花。你祖母会喜欢栀子花吗,非常香,咱们可以摘一些给她带去。

祝奇安点点头,好啊,肯定会喜欢的,如果方便就带一些吧。

好,那我们赶紧去吧。慕小梅拉起祝奇安的手就要往外跑。

祝奇安忙将她往回拉了拉,叫道,等等,我还没挑好书呢。

啊,还要挑书啊?慕小梅踌躇了一小会儿,顺手从旁边的书架上抽出一本，看也不看递给了祝奇安。就这本好了，走吧。

手机突然于此时爆响，惊醒了梦中人。慕小梅极不情愿地边骂边低头去看电话号码。是乐队键盘手三儿打过来的，她接了起来，干吗，讨厌鬼？

喂，这么凶，大姨妈来了？三儿也在那电话那头叫。

你才大姨妈来了呢，人家正写东西呢，你的鬼电话就来了，吓我这一跳。

我又没有千里眼，打个屁电话还得先瞭望你在干吗啊？

说吧，找我干吗？

联谊会的演出你唱什么？昨天在微信上问你，都不理我。

慕小梅"哦"了一声，想了想，脑子里却是一片空白。她对三儿说，要不这样吧，我先想想，一会儿用微信给你回过去。反正还有时间，又都是你们熟悉的歌，你们准备也来得及。

好吧。那你千万别忘了啊。另外，我中午吃完饭就过去，你来不来？

干吗去那么早啊？

我得提前去等那帮演杂耍的演员啊。调音，预演，节目顺序，我不都得帮着张罗啊。你以为都像你似的，找完了人就甩手不管了。你不管我还能不管？

慕小梅的语气软了下来，那好吧，辛苦你们了，我准备准备，一会儿就过去。

那你快点，别忘了把曲目发过来。

好，这就发。

慕小梅丢开手机，眼睛却盯回了日记本，起笔再写：奇安，你的背影还留在昨日，如此深刻，如此清晰，连同所有跟你有关的画面，都停在了那里。如果你也是，回来看我吧。爱你的小梅。写完，收了笔，慕小梅将日记本搁回到抽屉里。她转身将门窗紧闭，拧开了音响，伴奏音乐飘了出来，她随之唱了起来。接连唱了五首小野丽莎的经典曲目，又从中选出了三首曲风较活泼的，写进了微信里。

慕小梅的工作是酒吧驻唱歌手,这种工作一般只在晚上进行。晚上9点钟,当朝九晚五族们准备进入临睡状态的时候,却是慕小梅这种夜疯子刚刚开始预热的时候。为何会选择这样一份职业?每当有人问起,慕小梅只是淡然一笑。她心里明白,性格使然。从小就极有主见,极为倔强,所以才会养成现在这种自由散漫的个性。当然,最大因素还归于祝奇安的那份过分宠爱吧。

刚毕业那会儿,慕小梅也曾去过一些公司工作,却总是做不到三个月就会离职走人。按她的话说,根本受不了那份枯燥无味,更受不了那些无端惹出的勾心斗角,流言蜚语。自那之后,有很长一段时间,她都待在家里无所事事。而之后为何成为一名酒吧驻唱歌手,除了好奇与新鲜感之外,也算是一种机缘巧合吧。祝奇安很喜欢听"小野丽莎"的歌,受他的影响,慕小梅耳闻目染也爱上了她的歌。闲暇时光,无意间学来,竟唱得似模似样的。那天正好祝奇安生日,他们找了间酒吧来开party。席间,慕小梅为了给祝奇安惊喜,上台与乐队合唱两首小野丽莎的歌。唱完,竟引得满堂喝彩。祝奇安只知道她平常会时不时地哼哼两句,总不成调似的,没想到她能唱得如此之好。慕小梅平时说话的声音是脆脆的,可唱起歌来却是很沙哑的。很有磁性的感觉。虽不及小野丽莎的演唱完美,却也因着一份甜美而自成一格。祝奇安的心里,一直把慕小梅当小女孩来看待,可慕小梅的那次献唱,却让他仿佛看到了一个不同凡响的女人。他也由此明白,时光飞逝,当年的那个只知调皮捣蛋的小女孩已然在他的眼皮子底下长大了。

慕小梅通过那次的party,结识了键盘手三儿和吉他手小四。他们那时就曾力邀慕小梅加入自己的"同行乐队",可当时慕小梅的大学学业还未完成,婉拒了。好在留下了对方电话,也就促成了之后的合作机缘。而这段时间,正好是慕小梅演出档期青黄不接的日子。与上个酒吧签订的驻唱合同已经到期,下一个驻唱酒吧又未及时找到,所以慕小梅也就有了这段无所事事的空窗期。

几乎所有的酒吧，都会隔段时间换一个乐队演出，以此增加节目的新鲜度。只是生意好些的酒吧会聘请一些优秀的乐队，而这些优秀乐队因为拥有自己稳定的歌迷，给酒吧带来了稳定的客源，所以合作的时间较长。而生意比较差的酒吧，更换乐队的频率会比较高。其实也由此可体察到酒吧老板的心浮气躁。没生意心里自然是着急的，这种情绪极易怪罪到乐队的身上。当然也有些比较黑心的老板，因为经常克扣乐队的演出费用，而不得不频繁更换乐队。慕小梅自觉还是比较幸运的，演出至今，未曾遇到过苛刻的老板，也经常会有续约的机会，再加上慕小梅对朋友很讲义气，也就在这个圈内结识了不少朋友。大家经常介绍一些演出机会给她，几年下来，慕小梅倒也干得风生水起。

慕小梅还在发呆，小豆子吃饱喝足跑来挠门。她只好起身换上一套运动装，带着小豆子出了门。

他们很快走进了街角的公园，此时间段来，公园内满是遛狗的年轻人。其中一人看见了她，挥手打起了招呼。她脚边的那只泰迪也看到了小豆子，开心地吠了起来。小豆子更是急不可耐，不时回头向慕小梅示意，恨不得自己咬断绳索跑走。慕小梅将绳索解开，起身对那人说道，拜托了，我跑一圈就回。

那人也挥手叫道，去吧，我们还得聊一会儿呢，小豆子就在这儿玩吧。

慕小梅感激地朝她笑笑，戴上耳机，放出一首极为劲爆的摇滚乐，绕着跑道跑了起来。突然，身边闪过一人，就在两人擦身之际，慕小梅偏头看他一眼，惊呼出声。竟是他，昨天书店里碰到的那个伪奇安。她想也没想，抬脚向他追去。可那人跑得极快，一个小弯，将她远远地甩在了身后。慕小梅提速再追，跑道上便极为滑稽地出现一前一后两个疯子，飞奔不止。只是，无论慕小梅如何努力，那人总在前方不远处。再一圈，慕小梅体力明显跟不上来，她慢下来，叹气看着那人的背影越跑越远。

跑那么快，你当你去奔丧啊。她突然狂叫，那人哪里听得见，转眼就消失在了眼前。

慕小梅气急败坏地走出跑道，就近找了张椅子坐了下来。身上的衣服此时已经湿透，风吹来，黏在身上极为不舒服的感觉。她瘪瘪嘴，眼泪差点涌了出来。好在只是转瞬，坐了一小会儿，便也平静了下来。她起身走回，那疾速奔跑的身影却总在她的脑海里晃。她甩头，又假意盯着前方的一排树看，终于令那身影不再在脑海里出现。

公园入门处，刚才还一大帮人，此时只剩下那个帮她看狗之人。估计等了很久，看到慕小梅后，兴奋地叫了起来，啊，可算是看到你回了。

慕小梅赶紧跑过去，边跑边道歉，真对不起，今儿可让您等太久了。

没关系，多等了一小会儿而已。不过今天怎么跑这么久？难不成想减肥？

那倒没有。慕小梅笑。只是碰到一熟人，拉着我聊了一会儿。

哦，怪不得。你这脸色可不太好，会不会是运动量太大了？

慕小梅赶忙掩饰地笑笑，答，可能吧，刚才跑得太快了。

你可别为了漂亮而不顾身体健康啊。再说了，你这么瘦，多吃点儿也不怕。

是啊，谢谢你了。

别客气，下次再见。

好的，下次见。

两人又寒暄两句，各自离去了。

慕小梅牵着小豆子往家走。一进家门，便倒在了床上。也不知过了多久，手机响了起来，她懒懒地翻个身，接了起来，喂。

宝贝儿，怎么了，怎么这么颓丧啊？是钟夕文。

累。慕小梅懒懒地答。

为什么？为什么累？钟夕文还在问。

没什么了，出去跑了个步而已。说吧，找我什么事？

钟夕文笑了起来。没什么事，就想问你什么时候来会场？

慕小梅突然坐了起来，又停了半秒，叫道，淫荡，笑成这个样子，是不是身边站了个帅哥？

钟夕文也跟着笑，边笑边答，猜对了，不过不止一个，是一大群。啊哈，小梅，我简直要幸福死了，快来吧，我给你介绍。

算了吧。慕小梅撇撇嘴。你看上的你还是自己留着吧。

我看上的怎么了。钟夕文狂叫道，祝奇安不也是我先看上的，你不也来抢？还敢说，说我就等于说你自己！

行了大姐，您轻点行吗？耳膜都快被你刺破了。慕小梅将手机拿远了半尺，又贴回来问，看到我们乐队的人了吗？

没。谁来得及注意那个，眼皮子底下现在只看得见小鲜肉。快来嘛，小梅。钟夕文撒起娇来。你一个人待在家里有什么劲儿啊？不骗你，真的有好多肥羊，就等着你来圈了。

我对肥羊没兴趣，全都便宜给你吧。

来嘛，只当是过来陪我好了。

慕小梅摇摇头，起身朝浴室那边走去，边走边说，好吧，等着我，洗完澡就过去。

好好好，宝贝儿，快点儿啊。

嗯。慕小梅挂掉电话，顺手拧开了热水。水蒸气瞬间弥漫了整个浴室。她无意间抬头，看到了玻璃门上的自己。朦胧半显，凹凸有致的身形略微显瘦，却格外曼妙窈窕。她从未如此认真打量过自己。极美的胸型，高耸挺拔。极细的腰肢，盈盈一握间，显尽纤柔。一切都是那么完美。雾气很快侵蚀了所有的物体，连同玻璃上的那个身影也俘获其间。再看不清任何，慕小梅只身走进了热水里，由得那热气的包裹，淹没了自己。

她很快从浴室里走出来，又走去衣橱，从衣橱里取出一件纯黑无袖短裙。裙摆处仿似牵牛花一般散开。她再披上一件黑色宽松的毛衣，掩盖了内里。她低身套上一双银丝长袜，蹬进一双同样银色的鱼嘴鞋内。再抬头看镜中的自己时，突然决定什么妆也不化，只用一支红色口红于唇间细细滑过。或许，青春才是最好的化妆品，而气质更是最好的外衣，何须添加任何，已然靓丽。

等她赶到金玉酒店的时候，会场内已是高朋满座。所有的男

女衣着锦绣,带着某种演练纯熟的精致笑容举杯致意。

慕小梅沿着墙根往里走,直接向着舞台而去。

帅哥,我来了。走近,她将手提包往舞台上方丢了过去。

正低头干活的三儿赶忙接住,对她叫道,有没有什么贵重东西啊,这么乱扔?

慕小梅窝胸向前,摆出一个极酷的造型。本小姐唯一的贵重东西,就是本小姐。

行了姐们,演出还没开始呢,你倒提前进入状态了。

慕小梅收回造型,从旁侧的楼梯走上了舞台,边走边问,你的键盘呢?怎么没摆上来啊?

三儿一边忙着手里的活,一边答她,摆上来干什么?第一个节目是西班牙斗牛舞,回头这群疯子会把我那金贵的键盘给掀翻。

慕小梅看看四周,问,你现在在干吗呢?

三儿晃晃手里的麦克风答,这不是准备帮你试音吗?你来得正好,赶紧试试。

慕小梅将他的手推开,皱眉道,人都上齐了,直接上吧。

三儿盯住她半秒,说,这么不负责啊,唱跑了可别怪我。

慕小梅耸耸肩,笑道,我慕小梅有那么傻吗?早跟调音师打好招呼了,唱第一首歌的时候边唱边调。

敢情,我说你也不会这么大意的。

小四呢?慕小梅问。

小四是他们乐队的吉他手。

三儿看看四周,答,刚才还在这儿的,这会儿可能去后台了吧。怎么,你找他?

没什么,问问他到了没。

三儿一边接好麦克风的线,一边斜眼看着她。你放心,谁都比你到得早,每回都数你磨叽。

慕小梅赶忙嬉笑道,女孩的准备工作当然多点,请谅解。

三儿无奈地摇摇头,这都原谅你多少回了?

我演唱之前还有谁?慕小梅问。

三儿抬脚往后台走去，边走边答，你节目被安排在中间时段，前面有两个唱摇滚的。

什么时候请的？你这是要High翻天的节奏啊。

这两人都是我的哥们，给他们个活儿，赚点钱嘛。

往前还有什么节目？

几个劲舞吧，反正都是比较噪的。我想让气氛火起来。只有到你这儿才算是静下了，你选的那些歌只能算是情调时间。

也是。慕小梅笑道，别太热了，容易出事。

三儿瞟她一眼，啐道，出个屁事，都跟你说了选点噪的，你偏选慢歌，实在是没辙了，才跟组织方说成是情调时间的。

慕小梅刚想跟他再争辩，忽然听到台下有人对着她大叫，小妞，来了也不先到我这儿来报个到。

慕小梅不用回头也知道来人是谁，但她还是转回头去。身着银灰色晚礼服的钟夕文正由一位帅哥领着，款款而来。

慕小梅回身拍拍三儿的肩膀说，辛苦了哥们，我去跟我那姐们打声招呼就回。

三儿冲她点点头，自己朝后台走去。

慕小梅走下台，没有看钟夕文，直接对她身旁的那位帅哥说，对不起了哥们，借这美貌如花的妞儿用一下。说完，也不等那帅哥同意，拉着钟夕文便跑了开去。

她们一直跑到会场外的休息区才停下来。钟夕文边喘气边抱怨，干吗呢妹妹，逃婚呢，累死我了，我可是穿着十厘米高的高跟鞋啊，跑断了算谁的？

算我的，我拿回家挂着当装饰品。慕小梅也喘个不停，转头对钟夕文骂道，看你那骚样就来气，不拉你出来散散热，我怕你给自个儿点着了。

钟夕文也不在意，依旧笑着说，这么帅的帅哥，烧死了也值得。

你死你的，别让我来收尸就得。

钟夕文耸耸肩，也不说什么，取过一个小盘往里夹小食。

慕小梅一把夺过她手里的盘子，倒了杯奶茶递给她。你的衣服太紧了，先别吃，会鼓起个小肚子来。

哦，对，差点忘了，谢谢宝贝儿。她赶紧端过那杯奶茶，边喝边开始打量慕小梅。姐们，上台你就穿这个啊？

慕小梅给自己斟了杯咖啡，不看她，答道，少操心，上台会脱外套。

钟夕文不依不饶，依旧盯着她说，脱了外套也素啊，脸上连个妆都没有，灯光打过来，还不得跟个死人似的。

放心吧，我保证上台就变身。

好啊，我倒看你怎么变身！

慕小梅捅了捅她的胳膊，笑道，提醒你一下啊，你可是以结婚为目的来找男朋友的，那就得保持头脑清醒，绝不只做外貌协会的。另外，还得看看人品怎么样。聊天得捏着点儿，别一上来就表现得太勤儿。

听到了，烦。钟夕文嘴上应着，眼神却不知飘向了哪里。

会场内此时传出了激烈的斗牛曲，节目开始了。

慕小梅放下杯子，对钟夕文道，我先去后台候着去了，有事打我电话。

钟夕文正忙着跟斜对面的帅哥眉目传情，哪有心思听她说什么，哼哼哈哈地应了两句，又转回头去了。

慕小梅无奈地摇摇头，转身跑开了。

她在后台找了张极舒服的单人沙发坐了下来，戴上耳机，看着眼前川流不息的人群涌来又退去。换衣服的，上妆的，找道具的，喊人的，打闹的，调情的，乱不成形。她坐得极静，任由耳机里的摇滚乐疯狂地啸叫。

一曲终了，耳机里静了下来，耳机外却传来了某个领导极为激昂亢奋的发言。有人过来推她，醒醒，梦中人。

慕小梅极为不耐地瞪眼过去。

是三儿，手里拿着一摞节目单，对着她叫，去换衣服，该你了。

这么快？慕小梅也跟着叫，新中科技的总裁钟夕文发言了吗？

三儿翻翻节目单，答，钟总吗……嗯，发完了。

慕小梅这才拖拖沓沓朝更衣室走去。

她脱掉了身上的那件黑色外套，将之前带来的那个手提包从柜子里拿出来，拉开拉链，取出一顶黑色的小圆帽戴上。又将帽檐处的蕾丝翻下来，遮住了鼻尖以上的部位。半张脸立刻隐匿了起来，显得极为神秘的样子。她再取出一双缀满珍珠亮片的手套，戴上，走了出去。

前面两个歌手很快唱完，灯光暗了下来，只余台间三盏淡粉的霓虹灯。主持人躲进后台，用极为性感的声音开始报幕。接下来的情调时间，希望各位能在我们爵士歌手慕小梅的歌声里体味一段异国情调的慵懒时光。话音刚落，慕小梅已走上了舞台。舞台中央放着一张高脚吧凳，慕小梅坐了上去。脚尖刚好够着地，交叉着，又回身对着三儿和小四点点头，音乐响了起来。

开口便是惊艳，原本一首极适合跳舞的情歌，竟未有一人走下舞池，而是全部围拢到了舞台下方，随着慕小梅极富磁性的嗓音摆动起腰肢来。稍嫌暗淡的舞台上，唯一的亮点是那双手套，轻抬与慢落间，划出了一道道极妖冶的光浪。

三曲爵士乐很快终了，慕小梅迟迟下不了台，不断高涨的喝彩声将她一再地唤回。原本想要给一段安静时光，没想到竟成了节目的最高潮。

钟夕文上台替她解了围。已然有些醉意的她，抢过慕小梅手里的麦克风开始狂叫，下面请我们伟大的聚众公司的副总裁黄志辉先生上来献唱一首，好不好？

随着台下一声又一声的叫好，慕小梅悄然走下台去。

所有人都涌向了舞台下方，反倒是后方临时搭建的吧台显得格外的冷清。吧台小弟也全都跑到了前面去看热闹，只余下一人留守原地。

慕小梅坐过去与他打招呼，Hi。

Hi，他亦同样回应，你刚才唱得真好听。

谢谢。你怎么不去玩？她向着舞台那方伸了伸下巴。

总得留一个人嘛。吧台小弟羞涩地笑笑。

有什么好喝的？慕小梅问。

想来点儿烈的，还是柔的？

随便。

气氛这么好，来杯烈的吧？

好啊。慕小梅点头，趴到了吧台上，笑着看着吧台小弟调酒。

一会儿工夫，吧台小弟将一杯淡黄色的琼浆倒进了锥形的高脚杯里，再丢进一颗艳红的樱桃，推了过来。"边车"，尝尝，很好喝的一种鸡尾酒。

好，慕小梅笑笑，拿出酒中的樱桃含进了嘴里，再端起那杯酒来喝。

突然，鼻息间飘来一股 happy 须后水的味道，慕小梅一惊，刚刚喝进去的那口烈酒差点就呛在了那里。她调整呼吸，再闻，没错，就是 happy 须后水的味道。那味道即使化成灰她都认得。似乎她生命中极为重要的两个男人都偏爱这种须后水的味道。就在她犹豫之间，又飘来了一股淡淡蔷薇花的花香，游走其间，极好地融合了那抹柑橘的淡香。唯独少了某种熟悉的体香，不过已经够了，这两样就足以令她神魂俱散了。

她未及转头，身后已传来了一个低沉的男中音，怎么，人太多，所以孤独了？

慕小梅笑了起来，反倒不急着回头，只任由那气味在自己的鼻息间游走得更久些。

有什么好喝的？那人也不介意，于慕小梅身旁落座，开口问吧台小弟。

同样的话语，极好的巧合。

喜欢烈的，还是柔的？吧台小弟一视同仁，给了如出一辙的回应。

随便，那人答。慕小梅笑出了声。她偏头过去看他，那人也正好在转回头来看她。嘴角拉得极开，露出里面整洁白净的牙齿，自信地闪着微光。

慕小梅对着那排自信的牙齿开了口，如果不是巧合，就是你已经注意我很久了。

哦，够自信。那人答，笑容收了收，故意说得隐晦。少顷，又偏头问道，你喝什么？

边车。慕小梅答。

那人即刻念了起来，边车，嗯，好听的名字。小伙子，给我来杯"边车"。

慕小梅立刻又说，等等，这可是很烈的酒，您先想好了再要。

那人抬眉撇嘴，不屑地答道，管它烈不烈，边不边的，只要不是"鞭尸"就好。

慕小梅"扑哧"笑出声来，脑中不知为何竟闪现出好莱坞老牌明星克拉克·盖博的那张脸。

对方看着她笑，将手机递了过来。笑话可不能白听的，留个电话呗？

哦，够自信。慕小梅学着他的口气回应，自我介绍了吗，就想要电话。

司徒轩，那人对着慕小梅伸出了手。我是钟夕文的朋友，听她提起过你，久仰大名，今天终于得见正身，荣幸之至。

慕小梅。慕小梅也伸出了手。既然是钟夕文的朋友还能要不到一个电话号码，何必这样煞费苦心。

不一样，要就当面要，即使不给也死得光荣。对方松开了手，端起那杯刚刚送来的"边车"小饮一口，放下问，我还不至于老到连个电话都要不到吧？

你很老吗？慕小梅一脸的坏笑。

你看呢？对方不答反问。

慕小梅看了他一眼，答，嗯，有些魅力。

那再帮我看看，这魅力能帮我要到电话号码吗？

我算算啊。慕小梅半闭起双眼，嘴里念念有词道，嗯……可惜啊，差以时日。要不这样吧，先生，还是放弃算了，天涯何处无芳草，别再为一棵小树放弃一片森林。

司徒轩毫无妥协之意，低声回道，不曾看见，又怎知不是一片森林？

喂，慕小梅立刻惊跳开去。呃，她抖了抖下巴。你若不是钟夕文的朋友，我跟你急！

司徒轩却不急，端起酒杯一口干掉，再回道，小姐，你怕是想多了吧。

哼。慕小梅不再说话，只是低头去喝酒，将眼神掩藏在了睫毛的后面。

司徒轩靠过来安慰道，好了好了，不要介意。

慕小梅抬起头看他，耸耸肩答，没介意啊，只是喝酒无话而已。怎么，不说话不行啊？

你不喜欢热闹？司徒轩转了话题。

慕小梅知道他指的是什么，转头去看舞台。那方不知何时已人山人海，俨然变成了一座菜市场。所有的人全部都涌上了舞台，轮番抢着麦克风鬼哭狼号。伴奏的音乐声因极力想要跟上那些鬼哭狼号已经不成调。慕小梅想象着三儿和小四此时心中的烦躁就想笑。她转回头对司徒轩皱眉道，好恐怖啊，你不觉得吗？

嗯。司徒轩点点头，收回了目光。你这么喜欢清静，为什么选这样一份职业来做？

要你管啊。慕小梅对着他翻了翻白眼，转身对吧台小弟叫道，帅哥，请给我再来一杯，谢谢。

司徒轩也一口干了自己的那杯"边车"，将酒杯推了过去。小兄弟，我也一样。

慕小梅立刻对着他惊叫，喂，这酒挺烈的，你行不行啊？

司徒轩斜她一眼，不敢比就别在这儿凑热闹啊。

好心没好报，哼。慕小梅冲天转开头不再理他。

司徒轩依旧笑着说，较劲没用，得有实力。

慕小梅转回头来盯着他，目光炯然。喂，话别说得太早了，不到最后时刻还不知道谁死谁活呢。

司徒轩无比轻松地将身体向后靠去，一只胳膊搭在了椅背上晃了起来。好啊，那来比啊，我就喜欢这么不怕死的。

酒很快送了过来，两人又接连干了六七杯，再丢开时，司徒轩叫了起来，不行了，不行了，受不了。

这么快就服输了？慕小梅不动声色地再干掉一杯，当着司徒轩的面扣了酒杯。

司徒轩靠近她，对她疯狂地摇头道，不是酒不行了，是耳朵不行了。你不觉得太吵了吗？

慕小梅转头去看舞台，舞台上方此时不知何时换成了两个打碟的DJ，整个场子此时充斥的全是刺耳的电音。所有人都挤到了舞池的中央，在那里疯不成形。会议厅边缘摆放的桌椅已空无一人，除了零乱丢弃于上的外套，背包，空瓶，食盘，一片狼藉。灯光已经调暗，万事万物不过都是霓虹灯下的一道道黑影而已，与会场中央欢叫疯跳的人群形成了鲜明对比。这到底是怎样的一个世界？孤寂或喧嚣，无人会去深忖。所有人都高仰着脸，深闭着眼，任由霓虹灯的欢跳将自己带去另一个迷离的世界。

慕小梅转回头，什么也不说，只是轻轻地摇了摇头。

司徒轩一直看着她，笑笑问，要不换个地儿再喝？

去哪儿啊？

司徒轩晃晃手里的酒杯。我知道一个清吧，很安静，适合两个人喝酒聊天。

嗯……慕小梅有些犹豫。

怎么？司徒轩歪嘴笑道，还得回家请示请示？

去你的，等我，我去拿包。慕小梅跑开了，一会儿工夫跑回来，手里多了个背包，她对着司徒轩笑道，走吧。

司徒轩放下手里的酒杯，过来牵她，带着她往会场外走去。

两人很快坐上了车，整个世界突然就安静了下来。司徒轩深深吸口气，揉着太阳穴对慕小梅说道，我的天，脑袋都快被吵炸了，简直太恐怖了，这些人都怎么了，疯了吗？

慕小梅没理他，拿着手机狂摁不止。

司徒轩好奇地凑过来看，你忙什么呢？给小情人发短信？

慕小梅也不躲，笑着答，对啊，你吃醋啊？

司徒轩低头看了看，再问，三儿是谁？

慕小梅没好气地回他，要你管。手指依旧摁个不停。好一会儿，她关了手机，转头对司徒轩解释道，三儿是我们乐队的键盘手，我让他帮着照顾钟夕文。这姐们一喝就多，谁知道会干出什么事来。

干吗告诉我，我又不想知道。司徒轩假装不感兴趣，伸手拍了拍前面司机的肩膀说道，小李，送我们去凌晨半。

什么是凌晨半？慕小梅问。

司徒轩笑笑，怎么？怕我把你卖了吧？

那倒不至于，只是单纯地好奇是个什么地方。

一个不错的静吧，很静。

你常去吗？

也不是经常，只是工作比较忙的阶段去得比较勤。

为什么？

放松嘛，还能为什么？

一个人吗？

你希望是几个人？司徒轩盯着慕小梅笑。

慕小梅撇撇嘴，转开了眼神。关我屁事。

没劲。司徒轩也转开了眼神。明明很想知道，还假装一脸的不屑。

谁想知道了？慕小梅叫了起来。

好了好了，不想知道就不想知道吧，急什么？司徒轩笑笑，握住了慕小梅的手。

慕小梅一时心悸，却没将手抽出，只是任他这样握着，一路。

酒吧离他们出来的酒店很近，才开两个路口就停了下来。

司徒轩牵着慕小梅的手下车。眼前出现一栋三层楼的建筑。

猛一看，像一栋豪华别墅，只是门口的霓虹灯闪烁的淡光，显示着酒吧的名字。

两人拉开大门进到里间，慕小梅笑了起来。室内的灯光很暗，深蓝色的世界，像是突然置身于海洋之中。人不算太少，却极安静，三三两两一群，偎一角落低语。正前方有个小舞台，一架钢琴，一个黑人女歌手，轻声在唱着布鲁斯。她的头顶上方有一排造型极其精致简约的舞台灯，照下来的光也是深蓝色。那光随着钢琴的旋律跳跃着，舞步缠绵，间或分开，又很快会再聚到一起。舞台下方坐满了人，却无一丝喧哗，甚至连鼓掌的声音也是极轻极柔的。

怎么样？喜欢这里吗？司徒轩对她笑笑，牙齿在荧光灯下闪出了诡异之光。

慕小梅闭起嘴巴也对他笑。

司徒轩依旧笑着伸手扒拉她的嘴。闭什么闭？大家都一样，怕什么？随便一点不行吗？老这么拘着，跟个土老帽似的。

你才土老帽呢。慕小梅立刻反击。

司徒轩大笑，喂喂喂，我就打个比方，你看你紧张的。一看就是个在不幸福家庭里长大的孩子，自我保护意识太强，具备极强的攻击性。

慕小梅也不生气，只是将手指卷曲成爪形，假装龇牙咧嘴地对着他叫，没错，我就是极具攻击性，可别招我，小心我吃了你。

司徒轩不退反进，来吃啊，我主动让你吃。

咱们是来喝酒的，又不是来吃人的。慕小梅躲开了。

司徒轩也转开了眼，四处看看，问慕小梅，坐哪儿？

慕小梅也四处看了看，朝着吧台那方走了过去。就这儿吧，要酒方便。

司徒轩跟了过去，有些不高兴地说，这儿亮才选这儿的吧？

慕小梅耸耸肩膀，摊开手，对司徒轩道，要不你来选？

算了，就这儿吧。司徒轩摆摆手，落座，转头对着慕小梅笑道，那，最后再问你一遍……

什么？慕小梅不明其意。

服不服？

那不可能。慕小梅转开了头，一副看都懒得看他的样子。

司徒轩也转开了头，对着吧台内的酒保叫道，小朋友，来两杯Killer。

一会儿工夫，酒送了上来。司徒轩端起酒杯一口干掉。慕小梅也学着他的样子一口干掉。

再来两杯。司徒轩放下酒杯继续对着酒保叫。

又送过来两杯。司徒轩依旧不说话，端起酒杯再一口干掉。慕小梅也不说话，学着他的样子一口干掉。

司徒轩再要，再干。

慕小梅也是，再来，再干。

最后也不知道干了多少杯，司徒轩停了下来。他推开了酒杯，对慕小梅笑道，歇会儿。他拿出一根烟，点着，抽了起来。

不行了？慕小梅笑得极其妩媚，身子朝司徒轩那边靠了过去。

别急啊。司徒轩笑笑，将她的身子扶正，对她喷出一口烟来。

慕小梅伸手抢过司徒轩手里的烟，也抽了一口，也喷了出来。

看来我干什么你就要干什么了？司徒轩抢回那根烟，对着她笑。

是又怎么样？慕小梅也笑，歪起脑袋来看司徒轩。

司徒轩突然靠近她，嘴唇就要贴上她的嘴唇的时候，停了下来。

跟我回家。他对着她耳语，鼻息重重地喷在她的脸上，随之而来的还有可以令她瞬间昏眩的熟悉香味。三重夹击下，慕小梅的心开始狂跳。她快速地向后退去，假装喝酒，酒杯却是空的。

司徒轩停了半秒，将身子也撤了回去。他吸一口烟，喷出来说，你输了。

慕小梅抓起吧台上的手提包就往外跑，司徒轩追了过去，拽住她的手，对她说，等等，结完账就送你回去。

慕小梅站定，看着他抽出几张票子丢在了吧台上，再过来牵她的手,带着她向外走去。

慕小梅恍恍惚惚地跟着,感觉腿不在自己的身上,只是麻木地随着前方的那个影子移动而移动。

上了车,慕小梅完全放松了下来。她斜斜地靠在车窗上,看着司徒轩坐了过来。

他对她笑笑,伸手将她的身子扶过来,靠在自己的肩上,问她,知道自己住哪儿吗?

慕小梅软软地答,知道。

司徒轩大笑,摸摸她的脸再问,哪儿?

朝阳公园南侧的芳菲小区。

好。司徒轩伸手拍拍司机的肩膀。走吧,小李。

车子滑动,开出了停车场。

谁也没再说话,慕小梅的头一直乖乖地待在司徒轩的肩上,不曾移动半分。

也不知过了多久,车子停了下来。慕小梅坐起来问,到了?

司徒轩也问,是这里吗?

慕小梅眯缝眼去看,答道,没错,就是这里。她转回头,目光正好与司徒轩的目光相撞,心再次狂跳起来。这是祝奇安离开后从未有过的心境,如此迷乱的感觉,慕小梅分不清是酒精作祟,气氛作祟,香氛作祟,还是那个人作祟。她停在了那里,直到那人再开口,她才有重活过来的感觉。

电话号码可以给我了吗?他换作一副极为可怜的哀求状。

慕小梅不由得大笑,接过他手里的电话,主动将自己的号码输入进去。刚要递回,司徒轩又靠了过来,却依旧在离她很近的地方停了下来。短短几秒钟的时间,慕小梅已在心内问答了无数遍,可那唇,只是轻轻地贴在了她的唇上就即刻离开了。

晚安,小梅。他轻轻说道。

晚安,慕小梅狼狈地答,拉开车门,逃也似的离去了。

那车一直停在那里,等她走进了小区,走进了楼道,才又重新启动。车轮轻轻地滑过了地面,细微的声音,远去了。

03
钟夕文的闪恋

奇安，北京已近深秋。秋天是这座城最美的季节，也是你最爱的季节。

犹记得那些日子，你总带着我辗转于城市的每一个角落，西山的凤凰岭，颐和园的小桥流水，三里屯的文艺小街，钓鱼台国宾馆外的林荫小道。如帘般的垂悬银杏叶，如火般燎原的枫红季，是这座城市最美的颜色。

总爱那红墙碧瓦，色泽深老。总爱那夕阳西落，肃穆辉煌。总爱那藏满幻象的逆光，留有时光印记的温暖感觉。

还记得你为我写过的那首小诗吗，《剪时光》。

如果你到过我的世界，你会爱上那光。

它不曾伟大，也不曾恢宏。

它微小不足，它隐晦幽深。

它只够为你剪一段，小小的时光。

奇安，如今芳菲依旧，那人却遗落他乡。

是否情到深处，人孤独？如今的我们，也难逃脱这命运的转圜，应验那场难以免俗的悲伤结局。曾经如此幸福的两人，渐行渐远。每一个孤独凄冷的长夜，是否还在渴望一个拥抱，一次深吻，一段不问过往、不谈将来的喜悲。

奇安，如果明知欲望使然也放纵了自己，你会怪责我吗？

落笔有声，回答无语。慕小梅丢开了笔，屋内变得安静起来。少了笔尖游走纸面的沙沙声，气氛诡异。小豆子呢？今天竟也不闹了。慕小梅开门去找，小家伙竟还躺在自己的小窝里呼呼大睡。她淡淡地笑笑，将日记本掩了封皮。心间却突然于此时进出一句：奇安，我该不该与他往前走走？

谁？似乎有人在问。

那个人，她答。

谁？还在问。

她无言以对。

或许？

或许？

再无声息。慕小梅叹口气，拿过丢在床边的手机，拨了出去。

很快接通，钟夕文在电话那头叫，姐们，什么事啊？我还在睡觉呢！

慕小梅不理，依旧笑着说，都几点钟了，快起床吧。

啊，钟夕文打个长长的哈欠。昨天睡太晚了，今天真不想起。

起吧，起吧，有事跟你说，快点。

钟夕文安静了下来，问道，你昨儿演出结束后去哪儿了？

慕小梅有些尴尬地笑笑，答，你不是一直忙着跟帅哥们周旋吗，哪还有工夫管我去哪儿了。

慕小梅说完，电话那头传来了一个男人的声音，文文，我走了，记得给我电话。

谁？慕小梅立刻警觉地叫起来。

没谁。钟夕文的声音变得怪异起来。

钟夕文，你还敢骗？明明听到了一个男人的声音。

吵死了，吵死了。钟夕文叫了起来，就算有个男人也用不着这么激动嘛。我都四十岁了，就不能有个男人？

钟夕文，你气死我算了，我昨天提醒你的话通通都白说了？

钟夕文开始傻笑不语。

慕小梅再叫，钟夕文，你昨儿是不是又喝多了？

有点，嘻嘻。

还好意思笑。奇怪了，我昨儿明明嘱咐三儿去照顾你的，他死哪儿去了？让我再碰到这小子我非扁死他不可。

小梅，你等会儿啊，我去把门关上就回。

慕小梅来不及回答，电话那头已然没了声音。少顷，听得钟夕文的脚步声越行越远，再一会儿工夫，又"踢踢踏踏"地跑了回来，再过了一小会儿，声音重新于电话那头响了起来，好了小梅，他走了，咱俩好好聊聊吧。

慕小梅沉声问道，到底是哪个烂货？

钟夕文有些不高兴地答，小梅，别这么说好吗？这可是我打算认真交往的男朋友。

哟，这么快就变成你男朋友了？你先想想，他同意了没有？

放心吧，他人特好的，绝对不会和我玩玩就算的。再说了，昨晚我们可什么都没干，只是我喝多了，他留下来照顾我而已。

怎么可能啊？孤男寡女又喝了酒，你们竟什么都没干？

向天发誓，什么都没干。我都醉成那样了，还能干什么？

那你怎么突然就对他……

有什么奇怪的，那么好一人，尽心尽力照顾了我一晚上，还不兴我对他有点意思？

好吧，如果只是单纯的有点意思也就罢了。先好好地相处一段时间，再决定适不适合做你的男朋友，听到没有？

我对他的印象相当的好。温柔，体贴，有责任心，还特会照顾人，而且昨晚也没有乘人之危。长相也符合我的标准。小梅，我可能这回要和他玩真的，特真的真。

怎么个真法？

闪婚。

闪你个头啊！慕小梅狂叫了起来。钟夕文，你有病啊，想结婚想疯了吧。你们才认识多久？

其实……钟夕文顿了顿。其实我们认识很久了，只是那会儿没发现他这么好。经过昨晚那么一深接触,才发现原来彼此都是对方想要的人。

屁,才一个晚上而已。文子,我拜托你想清楚好不好?婚姻不是儿戏。先接触一段时间,等了解清楚了再结也不迟啊。

用不着,小梅,找对人了就结,我不想拖泥带水。我什么性格你还不知道,从来都是雷厉风行的。

那是你的工作状态,但生活上⋯⋯

好了。钟夕文打断了她。生活上也一样,爱了就爱了,迟早都是要结的,早结跟晚结有什么区别?

区别大了。慕小梅又叫了起来,至少你有时间冷静冷静,至少你不会走错路。

你别说了,我心意已决。

那我还说什么啊,你这完全就是通知我,无视我的任何意见。你还当我是朋友吗?

当,绝对当。只是这件事我真的不能听你的。小梅,想想我的年龄吧,我都已经四十岁了,我有多想结婚你又不是不知道。

可再想结婚也得有理智吧,你这是要毁了你自己。

行了行了,别说得跟天都要塌下来似的。哪有那么严重。难道活了四十岁,我钟夕文连个看人准不准的能力都没有?小梅,你也太小看我了。

文子⋯⋯话已至此,你让我说什么好?

那就什么都别说了,安然接受。

接受个屁啊。说吧,你下一步打算怎么做?

领证。先把证领了再说。

文子,你可想好了。

小梅,我想好了。其实⋯⋯这人你也认识。

谁,哪个孙子?

你今天忙不忙?钟夕文故意卖关子。

不忙,什么事?

来我公司找我吧,就近喝个下午茶。

神秘兮兮的，干吗要我去找你，你就不能过来找我吗？

你签新的演出合同了吗？钟夕文问。

没有啊，怎么了？

那你还不来找我？难道要我这上班的人过去找你啊？你以为人人都有你这么好命，吃喝玩乐，都不用为生计奔波的？

喂喂喂，钟夕文，您故意的吧？你一富婆，你还为生计奔波？再这么说话，小心我挂你的电话。

好了，好了。钟夕文的口气软了下来，来嘛，来了我肯定告诉你那男的是谁，好不好？

慕小梅想了想，答道，好吧，正好我也有事要跟你说。

慕小梅挂了电话，又给三儿去了电话。可连拨几次，那边都是无人接听。慕小梅忍住气，想着见面了再修理他也不迟。她起身收拾东西，驱车往富丽大厦去了。

等慕小梅赶到的时候，钟夕文正站在富丽大厦的大门口忙着什么。一身肃净的黑西装，俨然趾高气扬的女强人。一众男女整整齐齐地站在那里，听着她的训话。还有几人摆弄着几个硕大的花篮，花篮上挂有条幅，写着欢迎某某单位领导莅临指导之类的话语。慕小梅熄了火，下车朝她走去。

钟总，忙呢？还没走近，慕小梅笑着打起了招呼。

钟夕文转头看见是她，脸上的表情松懈了下来，也笑着回道，少拿我开涮啊，什么总啊总的。

慕小梅故意板起脸，学着她刚才的样子训道，严肃点，都总了，怎么还在下属面前没五没六的啊？

旁边一众男女笑了起来，又纷纷对钟夕文说道，钟总，您有朋友来，把剩下的工作交给我们吧。

钟夕文点了头，刚要走，又转身不放心地嘱咐道，一定要认真检查，每个细节都不要疏忽了。这几个领导可都是完美主义者，咱们不能让别人找出岔子来。那一众男女又是一通点头保证，钟夕文这才放心牵慕小梅的手，拉着她往大厦里头走去。

去哪啊？慕小梅边走边问。

先陪我上楼拿包,还有些事要交代。钟夕文边说边摁了电梯。身旁不时有人走过,钟夕文一一点头微笑。那神情,完全不似平日里的随性,果敢干练。声音也比平常快了好几倍,原本有些含混不清的东南亚京片子,此时听来也格外顺溜清晰。

钟夕文的写字楼在大厦的顶层,电梯门刚打开,便传来一众"钟总好"的声音。

钟总,有个文件需要您签署。

钟总,我想将明天接待工作的细节向您汇报。

钟总,聚众公司的领导要不要请?

排队。钟夕文大叫一声,周遭立刻安静了下来。你们当这是菜市场呢,越忙越要有条不紊。全部到我办公室来,一个一个讲。

钟夕文甩甩头,拉着慕小梅向办公室那边走了过去。

走进办公室,钟夕文扯过一张高背皮椅让慕小梅坐下。又转身将落地窗的窗帘拉开,室内的光线瞬间明亮了许多。她走回,摆弄一番抽屉里的文件,再抬头对刚刚走进的人叫道,莹莹,麻烦去给我朋友冲杯咖啡来。

慕小梅刚要落座,听了这话又站了起来,摆手道,不用了,不用了,你们忙吧,一会儿再说。

钟夕文将她摁回,对她笑道,必须喝,我们公司的咖啡也挺不错的,尝尝。

慕小梅只好坐下,不再说什么。

一杯咖啡很快端了过来,刚才那一众男女也陆陆续续走了进来。没有一人开口说话,都极安静地站在那里。

原本坐着的钟夕文站了起来。她向前,走到一众男女的中间停了下来。她看了看众人,开口道,我一会儿还有事,咱们就不去会议室了。该签字的签字,该说问题的说问题。一个一个来。李渊,你先来吧,关于你提到的接待细节等问题,我想就不用再跟我汇报了,这理应是你们市场部该担负起来的责任。我只给一条意见,研发部那边是重头,一定要将产品测试的演练现场布置完美,而且要让研发部的技术人员提前做好准备工作,确保明天

的产品演示不会出现任何纰漏。另外，要想清楚我们的客户会关心什么，担忧什么，需要什么样的产品，以客户的需求为主导去展示我们的产品优势才是关键。另外，还要引导我们的客户来了解我们的产品，我们到底是如何为他们提供整体解决方案的，要讲清楚。好了，这些就是明天接待工作的重中之重。至于剩下的娱乐活动，只要气氛轻松热烈就行，你去准备吧。

王明宇。钟夕文转向了另一人，明天到会的领导请一一再去电话。聚众集团的领导也要去请，但只请技术部的领导，因为有产品演示，借此加深客户对我们产品的印象。去吧，你去安排。

李心，关于L集团的那份框架性协议，我看过了，没有太大的问题。只是有些法律条款不太妥。昨天我已交给法务部了，你去找他们沟通沟通。看看如何改动，既能符合我方规定，又能通过客户的审核。另外，以后这种事情直接去找法务部就可以了，你已经是一个成熟的销售了，我放权由你自己来作决定。

明丽，那几份文件呢，拿过来我签。

那个叫明丽的女孩怯生生地朝着钟夕文走去。慕小梅笑笑，将目光转向了别处。

窗外，极好的蓝天，明媚得令人想要换上一身泳衣跳进那蓝里。几朵白云由不远处飘来，像浮在咖啡杯上的奶油，离得虽远，依旧闻得到里面的香浓。

一杯咖啡还没喝完，屋内已然安静。

等慕小梅再转回身，屋内只剩了钟夕文一人。她放下手里的笔，朝慕小梅走了过来。边走边摊开手笑，怎么样，快吗？

慕小梅笑着点点头，不错，很喜欢你在公司里的状态。

像个女强人？

绝对的女强人。

钟夕文大笑，对慕小梅道，既然你喜欢女强人，就来我公司上班吧，怎么样？

饶了我吧。慕小梅摆摆手。喜欢归喜欢，轮到自己就是另一回事了。你还不知道我，哪有那能力啊？

钟夕文一屁股坐到桌上，看着慕小梅说，不用你有能力，只要你肯来上班就行，怎么样？

不怎么样。慕小梅将椅子往后退了退，离钟夕文稍远些。你这么说，我就更不能来了。拿人钱财，理当替人效力，没能力怎么行？

钟夕文起身向慕小梅走去，由后方搂住了慕小梅的脖子，晃了晃，不再说话。窗外，刚刚飘远的那朵云又飘了回来，在她们的眼前聚拢，慢慢变成了两张紧贴的脸，憨笑着，挤眉弄眼。

慕小梅指着那片云叫道，快看快看，像不像咱俩？

钟夕文瞪眼过去，也叫了起来，真的好像啊，不过旁边要是再有两个帅哥就更好了。

慕小梅用力拍她一下，叫道，疯了吧你，什么都要跟帅哥挂上钩。

钟夕文笑笑，收回手，对着那朵浮云伸了个懒腰，回身对慕小梅说道，走吧，咱俩换个地儿。

去哪儿？慕小梅边问边起了身。

钟夕文抓过丢在沙发上的包，斜挎上身，答道，不能走远了，待会儿怕还有事找我，咱们就去对面商场二楼的咖啡厅吧。

要不别出去了。慕小梅有些犹豫。就在这儿聊呗。

坚决不行。钟夕文用力晃了晃脑袋。我这人有强迫症，办公室里只能说工作，私事一概不谈。走吧，还是去咖啡厅。

出了富丽大厦的门，她们穿过过街天桥，拐进了那家商场。

商场内，钟夕文带着慕小梅穿行其中，偶尔回头问她，要不要看看衣服？

慕小梅立刻摇头，改天吧，你今天不是忙嘛，咱们就安静地喝个咖啡吧。

好，听你的。改天来逛，这里有许多大牌的衣服，很有设计感，我老来这儿买商务装。

慕小梅看了看四周，答，看得出来，价格应该不菲。只可惜都不适合我，我现在是社会闲杂人士，一身休闲运动装足矣。

钟夕文转头看了看慕小梅身上的衣服，撇撇嘴，女人还是要对自己好点，人靠衣装这句话是有道理的。

慕小梅依旧淡淡地答，我穿衣只有一条原则，自然，舒服，其次才是漂亮。她今天穿了件纯白色T恤，下身一条极简卷边牛仔裤，头上一顶低压的棒球帽，几乎遮住了她的大半张脸，却也显得那张脸秀丽至极。

钟夕文转头再看她，叹了口气。唉，好在你年轻啊，怎么糟蹋都漂亮。我就不行了，必须精致。

慕小梅搂了搂钟夕文的肩，笑道，你哪有老，明明看着跟我岁数差不多。

别气我啊。钟夕文捏捏自己的脸颊，对慕小梅道，你摸摸我这脸，如果没有化妆品在这儿撑着，早掉下来了。你再看看你，平常连个护肤都懒得做，皮肤还这么细嫩。唉，真是人比人，气死人啊。

好了好了，越说越来劲了。今天是来说点闺密体己话的，又不是来听你抱怨的，这么多废话。

钟夕文不好意思地笑了，拍拍慕小梅的手背叫道，那，我老了，经不起刺激了，下次你可别再随便讥讽我了。你要真当我是闺密，就赶紧帮我找个伴，听见没有？

好，好，帮你找，我现在就帮你找。慕小梅将一只手搁到额头上，作起了打望状。

钟夕文笑着打掉她的手，少来，急也不急这一时。

慕小梅收回手，问钟夕文，你昨儿晚上不是给自己找了个伴吗？到底是谁啊？

钟夕文移开眼，指了指前方说，到了，进去再说。

慕小梅转头去看，眼前一扇极欧式的双开门紧闭着，像间小小的城堡，估计里面大抵也如此了。走进去，果不其然。入门处一棵枝繁叶茂的假树对内室作了分隔。不突兀，像走进了一间欧式庭院。再往里，两排精致的甜点展示台相对而立。右手边则是一个半圆形的吧台，几个身着红色连衣裙的小姑娘在那里忙活。

屋顶挂满了琉璃吊灯。灯亮着，暖黄色，令屋内的气氛充满了暖意。

坐里面吧。钟夕文指了指再往里的一个小池塘。池塘内摆放了几条小船，每条小船上都摆放着桌子，椅子，很有趣味的样子。

慕小梅点点头，挑了一条红色的小船，坐了进去。

点完咖啡，两人都没再说话。最后还是钟夕文没忍住，开口道，你不是有话跟我说吗，怎么又不说了？

慕小梅没好气地瞪她一眼。凭什么我先说？你还没告诉我那人是谁呢。

钟夕文略带羞涩地扭捏了起来，撒娇道，等会儿嘛，等会儿我给他打电话叫他过来就是了。你先说。

慕小梅将背包挂到椅背上，转回头对钟夕文笑道，到底什么神秘人物啊，这么卖关子。

哎呀，也不是什么神秘人物啦。钟夕文摆摆手。待会儿他来了你就知道了啦，快说你的正事吧。

慕小梅刚要说话，咖啡送上来了。她看着服务员轻轻放下两个极为别致的瓷杯，伸手将其中的一杯推到钟夕文的面前，开口道，你认识一个叫司徒轩的人吗？

钟夕文刚端起咖啡，听了这话又放了下来，问，你见过他了？

什么情况？慕小梅瞪起了眼。怎么好像你知道我要见他似的？

钟夕文用咖啡挡住了自己的半张脸，掩饰道，没什么，我只是乱猜而已。

猜什么猜？慕小梅将杯子从她脸上移开，逼问道，快说，到底什么情况？

钟夕文只好放下咖啡杯，笑道，没什么啦，昨天你唱歌的时候，他一直在舞台下向我问你，所以我就猜他可能对你有意思啰。

是吗？慕小梅不相信地看她一眼。那他是干什么的？你们是怎么认识的？他是个什么样的人？多大岁数了？家住哪里？有没有老婆？有没有小孩？

钟夕文大笑了起来，拿起一把小勺，边搅咖啡边问，姐们，你真的连他都不认识吗?

我凭什么要认识他?慕小梅将身体靠后。

钟夕文丢开小勺,看着慕小梅,一字一句道,他就是聚众公司的总裁啊。你昨儿在会场没看到摆在外面的杂志吗?封面上的那个人就是他。本城的钻石王老五了,多少女人为他疯狂,你怎么还跟做梦似的,连他都不知道。

我凭什么就不能做梦。慕小梅又坐直了身体,对钟夕文笑道,既然这么好一人,你还不赶紧拴住了他?

别扯我,他不是我的菜。钟夕文叫道。

为什么?慕小梅瞪着她。你不是急着要找结婚对象吗?这么优秀一人,你竟放过?

钟夕文喝口咖啡,放下,将身子靠在了椅背上。小梅,他真的不是我的菜嘛,不骗你。

为什么?

不为什么。这人太强势了,我不喜欢。我自己就是个非常强势的人,生活上我只想找一个知冷知热,懂得疼人的就足矣了。钱我有,才我也有,不奢求对方什么,只要容貌上能够爽心悦目就行。司徒轩这样的还是算了吧。首先,强强联手在事业上或许相得益彰,可生活上说不好就撞个头破血流。再则,大家都是忙于事业的工作狂,婚姻迟早要出问题。我估计他也不想找个女强人来做老婆。所以小梅,我永远当他是生意场上的合作伙伴,除此之外,绝不往前多走一步。

慕小梅一直等她说完,张张嘴想说什么,却什么也没说出来。咖啡厅内飘出了一首Taylor Swift的《Our Song》,极为清新活泼的旋律,正像她此时的心境。

钟夕文也不说话,格外认真地看了看慕小梅。一举一动,一颦一笑,她细心地收进眼底。突然开口再问,你昨晚是不是跟他离开会场了?

是。慕小梅想也没想就答,原本也没打算隐瞒什么。

我就知道。钟夕文惊叫了起来,快说快说,你们都去了哪儿了？干了些什么？

慕小梅放下手里的咖啡，转头去看池塘里的鱼，嘴里答道，什么都没干。

不可能。到底干了什么？

慕小梅笑笑，再答，原打算去喝点小酒，没想到那酒太烈，直接给我喝趴下了。

然后呢？

然后他就送我回家了。

怎么可能？钟夕文猛然坐直身子，连带着身下那张木头椅子发出了极刺耳的一声"吱呀"。她瞪住了慕小梅，自言自语道，这个鬼，什么时候变得这么绅士了？竟将到手的猎物白白放过？

你什么意思？慕小梅挑起了眉头。

钟夕文意识到自己的话有些不妥，尴尬地笑笑，解释道，他的身边美女太多，自然也就不会太过保守。我只是好奇，昨晚在酒精的作用下，你们都没有成全好事，这简直是太不可思议了。一个正当年的男人，一个三年未近男色的饥渴女人，你们是怎么扛下来的？

慕小梅拿起一枚小勺搅了搅咖啡，再瞟钟夕文一眼，啐道，你才饥渴女人呢。不过昨晚还真差点没把持住。

对吧，我就说嘛，这才证明你是个正常的女人。

慕小梅的脸红了起来，再说，也不知道为什么，司徒轩身上的香味与奇安身上的简直是如出一辙。那几种气味混合在一起，搞得我真有些意乱情迷，差点就跟他回家了。现在想来，能全身而退，简直就是奇迹。

奇迹个屁啊，钟夕文叫，简直就是神迹。

他昨晚还留了我的电话号码，我估计还会有下次见面的机会。怎么办，文子，往下走，迟早出事。

男欢女爱，为什么怕出事？

慕小梅沉默了下来，端起咖啡来喝。

说嘛，怕出什么事？钟夕文又问。

也没什么啦，只是心里感觉怪怪的。

怪什么怪？小梅，你就是想得太多了。你问问自己，第一印象好不好？喜不喜欢他？

慕小梅点了点头，有些羞涩地笑道，喜欢肯定是有点喜欢的，不过……她又犹豫了起来。

不过什么？

不过，我这心里老觉得对不起奇安。慕小梅将一直握着的那把小勺丢进了咖啡里，有些烦乱地搅了起来。她的眉头紧蹙，小小翘起的鼻头显得格外地俏皮。睫毛在脸颊处画出两道阴影，像两扇张开的羽翼，偶尔轻颤时，更显一番楚楚动人来。

钟夕文目不转睛地盯着她，心中突然就原谅了祝奇安，也放过了自己。输得不丢人，她想，当年如若换作自己是祝奇安，也会对眼前的这个女人心动无比的。

她伸手握住了慕小梅，轻声道，小梅，或许奇安要的是你放手。

怎么可能？慕小梅惊叫了起来，眼中瞬时蓄满泪水。

不是忘记。钟夕文只好将语气放柔了些。是放手去找寻属于你的新的幸福。三年了，你也够了。

慕小梅的眼泪掉了下来，掉进了咖啡，不见了踪影。

钟夕文递过来一张纸巾，劝慰道，宝贝儿，小小抒个情就行了，别泛滥啊。

慕小梅接过来，擦干眼泪，对钟夕文道，放心吧，我试着和司徒轩往前走走，如果不合适就算了。

还没开始呢就先想不合适，合适都被你想不合适了。要对自己有信心，更要对自己的幸福有信心，听到没有？

知道了，妈。慕小梅丢掉那张纸巾，也丢掉了那份突至的伤心。

你还是叫我妹吧。钟夕文笑道，我可不想被你叫得那么老。她靠回椅背，极为优雅地端起了咖啡，又放下说，小梅，要不你还是来我公司上班吧，你老这么一个人待着，我怕你寂寞。

算了，别做无用功了，我现在这样挺好的。

经济上呢？

干吗？查户口啊？我现在又不是没有挣钱？

好吧，要不要我给司徒轩打个招呼，让他待你好点。

千万别。那样就太傻了。感情的事从来都是两个人的事，我可不想再被他叫作土老帽。

啊，他敢这么叫你，哈哈，他不想活了，我哪天见着他非修理他不可。

笑个屁啊。该你了，说，昨晚到底和谁在一起啊？

我现在就给他打电话。钟夕文举起电话拨了出去，一会儿听筒那边传来了男声，亲爱的，想我了？

呃，慕小梅的下巴抖了起来。

钟夕文一脸幸福地回过去，特别想，你现在在干吗呢？啊，睡觉啊。昨晚忙了一夜，都没睡好吧？要不要来找我，我介绍个朋友给你认识。好，那就来世纪京缘的二楼咖啡厅吧。好，那我们等你。快点，拜，亲亲。

呃，慕小梅的下巴再次抖了起来。

呃，钟夕文也学着慕小梅的样子抖起了下巴，嘴里说道，一会儿就到，怎么样，特听我的话。

哪儿跟哪儿啊，这才刚开始，别被表面现象给迷惑了。

我才不管那么多呢，我只要当下我开心我快乐我happy就好了。我不像你，什么事都要想得清清楚楚，明明白白。

还说。慕小梅瞪起了眼。

钟夕文笑笑，也不再解释，端起那盘起司蛋糕吃了起来。慕小梅瞟她一眼，也伸过来小勺，与她一起吃了起来。

一盘起司蛋糕还没吃完，钟夕文突然站起身来，慕小梅赶紧咽下嘴里的蛋糕，也站了起来。她随着钟夕文的笑脸回过头去看时，愣在那里。

咖啡厅的入门处，三儿穿着一件纯黑色的商务T，棕色休闲裤，难得如此干净利落的打扮，朝气蓬勃地朝着她们这边晃了

过来。

刚走近，还未来得及开口，慕小梅已将手里的那勺蛋糕朝他丢了过去。小子，我让你照顾朋友，你就是这么照顾的？

钟夕文闪身挡了过去，小梅，别这样，是我自己愿意的好吗，跟他没关系。

怎么跟他没关系，这坏小子，竟敢对我的朋友下手。慕小梅再挖出一勺，又丢过去。

三儿边躲边叫，小梅，你能不能等我说清楚了再发火啊？

慕小梅停下了手里的动作。

三儿站直身子，整整衣冠，擦汗，又接着向着旁边几桌人道歉，这才回转身来问慕小梅，要不要换个地方？

慕小梅高声叫了起来，干吗，怕丢人啊。

喂，差不多行了啊。钟夕文也叫了起来，我们男未婚女未嫁的，怎么就丢人了？

慕小梅跺脚，转身要走。

三儿赶紧将她拉住，嘴里求道，行了行了，都算在我脑袋上行吗？至少坐下来给个机会说清楚嘛。

慕小梅回身看看三儿，又看看一旁生闷气的钟夕文，鼻子里"哼"了一声，扭身往里面一张大桌走去。

三儿也推着钟夕文走了进来，刚坐下，慕小梅就发难，说吧，说说你们的好事。

三儿立刻谄媚道，喝多了，喝多了，昨儿晚上一开始只是玩玩骰子而已，没想到玩着玩着就多了。

慕小梅狠狠地白他一眼，叫道，谁信呀。三儿，你知道我们这姐们酒量不好，你还狂灌。

苍天啊。三儿叫了起来，向毛主席保证我绝对没有灌她，你给我三胆儿，我也不敢啊。你问文文。

慕小梅转向了钟夕文，冷笑道，那就是酒不醉人人自醉啰？

小梅……钟夕文也转向了她。高兴嘛，喝着喝着就多了。

哼，谁信啊。慕小梅转开了脸。

不信算了。钟夕文也没好气地转开了脸。

说吧，三儿，说说你们打算怎么办吧？

小梅，我们可是非常认真的，我们打算闪婚。

闪你个头。慕小梅又转向了钟夕文，叫道，文子，我可告诉你啊，我跟三儿合作这么长时间，这人当哥们没话说，若要当爱人，嘿嘿，那你可就得小心哦。认真你就输，不信你就走着瞧。

不会的，这次坚决不会，我向你保证。三儿急得从座位上站了起来。

慕小梅也挺胸站了起来。干吗？比高啊？

算了算了，小梅。钟夕文也站了起来，拉着两人的手坐了下去。人总会变的嘛，你就祝福我们一回不行吗？

我不是不想祝福，文子，你还不知道我？巴心巴肝为你好，主要是三儿当老公真不靠谱，太没有责任心，我怕你受伤。

喂，小梅，我还在这儿呢。三儿高叫一声。

慕小梅完全不理会，也高叫道，当你死了！三儿，我可告诉你，我这姐们可是认真想结婚的，你若没那个心，趁早死一边去。

绝对有，绝对有，向毛主席保证绝对有，谁骗你谁孙子。三儿举起了三根手指头。

钟夕文一边娇笑着将他的手摁回，一边对他道，我相信你。

呃。慕小梅的下巴又抖了起来。反正我该说的都说了，你们俩都是我的朋友，我可不希望你们有天闹得不愉快来怪我。

不会的。认识三儿这么久，昨儿才知道他挺疼人的。我喝多了，吐得满地都是，一直都是他在忙里忙外地照顾我，我挺感动的。小梅，我要找的人就是他这样的人，你就接受这个事实吧。

我只好接受，不然还能怎样？但该提醒的我也得提醒。三儿！

哎。三儿慌忙答应着。

你若敢……

绝对不敢。慕小梅话还没说完，三儿又举起了手。

事已至此，慕小梅知道自己说什么也是无用的了。她坐直身

子再问，那你们打算什么时候办事呢？

这两天。钟夕文无比甜蜜地笑道，我们先把证领了，事儿等以后不忙时再办。怎么样？放心了吧。

我不放心又能怎么样？慕小梅皱皱眉，不再说话。

三儿小心翼翼地贴过去问，要不晚上一起吃个饭吧，算是提前为我们祝贺。

慕小梅懒懒地瞟他一眼，算了，还是改天吧，今天没胃口。

钟夕文也贴过来问，怎么，小梅，还生气啊？

慕小梅不理她，揉揉太阳穴叹道，大概昨晚没睡好，今天又起得特别早，我想先回去休息了。

吃个饭再走也不迟嘛，给三儿个面子。

真不是不给面子，一堆事。今儿一天都跟你这儿耗着，还没带小豆子出去遛弯呢，估计这会儿它都已经上房揭瓦了。慕小梅边说边起身掏钱包。

三儿给拦下来了，我来我来。

宝贝儿，钟夕文拉住了慕小梅的手，不放心地再问，真没有生我的气吗？

刚才有，三儿保证完了就没事了。说到底，我也是巴不得你们俩幸福的。好了，走了，再约。慕小梅一边做着打电话的手势，一边往咖啡厅外晃去。

慕小梅走回富丽大厦，找到自己的车，将车开出了停车场。

暮色渐沉，夕阳的余晖与天边的晚霞依旧纠缠着不舍离去，最后的那点斑斓正与渐渐明朗的弦月对峙，伯仲于分秒间，沉沦是迟早之事。

夜空布满星光之时，慕小梅终于到了家。她冲完凉，跑去阳台上抽烟。那刻，她心中突然有种莫名的渴望，渴望能有一束暖光照进来。可惜没有。眼前除了惨淡无色的街灯，再无其他。奇安离开的那夜，心同此时。只是那晚，她把自己当成了守城人，因为某种决意而变得坚定。而今，司徒轩的到来，钟夕文的再恋，更像是一场失措而突至的繁盛。某种妖娆之姿正以极其疯狂的势头席卷而来,她却怯弱了,退缩了。那感觉,更像是一个长年食素之人,在面对一盘精致牛排之时,想要背弃竟已不能。

慕小梅就这样站着,任凭风吹过脸颊,生疼的感觉。她点燃手里的那支烟,开始跟这夜色道别。用极慢的速度,极静的方式,道别。她手里的火苗即将熄灭之时,对面的阳台上突然跳出了一团小火苗。慕小梅趴着看。那火苗熄灭得极快。一会儿工夫,明明灭灭地又亮了起来。

有人在抽烟。

慕小梅的心猛跳两下,一个怪异的念头划过她脑中。她点亮了打火机,将火苗调至最大,对着那面阳台晃了过去。灭掉,再晃,安静地等在了那里。

只片刻,那方竟也亮起了一团火苗,以同样的方式晃了回来。晃,灭。再晃,再灭。

天地恢复了之前的寂然,慕小梅笑了。她丢掉手里的那尾烟,返身回了屋。

04
篱苑书屋

奇安，原想安静地坐在这里给你写信，可楼下传来的叫卖声持续打断着我的思路。只好写写停停，停停写写。

想来，搬来这里已五年之久。从最初的清寂寥落，到如今的繁盛喧闹，不禁要感慨这城市的发展之快。现如今，楼下搬来了早市跟晚市，买菜很方便，出外找食也很方便。只是遗憾的是，经常这头写下想你，那头落笔成了走过路过不要错过。也曾想过换到晚上来写，想想还是放弃了。换了又如何，不过是这头写完此情可待成追忆，那头便成了好吃的新疆羊肉串便宜卖。只是，市井的声音从来都是你所喜欢的，我也安然接受了。

日子很平常，偶有投石，微澜间也全是对你的思念。如今的我，依旧喜欢坐在人流如织的咖啡馆里看人，看书，看眼前的流光将日子无止境地拉长，拉远。

心中会时常问自己，如果爱情是一场最深层次的幻觉，那么走完天涯路也不愿醒来的人，除了我还会有几人？当时间经过腕表，到底过滤了些什么？隐匿了些什么？呈现了些什么？又是什么在心底时时涌现，时时悸动？时光机里，是什么在不断地摇摆与附着？似乎有太多的问题，又似乎永远都没有答案。

可奇安，有一点从来清楚。那就是，如此心音，唯有你懂，才可深刻。

慕小梅停了下来。她呆坐，凝神，似一座雕像。思绪被拉回到某个从前。同样的清晨，同样的窗前，两个身影被晨光化成两道长线。她，奇安，他们就这样站着，面对面站着。笑着，斜倚着。她时而藏进他的怀里，时而挣脱。如此幸福静谧的画面，又如此的虚幻与不真实。慕小梅盯着那画面，心中分辨着它们的真假。它们在她的脑海里，还是深陷于心底？她分不清，她仿似也站进了那光里，飘忽着，晃动着。

许久，画面消失了。再定睛看时，眼前只有日光灯的死白。所有的东西在那死白里清晰，明朗，却也无趣。慕小梅的心被重新带回现实当中，刚才还满满的有些涨痛的幸福感，消失得无影无踪。身体的某部分被摘去了一般，空空落落起来。慕小梅害怕那空落的感觉，她起身来，往阳台那方走了去。

她极目远眺，期望从对面阳台上找到些什么。可白日光下，卸下所有跟神秘有关的事物，那方只剩了苍白跟无趣。一张宽大的旧皮沙发，孤零零地放在阳台的左侧，萧索而孤寂。能清楚地看到沙发中段的塌陷部分，如果不曾易主，罪魁祸首只有昨夜一人。慕小梅努力聚焦，希冀从那塌陷的形状、深浅，来判断是男是女，是高是矮，是胖是瘦。可惜，那需要极高的目测跟分析能力才能办到的事，已非她能力所及。

是谁真的重要吗？那样的夜，那样的浩瀚银河，那样的黯然神伤，曾有人与你相对而立，静默无语，或许就已经够了。就像一封深情写就的信，无须凭寄，只因相信时间跟记忆终将背道而驰，所以丢进了风里，消失也好，吹落也罢，由它自由来去。

电话突然于身后猛响，慕小梅关好窗，走回了屋内。

她接起电话，轻声道，哪位？

电话那头传来了钟夕文的笑声，小梅，睡得好吗？

慕小梅知道她没话找话，要搁平时，她肯定一句关你屁事给噎回去了，可今天没有。她中规中矩地回了一句，还好，怎么了？

吃饭了吗？钟夕文再问，语气明显轻松了许多。

还没，一会儿就去吃。

我请你吃吧？

慕小梅笑了起来，干吗，谈个恋爱倒跟我生疏起来了？

不是啦。昨天看你一个人走了，我心里一直不好过。

说实话了吧，可怜我是吧？我有那么可怜吗？

小梅，你赶紧找个男朋友吧，要不我这心里老像晃着半桶水似的不踏实。

什么啊？为了你安心就逼我乱找男人啊，你也太自私了吧。

不是啦，我这不也希望你赶紧幸福嘛。三儿那事，你还生我的气吗？

说到重点了吧。慕小梅笑道，什么请不请我吃饭的，不过是想来探探我还为昨天的事生气没有。

嘻嘻，那你还生气吗？

早不气了。慕小梅叹口气。刚开始有点生气而已，主要担心你和他在一起不合适，但看你们俩都那么坚持，我也就没什么可说的了。不过文子，你真该找个更好的。

什么是更好的？钟夕文问。

慕小梅想了想，无言以对。

钟夕文笑了起来。放心吧，宝贝儿，三儿对我真的很好的，我们已经在准备结婚的事情了。

这么快？

放心吧，三儿绝对没问题，对我好着呢。

哼，三分钟热度而已。文子，日久才可见人心，先别把话说得太早了。

那就给我们时间吧，小梅？

好吧，祝你们幸福。

宝贝儿，你接受了，我才能幸福。

电话里突然传出"嘟嘟"的提示音，慕小梅拿远了去看，是司徒轩。她将电话贴回，对钟夕文低声道，司徒轩给我来电话了。

钟夕文也降低音量，快速地回道，快接快接，我先候着你。

慕小梅故意等那提示音再响两声才去接通，若无其事地问，哪位？

没存我电话吗？司徒轩的语气明显有些不高兴。

慕小梅不理，继续假装惊讶地叫道，啊，是你啊，怎么想起给我打电话来了？

司徒轩有些委屈地答，早就想给你打电话了，忍了很久，觉得这个时间给你来电话算得上矜持了。算吗？

慕小梅忍住笑，继续问，干吗，我欠了你多少钱啊，才会让你这么牵肠挂肚？

你不欠我钱，欠了我人。

谁啊？钟夕文？

钟夕文不知怎么听到了这句，在电话那头叫了起来，宝贝儿，电话这么快就打完了？

没事，亲爱的。慕小梅赶忙去答钟夕文。

司徒轩也叫了起来，小梅，你是在叫我亲爱的吗？

慕小梅终于憋不住狂笑了起来，叫道，乱了乱了，全乱了，我必须要挂你们其中一人的电话了。

挂我的。钟夕文不等慕小梅再说，自动挂上了电话。

司徒轩还在电话那头叫，小梅，你是不是叫我亲爱的？

不是，刚才还有个人在线上。

小梅同学，你这样是不对的。怎么能一边跟我通话，一边还跟个小情人聊天呢？到底还能不能好好玩耍了？说好的幸福呢？

司徒轩同学。慕小梅依旧笑。刚才那个小情人叫钟夕文，要不要拉她进来一起玩耍啊。

钟夕文啊？她就算了吧，这疯子，和她玩耍不了。

你们俩太奇怪了，谁也看不上谁，可为什么又能一起共事呢？

生意归生意，爱情归爱情嘛。我分得清，这钟疯子也应该分得清。

喂，你还是叫她钟同学吧。

怎么？叫钟疯子，你心疼了？

什么啊，轮也轮不到我来心疼吧。

那我呢，你心疼我吗？你打算叫我什么？

癣，慕小梅极认真地回答了他。

司徒轩立刻答道，挺好，以后就叫我轩吧。

慕小梅摁了个"癣"，给他发了微信。很快，司徒轩回过来一个"霉"字。

慕小梅大笑，对着电话说，小心眼，一看就是在不幸福家庭长大的孩子，具备极强的攻击性。

司徒轩也笑着回道，你倒学得挺快。算了算了，我投降，再这么打嘴皮仗下去，一天都白白浪费了。今天有什么安排没有？

没有。

答得这么快。看来对我的印象分还挺高的吧。

慢慢地，洒洒水。

说人话，别学那钟夕文说鸟语，听不懂啊。

好啊，你竟敢说钟夕文坏话。下次见着钟夕文我非告诉她不可。

不用你告诉，我见她一次说她一次，不信你问她，她不爱听都不行。

要不要陪我去遛狗？司徒轩转了话题。

遛狗？

对啊。我刚买了一只牛头犬，很可爱，要不要来一起玩？

你怎么也买了一只牛头犬？慕小梅问。

怎么个意思？还有谁买了？

我们家也有一只，叫小豆子。

这么巧，我们家这只叫小蹦子。司徒轩一本正经地回。

慕小梅"扑哧"一声笑了出来，司徒轩，你是故意气我的吧，哪有人给狗狗起这么个名字，难听死了。

我就起啊。我觉得好听就行了，管别人怎么想呢。再说了，听着跟你们家小豆子的名儿挺配的。你看，多好。

好个屁啊。司徒轩，你不是骗我的吧，根本就没有什么小蹦子吧?

真有，刚买的，骗你是小蹦子。司徒轩依旧严肃地答。

慕小梅倒在了床上，几乎笑成了面瘫。

司徒轩也不管，一本正经地再说，我们家这只小蹦子可是个极品小帅哥，什么都好，就差一个女朋友了。我前几日带它出去玩，一群小美女里它竟一个也看不上。敢情，是在等你们家小豆子啊。你看看，这缘分，岂可让它们白白错过。从现在开始，你不来还都不成了，我和我们家小蹦子天天跑你们家去骚扰你。

那我就躲出去，看你怎么办？慕小梅好不容易收了笑。

别啊，宁拆十座庙不毁一桩婚。它俩都对上眼了，你又何必棒打鸳鸯呢。

它们俩跟哪儿对眼去啊，梦里啊。慕小梅从床上坐了起来，用手捋捋起皱的裙摆。

来吧，正好带上你们家小豆子一起遛。再说了，它们做个伴，也就不影响咱俩那什么了……你说呢？

什么那什么……你又胡说什么？慕小梅再笑起来。

小姐，你又想多了吧。司徒轩立刻换回一副道貌岸然，用陕北口音冷言道，我说你这位女同学的思想怎么就这么复杂呢？怎么我说什么你都往那上面想呢？

哪上面啊？慕小梅笑问。

我哪知道啊。司徒轩答，我这么纯洁一人，全让你给教坏了。

呸，谁教坏谁啊？

算了，我舍生取义了，你还是教坏我吧。

那求我吧。

求你了，姐姐哎。司徒轩故意扯起了哭腔，赶紧地，麻利地，把我带坏了吧。从今儿起，我不坏都不能了。不坏，我自个儿把自个儿摔坏得了。

懒得理你，贫吧你就，我要挂电话了。

别挂电话啊，你还没答应我来不来呢。你们小豆子肯定挺想我们家小蹦子的吧，你就别再倔强了，从了吧。

这样吧，你先收拾收拾。我开车来接你，再告诉你去哪儿行不行？

好吧。

那一会儿见。司徒轩挂了电话。

慕小梅也挂了电话，倒在床上又开始狂笑不止。她也不知道司徒轩到底触动了她哪根笑神经，竟止不住地想笑。

她从床上爬起来，往衣橱那边走了去。她打开衣橱，选出一件卡其色的衬衣换上，再套进一件牛仔蓝的开衫里。下身则选择了一条牛仔蓝的七分裤，蹬进一双卡其色的尖头皮靴里。她将头发高高地束起，扯下几缕，随意地搭在肩前，极为活泼的样子。她转过身，对着镜子扭了扭，笑笑，满意地朝屋外走去。她给小豆子找出一条同样卡其色的蓬蓬裙换上。刚换完，司徒轩的电话就打过来了。她接听，怎么，这么快就到了。

是啊。司徒轩也笑，就在你家楼底下，下来吧。

好，这就下去。慕小梅边说边跑去阳台，一辆硕大的SUV就停在楼下。

她返身回屋，拉起小豆子往屋外走去。

刚出楼门，就看见站在小区正中央的司徒轩。上身一件黑色帽衫，配以卡其色的休闲裤，与慕小梅的行头极为搭配。头发不知何时剪成了板寸，清爽利落的样子。看见慕小梅后，他松开了抱胸的手臂，对着她挥了挥手。

慕小梅跑近，问，你们家小蹦子呢？

在车上呢。司徒轩朝小区停车场努了努嘴。

放下来吧。

放下来干吗？又不在这儿遛。

刚认识就挤在那么狭小的空间里，不打起来才怪。先拉下来遛遛，等它俩熟悉了再上车嘛。

对，怪我没想那么多。司徒轩和慕小梅往停车场走去。

走近，司徒轩打开车门，车内立刻探出了一个胖胖的脑袋，耷拉着舌头，喘着粗气，对着司徒轩摇起了尾巴。

慕小梅立刻惊呼了起来，好小啊，才几个月大吧。

对。司徒轩笑着点头。

慕小梅伸手去抱它，司徒轩阻止道，小心啊，它对不熟悉的人很凶的。可惜已经晚了，慕小梅已经将它抱进了自己的怀里。而那只牛头犬也开始极不情愿地扭动起身子，嘴里不时发出"咕噜"的声音。慕小梅知是一种警告，放下了它。

司徒轩走过来拉她，问，伤到了没有？

没有。慕小梅摆了摆手。不过你们家这位可真够凶的，我们家小豆子从来没这样对待过我。

需要时间嘛，熟悉熟悉就好了。司徒轩答。

慕小梅有些不甘心，蹲下身去，用一种极温柔的声音跟小蹦子说话。好一会儿，再伸手抚摩它时，小蹦子便不再发出抗议的声音。慕小梅欣喜地抱起它，转头问司徒轩，它叫什么？

小蹦子啊。司徒轩答，不是在电话里告诉你了吗？

真打算叫小蹦子啊，太难听了吧。慕小梅皱起了眉头。

当然，你们家叫小豆子，我们家的就得叫小蹦子，要不你们家的改个名？

我才不改呢。慕小梅挑了挑眉头。

那我们也不改，小蹦子挺好，烂名好养活。赶明儿再长成个大帅哥，生出一窝小帅哥来，多有成就感。司徒轩将套在食指上的车钥匙慢慢转一圈。

不会吧，你还真打算让它配种啊，我们这位可是早就结扎了。你还是找别人吧，你那梦想在我们这儿是要落空的。

司徒轩将钥匙再转一圈，答，好啊，那明儿我也带小蹦子去做个结扎。

那还怎么生一窝小帅哥啊？

不生了呗。司徒轩耸耸肩，一副不置可否的样子。从此我们家小蹦子只和你们家小豆子玩神交。

神个屁，从来没听说过。

没听说过我教你啊。司徒轩说着往慕小梅这边凑了过来。

慕小梅赶忙指指地上的小蹦子喊，喂，别闹了，赶紧走吧。

走。司徒轩放过了她，抱起了小蹦子塞进了车后座，再回身，将小豆子也抱起来塞了进去。随后，司徒轩朝着慕小梅走了过来，没等她回过神，抱起她就往前走。慕小梅吓得一通狂呼乱叫。他不管，开了车门，将慕小梅往副驾驶座上轻轻一抛，"嘭"的一声关上了车门。他转到了车子的另一边，拉开车门，自己也坐了上来。慕小梅还有些惊魂不定地看着他，他已点火，倒车，快速地将车开出了小区的停车场。

车很快上了高速，两人都没有再开口说话。半天，司徒轩转头问慕小梅，怎么了，为什么不说话了？

想听什么？慕小梅伸直了腿，懒懒地躺在了座位上。

你说什么，我就听什么。司徒轩斜着身子从抽屉里摸出一包烟来。他开了天窗，风突然灌了进来，刺耳地啸叫不停。

这么吵，还怎么说话啊？慕小梅不满地拧开了音响，一曲激昂的交响乐突然也响在了啸叫声里。所有的声音混在一起，气氛滑稽。

换个台。司徒轩伸手摁了摁，一曲轻柔的蓝调传了出来。可以吗？他转头问慕小梅。

什么可以吗？慕小梅正对着窗外发呆，一时没明白他的问话。

司徒轩不满地叫道，喂，这位女同志，可否认真点？跟你讨论严肃的问题呢，怎么老走神？

看窗外的秋色呢，没空理你。

有那么好看吗？比我还好看？司徒轩假装也去看风景，故意往慕小梅那边凑了凑。

慕小梅推开他，假装生气地吼道，好好开车，捣什么乱啊。

司徒轩撇撇嘴，退了回去，又笑着问慕小梅，你都不问我带你去哪儿，万一我把你卖了怎么办？

不会的。慕小梅自信满满地答。

对我这么有信心？司徒轩弹掉烟灰，从嘴里吐出一个烟圈来。

当然，慕小梅瞟他一眼，笑道，你还没得手呢，怎么舍得卖我？

哈哈，司徒轩大笑，掐灭烟头，回答慕小梅，你怎么把我说得跟个色情狂似的。

你不是吗？

我要真是，你就惨了。司徒轩耸耸肩，一副无所谓的表情。

你很怪。慕小梅突然说。

什么意思？司徒轩关了天窗，车厢内恢复了之前的安静，蓝调音乐还在飘。

慕小梅嘴角上扬，眼中闪过一丝狡黠的光。你吧，看着像喜欢浮华世界的人，偏偏又极为怕吵，休闲时光应该都待在比较安静的环境里吧？

司徒轩瞟她一眼，答，别试图解读我，没那么容易，小姑娘。

难道我说错了？慕小梅看着他。

司徒轩瞟她一眼，笑道，人有很多面的。不过这面你倒是说对了。我是个工作狂，但闲暇时刻会找一种比较安静的方式来放松自己。

嗯哪，孤独也是一种形而上的体验嘛。

司徒轩瞟她一眼，继续笑，此话有深意，不像你这般年纪可以体会到的。

有什么难的？书中自有颜如玉。

司徒轩笑笑，不再说话。

不过……还是有些奇怪。

奇怪什么？司徒轩问。

为什么你不像旁人那样选择高尔夫之类的休闲活动？那样不是显得很高雅吗？

为什么我要像旁人那样？

慕小梅想了想，无言以对。

司徒轩笑起来，答，平常我也打高尔夫啊，与生意场上的朋友经常在一起打球。但真正想让自己放松的时候，我会选择安静。

嗯。慕小梅闲闲地应一句，不再说话。

司徒轩接着说，人生大抵如此，掌声再雷动又如何？巅峰时代不过也就那么短短几时，万事万物终有逝去的一天。所以，相对于虚无的繁华，我的内心更执着于平静。这些都不过是个人节奏的问题而已，掌握好了，便可在两种截然不同的状态里来去自如。

听着很高端大气上档次的感觉啊。慕小梅调皮地朝他挤挤眼。

司徒轩也不介意，耸耸肩说，现代人的平静大抵如此，不是遁隐山林，不是远离人群，而是在喧嚣与扰攘之间给自己找寻一个平衡点而已。

嗯。慕小梅点点头，慢慢念道，闲看庭前花开花落，去留无意，宠辱不惊嘛。

喂，你在听我说话吗？司徒轩伸手过来咯吱她。

慕小梅笑着躲。这不正夸你呢吗？

夸我了吗？怎么感觉你又走神了呢？司徒轩收了手。

窗外的景色实在是太美了，舍不得将眼睛挪开。

嗯。司徒轩也赞同道，这是北京最美的季节，所以才要带你出来玩的嘛。喜欢就好好看看吧，转眼就要入冬了。

你这话倒让我想起了叶慈的诗。慕小梅一边拉扯毛衫上的拉链，一边对着司徒轩笑。

怎么讲的？

万物皆变，凡美丽的终必飘去。

唯有我对你的心依旧，永远不会改变。

呸，怎么可能啊？你这誓言给重了。慕小梅将身子扭向了另一边。

没有啊。司徒轩耸耸肩。我不过是说出了自己的心声而已，不喜欢啊，不喜欢我换一句。风华一指流沙，苍老一段年华，这一季即将翻过，爱你的心依旧停留原地，永远永远。

慕小梅忍不住又笑了起来，揶揄道，这位先生，你的女朋友至少得以一打来论吧？

为什么？司徒轩假装不知。

你简直太会甜言蜜语了，要不是来之前我给自己打了一针预防针，估计这会儿也已被你捕获了。

迟早的事，你那预防针也不过只能防一时，不能防一世，我要的是你的一世。司徒轩说着将脸又凑了过来。

打住。慕小梅笑着躲开。这招用过了，不管用。

司徒轩收回脑袋，一脸自信地说，管不管用不由你说了算，现在我开着车，暂不与你讨论。

下了车也一样。慕小梅也一脸自信地答。

饿不饿？司徒轩转了话题。后面有个纸袋，给你买了金枪鱼馅料的全麦面包，喜欢吗？外加可乐。

啊，太好了，我都忘了自己还没吃饭这事了。慕小梅转身去找，摸到了一个大纸袋子。她打开，拿出里面的面包，吃了起来。

司徒轩问，好吃吗？

好吃。你怎么知道我喜欢金枪鱼馅料的？

我掐指一算就给算出来了，怎么样，牛吗？司徒轩举起可乐，递给她。慢点吃，别噎着。

慕小梅接过可乐，喝一口，问，我这人是不是太外在了，很容易被看懂吧？

怎么会？不过是我阅人无数而已。

臭美。慕小梅瞟他一眼。

司徒轩的电话响了起来。他接起来，喋喋不休地与电话另一头的人讲生意经。慕小梅懒得听，继续将手里的食物吃完，再将垃圾丢回了纸袋。她转头看看司徒轩，他还在讲。她笑笑，将目光转向窗外。刚才还一整片暗灰色的钢筋丛林，这会儿已是层林尽染。慕小梅的心突然涌起了万般情绪。她记起了祝奇安在的时候，也常带着她这般云游四海。北京周边的这些地方，他们几乎都已去遍。可如今风景依旧，人却转换了流年。

司徒轩接完了电话，转过头来叫，快看，那片山头真美，应该带个相机出来。

慕小梅循声望过去，不过一株孤零零的小树而已。

呵呵，是不是失望了？司徒轩坏笑道。

不会啊，很美。慕小梅一本正经地答，似乎听到了某种呐喊于山谷间的传递。再回传，逆向飘进了亘古的苍穹里。

不错，有意境了。

酸不酸啊，还意境。我这是在学你的花言巧语呢，没听出来吧。

司徒轩伸手再拿出一根烟，刚要点，被慕小梅一把夺了过去。爱护小动物，密闭空间少抽点烟。

是，老婆大人。司徒轩应声收了手。

车子此时正好下了高速，又接着往前走了一小段，拐进了一个小镇里。

好美啊！慕小梅望着窗外叫了起来。

美吗？一般吧。司徒轩一边找着停车位，一边答着慕小梅。

你可能来的次数多了，所以不觉得吧。

怎么会，我也是第一次来。你可能喜欢它宁静的气氛吧？司徒轩熄了火，将车停稳。

也许。慕小梅点了点头。

下车吧。司徒轩拉开了车门，跳了下去。他将后门打开，放出两只急不可耐的小家伙，再分别给它们套上链子，这才绕到另一边门来接慕小梅。

慕小梅看见他牵来两只小家伙，叫道，让我也牵一只吧。

司徒轩拂开她的手，怎么，还怕我搞不定它们两个？

那倒不会。慕小梅笑了起来，你这么牛一人，别说是两只狗了，就算是两百个人恐怕也不在话下吧。

岂敢岂敢，就差搞定一人了。司徒轩说。

慕小梅知道他什么意思，不理他，开始往前跑去。边跑还边回头叫道，快点，空气非常好，一起来跑跑步吧。

跑步就算了吧，司徒轩原想安静地走走，却架不住小豆子和小蹦子的大力拖曳，也只好随着它们小跑了起来。

慕小梅一边跑，一边大声地叫道，土地平旷，屋舍俨然，有良田美池桑竹之属,阡陌交通,鸡犬相闻。

司徒轩在她身后追得气喘吁吁,边追边叫,前面那位女同学,看来你很喜欢陶渊明的《桃花源记》啊。

对啊。慕小梅放慢了脚步,回头对司徒轩说,不过我这人读书从来都是太过泛泛,往往只取意境,不究其实。

无所谓。司徒轩边喘粗气边对她说,随自己喜欢就好,读书只是一种态度而已,不用在乎形式。

同感,我也是这么想的。慕小梅甩甩头,又接着往前去了。

还跑啊。司徒轩对着她的背影叫,小梅,小梅,差不多就行了吧,咱们是来遛狗的,又不是来遛人的。

慕小梅停下来,等司徒轩走近,用一种嘲弄的眼神看着他。这位老先生,您今年贵庚啊?跑这么两步你就成这样了,还怎么去搞定你那二百多位啊?

喂,我说的是只差一人好吗?司徒轩气喘吁吁地停了下来。

慕小梅将背包取下来,打开,拿出一瓶矿泉水递给了他。

司徒轩接过来,拧开盖,大口大口地喝了起来。

还要走多久才到?慕小梅转头看看前方。

快到了,再往前就是了。

我们到底去什么地儿啊?这么神秘!

我也是第一次来。走吧,拐过这个弯就应该到了。司徒轩将水瓶丢回她的背包,拉起她的手,往前走去。

他们很快拐上了一条青石子铺就的羊肠小路,眼前突然出现了一栋风格前卫的建筑。建筑的外围用黑色的树枝筑起了篱笆。很神秘,也很朴拙的样子。青山之下,一条清澈的小溪正缓缓地于栈道两旁流过,看似静谧无声,却又似藏了清幽之弦,回味悠长的感觉。

这是什么地方?慕小梅问司徒轩,随之走上了栈道。

没想到吧,这深山之中还藏有这样一栋建筑。司徒轩回头对慕小梅笑笑。

慕小梅点头赞道,这建筑还真是让人意外,柳暗花明的感觉。

还有惊喜呢，跟上来吧。司徒轩带着两只小家伙跑过了栈道，于那栋建筑的门前停了下来。

出来一人。司徒轩问，小狗能带进去吗？

来人答，给我吧，我带它们去后院好了。

好的，那就麻烦你了。司徒轩将狗链交给了来人，一并送上一个大袋子。里面有些狗粮、玩具之类的东西。

好，那人一并接了过去，牵着两只小家伙走开了。

慕小梅此时也走过了栈道，问司徒轩，你把狗狗交给谁了？

工作人员，咱们进去吧。

好。慕小梅跨进了大门。刚进去，慕小梅又停了下来。她敏感地转头，对司徒轩笑道，为什么我闻到了我最喜欢的墨香，难不成这是一家书店。

答对了，这是图书馆，名字叫篱苑书屋。喜欢吗？

真的啊，太喜欢了。慕小梅欣喜地向内探头打量。

司徒轩将脸凑过来问，我可以收些奖励吗？

慕小梅闪身躲开，自顾自地往屋内走去。

小气鬼。司徒轩在她身后叫。慕小梅回身做了个鬼脸，接着向前去了。

她边走边打量，发现里面很宽敞。两旁全是书架，各种书籍摆放得井然有序。许多高低错落的阶梯将内里分隔成一个又一个的独立空间。坐着的，站着的，躺着的，有许多人，气氛却格外的安静。间或某个角落里传来了低低的交谈声，也是极隐秘地、淡淡地于耳旁飘过，让人以为那不过是小虫的呢喃而已。阳光肆意地从黑色枝条搭建的篱笆间洒进来，于地板上、书架上，画出了一条条的明暗线。慕小梅脱了鞋，摆至角落，起身走进了明暗线里。

司徒轩也脱了鞋，追过来问，哎，你打算看什么书？

慕小梅将手指轻轻地划过那排书，转头对司徒轩笑道，你呢，你打算看什么？

百年孤独。司徒轩想也没想，立刻答。

慕小梅停下了脚步，她定定地看住了司徒轩。

怎么了？司徒轩依旧在笑。

哦……没什么……慕小梅低头去揉眼睛。

到底怎么了？不喜欢我看这本书？司徒轩掰过她的脸，让她看着自己。

怎么会呢？慕小梅躲不过去，只好任由红红的眼睛袒露在司徒轩的面前。

你眼睛怎么了？司徒轩笑着再问。

没什么，昨晚没睡好吧。她用一个俗常的理由掩盖一个俗常的谎言。

司徒轩低下头，在她的耳边吹气如丝。小梅，你让我看什么书我就看什么书，这样总行了吧？

慕小梅突然感到一阵晕眩，身体绵软得连逃开的力气都已没有。她任由司徒轩将自己越搂越紧，心底却有个声音开始狂喊，奇安，奇安，你在哪里？

突然走过一人，慕小梅醒过来。她用力挣脱司徒轩的怀抱，红着脸跑向了书架的另一边。

司徒轩追过去，嘴里依旧在问，小梅，你到底打算看什么？

慕小梅边挑书边答，最近比较感性，准备挑本诗集来看。

那我也挑本诗集来看。司徒轩追过来说。

空气里此时全是他的味道，在慕小梅的鼻息之间游走开来。此时的慕小梅莫名地极想转身，与身后那人就此开启一场深吻。

司徒轩取下一本书，对着慕小梅晃了晃。就这本了。

慕小梅笑道，咱俩恐怕是此间最不认真看书的人了。

我是醉翁之意不在酒，你呢？司徒轩直接坐到了地板上，将书放置一旁。

慕小梅于他的身旁落座，不答反问，你平常喜欢看书吗？

你喜欢看什么？司徒轩拿起那书，有意无意地翻几页。

什么都看，不局限于某一种类型。慕小梅边答边捧起了书，翻开，眼睛停在了那上面。

比如呢？司徒轩再问。

比如？嗯……慕小梅嗫嚅道，比如小说类，我喜欢看经典，类似巴尔扎克的批判现实主义《喜剧人生》。雨果的浪漫现实主义《巴黎圣母院》《悲惨世界》，我都爱，你呢？

我最近会选择一些跟商业有关的书籍来看。以前也比较爱读小说类。有一阵非常喜欢俄罗斯十九世纪的文学作品，喜欢它们剖析那个时代的复杂性与变化性。而且故事大多都在一个广阔社会背景下展开的，读起来很有意思。

比如托尔斯泰、陀思妥耶夫斯基？慕小梅一边翻书一边乱答。

嗯，你说的这些我都看过。司徒轩伸直身子躺在了地板上。

慕小梅看他一眼说，我最喜欢《安娜卡列尼娜》。

为什么？

爱情。慕小梅答，不过我总觉得那个时代的作家有些过于强势。喜欢将人物晾在一旁，自顾自地狂说一通大道理。

嗯，有点。但你应该能感觉他们的宽广胸襟吧。虽然喜欢忘情言说，但也有极强的理解能力与包容力。

这倒是，他们对自己书中的人物还是比较欣赏与纵容的。

那不就得了，借你的腿用用。司徒轩突然靠了过来，将头枕在了慕小梅的大腿上。

喂，你这是要干吗？

司徒轩不答她，蜷起身子，闭上了眼。

喂，你是来睡觉的吗？慕小梅抖抖自己的大腿，想要将他的脑袋从自己的大腿上抖落下去，可那脑袋却如被钉上一般，一动不动地停在了那里。

司徒轩翻个身，将脑袋往旁边挪挪，却依旧停在了慕小梅的大腿上。如果今天就可以抱得美人归，其他的一切也就免了。

休想，喂，你这人怎么这样？

我怎么了？司徒轩抬起眼皮再问。

每回聊得好好的就打岔。

严肃的问题讨论一小会儿就行了，美女当前，干吗老跟这无聊的东西没完没了，那只能证明我已经老到不行了。

才怪。慕小梅用书去砸他的头，手落下，动作却是极轻柔的。

舒服。司徒轩坏笑道。

慕小梅收了手，半推半就地任他躺在了自己的大腿上。她打开手里那本诗集，刚看一会儿，耳旁竟传来了鼾声。她将书拿开一些，低头去看，司徒轩竟然睡着了。她往四周瞄了瞄，还好，她与司徒轩所坐的位置离人群比较远，就算旁人能听到些什么，那声音也经由了几条弯弯绕绕卸掉了部分音量。慕小梅放心下来，依旧捧起手里的书看了起来。间或将书拿开，偷偷地瞄一眼那张脸，心里也是极欢喜的。她喜欢这种模糊的感觉，这让她对司徒轩产生了某种既陌生又亲切的感觉。仿佛他是某个人，又仿佛不是。

慕小梅一直这样坐着，直到屋内的光线开始变暗，她才意识到天色已黑。抬头看时，透过头顶上方的天窗已经能看到星星点点。暗蓝色的苍穹，一轮上弦月就挂在头顶上方，给人恬静温润的感觉。

司徒轩于此时止住了鼾声，身体微微动两下，嘴里发出轻微的声音。

慕小梅轻轻地拍打他的脸。说什么呢，大点声。

司徒轩翻了个身，问道，几点了？

慕小梅看看表，答他，快七点了，起不起？

好。司徒轩嘴上应着，身体却依旧一动不动地躺在那里。

慕小梅的腿从很早之前就已经不是自己的了。她再次拍打司徒轩的脸，低吼道，快起快起，腿被你压断了。

司徒轩翻个身，抬起了脑袋。他看看慕小梅，再看看周围，对慕小梅笑道，我脑袋一直在你的腿上？

对啊，你的脑袋没有感觉吗？分不清大腿与地板吗？

呵呵。司徒轩伸手去捏慕小梅的脸颊。那你不知道将我脑袋挪开啊，是不是舍不得？

你那烂脑袋我有什么舍不得的。慕小梅的脸红了起来，好在他们坐着的那个角落光线暗，将她的尴尬很好地掩饰了起来。

人都走了吗？司徒轩转头看看空荡荡的房间问慕小梅。

不然呢？慕小梅站起身来，揉揉自己又酸又麻的腿，朝书架那边走了去。

她将那两本书放回原来的位置，再转头对司徒轩揶揄道，司徒轩同学，你倒挺会利用时间啊，足足睡了三个多小时。

司徒轩站起身来，拍拍身上的衣服，又对慕小梅笑道，你得让我睡够了，这样开车回去才安全。

这倒是。你倒挺会给自己找理由。慕小梅将背包在身前晃来晃去，再甩过头顶，背在了背上。走吧，带我去吃点好吃的，看了一下午的书，好饿。

好啊，走。司徒轩牵起慕小梅的手往屋外走去。

经过大门时，守门师傅对着他们笑，天黑了，路上小心啊。

司徒轩也对着那人笑笑，问，那两只小家伙呢？

哦，对了，对了，差点忘了。您等着，我现在就给你们牵过来。那人跑开了。一会儿工夫，牵着小豆子和小蹦子走了回来。他将狗链交给司徒轩，又对他说道，我们厨房师傅说给它们喂了好些吃的，再闹估计就是渴了，喂点水就行了。

好的，非常感谢。司徒轩接了过来。

下次再来哦，那人高兴地朝他们挥手，慢慢掩上了大门。

怕不怕？司徒轩看了看黑漆漆的四周，问慕小梅。

怕什么？再走一小段路就回镇子了，咱们跑着去吧。慕小梅说完往前跑去。

小豆子和小蹦子一看慕小梅跑，也急得要跑，司徒轩只好跟着跑了起来。

下山感觉比上山时快了许多，他们很快跑到了停车场。

上车后，司徒轩给两个小家伙喂完水，再丢给它们两个小公仔，便不再理会。他抽出一根烟来，怕慕小梅来抢，用极快的速度点着，抽了起来。

慕小梅看着他的样子，笑道，跟个抽大烟的似的，一天不抽会死啊。

会死。司徒轩凑过去想要亲慕小梅的脸。

慕小梅偏头,司徒轩的唇便落了空。

没劲,司徒轩松开了她。

慕小梅,我给你时间。司徒轩突然板起了脸。但你也要给我机会。

好。慕小梅知道他想说什么,坐回去,一脸严肃地答,可我需要的时间可能会很长,就怕你等不了。

我等得了,但你也得努力,不能一点机会都不给我。

好。慕小梅点点头。我答应你努力。

一言为定。司徒轩左手夹烟,右手向着慕小梅伸出了小指。

慕小梅笑着去推他,多大了,还玩这个。

司徒轩坚持,严肃的表情换成了一副极为可怜的哀求状。慕小梅只好也将小指伸了过去,钩住了他。

那,说好了啊。司徒轩晃晃手指笑道,以后进了我们司徒家的门,就得听我们司徒轩家的话。三从四德都得遵守。不得忤逆,不得抗拒,什么都不许,听到没有?

想得美,慕小梅愤然甩开他的手,将身子靠回椅背。

司徒轩再笑,伸手摁灭了烟头。他将车子启动,倒出停车场。

车轮压过小碎石,发出了细碎的声音。小豆子和小蹦子听到了,同时吠了起来。两个声音,一高一低,响在静寂的山间,变成了某种遗世之音。只瞬间,飘进了夜风中,远去了。

05
午夜烟语

奇安，昨日跟朋友去了一家书院，离市区比较远，却是一处极适合读书的地方。在那里读了一下午的书，心也变得沉静。如若你在，想来也是会陪我去的吧。

还记得晨曦小镇的那间书屋吗？守着街角的一隅，两层楼高的老屋。从外观来看，它有些简陋，有些破旧，可一旦进入，却仿似走进了一间藏满宝藏的神奇之屋，可以带领每一位前来者游历世界，那个无边无际的广阔天地。内心充盈的美好时光。

犹记得那样的日子，两个人面对面地坐着。闻着墙外的花香，看着远山的烟岚，听小巷深处忽远忽近的脚步，看雨中笔墨浅浅晕染的山水，还有对面那人轻轻翻过书页的手指轻扬。那般专注的眼神，温暖的对视，历历在目。那算是那年月里最幸福的时光了吧，也是如今想来，时时于心底回旋不去的暖意。

依然记得你的话，幸福不是交杯觥筹，不是宾朋杂沓，幸福有时只是一灯一卷一茶盏。雨再冷，天再暗，又如何？只要酒暖，书香，人多情，就好。

可奇安，如今酒依旧暖，书依旧香，人依旧多情，为何你还是飘在远方迟迟不回？一别经年，想来竟恍若两生。

写到此处，慕小梅停了笔。突然有种疼痛感如烟般游走。慢慢地扩散，慢慢地充满她的胸腔。慕小梅张开嘴，深呼吸，以此缓解那几乎令她窒息的憋闷感。

她平息了下来，却依旧坐在那里，静静地，像是出离了这个世界。电话铃声猛响，她惊醒过来，拿过电话接了起来。

死鬼，昨天干吗去了？玩失踪呢？怎么我在微信上给你发了无数条信息，你一条都没回？是钟夕文。

有吗？慕小梅赶忙低头翻看手机，果然，有二十多条未读信息。

钟夕文还在叫，看到了吧，我昨天至少给你发了十多条信息，三儿也给你发了十几条，哼哼，还敢说我见色忘友。

慕小梅赶忙赔笑道，对不起，对不起，昨天一直在忙，没来得及去看手机。

你到底是有多忙啊，连个电话都来不及看？

你干吗不给我来电话啊，微信的提示音才两声，还特小声，我哪里听得到？

我那不是怕吵着你们俩，才没打电话的嘛。谁想你竟完全忘了我的存在！

怎么可能呢，忘谁也不可能忘你啊。谁能比咱俩感情深厚？

钟夕文不理她这一套，压低声音问慕小梅，昨天到底怎么样了？快说说。上到了几垒了？

什么跟什么啊？恐怕让您失望了，几垒都没上。

不可能吧，这孙子，转了性了？钟夕文啧啧有声，瞬间语气又有些不高兴起来，悻悻地对慕小梅道，小梅，我可是什么都不瞒你的，你也不许瞒我。

慕小梅皱了皱眉，答道，钟夕文，我向你保证什么事都没发生。如果发生了什么，我一定会一五一十地全都告诉你，绝不隐瞒半点，可以了吧？

这还差不多。那你们都干了些什么？

看了一下午的书。

看书？钟夕文大笑了起来。不可能吧？这司徒轩，可真够逗

的，美女当前他竟会去看书？小梅，我看这司徒轩不会是对你动真感情了吧？那样的话，我劝你要好好考虑考虑了。

考虑什么？慕小梅问。

如果司徒轩能做到专心不贰，那就真值得你认真交往了。据我所知，他还没对哪个女人有过这般耐心呢。

慕小梅心头一凛，竟无言以对。

钟夕文见她不说话了，知道心有所动，接着劝道，珍惜吧小梅，当一个男人肯为你转性，放低自己，他是值得你认真对待的。

慕小梅不答，幽幽叹口气。

怎么了？钟夕文问，我说错了吗？

不是。我是觉得你说得有道理。好吧，这个司徒轩，我会好好考虑考虑的。

这就对了。钟夕文笑道，你若肯这样想，我也就放心了。

你今天去公司吗？慕小梅问。我们聚聚吧？

可以呀。我也正想跟你聚聚呢，不过你得先等会儿，三儿找你有事。

电话那头突然没了声音，紧接着又听到钟夕文叫起来，三儿，你过来，小梅电话。一阵踢踢踏踏的脚步声由远至近。

慕小梅突然意识到了什么，对着手机狂叫道，钟夕文，你让三儿住到你们家了？

是啊，怎么了？钟夕文边笑边答。

你啊你，你气死我算了。慕小梅咬牙切齿地骂了起来，这个三儿，倒真是便宜他了，这回可算是省房租了。

电话那头换成了三儿的声音，小梅……我和文文已经领了结婚证了。

这么快。慕小梅叫了起来，什么时候的事？

昨天下午全部办完了。

怎么可能，你们这是跨国婚姻，怎么可能这么快？

我也不知道。三儿顿了顿说，文子好像老早以前就已经把结婚该办的证明都办齐了。我就更简单了，无业游民，街道开个证明就得。

这死人，真是想结婚想疯了。

行了，小梅，我可是认真对待的啊。既然答应你要好好照顾文文，就给她安心。

哼，这么快闪婚更让我不放心了。再说了，这么短的时间，你们到底想清楚了吗？婚姻可不是儿戏，不是想结就结，想离就离的。这可是一份责任。

小梅，没想好我们能结婚吗？我们都老大不小了，这么重大的决定还不事先想好了？你就别多虑了，我们绝对是想得清清楚楚、明明白白，才决定结婚的。结了就是一辈子。

可你们也太快了吧？

不快。三儿肯定地答道，别人慢那是没找到对的人，我和文子正好就找对了，既然找对了还犹豫个什么劲儿啊？

好好，你都这么说了……不过三儿……你若敢对文子不好，你看我怎么收拾你。

怎么还收拾啊。三儿有些不高兴地叫了起来，我事事都按你的要求办好了，您这都不满意？小梅，你再这样，我可就真急了啊。

你爱急不急，你倒给我急一个试试？慕小梅也叫了起来。

算了算了。三儿的口气软了下来。小梅，你骂也骂了，我这婚也结了，你就别没完没了的好吧？

说吧，什么时候办事？

现在先不办了。

你敢！慕小梅又叫了起来。

我不敢。三儿也叫了起来，你先别急嘛，小梅。我们不是不办，只是现在我手头有点紧，文文最近工作又比较忙，所以我俩就想着等忙完这阵，再找个时间把事儿办了。

慕小梅不说话了，说到底感情的事是他们两个人的事，她又何必插手太多。

三儿看慕小梅不说话了，赶忙问道，小梅，又生我的气了？

我生什么气啊。慕小梅叹口气。我算是看出来了，你们俩完全就是一个愿打一个愿挨。算了，我不管了，你们自求多福吧。说吧，找我什么事？

三儿嘿嘿两声，说道，有个活下来了，晚上咱们过去打地儿，你先把试唱曲目发个微信给我。

几点？慕小梅问。

七点，详细地址一会儿发微信给你。就在三里屯，离你们家挺近的。

好，还有别的事吗？

你等会儿啊，文子还有话跟你说。电话那头换成了钟夕文的声音，极为做作地跟慕小梅撒娇道，宝贝儿，三儿原来住的地方给他瞎涨房租，他没办法了才搬来和我同住的。不过你放心，我们俩正式领完结婚证了，他住过来也算是名正言顺的。

关我个屁事，你们俩爱怎么样就怎么样吧。慕小梅"啪"的一声挂了电话。她不是不想祝福钟夕文，可这事办得这么仓促，连给她转换观念的机会都没有。说到底，她对三儿是不满意的。钟夕文除了年纪稍长些，什么地方都是完美的。人长得漂亮，身材也好，还是个特有能力的女强人。作为女人该有的她都有了，什么样儿的男人她会找不到？取下自己的谱本，翻了翻，选了两首比较安静的歌给三儿发了微信。

三儿立刻回了过来，这两首不行，太慢了。

慕小梅想了想，重新选了两首，一首快歌，一首抒情歌，给三儿再发微信过去了。

慕小梅丢开手机，起身去换衣服。她很快带着小豆子出了门，没去公园，而是沿着街边的一条小路走了很久。等她再返回家中时，时间刚过六点。她解开小豆子的绳索，又给它喂了水，这才走开。

她走去卧室，打开衣橱的门，选出一套纯白色的晚礼服换上，又披上一件极宽松的黑色风衣掩盖了内里，这才背上一个硕大的黑色背包，往屋外走去。

她坐进自己的那辆黑色的 Mini Cooper，将背包往副驾驶座上一丢，再点火，挂挡，倒车，将车开出了停车场。所有的动作都娴熟至极。别看慕小梅的年龄不大，驾龄却已达六年之久。刚满十八岁那年，祝奇安便在驾校给她报了名。祝奇安总是不厌其烦地帮她规划一切。今天去学这个，明天又去学那个。家中所有的家用电器都帮她一一记好，再教会她使用才肯放心。甚至连维修电话也帮她记好，放置在一个专用口袋里，以防她遇到特殊情况时不知道如何处理。现在想来，祝奇安做这些都是有预谋的，或许从那个时候开始，他便已预知自己有天会离开，只怪当时的慕小梅太过愚钝，竟然全然不觉。

慕小梅深深地叹口气，将车子提速，开进了主路。

三里屯离她家确实不远，她沿街转了几圈，终于找到一个停车位，停了进去。

下车，慕小梅一直向北走，一会儿工夫便找到一间黑色外墙的酒吧。她停下来，望着眼前的两扇青灰色的玻璃门发起呆来。

玻璃门上，用喷雾画着一个身着白色拖地长裙的抽烟女人。看不清面目，只觉得那一头蓬松的长发胡乱地披散着也妩媚动人。拿烟的手指纤细修长，高高地举在半空中，尽显妖娆之态。烟雾向上飘散着，画出一个极为扭曲的灰白色的椭圆。整个画面暗透着一股氤氲之气，予人以出尘之感。再往上，一块青灰色的波浪形状牌匾上写着"午夜烟语"四个大字。

午夜烟语，慕小梅轻轻地念了出来，她突然感觉自己像被抛到了某场深夜里。两个人，两支烟，无风，寂静，如鬼魅一般的月色星辉，明明灭灭。

午间烟语，她再念，伸手推开了那扇门。

进到里间，比她想象的还要黑，只有最靠里的一张桌子亮着灯。未到午夜时分，这里冷冷清清。慕小梅站定，眯起眼来打量四周。几个身穿制服的女孩不时从有灯光的桌前走来走去。端着的几杯饮料放在了他们的面前，又走开了。慕小梅再转头看，发现左侧有个三角形的舞台，只够站下三个人的样子。应该是间静吧吧，慕小梅暗忖。从内室的设计来看，比较适合年青男女来谈情说爱。光线极暗，仍能看出装修很新的样子，应该是间刚刚营业的酒吧，或刚易主不久。酒吧老板应该是个新手，这样想来，营业前期的客源还需慢慢培养，生意应该会比较清淡，乐队的担子也会无来由地加重。如果签合同，就先签三个月好了。

慕小梅还呆立原地，从里间站起一个人来，冲着她大叫，小梅，进来，这边。

慕小梅一怔，怎么是钟夕文的声音。她用力朝那方看了看，确认就是钟夕文。刚要抬脚，她已朝着自己跑了过来。小梅，她还在叫，怎么喊你半天也不答应一声？

慕小梅挥了挥手，也叫道，你怎么来了？

我陪三儿过来的。钟夕文走近，拍了拍她的胳膊。

三儿呢？慕小梅问。

里边。钟夕文用手指了指亮灯的那桌。

还有谁啊？

还有小四和酒吧老板。钟夕文突然靠近她，压低声线说，你待会儿进去可得注意情绪啊。

怎么了？慕小梅诧异地盯着钟夕文。

钟夕文一副神秘的样子答道，唉……算了，先不说了，你进去就知道了。

慕小梅刚要开口再问，三儿的声音传了过来，文子，小梅，你们干吗呢？快进来啊。

钟夕文拉起慕小梅的手，向内走去。

走近，刚才一直坐着的三人全都站了起来。慕小梅还未开口，三儿已先对人介绍道，这是我们乐队的主唱慕小梅，叫她小梅就可以了。

光线很暗，慕小梅隐约见一个人影在晃。半长的头发，几乎遮住了他的整张脸。他没有说话，用手拂开了挡在面前的长发，脸露了出来。

慕小梅立刻呆立原地，身子也微微地颤了起来。眼前那人，

Chapter 1 流光碎影 | 083

宽阔的额头，细长的眼睛，挺拔的鼻梁，半抿的唇。还有那下巴，同样倔强地微翘。除了冷峻的气质，桀骜不驯的淡漠表情是慕小梅所不熟知的，其余的一切几乎和祝奇安一模一样。难道这世上竟有如此相像的两个人？慕小梅突然有种心碎无痕之感。她来不及说话，那人已向她伸出了手，你好，我是邱野。

慕小梅没有伸手，依然呆立原地。她的表情换了又换。好在她身处暗中，所有的一切也就很好地隐匿在了黑暗之中。

她不动，钟夕文也不动，她是此时唯一知道慕小梅心境之人。她陪她等在那里，等她心中的千山万水一一过尽。虽然她知道，这不过是她的一厢情愿而已，那些早已是慕小梅心头无论如何也过不尽的山水。如同鬼魅，誓要与其生死相守，纠缠不清。

邱野的手依旧伸在那里，脸上的表情渐渐僵硬。

三儿笑着打破了僵局，这都是怎么了，大家都来玩木头人啊？他扯了扯慕小梅的衣服。慕小梅醒了过来，她吞咽着口水，强挤出一丝笑容，又看了看停在半空中邱野的手，握住了。她用一种极暗哑的声音说道，慕小梅，叫我小梅，请多关照。

邱野回握住她的手，很用了些力道，慕小梅龇了牙。好在他立刻反应了过来，松了手，脸皮也安静地牵扯一下，算是笑过了。

慕小梅看着邱野收回手，开口问，我们好像在哪里见过？

不会吧？邱野淡淡地答，我这人比较宅，除了工作场合，你要见我还真不容易，是不是看错了？

应该没看错。一次在朝阳公园外的书店里，一次在朝阳公园内，咱俩都是擦肩而过。

邱野笑了起来，冷峻的表情瞬间舒展开来。其实他笑起来的样子至为好看，不像祝奇安，更像个孩子，稚气未脱的孩子。听你这么说，倒让我想起来了，这两地儿我还真有去过。如此看来，咱俩还真有点缘。

确实，慕小梅点了点头。

坐吧，邱野示意。

慕小梅边坐边问，您这酒吧的风格我很喜欢，是不是刚装

修完？

邱野坐下，面色又换回了之前的淡漠表情。慕小梅的心莫名地暗了下来。邱野将身子往椅背上靠去，面容也进了黑暗当中。他用一种极轻的语气答道，是。我刚盘下这间酒吧，为了不影响生意，边营业边装修。目前底下的这层已装修完毕，二楼还比较乱，等生意稳定了会再装。

钟夕文也落座，偏头过来朝邱野笑道，哦，那二层现在还不营业啰？

是，邱野答，二楼是露天平台，现在天气转凉了，愿意坐在露天的客人很少，所以会等明年开春后再来装修，正好赶上夏天营业。

也是，现在生意好吗？钟夕文开始发挥自己的交际能力，与邱野对答如流。

刚开始，谈不上好坏。多是呼朋唤友，或是些之前的老客。你们若有朋友，也可以往这里带。

慕小梅暗笑，还没开始呢，就已经开始分派任务了？

钟夕文接着说，那好啊，我的朋友可多了，每个都爱喝酒，以后都往你这儿带了。我估摸不出半年，你这场子就得火起来。

借您吉言，生意不火都火了。邱野笑。不过不瞒您说，我这人好静，所以这场子我其实是想搞成静吧形式的，生意好坏都无所谓，差不多过得去就行了。原本就拿它来玩，不指着挣大钱。

难得你心态平和，这样反倒容易挣大钱。钟夕文依旧笑言。

邱野将手伸进了口袋，摸出一包烟来，递给了钟夕文。热烈欢迎你和你朋友来玩，到时我全程陪喝陪聊。

钟夕文平常并不抽烟，但此时为了客气也抽出一根来举着。邱野为她点着了，再转身将烟递给了三儿和小四。犹豫了一下，递到了慕小梅的面前，脸上依旧一副冷淡至极的表情，问，你不抽烟的吧，你抽吗？

慕小梅差点笑出声来，心想这都什么话啊？

邱野看她不说话也不拿烟，怔在了那里。

三儿欠身将邱野的手推回，您抽您的，小梅很少抽烟。唱歌的人，一般都要保护嗓子。

　　也是，邱野顺势将手收了回去，转头问三儿，你们还没吃饭吧？先点吃的东西，山珍海味没有，家常小炒还是挺多的。

　　三儿刚抽一口烟，灭了，答邱野道，吃不着急，我们还是先试场吧。小四，别抽了，上台。

　　慕小梅也站了起来，对邱野道，我也上去了，你们慢坐着。

　　钟夕文留了下来，挨近邱野坐了过去。一会儿工夫，两人聊得极为投契，间或大笑，惹得三儿不断侧目。

　　慕小梅朝着三儿的后背猛拍，骂他道，看什么看？难不成你还吃醋啊？她这是在帮你围关系。

　　三儿只好收回眼，边摆弄键盘边答慕小梅，我用得着她帮我围关系吗？

　　小四正给自己的吉他校音，忍不住说，好了，好了，这儿正办正事呢。

　　两人同时住嘴，三儿转身打开了舞台上的灯光。三盏，分别照着他自己、小四和慕小梅。舞台上的气氛立刻不一样起来。慕小梅走进舞台中央，站到三儿和小四中间，拿起了麦克风，下面这首 Make It Go Away 送给你。音乐响起，极为优柔的曲调。慕小梅唱了起来。她半闭着双眼，心里却不断地想起一个名字，祝奇安。因为走神，慕小梅不断地唱错，好在经验丰富，又全都被她给救了起来。只是三儿急得在她身后狂叫，专心点，小梅，你唱的什么玩意儿？

　　第二首歌也没有好到哪里去。慕小梅心里急，却依然不能自控。那些熟悉的歌词像突然间从她脑子里消失了，后半段的歌词几乎都是她边唱边编出来的，好在还算靠谱，旁人很难听得出来。但三儿和小四是听得出来的，在她的身后急得要发疯。小四跑到前面好几次，假装用一段极炫的 Solo 来掩饰她的失态。一曲终了，三人浑身都是汗。

　　三儿关掉麦克风，对着慕小梅吼了起来，小梅，你想干吗？

砸场子来了？

慕小梅自知理亏，一言不发，低头收拾谱本。

小四过来劝，算了算了，人总有状态不在的时候嘛。

我靠，状态不好也别在这会儿啊，还让不让人活了。

算了，我来，下一首我唱，救救场，问题不大。

三儿收了怒气，强撑出一副笑脸对着台下说道，下面请我们的吉他手小四为大家演唱两首，谢谢。

音乐响起，慕小梅低头走下台去。

她默默地走回钟夕文的身边，坐了下去。钟夕文看着她脸色不对，靠过来问，怎么了，宝贝儿？

慕小梅眼睛看着钟夕文，余光却瞟向了邱野，嘴里轻轻应道，没什么，先听歌，待会儿再说。

邱野的注意力全在舞台上，根本没注意刚刚走下舞台的慕小梅，慕小梅稍稍放宽心来。

舞台上的三儿和小四合唱了一首小调，两个声音搭在一起，格外的和谐，这是多年合作的默契所致。

音乐停了下来，三儿和小四也走下台来。邱野起身来相迎，嘴里赞道，真好，唱得不错，正是我们酒吧想要的风格。来吧，一三五，怎么样？

好啊，没问题。三儿赶忙答应下来，想了想又问，别的时间还有个乐队？

邱野示意他们坐下，答，是啊，真不好意思，那个乐队比你们先来，所以占了二四六的时间。

三儿赶紧摆手道，没关系，没关系，一三五就挺好。

慕小梅依旧坐着没动，看着他们落座，开始在心头画起了问号。她原本以为这场子没戏了，没想到邱野竟会留下他们。她抬起头来打量起邱野。光线很暗，那张脸依旧很淡，即使笑，也那么吝啬，不多给予。可她的心，却按捺不住随着他的一颦一笑、一举一动，狂跳不已。

邱野继续对三儿笑道，以后大家都是自己人了，来这儿就跟回家一样，别拘着。

三儿连连点头，掏出烟来递给邱野。

邱野摆手道，不抽了。晚上你们若是没演出就别走了，留下来玩吧，正好跟另一个乐队熟悉熟悉。

好啊，那太好啦。三儿答。

酒吧大门突然打开来，由外走进一大群人。邱野转脸看了看，站起身来。你们先坐着，我来帮朋友，过去招呼一声。

三儿也赶忙站起来，好的好的，您忙您的，我们自便就行了。

慕小梅用极为鄙夷的眼光看了看三儿，心中暗骂，用得着这么勤儿吗？

三儿假装没看见，依旧站着，直到邱野走远了才又重新坐了下来。他举过餐单，格外温柔地对钟夕文笑笑，问，吃什么，宝贝儿？

这两人还真是一对，慕小梅将眼神转了开去，邱野已经走远。

酒吧内的灯光此刻全都亮了起来，霓虹灯于各处乱跳。说是霓虹，也不过紫蓝黄三色。慕小梅看着那光皱了皱眉，她拉过钟夕文，问道，这孙子是同性恋吧，长得挺爷们的，怎么这酒吧开得这么母。

钟夕文也笑了起来，窃语道，你怎么跟我想到一块儿去了？我刚才给他放了无数的电，哪个级别的都有，这孙子连眼皮都没抬一下。小梅，你说是我魅力减低了，还是这孙子就是个同性恋？

绝对的同性恋，连你的电都能躲过的，除非不是人。慕小梅大笑了起来。钟夕文也跟着笑。

三儿在她俩对面喊道，笑什么呢？吵死人了。

慕小梅坐直了身子，白他一眼。女人的事，你少管。

钟夕文也没理三儿，依旧趴在慕小梅的耳边耳语道，如果真是那样，别说我没戏了，这回估计连你都没戏唱了。

慕小梅笑着将她推开，嘴里啐道，什么跟什么啊，谁会对他有意思啊，冷得像块冰似的。

钟夕文再次大笑出声，抬起屁股挪回到三儿的那边，再趴着

他的肩与他也耳语了起来。

慕小梅不再管他俩，假装去看舞台，余光扫向了邱野那边。

邱野已经在新进的那桌人前落座，手里举着一瓶啤酒，高声谈笑了起来。脸上的表情此时换成了格外夸张的神色，完全不似了之前的冷漠。慕小梅再看邱野的身边，也多是穿戴时髦的男人。难不成真是个同性恋？她长叹一声，心里暗道，也好，倒省了一段孽缘。

晚餐很快送了上来，几人吃了起来。慕小梅没有动筷子，拿起一瓶啤酒来喝。

钟夕文皱眉对她吼道，宝贝儿，先吃饭。

慕小梅摇摇头，举了举手里的啤酒。钟夕文过去抢，她躲开了。干吗啊，别管我。

钟夕文再瞟她一眼，笑道，小梅，没必要对那个同志那么在意吧？

慕小梅反手过去打她，钟夕文躲开了。慕小梅只好再笑，举了举手里的酒瓶，继续喝了起来。她心里明白，这世界除了祝奇安，只有钟夕文是最懂她的人。她根本无须解释什么，亦无须多言，她和钟夕文之间，一个眼神，就会将彼此的心声言明道尽。她将目光转回到舞台那边，对着不断闪烁的霓虹灯发起呆来。

酒吧的生意并不似慕小梅之前想的那般不堪，还不到十点，已经坐满了人。舞台上的静歌此时换成了劲歌。台下的气氛极为热烈，除了慕小梅，没人坐着。所有人都站了起来，挥舞着双臂，与乐队成员一同唱了起来。钟夕文此时也已站到了舞台下方，在那里跟着狂舞乱蹦。三儿和小四不知什么时候跑到了舞台上方，混同乐队一起玩起了即兴。原本就不大的舞台此时连个落脚的地儿都没有。三儿还不断地朝慕小梅招手，让她也上去唱一首。慕小梅假装没看见，朝吧台那边走了过去。

吧台小弟看见她走近，对她笑道，刚才唱得真好听。

谢谢，是你喜欢的声音吧？慕小梅坐了下来。

是，吧台小弟笑，手里拿起一块干布擦拭杯子。擦完，又将它们整齐地放回杯队里。又问，大家都那么high，你怎么往这儿躲啊？

慕小梅晃晃手里的酒瓶答道，想一个人喝喝酒。

吧台小弟看她几乎空了的瓶子问，还喝吗？

慕小梅将酒瓶放到吧台上，朝吧台小弟那边推了过去。你就不怕我把你们老板给喝穷了？

吧台小弟腼腆地笑笑，答，怎么可能呢？老板跟我们说了，酒让你们随便喝。你刚来可能不知道，我们老板人特好，我们都特喜欢他。

怎么个好法，管吃管喝就是好啊。

吧台小弟再开一瓶啤酒来，推到了慕小梅面前。那倒也不是，工作的时候他特严肃，平常就跟家里人似的，没有一点架子。

慕小梅接过那瓶酒笑，那是对你们，对我们乐队嘛，还得看看再说。

看看什么？突然坐过来一个人。

慕小梅循声望去，差点被满身的logo刺割了眼。手腕处一块豪表，故意往她眼皮子底下伸。纨绔子弟，还未开言，慕小梅已在心底将他定义。她收回目光，继续喝酒，假装没听见。

那人竟不气馁，继续对着她笑道，怎么一个人跟这儿喝酒，我陪你吧？

慕小梅白他一眼，回道，这位先生，您多情了，我根本就不认识你。

那人伸出了手，用一种诚恳的语气回道，我叫吴鹏飞，不是坏人。我只是怕吵，来这儿图个安静，别嫌弃我啊。

慕小梅不理他，他的手便一直这样伸着。慕小梅犹豫了一下，只好也向他伸出手去，嘴里笑道，怎么会呢，都是来喝酒，谁嫌弃谁啊？

敢问芳名？

大家都叫我小梅，你也这么叫吧。

小梅，小梅。那人神神叨叨地念了起来。

慕小梅懒得理他，将目光再次转回到舞台那边。钟夕文还在狂跳，三儿和小四依旧站在舞台上。她又四处找了找，没看到邱野。她转回头，问吧台小弟，你们老板呢，人这么多，他不用去招呼吗？

吧台小弟正在倒酒，听了她的话，偏头去找，很快指了指光线最暗的地方。那不嘛，你放心，哪儿人多，他在哪儿。

慕小梅循着他的手指望过去，果不其然，一桌的美女，他左拥右抱，笑得极为开心。

慕小梅的心里极不是滋味起来，她转回眼，强撑出一丝笑容对吧台小弟道，你们老板好像很受欢迎啊？

吧台小弟再往邱野那方瞄一眼，笑道，那是，帅嘛，所以特招女孩子喜欢。你没发现吗，来这儿的女客比男客多。

是吗？慕小梅嘴上应着，余光又朝那方去了。

旁边被冷淡了半天的吴鹏飞并没有走开，看着慕小梅和吧台小弟聊得高兴，用酒瓶碰了碰慕小梅的，笑道，别光顾着说话啊，来，喝酒。

慕小梅没好气地斜他一眼，问，你老在这儿待着干吗，你女朋友不生气？

吴鹏飞嬉皮笑脸地回道，我还没有女朋友呢，要不你来做？

慕小梅眼睛看着吴鹏飞，余光却去了另一方。邱野开始抱另一个女人。她心里来气，嘴上淡淡地回吴鹏飞道，我哪敢当啊，我这么丑。

吴鹏飞以为慕小梅在跟自己撒娇，伸出手去搂住了她的腰，笑道，你丑，这世界上就没有美女了。要不跟我去别的地儿吧？

慕小梅刚想拂开他的手，耳旁却突然响起了一个声音。别光顾着聊天，注意下各桌客人，没酒了就赶紧让服务员再过去点单。

不用回头也知道是邱野。短短时间，慕小梅竟牢牢记下了那个声音。她放任了吴鹏飞的手，并用一种极为娇嗔的声音问道，你说，咱俩去哪儿好呢？

邱野刚要推开吧台的门，听到这声音，停了下来。他转头，看着慕小梅。慕小梅却假装不知,依旧让吴鹏飞搂着自己,笑得更加妖媚了起来。

邱野转身走开了,回到刚才那桌,潇洒落座,再搂过一个美女,与其耳语了起来。

慕小梅的目光一直紧随着邱野的身影走开,心上空空落落。她用力拂开吴鹏飞的手,厌恶地低叫道,算了吧,我和朋友们一起来的,不能单独离开。

慕小梅一边拂着吴鹏飞,一边眼神还是飘去了那方。另一个女孩也站起来,以更妖媚的姿态坐进了邱野的怀里,邱野也抱住了她。慕小梅咬咬牙,干掉手里的酒问吴鹏飞,包房在哪儿?

吴鹏飞没想到慕小梅答应得这么快,直接从椅子上蹦了起来。他指了指舞台右侧,对慕小梅笑道,那边,走。

慕小梅起身,随着他往包房走了过去。途中,她用余光瞟了瞟邱野,感觉他的目光正追着自己而来,便将步子走得更为妖娆起来。

吴鹏飞推开包房的门,率先走了进去,慕小梅想躲已是来不及了。因为贴得吴鹏飞太紧,被他轻轻一带,便也带了进去。

包房内的音乐比外面的更吵,狂放的迪曲猛烈地敲击着她的耳鼓,令她万般烦躁起来。灯光也极暗,需要瞪大眼睛才能看清里面的一切。

吴鹏飞转回身来抱住了慕小梅。慕小梅想要将他推开,却被他稍用力道压倒在了沙发上。慕小梅吓得大叫,疯狂地扭动着身子。可越是挣扎,吴鹏飞压得越紧。且得寸进尺,开始吻她。慕小梅用手去扒拉他的脸,试了好几次,都以失败告终。那脸像被强力胶给黏住了一般,紧紧地贴在了她的身上。情急之下,慕小梅用牙齿去咬他的舌头。他疼得大叫,身子下意识地向后躲去。包房的大门正好于此时被推开,灯光也被摁亮。吴鹏飞悻悻地松开了慕小梅。

慕小梅跳起来,想也没想就往门口冲。撞到一人,停了下来。她抬头看去,竟是邱野,他正一动不动地看着自己,从头到脚，鄙夷至极的神情。

慕小梅下意识地低头去看自己，发现前胸的扣子已被扯得七零八落，酥胸半露，却是不合时宜的性感。

吴鹏飞也站了起来，对着邱野叫道，哥们，什么事？

邱野冷冷地答，有人举报说这边有情况，发生什么事了吗？

吴鹏飞大笑了起来，低头拿起茶几上的烟，走过来递给了邱野。怎么可能有情况，我跟我女朋友在这儿玩也算是情况啊？

邱野不接烟，冷冷地看吴鹏飞一眼，回道，不可能吧，这是我们这儿的歌手，什么时候变成你女朋友了？

歌手？吴鹏飞惊讶地看了看慕小梅，慕小梅闪身出了包房。

钟夕文从舞台那边走回，迎面撞见了从包房内跑出来的慕小梅，大叫道，宝贝儿，怎么了？

没事，慕小梅看也不看她，走回座位，拿起自己的背包朝化妆间跑去。

钟夕文追了过去，依旧狂叫，宝贝儿，到底怎么了，你这样子可真够吓人的。

慕小梅走进化妆间，换上背包里的演出服，再转头对钟夕文笑笑。没事，碰上一二百五，把我的衣服给扯了。

哪孙子啊，靠，敢跟这儿撒野，不想活了吧，我去收拾他。

钟夕文抬脚要往外走，被慕小梅一把给拉了回来。哎呀，你别添乱了，又没多大点事儿。说完朝化妆间外走了去。

钟夕文跟过去，嘴里还在叫，小梅，你又去哪儿啊？

慕小梅头也不回地答，去喝杯烈酒。

喂⋯⋯钟夕文还想再说，慕小梅已经走远了。钟夕文只好对着她的背影再叫，喝完就回啊。

慕小梅点点头，继续往前去了。

吧台小弟看见慕小梅走回，一脸狐疑地问，你怎么出来了？我们老板不是进包房找你去了吗？

慕小梅一边落座一边笑答，不知道啊，他们还在聊吧。喂，有没有烈一点的鸡尾酒？

有啦，你等着，我这就给你弄。

慕小梅转回头去看那扇门，邱野还是没从里面出来，她有些不安起来。这时，邱野从包房内慢悠悠地走了出来，她假装没看见，将眼神转开。

吧台小弟将一杯鸡尾酒推到了她面前，邀功似的笑道，做好了，尝尝。

慕小梅将目光转到那杯鸡尾酒上，五彩的颜色正一层一层地剥落，像极了雨后堆积的云朵。她举起了那杯酒，刚要往嘴里送时，却被另一只手给抢走了。未及转头，那人已然发声，这位大姐，你若不能喝就别乱喝好吗？喝多了被人当猴耍，还得劳我四处去解围。

慕小梅转身去抢那杯酒，吼道，干吗啊，那么多客人你不去管，干吗老盯着我不放。

邱野将酒往自己的嘴里一倒，再将酒杯倒提，对着慕小梅晃了晃，说，我要不是怕你在我的酒吧里出事，我才懒得管你。

那就别管啊。慕小梅依旧朝着他瞪眼。

邱野不理，转到吧台那方，对完全怔住了的吧台小弟道，看清楚了，这个女人从今儿起上了午夜烟语的黑名单，绝不再给她一杯酒，听到没有？

好。吧台小弟点点头，假装低头忙了起来。

慕小梅气得大吼起来，你有病啊，我喝酒怎么了，喝酒也碍着你的事了。

邱野抬脚刚要走，听了这话，转身对慕小梅笑笑。是啊，我是有病，但我至少没病到喝完酒闹事。

你哪只眼看见我闹事了？慕小梅从高脚凳子上跳了下来。

邱野瞪眼看了她半天，一句话也说不出来。片刻，他拿起吧台上的那包烟，取出一根点着了，再对慕小梅笑道，这位大小姐，如果不是刚刚与你认识，我还以为你爱上我了呢。你自己慢慢玩吧，我没工夫陪你无理取闹。

慕小梅一直看着他走远，才起身朝钟夕文那边走了过去。

走近，她将正在起腻的钟夕文和三儿扒开，沉声道，我先回了，你们慢慢玩。

钟夕文一把将她拉住，问，干吗啊？为什么回去？

慕小梅假装揉揉太阳穴，答道，头特疼。

钟夕文摸摸她的脸，再问，刚才还好好的，怎么突然就疼了呢？邱野招你了？

慕小梅立刻甩开了她的手，笑道，怎么可能呢，非亲非故的，他招得着我吗？

小梅。钟夕文正色道，不是所有的男人都会像奇安那样疼你的，所以，对某些人不要太过用心。

知道了。你别多想了，我还没有傻到那种地步。

小梅。钟夕文依旧拉着她。我知道你聪明过人，但只要遇到跟奇安有关的事情，你就会变傻，一定要小心。

好，慕小梅耸耸肩，对她道，不是还有司徒轩的嘛，傻不了。

听了这话，钟夕文紧皱的眉头舒展开来，她拍拍慕小梅的手背，说，你若肯这么想，我就放心了。回去好好睡一觉吧，这回场子找到了，男朋友也找到了，还有什么不开心的？

慕小梅默默地点了点头，转身离开了。

酒吧外，因为喝了酒，慕小梅静静地等出租车。身边，刚才还喧闹无比的人群，突然安静。耳旁此时除了风声，再无其他。某种悲伤的情绪开始扩散，身体也变得格外无力起来，仿似某种猛烈过度后的虚脱。她吸口气，屏住呼吸，强迫自己去看光。

世界，模糊了。

06
糗　事

　　奇安，今天的心情特别低落。也许受了昨晚一些事的影响。不过不用太担心，都过去了。不过是些无关紧要之人，我想自己还不至于傻到为一个无关紧要之人触动如此吧。

　　奇安，你离开的这段日子，我努力将日子过得平静。曾经以为人生或许就这样了，永远一样的天空，一样的城市，一样的生活，再也没什么可改变的了。可昨日，偶然的突发状况，竟引来了心内如此大的震动，不得不令人惊叹。

　　邱野，这个奇怪得不能再奇怪之人，突然就站在了我的面前。与你如此相近的面容，又有如此淡漠无情的表情。即使什么也不说，什么也不做，也轻而易举地撕开了心内原本紧闭的心门。曾经以为自己已足够坚强，却不想在面对他的那刻，全盘崩溃。所有平静的过往，深藏的悲痛，撕裂般地呈现于眼前。

　　奇安，这是命运的嘲笑，还是老天的恩赐？面对如此匪夷所思的情节，我到底该笑着面对，还是哭着逃离？我要怎样告诉自己，安抚自己，才可将心态放平，放正。哪怕只是正常地面对他，都仿似不能。我像完全疯癫了一般，不能自控地在他面前出丑，出丑，再出丑。任我如何努力，也依旧像个傻瓜。

　　奇安，救我。因为只有你可以救我。如果你还依然疼我，请回来救我。明天就要开始第一场演出了，我却还在纠结要不要去的问题，可悲至极。

邱野，你到底是谁？

慕小梅丢开笔，眼泪无法自控地涌出，滴在日记本上，将墨黑的字体化开，变成了一团一团不知所谓的东西。

慕小梅收起日记本，走去开窗。

风灌了进来，连带着雨丝也飘了进来。她将目光回落到对面的阳台上，那张旧皮沙发依旧孤零零地卧在那里。她突然开始想念那个人，那个陌生的人。那个于最深的夜里，陪她一起抽烟的人。她很想知道，昨夜的他是否也有来等她？此念一出，慕小梅笑了起来。等谁？等自己吗？这个世界，除了她这样的傻瓜，还会有谁等谁？曾经如此刻骨铭心的恋情都能于突然之间走失，难道还要指望一个不曾会面的陌生人来等自己？可笑至极。

慕小梅没有笑，她笑不出来，她突然想去淋雨。为什么？没有答案，就为这莫名的一切吧。

她出了门，没有带伞。她不知道自己到底在跟谁较劲，邱野吗？人家根本无从理会。奇安吗？他又在世界的哪头？连记不记得自己，都已无法确定。

雨，下得更大了些，天色也比刚才更暗沉了起来。雷电不断袭来，像是默契地与这个世界同演恐怖剧。夜晚提前到来，时针却停在了午间，这是多么奇幻的感觉。慕小梅突然希望时间回得更彻底些，回到她与奇安相逢的那一天。可真的如此，就能改变结局了吗？就能留住那个令她心痛的人了吗？

雷电还在嘶吼，像极了她此时的心情，一种淋漓尽致的感觉。她将所有无法发泄的情绪全部交给了这天，这地。慕小梅在雨里转了个圈，停了下来。她拂去脸上的雨水，再看四周时，这座迷雾般的城市只有她一人。而这，正是她想要的。

她往家走去，孤单单的一个身影，如同鬼魅。

到家，她直接冲进浴室。脱掉已经湿透的衣服，拧开热水，让那失而复得的温暖包裹住自己。她抬起头，无力地靠在那里。

电话突然于浴室外响起,她放任不管,却还在响,一直响。她无奈地关掉热水,裹一条毛巾走出来。

她拿过手机看,是三儿,她接了起来,什么事?

今晚第一场演出,提醒你别迟到了。

放心吧,我记着这事。

晚上唱什么呢?把歌名发个微信给我吧。一共三场,每场你唱两首,小四两首,我两首。

好,这就发。

三儿沉吟了一会儿,又接着说,最好是一首快歌搭配一首慢歌,穿插着来,别又跟上回似的从头慢到尾。那回是人多,气氛好,所以无所谓慢歌快歌。今儿下雨,晚上生意估计也好不到哪儿去,你老这么慢着,容易让人心生厌倦。

好。慕小梅依旧淡淡地答,又转头看了看镜中自己那张苍白的脸。

你跟文子说话吗?她就在我旁边。

好啊,叫她听电话吧。慕小梅边说边打开了衣橱的门,挑起了演出服。

嘻嘻,宝贝儿。钟夕文在电话那头笑着打招呼。

嘻个屁啊,笑得这么诡异。

哪有诡异?只是听到你的声音高兴而已。

少来了。慕小梅拿出一套白色的短裙,对着镜子比到了身上。又皱眉丢到一旁,继续埋头进去找。

钟夕文还在说,小梅,我晚上带帮朋友去给你们捧场啊。

慕小梅又扯出了一套亮粉色的紧身裙,刚比到自己身上就对钟夕文叫了起来,什么啊,你那是给三儿捧场的好吗!我和小四只是顺带着被捧场。

不都一样嘛?你和三儿现在对我来说都是同样重要的人。

呸,别以为你这样说我就会感恩啊。我可是被你降级跟三儿同等重要的。慕小梅边说边扯出另一套演出服来,刚比到身上就烦乱地丢至一旁。怎么办?怎么办?她胡乱叫道。

什么怎么办?小梅,你自个儿念叨什么呢?

慕小梅低声叹道，演出服啊，怎么每一件都那么难看呢？

哧，钟夕文笑了起来，小梅，恐怕不是演出服的原因吧？

不是演出服是什么啊？又乱猜！

是因为邱野吧？

绝对不是。慕小梅叫了起来。

屁，不承认就算了。钟夕文还在笑。

慕小梅突然神秘地叫道，钟夕文……

什么事？

你过来一趟呗，我请你吃饭。

少来，咱俩就别玩这套了，直说吧，到底什么事？

把你那套紫红色的插肩小短裙借我穿穿吧，今天第一天演出，我不想输在演出服上。

钟夕文笑了起来，好啊，借你可以，但你得自己过来拿。

啊，去你那儿啊，太远了吧。要不你晚上带到酒吧去吧。

休想！钟夕文大叫一声，"啪"的一声挂了电话。

这完全就是报复，慕小梅气得大骂，却也无可奈何。她起身再在衣橱找了半天，还是一无所获。她泄气地倒在了床上。

电话再响，她不耐烦地翻个身，接通，又是哪位啊？

怎么还没起床啊，懒鬼。竟是司徒轩。

慕小梅从床上蹦了起来，叫道，哪有，早起了。

早起了声音还这么性感？其实司徒轩的声音也是柔柔的，像含在嘴里的糯米糖。

慕小梅笑了起来，她很享受这种糯米糖的感觉，也换作了极温柔的语气回过去，什么事啊？找我就为了说这些废话吗？

怎么可能是废话呢？跟你说的哪句话都金贵。

甜言蜜语，你想腻死我啊？

伶牙俐齿，我就腻死你。

司徒轩。再不说正事，我就挂电话了。

别别别。穿好衣服下来吧，我已经到你楼底下了。

啊，慕小梅大叫一声，朝阳台那方跑了去。果不其然，楼下停着一辆黑色的劳斯莱斯。那夜带她去静吧，坐的就是这辆车。

你要干吗啊？她问。

什么干吗？钟夕文不是说你要去她家吗，还叫我接上你一块儿去。怎么，你不知道这事儿？

这鬼文子。慕小梅叹口气，她自作主张的。

呵呵。司徒轩笑了起来，我倒是挺喜欢这自作主张的，既然如此，你就赶紧下来吧，我都在雨里等你半天了。

好，我这就下来。

快点。司徒轩挂了电话。

慕小梅丢开手机，转身从衣橱里扯出一件纯白套头毛衣，胡乱穿上，再对着镜子左揪右扯，将散乱的头发随意抓成一个马尾，背上背包，往屋外跑去。

楼下，司徒轩举着雨伞等在那里。看到慕小梅从楼里跑出来，朝她走去。他将她拉进了自己的伞里，再搂着她往前走去。

上车后，慕小梅问他，你今儿怎么了？

什么怎么了？司徒轩也问。

怎么这么绅士？

司徒轩拍拍身上的雨水，笑道，怎么叫今儿才这样啊？我本就绅士好吗？再说了，什么样的女人配什么样的男人嘛，你淑女我就绅士，有什么好奇怪的？

我可不是什么淑女。慕小梅边说边轻甩发丝上的雨水。

司徒轩停下了手里的动作，认真地看了她一眼，说，小妞，别故意伪装强势好吗？你骨子里其实是个非常敏感细腻的女人。

怎么会？敏感？还细腻？你想什么呢？慕小梅笑。

司徒轩再看了她一眼，答道，别跟我较劲好吗？我这个年纪的男人什么样的女人没见过？你只要踏踏实实地做你自己就好。别试图隐藏个什么，伪装个什么，表现个什么。用不着。你累我也累。我就喜欢你自自然然的，偶尔跟我贫贫嘴，冒冒傻气什么的就很可爱。以后没事再跟我撒撒娇，就更完美了。

慕小梅大笑了起来。当我是你们家小蹦子啊，要撒娇找它去。

司徒轩转头去看雨，不再跟她说什么。

可能是雨天的关系吧，路面的车辆很少，路况也极好。不出半个小时，他们抵达了东四环的山水园别墅区。司徒轩下车，左手抱一个纸袋，右手撑伞，将慕小梅从车内接了出来。他转身对司机叫道，小李，你先回去办事吧，晚点儿再过来接我们。

小李点点头，将车调头，开出了山水园别墅。

司徒轩走过来牵慕小梅，带着她一齐向别墅区内走去。

行至半路，慕小梅对司徒轩揶揄道，路很熟嘛，以前来过？

司徒轩敏感地看她一眼，答，当然，我和钟夕文刚认识那会儿，她没事就在家里搞个BBQ，开个party什么的，都是生意场上的朋友来聚会。

没错，这像她。她就喜欢搞这套，用以联络感情。

司徒轩看她一眼，再说，你别瞎想啊，我和钟夕文只是朋友，我们之间绝不可能有什么的。

慕小梅不屑地撇撇嘴，答道，跟我有什么关系啊？我才懒得管呢。

你愿意管，不愿意管，我也得跟你说清楚，我这人可是将朋友和情人分得很清楚的。

慕小梅刚想啐他，头顶上方传来了钟夕文的笑声，司徒"癣"，你们终于到了，快上来吧。

司徒轩立刻对慕小梅皱眉道，这"癣"字是你教她的吧？

慕小梅大笑着逃出了司徒轩的伞。司徒轩追了过去。你这个霉女人，你给我站住。

慕小梅一直跑到屋檐下才站住了脚，她一边拂去身上的雨水，一边对司徒轩叫道，你可真没劲，女人之间开个小玩笑你都生气。

司徒轩也跑了过来，收了伞，作势要打她。门正好于此时打开，钟夕文的脸露了出来，哟，这是要打谁呢？打小梅？司徒癣，我打赌你不敢下手。

司徒轩立刻收了手，对钟夕文摇头道，你说打就打啊，我偏不打,是吧,小梅,我只听你的话。

慕小梅不理他,脱了鞋往屋内跑去。

司徒轩再摇头,对钟夕文道,你看看,你看看,多狠心,理都不理我,这都是你教的吧?

钟夕文对他笑道,是啊,是我教的又如何?这样不好吗?非得对谁都嬉皮笑脸啊?

也是哦。司徒轩边换鞋边答,这么说来,还是心狠点儿好。不过你也得多给我美言几句,对谁狠,也别对自家人狠啊。

钟夕文歪头看司徒轩一眼,说,那你求求我呗,求好了,我肯定帮你。

想得美。司徒轩斜她一眼。你要这么说,我得跟公司的小王说一声了,关于上次那个合同的事,暂时别签了,先压一压吧。

钟夕文立刻变了脸,叫道,司徒轩,你敢。公事归公事,私事归私事,你别往一块儿扯。

你看你看。要不你们俩是闺密呢,动不动就生气,开个玩笑不行啊?我司徒轩是那么小气的人吗?追女人我从来都是自己来,用不着旁门左道!

呸。钟夕文的脸色平和了下来,突然又改用一种极为娇嗲的声音对司徒轩道,待会儿您要有时间,咱俩再谈谈上次说过的那个新项目呗?

呸。司徒轩啐回,钟夕文,我今儿来可是来陪小梅的,公事免谈。

看看,看看,还敢说慕小梅狠,你不也一样。

司徒轩大笑,将手里一直抱着的那个纸袋递给钟夕文。走得太匆忙,只带了瓶香槟,礼轻情意重啊。

钟夕文接过来,笑,什么时候变得这么有心了。看来还是我们小梅有魅力,谁跟她在一起都得变成了绅士。

那是,我们家小梅是谁啊?司徒轩得意地晃晃脑袋。

钟夕文也学着他的样子晃晃脑袋。这才刚几天啊,就我们家我们家的,小梅同意了吗?

司徒轩一边朝里走一边自信地摆手道，迟早的事。

慕小梅正坐在沙发的扶手上看三儿打游戏，看见两人进来，问，聊什么呢？这么慢！

司徒轩随口答，聊咱俩的婚事呢。

啊……慕小梅从沙发扶手上惊跳而起。

钟夕文大笑了起来，走过去拍着司徒轩的肩膀。司徒轩啊司徒轩，这回你可栽得不轻啊。没想到吧，多少女人想跟你结婚啊，偏偏你都不愿意。

司徒轩耸耸肩。迟早的事，我不急。

慕小梅坐回沙发扶手，假装没听见。

钟夕文对着司徒轩再笑，说道，大将风范，慢慢来吧，任重道远啊，老癣。

司徒轩不理她，朝慕小梅走了过去。看什么呢？他问。

慕小梅不转头，眼睛仍旧死死地盯在电视屏幕上，嘴里答道，看三儿打游戏呢，别吵，快完了，胜败在此一役。

一会儿工夫，四人全都跳了起来，边拍手边庆祝三儿过关。

三儿丢掉手里的控制盘，朝着司徒轩伸出了手。真对不起，刘新辉，圈里朋友都爱叫我三儿，您也叫三儿吧。

司徒轩赶紧握住他的手，说，司徒轩，现在被她俩改名为司徒"癣"，你看着叫吧。

钟夕文走过来搂住了三儿，对司徒轩道，三儿是慕小梅乐队的键盘手。

司徒轩答，我知道，我们家小梅跟我说过了。

三儿在一旁说，咱们去茶室坐坐吧。

钟夕文过去拉慕小梅的手，带着她率先朝楼下走去。

地下的空间比地面更大，里间做成了榻榻米，外间是一间家庭影院。慕小梅以前常来，总爱跟钟夕文窝在这里唱卡拉OK。

慕小梅极为熟练地盘腿坐上了榻榻米，司徒轩跟过去，脱了鞋，盘脚坐在了慕小梅的旁边。三儿则紧挨着钟夕文坐下，突然又起身道，大家都喝什么？我去准备。

钟夕文将他拉回。不用了,我已经吩咐吴姐去准备咖啡了。

啊,喝咖啡啊。三儿有些不乐意,皱眉说,喝茶多好啊。

钟夕文亲昵地靠在他肩上说,今天就喝咖啡吧,小梅喜欢喝这个,咱们都依着她。

三儿一听这话,不再说什么,轻轻地拍拍钟夕文的脸颊说,好,听你的,就喝咖啡吧。

楼梯上走下一人,手里端着个大的盘子。钟夕文对着她笑道,吴姐,谢谢了。

吴姐走近,将手里的大盘子放下,再将一个瓷壶,四个宽口瓷杯,一盘果盘,一盘曲奇,分别放到榻榻米中间升起的小桌上,对众人笑道,各位慢用啊。

慕小梅起身鞠躬道,谢谢吴姐,辛苦了。

吴姐摆手笑道,不辛苦不辛苦,你好像很久没来了啊?

慕小梅答,是啊,来不了,现在我的位子被别的人给霸占了。哼。说完,拿眼瞟了瞟三儿。

吴姐笑了起来,答道,别生气啊,吴姐今晚做你最爱吃的清蒸鱼,等着。说完,转身离开了。

司徒轩拿过一个靠垫来靠着,边喝咖啡边问三儿,你们乐队在一起多长时间了?

三儿放下手里的咖啡,答,和慕小梅在一起不过一年半而已,还有个吉他手小四,我跟他合作的时间比较长,快十年了。

干这一行能赚钱吗?

小钱,而且还特没谱,有活才有钱,没活就得饿着。

那你还坚持?

三儿叹口气。我是真爱音乐,放弃不了。唱酒吧只是暂时的,以后找机会想往音乐制作人方面发展。现在也写歌,偶尔卖出去几首,赚点外快。

你呢?司徒轩转过头问慕小梅。

慕小梅正拿起一块曲奇吃,咽下后,答司徒轩,三儿和小四他们挺努力的,今儿参加这个节目,明儿参加那个选秀,也获了一堆奖，我估计他们迟早都得出来。跟他们比起来，我就是个混子。

三儿接话道，其实小梅若真想往这方面发展还是挺有机会的，我经常跟她说，让她再努力一点，但她不听。

她真的行吗？要不我找人包装她。

她真行。三儿答，形象好，唱得也好，人也年轻，绝对能红。

慕小梅放下手里的咖啡，对两人笑道，喂喂喂，聊别的吧，我就不劳你们二位操心了，我知道自己几斤几两。说实话，唱歌我只是当作娱乐而已。如果真要发展，我音乐基础不行。另外，我的声音也太过庸常了，没有太多的辨识度。

她说得对吗？司徒轩问三儿。

三儿点点头。比较中肯。但音乐，我觉得感觉是至关重要的，至于音乐基础可以通过后天来弥补。声音虽然没有太多辨识度，但好在她唱歌特别走魂，情感拿捏得很到位。说实话，她是属于那种会唱的，很能打动人。

司徒轩搂过慕小梅，对她笑道，怎么样，帮你往上走走。

慕小梅拂开他的手，也笑着回，我就算了吧。如果真想帮就帮三儿吧。我心里已经有想做的事了，不过目前还在计划中。

好。到时记得告诉我一声，我一定帮你。

慕小梅红了脸，假装去喝咖啡，不再说话。

钟夕文歪过身子，躺在了三儿的肚皮上，她对三儿叫道，三儿，快给司徒轩讲讲慕小梅演出时的糗事吧，他肯定喜欢听这个。

钟夕文，你也太过分了吧。慕小梅叫了起来。

钟夕文完全无视，继续对三儿道，三儿，快说说。

三儿正在吃饼干，边吃边摆手，还真不敢讲，这姐们，太厉害了，怕她报复。

司徒轩坐直了身子，对三儿点头道，讲，三儿，我给你撑腰。

钟夕文也坐了起来，笑道，对，讲，我也给你撑腰。

慕小梅掩面狂叫了起来，你们这帮坏人，再也不跟你们玩了。

三儿面无表情地喝下一口咖啡，看看众人，严肃道，既然大家都这么热情,我就不客气了。

三儿,慕小梅的音量明显弱了下来,底气不足的样子。

三儿假装没听见,继续说道,我们乐队有个人外号最多,你们猜是谁?

小梅呗,还能有谁?钟夕文笑道。

三儿摸摸她的脸以示赞许,再问,那你知道她最出名的三个外号是什么吗?

是什么?钟夕文问。

猴子,桌布,跳仙。

众人全都笑了起来。慕小梅没笑,抓过手边的一包纸巾,朝着三儿扔了过去。

三儿也不生气,抓住那包餐巾纸,抽出一张,**擦擦嘴**,接着说,我就先跟大家伙儿说说这"猴子"吧。去年夏天,我们乐队接了个活儿,白天的。隐约记得是某个饮料品牌在商场门前搞的促销活动。我们当时签了整整一个夏天的演出合同。演出时间就定在每个周末的白天演,也不耽误晚上酒吧的演出。多好,费用也给得挺高的,当时我心里还挺高兴,想着这回房租口粮都给挣出来了,还绰绰有余,就计划着等演出结束了换套更好的设备。当时我们节目主持人有个怪毛病,每报完一个节目都要"黑哈""火呀""奇卡"那么一声,也没什么实际意义,估计就是为了调节调节气氛用的。结果不知怎么地让我们这位姐们给记住了。当天有个舞蹈叫《扇子舞》,就排在我们的节目前面。当时气氛特别好,台下的观众也格外热情,我们的主持人一高兴就站在台下"黑火"了那么一声。可不知怎么地,我们这位姐们听见了,一犯晕,直接跳上了舞台。

三儿说到这,忍不住先笑了起来,司徒轩和钟夕文也跟着笑。三儿忍了忍,接着说,你说你上去了,一看情况不对,就赶紧下来呗。她不,她直接就往舞台中间走。站到那儿,才意识到自己上错台了。然后……哈哈,这姐们……这姐们就跟着跳了起来。请大家想象一下她那动作。三儿手舞足蹈地学了起来。

司徒轩和钟夕文立刻狂笑了起来，慕小梅自己也笑得完全没了正形，却还要作势去打三儿，被司徒轩一把给拉了回来。

三儿喘息着再说，等这姐们一下台，组织方就过来了，对着旁边那位主持人吼道，立刻让那只"猴子"给我滚蛋。

啊。那主持人怎么那样啊？钟夕文叫了起来。

人家也没办法嘛。三儿收了笑。当天那个品牌公司的总裁来巡视，正好撞见这么一幕，当场就把那个组织人员骂得狗血淋头，他能不跟我们急嘛，人家也不容易。

那后来呢，后来怎么样了？

还能怎么着啊。三儿也停了笑，叹道，跟她一起撤了呗。一个团队的，总不能让她一个人走吧。唉，只是可惜了那钱啊，那设备啊，那梦想啊，通通就因为这只"猴子"打了水漂了。

桌布呢？桌布是怎么回事？

这"桌布"好玩。三儿又笑了起来。

慕小梅叫了起来，三儿，差不多就行了啊，多行不义必自毙啊。

三儿不急不忙地端起咖啡来喝，刚喝一口，"扑哧"一声差点将那咖啡给喷了出来。

钟夕文也笑了起来，拿过餐巾纸帮他擦嘴，问道，想起什么了？说出来嘛。

三儿强忍住笑，说，那年我们北京的活儿刚完，海口那边正好有个夜总会开业，要一个四人编制的乐队，外加几个歌手轮番演唱。我就拉着小四和她一起去了。到了当地，又找了一个贝斯手和鼓手，组成一个临时的乐队。当时我们乐手都是驻场的。所谓的驻场，就是一整晚都在一个场子里演出，不用跑来跑去。但歌手只唱四首歌，唱完就可以立马走人。我当时就跟小梅说，你啊，也别贪多，再接一个活儿就行了，用不着太累。房租我和小四出了，你一人住一间，还免费，多好。这姐们非不听，接了三个夜总会的活儿，还另接了一个饭市的活儿。

饭市是什么？钟夕文问。

饭市就是一些比较高档的餐厅，有时也会请一些歌手来演出。

一个晚上跑四个场子，她跑得过来吗？

时间安排得妥当的话，能跑得过来。这姐们当时租了一辆摩托车，商量好了价钱，这一晚上就带着她跑这四个场子。她进去唱，摩托车就跟外头等她。原本设计得挺好的，可这四个场子的演出时间挨得太近了，把这姐们换演出服的时间给挤没了。当时的演出场所都是那种大场子，这姐们的演出服又是那种特别夸张的拖地蓬蓬裙。满大街，人家都穿得挺正常的，就这姐们穿得跟个花姑娘似的，还倍美，手还提溜着裙摆随风飞扬。

三儿学着样子比画了起来。慕小梅气得又抓过一个靠垫朝他扔了过去。三儿拂开那靠垫，接着说，结果那天悲剧了。

怎么悲剧了？司徒轩问。

那天这姐们穿了条荷叶边的裙子，一层一层的，手工缝上去的。结果那天跑着跑着，裙摆不知怎么卷进车轮里去了。紧接着，就看那裙摆一圈，两圈，三圈，一层层地，跟剥洋葱似的就全给剥下来了。

三儿边说边比画，众人全都笑了起来。

三儿接着说，这姐们一开始还不知道怎么回事，以为别人看她，是看她演出服，美得屁颠屁颠的。结果怎么感觉屁股那块儿凉飕飕的啊，低头一看，才发现自己只穿了条三角内裤在那儿招摇过市。这姐们当时也吓得够呛，立刻让司机停了车。可四处找了半天，也没有找到东西遮挡，便盯上了司机身上那件破T恤。那司机当时就感觉这姐们的眼神不对，想躲已经来不及。果不其然，这姐们停了半天，就开始逼着人家脱衣服。

那司机能肯吗？钟夕文笑着问。

怎么可能肯？当然是不肯了。

那怎么办？

还能怎么办？这姐们玩横的，不脱就不给车钱。那人只好脱了。于是这姐们当天就围着一件又脏又破的T恤来了。当时我跟小四正在舞台上演出呢，也看不太清，就觉得这姐们今儿怎么穿得这么不对劲啊。等她一走近，差点没把我和小四吓死。刚想阻止这姐们上台，这姐们已经极为潇洒地将身上的那件衣服一扔，随手扯过一张桌布，围上就上台了。

这能行吗？钟夕文笑得七里歪斜。

你觉得能行吗？三儿也跟着笑。

那怎么办？司徒轩问。

还能怎么办？凉拌。这姐们当时还倍美，完全无视全场人鄙视的目光，气宇轩昂地走上台，气定神闲地唱完了一整场。夜总会的老板当时就站在台下，狂跟她打手势，这姐们就跟没看见似的，直把那老板气得差点犯了心脏病。

然后呢？

三儿晃晃脑袋，止住了笑。然后就是挨一顿乱批呗，活儿差点儿又丢了。

司徒轩从兜里掏出一包烟，递给了三儿，对他笑道，乐队摊上这么个主，也够不容易的啊！

谁说不是呢。三儿笑着抽出一支，点着，抽了起来。

司徒轩也抽出一支，点着，再问，那跳仙呢？

三儿弹掉烟灰，答道，这跳仙是我和小四给她起的。这姐们实在是太可气了，我们才给她起了这么个外号。

怎么个可气法？

那天上台，明明跟我和小四说得好好的，下一首她唱《I Love You More Than I Can Say》，C调，慢版。我们答好啊，这首我俩都熟，那就来吧。结果前奏一起，她开口就变成了《Seven Lonely Days》。你们想象一下当时的情景，把我和小四给急得啊，汗立马就下来了。再看这姐们，还在前面唱得倍美，完全不睬我和小四两人。唉，什么都不说了，改呗。可等我们俩好不容易刚改过来了，这姐们突然又意识到自己唱错了，间奏solo一完，这姐们又跳回来了。我靠，你们能想象当时的场景吗？我和小四差点就死在了台上。

众人再次狂笑了起来。

三儿转脸对着慕小梅叫起来，小梅同学，今儿当着众人的面我再重申一遍，唱就好好唱，不带这么玩人的好吗，这一招也太狠了吧？

慕小梅此时也已笑得上气不接下气，喘了半天气才对三儿说道，三儿，对天发誓，那天真是走神了。对不起，对不起，对不起行了吧。

我靠，你一句对不起就完了啊？你知道我和小四当时被你给气成什么样了吗？

钟夕文笑着去掐慕小梅，司徒轩心疼，拦着没让，又对钟夕文作揖道，算了算了，我代她跟你说声对不起。饶了我们吧，我们还没长大呢，我们只是个小女孩而已。

小女孩。三儿叫道，司徒轩你可别小看她，坏起来有你受的，别说我没提醒你啊。

司徒轩看看三儿，又看看钟夕文，笑问，那钟夕文呢？你不惯着她吗？

三儿转头看了钟夕文一眼，钟夕文也正盯着他看，他换了语气，算了算了，彼此彼此，不劝你了。

司徒轩这才大笑起来，回道，女人嘛，就得宠着点儿，胡闹也是她们撒娇的一种嘛。

这时，吴姐从楼梯上方走了下来，对着众人叫道，饭好了，都上来吃饭吧！

刚刚落座，三儿的手机又响了起来，他接通，哪位……啊，邱老板啊，是，是我。怎么……哦，好的，好的。

慕小梅立刻敏感地抬起头来看着三儿。

三儿没理，接着说，明儿？行行行，没问题，就按您说的来。好，那我们就明天过去了。好，再见。

慕小梅等他挂了电话，问，什么事？

三儿坐下来，夹起一筷子凉菜送进自己的嘴，囫囵着说道，今儿晚上吹了，下雨，让我们明儿去。

明儿？慕小梅问，明儿不是有另外一个乐队吗？

三儿又夹了一筷子丢进嘴里，答道，明儿那个乐队请假，所

以让咱们过去。

慕小梅皱起了眉头，你答应他了？

答应了啊？三儿的筷子停在了半空中。

慕小梅转开眼，嘴里却埋怨道，他说让去就去啊，你答应得还真够爽快的。

三儿没明白她的意思，问，明儿不是没事吗？要不我也不会答应他了。

慕小梅对他翻翻白眼，你怎么知道我明儿没事啊？

三儿放下筷子，问她，你明儿什么事啊？

算了。慕小梅对他挥挥手道，你都答应人家了，我还说什么呀，没事。我只是希望你下次先问问我的意见再答应别人。

三儿笑了起来，一脸轻松地对慕小梅笑道，天气预报说今儿晚上有暴雨，他怕咱们开车出事，所以才不让咱们去的。但又觉得让咱们损失了一天的钱，所以才商量着让咱们明天去演，全都是为着咱们着想。

慕小梅刚要开口再说，钟夕文先说了起来，三儿，理是这个理。但小梅说得也对，下次别那么快答应别人，至少你也得先问问小梅和小四的意见嘛，万一他们真有事呢？

也是。三儿转头对慕小梅笑道，对不起啊，下次一定先问问你。

钟夕文过来拉慕小梅，让她坐到自己的身边，再转头对司徒轩笑道，来来来，大家先吃饭吧，边吃边聊。

因为晚上没演出，钟夕文开了司徒轩带来的那瓶香槟酒，边喝边聊，一直到深夜。

等司徒轩搂着慕小梅从钟夕文家里出来的时候，雨已经停了。路面上出现了无数的小水洼，路灯照过来，闪烁出绮丽的光芒。

两人都没再说话，安静地上了车。

雨后的深夜，纯净、宁谧，又似轻潮，暗涌不定。耳旁不时传来车轮压过地面溅起的水花声，只瞬间，跳进风里，消失了。

慕小梅将头偏过来，靠在了司徒轩的肩上。

07
奇怪的夜

奇安，昨夜下了雨，今晨醒来，有了初冬的寒意。起床，披过你的一件衣服，竟感觉你又回到了身边。满屋子去找，除了我自己，还会有谁？不禁哑然失笑，一个离开了三年之久的人，怎可能突然回来这里，不过是我的南柯一梦而已。

雨依旧下着，心情也变得缱绻缠绵。脑海中不断回想你曾对我说过的，每一句都如针芒般扎在了心里，无从躲避。

你说，我对你的爱只是依恋，只是内心缺失的一种需索。你说，我是因为得不到，失去过，满足不了，所以才会如此饥渴地在你的身上索取想要的情感。你说，那只是一个孩子希望在想要撒娇的时候有人可以撒娇，想要胡闹的时候有人可以陪着胡闹，才会如此地任性妄为。你说，解决这些问题的最终办法是回到自己的原乡，回到自己至亲至爱的家人身边，理解他们，包容他们，放下所有该放下的怨，恨，纠缠与痛苦，如此才能真正地放手追逐自己想要的幸福，也才能得到自己真正想要的幸福。

可是奇安，原乡已是我回不去的地方，那里多年前垒起了高墙，我被挡在了千里之外。细想，我又何曾不是你回不去的原乡？可我们之间到底发生了什么，竟让曾经如此爱我之人变成了伤我至深之人？

慕小梅停下笔，转头去看窗外。雨依旧下着，雨丝细小斜长，像儿时挂在窗前的帘子，那般整齐地垂落，如同发丝。屋内早前拧开的音响，淡淡传来一曲民谣。木吉他轻柔地响在耳畔，恍惚让人看见一片飘进雨中的羽毛。

慕小梅转头看了看桌上的手机，拿起来，给钟夕文拨了过去。电话很快接通，她问，起了吗，文子？

慕小梅笑了笑，答，没什么啦，只是提醒你晚上别忘了把那件紫红色的短裙带过去。

哦。钟夕文叫了起来，你昨晚忘拿了吧？

昨天聊得太高兴了，把这事儿给忘了。

好，你别管了。我带过去吧。另外，司徒轩来电话了，让我晚上接你去酒吧，他今天事儿比较多，但晚点会去酒吧。

他怎么什么都跟你说啊？就不能直接给我来个电话吗？慕小梅叫道。

钟夕文笑了起来，问，吃醋了吧。我们早上聊公事，正好聊到了你，他就跟我随便说了那么一句，你瞅你这不依不饶的劲儿。

我哪有？慕小梅也笑了起来。晚上你们直接去酒吧吧，不用接我了，我自己过去就行了。

好，晚上见。

晚上见。

挂了电话，慕小梅刚要丢开手机，却发现还有两个未接来电。仔细看去才发现是父亲打来的。她猛然一惊，怔在了那里。回去，谈何容易？她叹口气，摁了回拨。

电话很快接通，听筒里传来了父亲欣喜的声音，是小梅吗？我是爸爸。

爸爸好。慕小梅淡淡地答。

哦，小梅好。父亲慌忙地说，停了停又问，好久不见了，很想你了，不会太冒昧吧？

怎么会？是为了上次微信那事来电的吧？

是。父亲也不隐瞒。一直没等到你的消息，只好给你打个电话。梅梅……大家都很想你,希望你能早点回来。

是吗?慕小梅嘴上答着,心里画了个问号。那事还能再等等吗?我现在还没办法确定时间。

能见面谈谈吗?我已到北京,就住在你们楼对面的青年旅社里。

啊,不会吧。慕小梅惊叫了起来,为什么?

什么为什么?父亲想女儿了,不能过来看看吗?

当然可以。慕小梅苦笑了起来。为什么不提早说一声,这也太突然了。

提前通知你,你会让我来吗?

慕小梅想了想,答案是不会,她再问,您什么时候来的?

前天,可以见一面吗?

嗯……慕小梅犹豫,却心知事已至此,只能见面。

如果不方便就算了。父亲的声音明显的失望至极。

慕小梅咬咬嘴唇,说道,那就楼下的星巴克吧,离咱俩都近,下楼便是。

太好了。父亲欣喜道,我现在就过去等你,你慢慢来。

嗯,一会儿见。慕小梅挂了电话,慌忙跑去洗脸,心里的小鼓却敲得山响。父亲,到底有多久没见了?好像跟祝奇安来北京后就再未见到过。

她随便洗了洗,扯过一身休闲服,往屋外跑了。

她走到星巴克的大门口,推门而入,发现里间已经坐满了人。大多数都是旁边CBD里上班的小白领。她眯起眼来找,前方站起一人。是父亲。慕小梅走了过去。

慕小梅停了下来,望着眼前人,花白的头发,深陷的眼窝,清瘦的脸,儿时常穿的中山装。一切好像又回到了从前。只是父亲身上的味道开始变得陌生,某种薰衣草的味道。慕小梅猜想是小姨洗衣时用的柔顺剂的味道。好在剃须水的味道还像从前,淡淡柑橘的清香,令慕小梅心头一暖。

父亲也站着,用同样深邃的眼神打量着她。四目相对,万语千言，无从说起。许久，父亲说道，坐吧，梅梅，坐下再说。

那句梅梅出口，慕小梅的心头又是一凛，她暗暗叹口气，坐了下来。

喝什么？我去买。父亲问。

慕小梅赶忙起身。我来吧，您喝什么？

父亲犹豫了一下，答道，那你看着点吧，我什么都可以。

好。慕小梅点点头，走开了。

少顷，她端着两杯咖啡走回。递给父亲一杯，说，摩卡，应该不会太苦。父亲接过来，没喝，放到了桌上。慕小梅重新坐了下来，自顾自地喝咖啡，两人竟一时无话。许久，慕小梅放下咖啡问，您这次来，打算待多久？

父亲答，既然已经看到你了，晚点就可以走了。

哦。慕小梅答应了一声，没了声。

父亲看她一眼，问道，一切都好吗？

还好。慕小梅点点头。

身体呢？感觉你比以前瘦了。

慕小梅笑了起来，答，从小就这样的体质，您又何必担心？

怎能不担心。父亲皱皱眉。无时不刻不为你担心，可惜离得太远了，想帮都无从帮起。

慕小梅的心头瞬时翻起了百千浪。她深呼吸，努力平定情绪，对父亲说，您什么都不帮，就是对我最大的帮忙。我现在一切都好，您只要操心您自己那边就好了。

父亲不答，叹口气，转头去看窗外。慕小梅也转头去看窗外。雨下得更大了些。

曾几何时，父亲也曾这样陪她看雨，将她小小的身子放到窗前的一张小桌上，笑着叫，梅梅，要看雨哦，要小心哦，一不小心就会从雨里蹦出个神仙来哦。然后他自己偷偷跑开。一会儿工夫，从那雨里就真的冒出了一位神仙，两边晃着，跳着，朝着她跑了过来。如今，一起看雨的人未变，她却没了儿时看雨的兴致。

咖啡馆里放出了萧亚轩的那首《最熟悉的陌生人》。还记得吗？窗外那被月光染亮的海洋。还记得吗？是爱让彼此把夜点亮。为何后来我们用沉默来取代依赖，我们变成了这世上最熟悉的陌生人。慕小梅突然想哭，她假装去看咖啡，让不小心掉落的眼泪藏进了咖啡里。

父亲转回了眼神，慕小梅轻声道，您这次来的目的是……

父亲答，目的只有一个，希望你能早点回去，你妈妈她……

我知道了。慕小梅打断了父亲，您也用不着为这事专门跑趟北京吧？

不然怎么样？这么多年了，你拒绝与我们联系。发过来的短信、微信，你几乎从来不回。你让我怎么办？小梅，如果你是父亲，你会怎么做？

我什么都不做。小梅叫了起来，周围的人都转过来看她。她压低声线继续说，您心里不好受，我心里就好受了吗？

父亲的眼神变得焦灼，他也压低了声线，用一种极为喑哑的声音说道，梅梅，你要我怎么做呢？怎么做，才能让你对我的怨恨减轻呢？

我不恨您。慕小梅答，也从来没恨过您。

所以啊，父亲摊开了手，这才是最可怕的地方。梅梅，我宁愿你恨我，怨我，也好过现在这样的不理不睬。这么多年了，无论我做什么，你都是这个样子，就算是仇人也总该有个回应吧，何况我们还是家人，是相亲相爱的家人。

慕小梅完全不为所动，冷淡地摇头，答，我再说一遍，我不恨您。这么多年来，我不是没有回应，我只是做好自己该做的事。

你所说的该做的事是什么事？

不去打扰你们，您的家，您的家人。慕小梅冷淡地答。

梅梅，难道那不是你的家人吗？父亲的声音高了起来。

慕小梅不说话，低头，躲开了父亲逼过来的眼神。

父亲依旧盯着她，却也不说话。

许久，慕小梅放下咖啡杯，对父亲说，再给我点儿时间吧，如果能安排出时间来，我会尽早给您回复的。

梅梅。父亲伸出了手，握住了慕小梅的手，声音哽咽道，难道这辈子你都打算这样对我吗？真的不能原谅我了吗？是什么让我们变得连陌生人都不如？

慕小梅的心一点点地抽紧，一点点抽痛。她多想回握住那手，但她不能。她除了静静地坐在那里，什么也做不了。她的脑海里不断出现那幅画面，十五岁那年的一场暴雨，飞奔而出的那个女孩。车子越开越远，后排座上的两个人如此温柔的对视，亲密的相拥。那种被抛弃的感觉再次袭来。她追着那车，不断地于心头呐喊，只要你回头，哪怕一眼，我就原谅你所有。可惜没有。那车，那人，全部消失于眼前，她心中期盼的画面还是没有出现。内心的城堡开始塌陷，变成暴雨里的一堆废墟。冰冻三尺，非一日之寒，她不能。

她慢慢地抽出被父亲紧握的手，淡淡答道，不能。

梅梅。父亲还在叫，你看看我，看看你的父亲。

慕小梅抬起头来，直面他，眼前是一张苍老颓败的脸。

看到了吗，这就是父亲。我也只是个人，我也有我的不能。或许我曾经在你与你的小姨之间没有做到平衡，但是我爱你们，深爱你们每一个人。我只是不能做到完美，因为这个世上无人可以将一件事做到完美。我们都有缺失，都会犯错。但我们会改错，并带着一颗努力想要做好的心朝着那个完美靠近。小梅，父亲只是一个普通的人，你要允许我犯错，并给我改错的机会，因为那也是给你自己机会。

"给你自己机会"，听到这句，慕小梅的心头又是一凛。曾几何时，祝奇安曾无数次这样告诉她，给你父亲机会就是给你自己机会。而今，当事人就在眼前，同样的话语，同样的字眼，为什么做起来却是那么难。她在心底呐喊，我也想啊，可我做不到，我不能。这些话除了她自己，无人能够听得到。出口依旧还是那么淡淡的一句，对不起，爸，我还需要时间，不要逼我。

父亲停了下来，除了呆呆地望着慕小梅，再无其他。一股深深的无力之感袭上他的心头，他恨不得让自己最心爱的女儿，用尖刀将自己戳碎。心已碎，还有什么是不能碎的。可眼前人，只是用一种冰凉的眼神看着他。那般无动于衷的表情令他不寒而栗。如果将自己戳碎就能换来这块冰的融化，还有什么是不能舍弃的？他深深地叹息，等在那里，如同等着被审判的罪人。

慕小梅没有审判，如果可以，她何尝不想把自己交给父亲去审判。她的心，又何尝不是碎的。她起身，强忍住即将喷薄的眼泪对父亲说，回去吧。能回时我自然会回的。一路平安。说完，头也不回地跑出了咖啡馆。

小梅。父亲在她身后大叫，她却不理。咖啡馆的门关上，心里的碎片掉落了一地。

慕小梅淋着暴雨，狂奔到家。她扑倒在床上，抓过被子的一角，痛哭出声。她将全部的悲伤，怨恨，交由这不断涌出的眼泪来宣泄，由得它们的奔涌，将压在心头的那些石头慢慢地移走。虽然，她知道它们还会回，但至少此刻，她要将它们通通放下，哪怕只是一时，也是好的。

慕小梅哭哭停停，停停哭哭，不知不觉睡了过去。再醒时，屋内一片漆黑。她翻个身，耳旁传来小豆子粗重的喘息声。她揉揉眼睛，想要看清周围的一切。窗外隐隐照进来的白月光，以一种极凄冷的眼神打量着她。她打了个寒战，用手摁了摁身下，是床。她慢慢地起身，慢慢地移到床边。开始努力回想下午的一切。父亲。想到这里，她惊跳而起来。她四处摸索，寻找，企图找到手机。摸到了，冰冷的一块铁。她拿过来，点开，父亲的留言一条一条地出现在了眼前。她没有细看，不过都是些表达愧疚之言，这是她不愿意看到的东西。她直接跳到最后一条，上面写道，梅梅，给你发了那么多条微信你都不回，打你电话你也不接，心里很是着急。如果今天的这番谈话让你不舒服，父亲向你道歉。但请记住，父亲说的每一句都是好意。如果可能，我只希望能让自己的宝贝女儿高兴。当你看到这条微信的时候，我已经在机场了。还有半个小时就要登机，心却留在了你那里。小梅，怪就怪父亲当年太过持重，太过大意，太过疏忽，总以为爱就应

该放在心底,而不是流于表面。现在想来,当年如果能与你多交流,多谈心,或许我们就不至于走到今天这一步。事已至此,说得再多也无济于事。父亲只希望你能再考虑考虑回家的事,为了你的母亲,你的奶奶。其余的,父亲已不敢再奢望。如果老天有心,请保佑我的女儿幸福平安,也就了却了我的心愿。见字如父,等你的回音。

慕小梅丢开手机,眼泪就要奔涌而出。她强忍住心中的悲伤之情,起身摁亮床头灯。手机突然爆响,她拿过来看,是钟夕文。她赶忙接通,什么事,文子?

都几点了,赶紧过来。钟夕文在电话那头狂叫。

慕小梅看了看时间,已过九点。演出已经开始了。这是今晚的第一场演出,她迟到了。她可以想象此时站在台上的三儿和小四会是怎样的心情。她惊跳而起,对着电话狂叫出声,亲爱的,帮我跟三儿说一声,让他们先顶着,我这就过来。

好,注意安全。

挂了电话,慕小梅不敢再耽误半分,以最快的速度收拾背包,扎长发,洗脸,化妆,狂奔出门。

头昏沉得厉害,刚走到楼梯口,竟然一个趔趄摔了下去。她不敢停留,爬起来再跑。不敢开车,打了辆车往三里屯去了。

推开"午夜烟语"的门,迎面撞上一人。她赶紧后退,道歉,抬头看时,发现那人竟是邱野。想躲已经来不及了,她只有将胸脯挺得老高,等待着眼前的人发难。

邱野也愣在了那里,他没有意识到门外会突然撞进来一个人,他连连后退,终于站定了。

两人就这样呆立着,完全失语的样子。直到邱野手里的烟烧到了尾部,烫了手,才令他惊醒过来。他甩脱了那尾烟,用脚捻息,抬头问慕小梅,怎么,来晚了?声音竟是极轻柔的。

是。慕小梅赶紧答,声音也极轻柔的。家里有点事,耽误了。

邱野假装去看舞台,躲过她的眼神,嘴里说道,快上去吧,他们已经等你很久了。

好。慕小梅嘴上应着，身子却依旧停在原地。她很想开口对他说，那我先去了，出口却变成了，你来听吗？

她想狠狠地扇自己，邱野却笑了起来。那笑，干净得像个孩子。他对她点点头，好，我来听。

慕小梅的脸瞬间红得发烫，她假装无所谓地对着邱野点点头，走了开去。脚步像灌了铅似的沉重，她故意走得轻盈。头很疼，每走一步，都像是有柄锤子在狠狠地敲打她，她选择无视，高高地昂起头，貌似极开心地走着。

慕小梅四处打量一番，找到了钟夕文，坐在舞台的正下方，与同桌人说着什么。慕小梅再看舞台，三儿和小四正紧盯着她，若是距离够近，她估计自己已被那眼神烧成灰烬。慕小梅躲开了那眼神，走去钟夕文那边。亲爱的，我来了。她对钟夕文叫道。

钟夕文转头看见是她，高兴地叫了起来，快来快来，先喝一杯再说。

慕小梅赶忙摆手道，不行，我得赶紧上台了，再不去，那人就得下来把我给劈了。裙子呢？

哦，对了。钟夕文赶紧低头去找，转眼拿过一个黑包递给了她。在里面，她指了指那个黑包。

慕小梅抱起来朝化妆间跑去，头痛让她几欲摔倒，身上此时也有团火在烧。她通通不管，只想赶紧换好了服装上台演唱，因为邱野会来听。什么时候这个人已变得如此重要？她不敢深想。事实上，身体的异样，情绪的激昂，令她忘了思考，只是任由自己跟着内心某种深切的期望，辗转在幸福与惆怅的患得患失之间。

她很快换上了那条紫红色的短裙，走上台去。她站到三儿和小四中间，随着旋律摆动起腰肢。间或，音乐停下来，她对三儿说，我来吧。

三儿刚想发火，可台下的钟夕文不断对他飞吻，令他的气消了一大半，他皱眉道，只有一首歌的时间了，随便来一首吧。

慕小梅想了想，回道，爵士版的《甜蜜蜜》吧，轻快些。

好，三儿和小四点头，起了前奏。

慕小梅边唱边盯着台下看。邱野坐得比较远，无法看清他脸上的表情。一缕烟雾飘在他的手指间，像蛇，蜿蜒着，在他的身旁萦来绕去。慕小梅的心，随着那烟雾万般缥缈了起来。

一曲终了，三儿关掉舞台上的灯光，朝着慕小梅走了过来。他恶狠狠地瞪着她，却不说话。慕小梅干笑两声，撒娇道，下次绝不再犯了。

三儿之前打了多少底稿，他已记不清，这会儿听了这话，也就一句也骂不出来了。他轻叹口气，说，你要把这活儿再给我弄丢了，我就绝不理你。说到做到。

慕小梅一手扶着麦克风架，一边对着他媚笑。实则他说了些什么，她都只能隐约听个大概，但她不敢表现出半点无力的样子，依旧假装活泼地笑着。

三儿看看台下，转身对慕小梅道，下去吧，你的司徒轩也来了。

慕小梅赶紧去看，果不其然，钟夕文正给邱野介绍司徒轩。两人客客气气地握了手，松开了。邱野笑着对司徒轩说了些什么，司徒轩也笑着回过去。邱野再笑，走了开去。

慕小梅一直等着邱野走远，才朝着钟夕文那边走了过去。人还没走到，司徒轩已经跑了过来，一把将她抱起，紧紧地拥进了怀里。酒吧内的气氛沸腾了起来。好几桌人，几乎全是钟夕文和司徒轩带来的朋友，站起来对他俩狂喊，亲一个，亲一个。

慕小梅挣扎着想要下来，却无奈司徒轩抱得太紧，令她动弹不得。司徒轩一直将她抱到座位上，才将她轻轻地放下。转身，又去与别人碰杯，像个打了胜仗的将军。

钟夕文朝着慕小梅这边靠过来，抱着她笑。慕小梅想要挣脱她，告诉她头疼，想想又算了。她懒懒地躺在那里，不想再说一句话。间或，她将眼光瞟向别处，邱野已走回了吧台那方。酒吧内，此时全是尽情尽兴的人，唯有他静静地坐在那里，独自一人，那般寂寥的身影，落寞的眼神，缓慢游离的表情，令慕小梅心痛不已。为何一个陌生人总能如此牵绊她的神经？他到底在为谁落寞？为谁寂寥？为谁游离？会为了她吗？怎么可能？她苦笑了起来，推开钟夕文，独自朝化妆间走去。

她在化妆间找到一张沙发躺了下去，大口喘息，感觉身体像座火山。她知道自己病了，却不知道病得有多严重。她坚持要唱完这一场，这可是她的第一场演出，绝不能就此倒下。

有人走了进来，是三儿，手里端着一碗面。

怎么没吃饭？慕小梅立刻隐藏了疲态，假装高兴地问他。

三儿没想到这里还会有人，低头看了看，发现是慕小梅，皱起了眉头。别人都在外面玩，你怎么一个人躲在这里来了？

你不也一样。慕小梅笑道，怎么这么晚才吃饭啊？

还不是为了你。三儿假装生气地晃晃脑袋。快开演了，连个人影子都看不到，哪还有心情吃饭？

慕小梅想要坐起来，却无奈身体像被卸载了一般，七零八落的感觉，她绵软地躺回去，不再说话。

怎么了，生气了？三儿问。

没有，头有点疼。慕小梅答。

三儿过来摸她的额头，突然惊叫道，你发烧了。

是吗？慕小梅也伸手摸摸自己的额头，回道，不会吧，我怎么摸不出来呢？

三儿放下手里的面，再摸，认真地答道，就是发烧了。你身上全是烫的，怎么摸得出来。你今儿别演了，回去休息吧，我和小四替你顶一场。

不必了。慕小梅摇头道，今天本来就迟到了，还提前退场，这场子不丢才怪！没事，坚持坚持能唱完。

三儿有些为难地看着她，可是，你都烧成这样了，还怎么唱啊？

发烧怎么了，以前又不是没发过烧，不也照演不误。轻伤不下火线嘛，你就别管了。

这样吧，我出去给你买点退烧药，你先吃了顶着。

三儿。慕小梅叫道。

什么？三儿回身，站住了脚。

别跟别人说我病了啊，我不想大家为我担心。

好。三儿点点头，走了出去。

慕小梅叹口气，躺回了沙发深处。刚要迷离之际，司徒轩的声音突然从头顶上方传了下来，怎么回事啊，我到处找你，你倒好，一个人躲到这儿来了？

慕小梅赶紧睁开眼，看见是司徒轩，傻笑了起来。

司徒轩坐下来，慕小梅怕他知道自己发烧，挣扎着想把身体挪开。司徒轩完全不觉，实则他的身体因为酒精的缘故也是滚烫的。他低头，吻了吻她的额头。正在这时，三儿又闯了进来，看到这一幕，即刻又退了出去，边退边叫，我什么都没看见啊。

司徒轩笑着松开了慕小梅，回头对三儿叫道，进来吧，我们什么事都没有。转头，他对慕小梅轻声道，出去陪陪我吧，别一个人跟这儿待着。

慕小梅笑着点头，转眼就被他抱起。经过三儿身边时，慕小梅对着三儿又是做手势又是挤眉弄眼，示意他把药先藏起来。

三儿点头，将手背到了身后。

慕小梅被司徒轩抱回了钟夕文那桌。她无力地将头靠在司徒轩的身上，笑着看他们拼酒。钟夕文也正被一堆人围着，根本没空理她。慕小梅趁这个间隙往酒吧各处瞄了瞄，唯独不见了那人的身影。她有些不甘心地坐起来。再望，还是没有。她起身，朝吧台那方走了去。

吧台小弟看她走近，赶忙笑道，真对不起，这回可不能给您再拿酒了。

我不是来要酒的。慕小梅摇头道，你们老板去哪里了？

吧台小弟四处找了找，答道。

好像出去了，是不是坐到外面了？

慕小梅起身朝酒吧外跑去。

刚走出酒吧的大门，就看见邱野。正坐在一排长沙发上，与邻桌的几位美女谈笑风生。此时的他，也看见了刚刚走出的慕小梅,突然就斜起了眼,歪起了嘴,开始显出一脸的不屑。

慕小梅假装伸伸懒腰,转开头,不再看他。

他却大声地对旁边的几位美女说道,那,你们刚才说的那些都不靠谱,有关找男朋友的事还得跟我们这位姐们学学,就奔着土豪去,还就非土豪不嫁了,那可是相当的有手腕啊。

慕小梅刚要收回手,听了这句,一口热血差点喷了出来。她强压住怒火,长吁一口气朝邱野走了过去。她走近邱野,低头看着他笑。到底还是你有眼光啊,我男朋友那么低调,都能被你看出是土豪?

邱野也不示弱,立马回道,低调还能被人看出是土豪?

要不说您眼光好呢?就赶紧给自己找个女土豪吧,省得跟这儿尽吃闲醋,吃不到葡萄还说葡萄是酸的,对吧?

对个屁啊。邱野狂吼一声,起身走了开去。

慕小梅看着他的背影狂笑了起来,却突然发现他没有往酒吧内走,而是朝着相反的方向走远了。她张口想要喊住他,可哼哈了半天,一句话也喊不出来。喊了又能怎样?他会站住脚吗?他会听她的吗?这个与己毫不相关之人,自己凭什么叫住他呢?

慕小梅只能眼睁睁地看着那个背影越走越远。突然想哭,她忍住了。

她黯然地走回酒吧,第二场演出开始了,她随着三儿和小四走上了舞台。这一场,慕小梅不知道自己是怎么唱下来的,她的眼神一直在酒吧大门处徘徊。进来一人,她去看。再进来一人,她再去看。可惜,永远不是那个人。所有的掌声,哨声,叫喊声,离她都是遥远的,她只与那门对望,仿佛就要一生。

音乐终于停了下来,三儿关掉了舞台上的灯。

慕小梅跑下台,不顾司徒轩的大喊大叫,朝酒吧外冲了过去。

屋外,夜色斑斓,除了霓虹灯不知疲倦地闪烁,一切如常。只是,唯独没有了那人的身影。他像是突然来了,又突然消失了。慕小梅的心又再次狂跳起来,某种恐惧感令她的心头一阵阵地发紧。她害怕就此失去那个身影,如同当年失去祝奇安。

司徒轩不知何时走了过来，将一件外套披到她的身上。身体瞬时温暖了起来，慕小梅感激地朝司徒轩笑笑。

司徒轩搂着她，突然意识到什么。摸摸她的额头，叫起来，你发烧了？

慕小梅摆手道，没关系。

怎么可能？这么烫？走，现在就回家去。

没事啦，干吗紧张兮兮的，待会儿回家吃点药就好了。

不行。司徒轩坚持道，现在就走，我送你。

不行。慕小梅也坚持，你还有一帮朋友在这儿呢。

司徒轩蹙眉看着她，朋友有你重要吗？

慕小梅突然感觉有股暖流流进了心内。她乖顺地点了头，对司徒轩轻声道，那好吧，你去打声招呼再走吧，我等你。

好。司徒轩点点头，走回了酒吧内。一会儿，他出来了，打电话将车叫了过来。

一路上，他一直关切地试探着慕小梅的额头，将她的外衣不断地拉紧。

车很快到达了芳菲小区。慕小梅下车，司徒轩也跟着走了下来。慕小梅对他道，你回吧，我自己上去就行了。

不急，送你上去。

慕小梅还想摆手，已被司徒轩一把搂进了怀里，拥着朝电梯那方走了去。

到家，门刚打开，小豆子便蹦了出来。司徒轩一边逗着小豆子，一边对慕小梅叫道，快去，先去床上躺着去，我这就来。

慕小梅笑着看他逗小豆子，问道，喝水吗？

司徒轩起身过来推她，快去快去，要喝我自己来。

慕小梅只好朝卧室那边走了去，边走又不放心地边问，知道东西放在哪儿了吗？

司徒轩四处看看，准确地找到了厨房的位置，对慕小梅笑道，去吧，我能找到。

慕小梅这才放心地朝卧室那边走了去。

一会儿工夫，司徒轩从厨房内走了出来，手里端着一杯水递给了慕小梅。又问，药呢？

慕小梅接过那杯水，对着桌子伸了伸下巴，抽屉里。

司徒轩走过去，翻开抽屉，找出了一盒退烧药来。他将药盒举到灯下，仔细地看了看说明，这才打开，取出一粒药丸递给慕小梅。先把这个吃了，不行明天再去医院。

慕小梅听话地接过来，吞下了药片。

再喝两口热水，发烧感冒就得多喝水。

慕小梅听话地再举杯，将那杯热水全部喝尽。

司徒轩满意地接过杯子，放到了书桌上。他转头对慕小梅说，晚上我不走了，留下来照顾你。

不要，慕小梅立马叫了起来。

干吗？司徒轩笑道，我有那么可怕吗？

慕小梅躲开了他的眼神，嗫嚅道，不是啦……只是……你留下来，我还得顾及你，反倒睡不好。

你是不是又瞎想到别的地方去了？我只是担心你的病而已。

慕小梅依旧红着脸说，哪有瞎想？只是觉得不方便啦……

司徒轩看了看她，亲亲她的额头，说，那我明天过来看你。

慕小梅松了口气，朝他点点头，好，明天见。

司徒轩起身告辞。慕小梅想起身送他，被司徒轩摁了回去。

慕小梅躺进被窝，耳朵却一直支着，听着他走出，锁门，离开，她朝阳台那方跑了去。不一会儿，看见司徒轩从楼门里走了出来。他走去停车场，上车，远去了。

慕小梅依旧站在那里，将手伸进口袋里，摸出一支打火机来。她笑笑，将打火机点着，对着暗夜深处晃了又晃。火苗即将熄灭之时，对面阳台突然亮起了两盏红色的彩灯。慕小梅不敢相信地看过去，没错，就是两盏彩灯，写着"Hi"。

慕小梅大笑，原本虚弱的身体突然有了力量一般，满血复活。

她熄灭手里的那团火，那方也熄灭了彩灯。周遭再次陷入沉寂当中。风擦过耳畔，却有种幸福的味道。

Chapter

2

静水微澜

08
邱野的午餐

奇安，今天起得比较晚，信也写得比较晚，非常抱歉。刚才还头痛欲裂，吃了两颗止痛片才稍感好些。昨夜睡得极不安稳，一夜惊梦，睡睡醒醒，醒醒睡睡，直到天亮了才睡沉。

还记得当年你在的时候，是很喜欢自己生病的。因为你总会放下手边的一切，全身心来照顾我。现在想来都会发笑，因为那像是一场场蓄意而为的小阴谋，任性地将你拖住，不惜以生病为代价。

昨夜，当司徒轩说要留下的时候，我仿佛看到了曾经的你。多年前，坐在我的床边与我说笑的你。但心里知道，那不是爱，只是因为他像你，所以才如此令我感动。奇安，如若有一天，司徒轩知道了我心中的真实想法，是否还能一如既往地这样待我？

奇安，你是对的，如果我不能放平自己与家人之间的关系，是不可能拥有一颗平静喜悦的心的。而没有这颗平静喜悦的心，又如何真实感受这个世界人与人的平等相爱？或许，该是放下一切重新开始的时候了。只是每念于此，内心都会无比纠结。想想也会觉得很难。回家？岂是容易之事。这种心情，除了你，无人可以理解。只有你知道我曾经作过多少次的努力，也用过多少个理由来说服自己。关山近，故乡远。奇安，我要如何理解与放下,接纳与包容,才能回去那里?或许,这原本就不是公里数的问题,更是一颗心抵达另一颗心的问题。

慕小梅停了笔,转头去看窗外,内心却堵得厉害。无数辆载满坏情绪的车子同时抵达了胸口,在那里堵起了长龙。她将日记本放回抽屉,起身走回了床边。她钻进被窝,躺在那里发起了呆。耳边突然传来"哒哒哒哒"的脚步声,她笑了起来。是小豆子。只有它的脚步可以跑得如此萌蠢可爱。

她钻出了被窝,穿上拖鞋,慢慢往客厅那边晃了过去。

小豆子知道主人的心思,摇着尾巴,跟随而去。

慕小梅走到客厅的书架边,将狗粮从上面取下来。她打开包装,倒进了小豆子的食盆里。小豆子跑了过来,对着慕小梅猛摇尾巴,再一低头埋进了自己的食盆里。慕小梅直起腰,看着专心吃食的小豆子转身往厨房那边走了去。

她为自己冲了杯热咖啡,端着回了卧室。手机提示音"叮"地响了一声,她边喝咖啡边取过来看,是司徒轩。她笑了起来,回道,怎么这么早?

早吗?司徒轩也回过来,起了吗?

慕小梅放下咖啡,回,当然。

可以啊,司徒轩回了个笑脸过来,女战士啊,发烧了还能起床。

呵呵,慕小梅也发了个笑脸过去,再皱皱鼻头写道,还在被窝里,只是人醒了而已。

烧退了吗?司徒轩问。

慕小梅下意识地去摸自己的额头,写道,退了,不热了。

好。再去吃颗退烧药。

好。慕小梅起身去拿搁在床头的退烧药,就着咖啡把药吞了下去。放下咖啡,她写道,吃完了。

司徒轩打了两个"嘿嘿"过来,再写,好乖,再睡一会儿。今天公司的事情比较多,下午我找个时间去看你。

慕小梅立刻回道,不用了。公事为重,烧已退,无须挂念。

不行。司徒轩写道，心里担心，必须过来看看才安心。

好吧。慕小梅的心里漫过一股暖流，像刚喝进去的咖啡，将她的身体焐热过来。她写道，忙完再来，别耽误了你的正事。

好。司徒轩回道，乖乖去睡一觉。

好，拜。慕小梅道别，丢了手机。

她转头看了看穿衣镜里的自己，蓬乱的头发，脸色苍白得不似活人。心想，要不要去洗个脸？她可不想司徒轩来的时候看到这样邋遢的自己。刚要起身，电话再次响起，她看看电话号码，不禁一震。手机铃声还在大作，她稳定一下心神，接了起来，哪位？她明知故问。

电话那头极安静地停在了那里，很久，一个低沉的男声传了过来，慕小梅吗？他问，淡淡的语气，像在说着无关紧要之事。

慕小梅刚刚升腾而出的喜悦感就这样被扰乱了，她故意不答，伸手拿过那杯咖啡啜饮了起来。

电话那头显然等得有些不耐烦，只好再问，请问这是慕小梅的电话吗？

慕小梅咽下那口咖啡，答，是，我是慕小梅，请问您是哪位？

呵，那方轻笑了起来，如释重负的感觉。我还以为自己记错了电话号码呢。

没有，这是我的电话。

现在方便吗？他问。

慕小梅想说不太方便，脑子里却即时出现了他昨晚离场的情景，心猛跳两下，开口道，方便，有事吗？

你能来一趟"午夜烟语"吗？

为什么？慕小梅没想到他会这么要求。

邱野犹豫了半晌，答，你的谱本落在这里了。

谱本？慕小梅想了想，是的，昨夜走得太过匆忙，丢在谱架上了。可这有什么关系呢？帮我收起来不就好了吗？

怕你着急，所以打个电话来告诉你一声。

慕小梅笑了起来，谢谢你，能帮我收一下吗？后天演出时我再来拿。

不急吗？邱野问。

慕小梅想了想，答，还好，不急，今天又没有演出。

可我还是希望你能来拿一趟。邱野的声音倒急了起来。

为什么？慕小梅有些不高兴。

不为什么。邱野答，声音突然就冷淡了下来。酒吧没有帮你们乐队保管东西的义务，万一丢了怎么办？

所以才让你帮忙收一下啊。慕小梅几乎叫了起来，她努力克制着。

我收不了，邱野竟却如此回答。酒吧内人多手杂，没法帮你收，你还是来一趟吧。

我来不了。慕小梅负气地说，今天家里有事，过不去。

你必须来。邱野竟先行叫了起来，这谱本你还要不要了？你不要我就真不管了。

那就不要管好了。慕小梅气得浑身都抖了起来，原本就很虚弱的身子现在连支撑的力气都已用完。她挂断电话，倒在了床上。电话还在不识趣地响，她捂起了耳朵。可铃声没完没了地响，好不容易停了，一会儿又再响。

你想干吗！她拿起电话，狂吼一声。

电话那头却传来了钟夕文的声音，干吗，想吓死我啊？

慕小梅赶紧将音量降下来，对不起，亲爱的，还以为是别人呢。

怎么了？跟谁发火呢？钟夕文问。

没什么？碰到一打错电话的人。

病好点了吗？钟夕文不去管那打错电话的人。

你怎么知道我病了？三儿告诉你的吧？

当然啦，不告诉我他死定了。怎么样？好点了没有？

好多了。慕小梅答，昨晚和司徒轩先走了，真是对不起啊。

没事。钟夕文笑了起来，再问，你今天打算干什么？要不要我过来陪你？

不用了，一会儿司徒轩还会过来，你在家陪三儿吧。

嘟嘟，电话又响起两声，慕小梅拿远了看，是邱野，她不管，继续接听钟夕文的电话。钟夕文还在那边笑，敢情，这回有男朋友了，连我都不要了。

慕小梅也笑了起来，答道，好啊，那我跟司徒轩说一声，让他别来了，还是你来陪吧。

嘟嘟，电话再响两声，慕小梅再看，还是邱野。钟夕文好奇地问，谁啊，是不是司徒轩给你来电话了？

别管，不认识的电话号码，估计又是打错的。

哦，那好吧，既然你有司徒轩陪你，我就放心了。

就是嘛，这样多好，三儿陪你，司徒轩陪我，谁也别说谁。

行了，那你休息吧，不吵你了。拜。

拜。

慕小梅挂了电话，铃声却又响了起来。还是邱野。他想干什么？知道我今天生病了，故意来气我的吗？慕小梅努力平定情绪，接起了电话，叫道，邱野，你到底想要干吗？

过来拿谱本。邱野的语气竟是极温柔的。

慕小梅突然想笑，问道，邱野，你是故意的吗？

故意什么？

故意来气我的。

不是，就想要你过来拿谱本。

慕小梅扯过一张纸巾，边擤鼻涕边答道，真不行，今天真有事。明天吧，明天就过来演出了，那时再来拿好吗？

来嘛，小梅，我等着你。邱野竟开始恳求她。慕小梅以为自己的耳朵出了问题，仔细再听，确实是恳求。他还在说，我正好还有事找你，来嘛，不会让你白辛苦一趟的。

慕小梅的眼圈突然红了起来，心里噎着了一团不知所谓的东西。她张了张嘴，想再对他说来不了，出口竟变成了，好吧，我一会儿到。

挂了电话，她跌跌撞撞地朝浴室跑去。快速洗漱完毕，穿上一件淡灰色的帽衫和牛仔裤，出了门。

她不敢开车，打了辆车往三里屯去了。

车很快停在了"午夜烟语"的门前。走到门前，她抬手准备推门，却迟迟推不下去。她突然转身，往相反的方向跑去。刚跑两步，又停了下来。身后像有无数双手在拖她，拽她，让她不能不站住脚。她踌躇着，两边张望着，开始一脸的茫然。她不知该往哪里去。

小梅。有人在叫她。

慕小梅浑身一颤，抬头四顾，身边除了来来往往的陌生人，再无其他。

小梅。那人还在叫，声音是从头顶上方传过来的。

慕小梅抬头望过去，心再次猛跳了起来。是邱野，就站在"午夜烟语"二楼的露台上。

慕小梅的脸瞬时红了起来，身体也变得滚烫无比，她分不清是害羞的缘故，还是生病的缘故。

露台上的邱野，靠在栏杆上，一脸明媚的笑容，完全不像之前的样子。他将长发全部梳到了脑后，露出的那张脸竟是无比的清秀俊朗。嘴角微微上扬，就连那桀骜的表情也变得格外动人起来。他挥着手，对着慕小梅笑道，你这是打算去哪儿啊？

慕小梅的脸更红了些，像突然被人窥探了内心一般尴尬不已。她假装无所谓地笑笑，答，想去买包口香糖，被你看到了。

邱野对着她摆手道，什么都不用买，这里都有。我下楼去接你，等着。

慕小梅只好掉头往回走去。走近，刚要推门，门自动打开来。邱野一手扶着门把儿，一手过来拉她。快点，都等你好半天了。

慕小梅随着他往屋内走。邱野带着她直接走进了厨房。他松开手，对着慕小梅笑道，找个地方坐下来等。

等什么？慕小梅问。

邱野没有答她，再朝她笑笑，走开了。

慕小梅四处张望，入门处有一张小桌子，放着四张椅子，她没有去坐，而是选择了洗碗池旁的台面，坐了上去。

邱野走了回来，手里举着两只水晶酒杯，递给她一只，问，气泡酒，可以吗？

慕小梅很想告诉他自己在发烧，不能喝酒，但她什么也没能说出来。她无声地接过那杯，心里想，只是气泡酒而已，应该没有多大关系。

邱野看着她笑，刚要开口，慕小梅抢先问了起来，你不是让我来拿谱本的吗？谱本呢？

哦，对了。邱野再次走开，一会儿再回来时，手里多了谱本。他递给慕小梅，对她说道，下次别落在舞台上了，酒吧内人多手杂，搞不好就弄丢了。

慕小梅接过来道谢，并问道，我可以走了吗？

邱野没想到她会这么问，一时怔在了那里，好半天又开口道，你……很赶时间吗？

换作慕小梅怔在了那里。多年前，一个瘦小的身影也曾这般失落地问着眼前人，你很赶时间吗？这么多年过去了，这画面依旧清晰。她望着邱野，他的目光炽烈似火，他在等她的答复。她开口道，嗯……也不是很赶……你有事？

邱野点点头，笑道，我在做好吃的，留下来一起吃吧？

慕小梅突然觉得眼眶有些温热，这么温柔体贴的邱野，对她来说是陌生的。从见他的第一面起，他给她的印象除了冷漠高傲，就是不屑与轻蔑。她一直以为他是讨厌她的，虽然她不知道自己到底做了什么让他这么讨厌，但他给她的感觉就是如此。她也曾抗拒，愤怒，并以同样的态度返还给他。而现在，他态度竟180度的大转变，令她无所适从起来。

为什么？她一边喝着手里的气泡酒，一边问着邱野。

什么为什么？邱野也问，并转身朝着厨房的另一边走去。他走近了一口大锅，拿开锅盖，将飘出的淡烟拂到自己的鼻下，闻闻，盖上了盖。

为什么？她再问，放下了手里的酒杯。

他停下了手里的动作，转过身，靠在了灶台上。因为喜欢做饭，因为喜欢有人来分享我的美食，这样可以吗？

那为什么是我？你的那些美女呢？为什么偏偏是我？

邱野的脸阴沉了下去，他低头，似乎在思考着什么，过了好久答道，因为喜欢你。

怎么可能？慕小梅叫了起来，你不是一直很讨厌我吗？怎么可能突然又喜欢我了？

是真的喜欢你，喜欢你的歌，喜欢你的人，喜欢你的一切，所以想做饭给你吃。邱野的眼神还在地面，没有看她。

慕小梅猛然从台面上跳了下来，往门口走去。我走了，没兴趣陪你在这儿胡闹，你自个儿玩吧。

邱野立刻冲了过去，拉住她的手说，好吧，我告诉你原因。

慕小梅停了下来，转回身，看着邱野。

邱野仍旧低着头，退回了原处，靠着，很无力的样子。慕小梅也走回原来的地方，也靠着，很无力的样子。她是真虚弱，但她忍着。

邱野慢慢地开口，今天是我的生日，想找个人来一起吃饭，所以就想到了你。

哦。慕小梅轻呼道，生日快乐。

谢谢。邱野冲她笑笑。

不止这个原因吧？慕小梅再问。

你一定要什么事都弄得清清楚楚吗？

是。慕小梅答。

你很像我的一个朋友。邱野突然出口道。

慕小梅心头一惊，差点就脱口而出，你也很像我的一个朋友。但她忍住了，再问，谁？你的女朋友吗？

邱野点点头，曾经的女朋友。

分手了？慕小梅再问。

是，三年前。邱野点点头。要不每年的今天，她都会过来陪

我过生日。

所以才想到了我?

如果我说是,你会生气吗?

慕小梅低头想了想,答道,不会,正好我也饿了,能蹭吃我干吗要生气?快说说,有什么好吃的?

邱野笑了起来,拿过一个长勺搅了搅那锅汤,嘴里答道,蔬菜牛肉汤,喜欢吗?

慕小梅跳下台面,朝他走了过去。来,让我尝尝。

邱野舀起一勺汤来,递到了慕小梅的面前。还没放调料啊,可能有点淡。

慕小梅浅浅地尝了一口,点头叫道,好鲜啊,怎么会有玉米的味道?

对啊,邱野低头再捞,捞起了一小块玉米递给了慕小梅。你喜欢玉米吗?

慕小梅吹吹那玉米,拿起来放进了嘴里。当然喜欢,汤里加了玉米会有些甜味,汤味会更鲜。

你好像也挺懂做饭的?邱野笑道。

慕小梅怔在了那里。她很想告诉他,因为奇安是个地地道道的美食家,但她什么也说不出口,她只是木然地点点头,答道,还好吧,我的朋友都喜欢吃,也讲究吃,所以多少学到了一点,但只是一知半解。

那咱俩算是知己了。邱野笑着说。

慕小梅举起气泡酒来问邱野,她叫什么?

林婉云。他竟知道她问的是谁,这刻,他们的心意像黏合在了一起。

婉云。慕小梅默念了起来,很美的名字。

人也美。邱野回答。

慕小梅的脸红了起来,这话不止夸了一个人吧。她假装去看窗外,躲开了邱野的眼神。

好好的,为什么分开了?慕小梅再问。

可能另一个人比我更好吧。邱野叹口气。

慕小梅突然后悔自己问出的话，但已无从收回，她转了话题，问，汤还要多久才好？

邱野笑道，没关系的，都是些过眼云烟而已，不必介怀。

不可能的。慕小梅在心里叹道，如果真是过眼云烟，又何必时时于心头萦绕？又何必对着她这样的陌生人又爱又恨呢？正如她无法忘记祝奇安一样，这个林婉云亦是他心底无法忘却的回忆吧。有些蛊，一旦下定，便是一辈子。邱野，唯愿你伤得比我轻，比我更早地忘记这一切。

想什么呢？邱野问她。

慕小梅摇摇头，对着邱野举了举空了的酒杯，问，酒呢？别光顾着聊天，疏忽了待客之道啊。

邱野走去拿酒，慕小梅跳下了台面，朝着餐桌那边走了去。她从自己的背包取出了一颗退烧药，藏在了手心里。

邱野举着酒，走了回来，酒杯呢？

慕小梅边递酒杯边笑道，我不是上了你们"午夜烟语"的黑名单了吗？干吗还给我倒酒？

邱野看看她，不说话，拿过她的酒杯斟满，再对她笑道，跟我在一起时才能解禁。

慕小梅的心随着那笑荡了又荡，脸上适时飞出两片红云。

邱野盯着那两片红云发起了怔，但很快又恢复了常态。他假装去观照炉火上的汤，掩饰了自己莫名的悸动。

慕小梅趁他转身的工夫，将药片丢进了嘴里，用气泡酒送服了下去。

邱野依旧专注于那锅汤，慕小梅开始独自于厨房内转悠了起来。她走到一扇窗前，发现窗外竟还有个小小的阳台。她转头问邱野道，这阳台的门在哪儿呢？

你的右手边。邱野用手指了指。

慕小梅赶忙去看，原来那门被一幅巨大的图画装饰了起来，猛一看，还以为只是一幅画而已。她推开了那门，走上了阳台。

阳台不大,一张极小的桌子,两把藤椅,一个画架。画架上没有画,而是摆了一幅极大的拼图。已经完成了一半,还有一半空在了那里,像焦急等待被填满的婴孩的嘴。慕小梅对着那婴孩的嘴笑了起来,她低头去旁边的盒子里找,很快拿出一块来放进了那嘴里。很准,正好就是那一块。

不错,很有眼光,像你挑男人一样,狠准快。邱野站在窗外,对着她笑。

慕小梅转头不屑道,是我聪明,跟挑男人有什么关系?

邱野问她,你喜欢拼图吗?

慕小梅继续低头翻找,很快再拿起一块,填了进去,还是刚刚好。她拍手叫了起来,太准了,我简直是拼图大师啊。邱野也频频点头。慕小梅瞟他一眼,说,我以前很喜欢玩这个,不过现在很少玩了。

为什么?

慕小梅的脸色稍许暗沉,她当然不能告诉邱野,那是因为和她一起玩的人突然消失了。像雨后阳光下的蒸汽,悄悄地,从她的眼皮子底下蒸发掉了。她停在那里,等心里的隐痛慢慢地过去才答,也没什么啦,只是突然就不喜欢了。

邱野完全没有察觉到那一丝暗沉之色,依旧笑着说,或许你以后还会喜欢的。

你凭什么这么肯定?

邱野极帅地耸耸肩,因为跟我在一起啊,我这人很有影响力的。

呸。慕小梅啐道,你还真是自信啊,我为什么要跟你在一起?

邱野收了笑,问她,难道你不喜欢我?

慕小梅拿起了一块图片刚要往上填,听了这话,手停在了半空中。此话从何而来啊,邱野!她在心里叹,我对你何止是喜欢,简直就是过目不忘。你的那张脸,是我心口的一道坎。她放下了手中的图片,问邱野,有林婉云的照片吗?

嗯……有……邱野嗫嚅道。

可以给我看看吗？

可以。邱野将手伸进了裤兜里，掏出一个黑色的钱夹子来。

慕小梅笑了起来，但那笑不似笑，更像是脸部的一种扭曲。邱野，如若你真的忘记了，又怎可将她的照片搁在自己最贴身的地方。那便是你的心。分手了这么久，她依然在你的心内幽居。什么时候才可离去？这是你我永远都在解密的谜题。

慕小梅的笑意更深了些，身体又开始无来由地发起冷来。她微微地战栗，拉紧了身上的衣服。

这个小动作没有逃过邱野的眼睛，他刚想抽出照片，又放下了手里的钱夹子。他将自己身上的那件驼色毛衣脱下来，递到了慕小梅的手里。穿上，他命令道。

慕小梅的眼底闪过了一丝羞涩之光，脸上的红晕也更加重了些。她伸手接过那毛衣，慢慢地套了进去。衣服里有洗浴水的味道，食物的味道，邱野的味道。那些味道对慕小梅来说闻所未闻，她却为之着迷。她感觉自己突然之间又变回了多年前的那个时而乖巧、时而任性的小女孩。

照片呢？她再问。

邱野赶忙去拿钱夹子，抽出里面的照片，递给了慕小梅。

慕小梅接过来看，一张极清秀的脸。比她稍胖些，脸稍圆些，其余的地方都很像。大眼睛，水汪汪的似一潭清泉。微笑着，笑容里有极柔软的东西，像午后的阳光。洁白的牙齿，没有虎牙，少了那份俏皮，却也清纯动人。

很像。她抬起头来，对邱野笑道。

邱野也将头凑了过来，嘴里说道，对吧，除了比你稍稍胖点，其他的地方都很像。

所以想给我做好吃的？慕小梅问，看着邱野的眼神有一丝调侃的味道。

邱野笑了起来，答，也不是啦，主要今天是我的生日。

鬼。慕小梅一脸的不相信，将照片递回，打趣道，收好了，你的心肝宝贝。

邱野的神情突然有些暗沉，慕小梅知道自己说错了话，再拿起一块图片来，转了话题。这张放哪儿啊？

邱野盯着画板看了看，答道，这儿，给我，我来放。

不给，指就好了。慕小梅捏着那块图片往后躲。

邱野笑了起来，极开怀的，那丝伤感隐去了。他指了指画板的右上方说，那儿，红色旗帜的下方，看到没有？

慕小梅按他所指的方向填进了那张图片，刚刚好。她笑了起来，对邱野说道，我知道你为什么喜欢玩这个东东了。

为什么？

该死的成就感吧？

邱野答，嗯……也不是成就感，更像是一种修补。空着的地方就像是空着的漏洞，当你一点点将它们填满，那漏洞便也被填满了。你会有一种……嗯……

有一种信心？慕小梅接过来说，当空了的心被填满，爱着的那个人终于返回自己身边的时候，世事便有了圆满？

邱野呆在了那里。

可是邱野。慕小梅咽一下口水说，婆娑的，才是圆满的，这个世界永远都不可能有完美。

邱野低下头去，安静地点了点头。我知道，小梅，我知道。

汤好了吗？慕小梅转了话题。

陪我一起去看看吧？

好，慕小梅起身开门，走回了厨房。

她随着邱野走到炉火旁，看他打开锅盖，伸头过去闻，再回身对邱野笑道，嗯，真的很香。

邱野也将头伸了过来，闻了闻，也答，是，很香。再抬头时，与慕小梅的脑袋撞到了一起。两人对视了片刻，各自慌乱了起来。慕小梅先行后退两步，掩饰般地笑着说，快点快点，好了没有，等不及要享受我的饕餮盛宴了。

邱野将勺丢回锅里，关了火。他拿出一个中等大小的瓷碗，盛出一碗汤，递给了慕小梅。先喝一碗汤垫垫底儿，下面还有三道菜呢。

慕小梅转头去看台面上的食材，全都被邱野精细切好，洗净，放在了大小不一的容器里。她问，还有哪三道菜？

法式牛排，西红柿百里香鳕鱼，鹅肝酱煎鲜贝。喜欢吗？

喜欢，你为什么喜欢法餐？

邱野再开火，丢进去几块黄油，答道，也没有因为什么，只是喜欢什么都学。

仅此而已吗？在慕小梅看来，一个狠钻厨艺的人绝不仅仅只是喜欢那么简单。

邱野笑了起来，嘴里答道，婉云以前很喜欢吃法餐，我试着做了一些，她说我有这个天分，就好好地钻营了一阵子。现在这手艺倒变成我可以摆出来炫耀的本事了。

嗯，泡妞倒是挺管用了。慕小梅朝他挤挤眼。

邱野大笑，问她，什么意思？

什么什么意思？慕小梅假装不知地做个鬼脸。

要不要再来一碗？邱野伸手拿过她的碗。

慕小梅摸摸自己的肚子，回道，不了，我还等着吃你做的别的菜呢。

邱野将锅里的牛排翻个面儿，问她，喜欢几成熟的？

五分。慕小梅答。

邱野对慕小梅点点头，你倒挺会吃的。

那是，慕小梅举起那杯气泡酒，啜饮一口，放下了。

平常挺讲究吃的吧？

慕小梅笑笑，答，讲究算不上，不过，我倒是有自己的一些心得跟嗜好。

什么心得？什么嗜好？

比如月桂我一般喜欢用土耳其的，马郁兰一定要用埃及的，迷迭香则选择西班牙的，麝香草肯定是摩洛哥的。

邱野停下了手里的动作，看着慕小梅笑，你这是做饭吗？怎么听着像做香料啊？

慕小梅晃晃头，接着说，我还喜欢用特定的香料来搭配某种特定的菜肴。比如迷迭香配羊肉，杜松子配野味或牛肉，鼠尾草配猪肉和土豆，茄香配鱼，百里香配兔肉或烧烤，龙蒿配鸡肉及小牛肉，罗勒配西红柿和豆蔬浓汤……

行了行了。邱野打断了她的话。你都是怎么知道这些的？

慕小梅低头喝酒，躲过了他的眼神。我有段时间很喜欢吃法餐，所以稍稍关注了一下，一知半解而已。

邱野知道不只如此，但看她的脸色，也就不再追问下去了。他低头，继续去煎那块鹅肝酱。慕小梅稍稍松了口气，转头去看书架上的CD。各种曲风都有。爵士，布鲁斯，摇滚，流行，R&B，乡村。慕小梅选了一张爵士放了进去。很快一个醇厚慵懒的声音飘了出来。慕小梅随之摆动起腰肢。她边跳边问邱野，你这儿怎么有这么多国外的CD？

都是小双寄给我的。

小双是谁？慕小梅继续跳着，刚才滚烫的身体好像恢复如常了，精神状态也好了很多。看来情绪也是退烧药的一种，极致有效。

小双是婉云的朋友，后来知道婉云爱上别人，便与她断了联系，反倒与我越走越近了。

为什么？慕小梅停下了舞步，定定地看住了邱野。

邱野笑笑，答，这事儿有点复杂。可能她只是同情我吧，所以站到了我这边。

她也很爱你吧？慕小梅依旧盯着他问。

邱野停下了手里的动作，转头过来看慕小梅，你怎么知道的？

女人的直觉。

邱野笑了起来，转身关了火。他将做好的食物倒进了盘内，端着朝慕小梅这边走了过来。开餐了，快过来帮忙。

慕小梅接过他手里的盘子，突然叫道，邱野……

什么？邱野问。

说说你和小双的事吧。

有什么可说的，平平常常而已。

我想听嘛。

好吧。邱野笑了起来，他帮慕小梅拉开椅子，作了个"请"的动作。慕小梅落座，随手抖开他叠成小三角形的餐布，掖进自己的脖领里。邱野也坐下来，为慕小梅斟酒，再对她说道，小双是婉云的好朋友，是婉云带过来认识的。我一开始也不知道她喜欢我，后来我和婉云分手了，她突然就跟我表白了。

你答应了吗？慕小梅切出一小块牛排放进了嘴里。

没有。邱野也切了一块牛排放进了嘴里。我一直将她当成好朋友，仅此而已。

慕小梅莫名的感觉放松了下来。她很鄙视自己的这种小心思，却也无从拒绝，谁能阻挡自己内心的感受呢？

为什么？她再问，她不好吗？

挺好的。邱野将酒杯送过来，与慕小梅的酒杯碰在了一起。只是那时我爱婉云爱得太彻底，很难再接纳别的女人。

慕小梅在心底叹了一口气。邱野，邱野，她叫着，忘要如何忘，才能忘？这是我们两个都要学习的地方。她看着他，再问，小双现在在哪里？

在法国留学，快毕业了。

毕业后回国吗？

当然回来。回来的工作我都给她联系好了，进我朋友的一家公司，直接就是销售经理，她很高兴。

你总是这样尽职尽责地照顾别人吗？即使是自己不爱的人？

算是吧，邱野停下手里的动作，看着慕小梅笑，我虽然不爱她，却把她当作了自己的妹妹。

她愿意吗？让你把她当作妹妹？

邱野假装去喝酒，没有回答慕小梅。慕小梅依旧看着他。少顷，他放下酒杯，笑道，她说她会等，给我时间。我们现在就暂时这样拖着，边走边看，什么也不定义。

嗯，这样挺好的，我也总是在事情不明朗的时候暂不作决定。

邱野不再说话，气氛一时安静了下来。

慕小梅等了很久，忍不住再问道，你以前做什么工作的？为什么选择来开酒吧？

邱野叉起一小段芦笋慢慢吃掉，边吃边答，以前在朋友的公司里做销售总监，年薪百万，高提成，高回报，却做得并不开心。当时只是想着多赚点钱回来给婉云，后来又是为了小双留学的各种费用。为了这为了那，却从未为自己做过什么。

所以现在辞了职来开酒吧？

嗯。邱野点头，我是个比较随性的人，不喜欢被太多的规则所束缚。酒吧开不开其实也无所谓，只是给自己找个事玩玩而已。钱我早已赚够了，我要求不高，够用就行。

你不算随性。慕小梅摇了摇头。

为什么？邱野皱起了眉。

你是个喜欢照顾别人的人，有时身边朋友的快乐，可能比你自己的快乐还要来得重要。

邱野怔在了那里。

慕小梅笑了起来，继续对他道，说到你心坎里去了吧。

是。邱野点点头。你好像挺懂我。

不是我懂你，是你很像我的一个朋友。你们都很善良，总是喜欢为别人想得太多。

你男朋友？邱野突然问。

慕小梅转开了眼神。

邱野也转了话题，问，菜好吃吗？

慕小梅丢开手里的刀叉，将话题又转了回来。你们都是喜欢担负太多的人，所以走得总是比常人辛苦。可若让你们通通放下，你们又会彷徨到不知所措。我想，或许你们宁可继续担负着这样走，也不愿心里空空荡荡地无所依傍吧。这就叫世事成劫，无从去解。

邱野依旧不说话，笑笑，低头喝起了酒。

慕小梅接着说，邱野，你可以把我当成你最好的知己，想婉云的时候可以给我打电话,我会很高兴过来陪陪你。

为什么?邱野放下酒杯问。

如果我这么做,你会高兴吗?慕小梅也问。

当然高兴,可为什么?这么做对你不公平。

慕小梅将身子靠后,完全瘫在了椅背上。婉云对你公平吗?你努力赚钱给小双,用以抵过内心不能爱的愧疚,就公平了?邱野,世事没有绝对的公平,我们努力寻求一种心理平衡就好。有些事,若我这么做很开心,就已经足够了。

你很善良,小梅。邱野伸过手来握住了慕小梅。

慕小梅的脑海里却突然又闪现了他之前的放浪形骸,那般洒脱自得的模样,又怎不是个情场老手?这样想来,慕小梅否定了自己内心单纯的想法。她抽出了自己的手,对邱野笑道,我吃饱了,感谢。

邱野看了看她抽回的手,顿了顿,只好再问,还要点什么?

慕小梅摆摆手,举杯向他而去,喝酒吧。

邱野也举起酒杯,碰了碰她的杯子问,待会儿想干什么?

今天你生日,你说了算,我都可以。慕小梅抿进一口酒。

邱野也抿进一口酒,放下酒杯说,陪我把那块拼图拼完吧,总是我一个玩,好不容易有个伴来帮我,我不想错过。

好啊。慕小梅拍手叫道,我也这么想呢。

邱野推开手边的盘子,一手拿着酒杯,一手过来牵慕小梅,两人朝阳台那边走了去。

走到阳台,邱野帮慕小梅拉开座位,自己也找了张椅子坐了下来。

邱野安静地拿起一块图块,盯着那拼图看了看,填了进去。慕小梅也找了起来,间或拿起一块也填了进去。谁也不再说话。慕小梅很喜欢这种感觉,极为放松的感觉,像彼此已是多年的老友,连偶尔对视都是那般的自然磊落,无一丝一毫的尴尬之意。

两人都是极聪明之人,对画面的分布把控得极为准确。刚才还满满一盘子的图块,此时只剩了少少几块。邱野停下来,转身过去拿酒杯。慕小梅趁机藏起了一块图块。邱野喝完酒，放下酒杯，再拿起一块图块填了进去，依旧准确无误。他得意地对着慕小梅笑。慕小梅假装没看见，拿起酒杯去喝酒。盘子里此时只剩下一块图块，邱野怕慕小梅来抢，飞快地拿了起来。咦，怎么少了一块？他低头往桌下找去。没有。拂开慕小梅的腿，还是没有。他看了看桌子以外的地方，依然没有。地面被打扫得很干净，除了浮尘，空无一物。

对啊，还有一块呢？慕小梅也假装去找，心里却乐开了花。

怎么回事？邱野皱眉叫了起来。

慕小梅不忍再骗，刚想将图块掏出来，门外传来了响动。有人走了过来，趴到了窗台上叫，老板，早啊。

邱野转头去看，是酒吧的服务员，他笑着答，你们不是集体去看电影了吗？怎么这么早就回来了？

四个多小时了，还早啊？那人也笑了起来，转头去看慕小梅，对邱野叫道，老板，您有朋友啊，那我们就不打搅你了。

慕小梅立刻红着脸站了起来，没关系，我正好要走，你们聊吧。

邱野过来拉她，干吗急着走？晚上不是没事吗，留下来看演出吧？

慕小梅很想告诉他自己还在生病，可话到嘴边，却变成了不了，今天家里还有事。

邱野无奈地看着她，慕小梅还在坚持，他叹了口气说，那好吧，我送你。

慕小梅起身朝外走去，邱野也随之跟了过去。

他们很快拦下一辆出租车，慕小梅坐了进去，又伸出头来对邱野笑道，感谢你的美食。

邱野趴了过去，恳求道，留下来吧，晚上再给你做好吃的。

慕小梅想了想，还是摇了摇头。留着点吧，一下子吃腻了，就没有什么念想了。

你说的是人还是美食？邱野笑着问。

都有，慕小梅答。

邱野再笑，将身子向后退去。他挥挥手，对着慕小梅叫道，路上小心，到家后给我来个电话。

慕小梅点头，转身对司机说道，师傅，走吧。

车子启动，往前去了。

到家，慕小梅来不及管小豆子，拿起手机就要给邱野去电话。突然发现有十几个未接来电。细看才知道全是司徒轩打过来的。她暗叫不好。低头再查，手机不知什么时候被关成了静音。她再点开微信去看，也全是司徒轩发过来的。

慕小梅感觉自己的心突然被揪紧，某种背叛之感压得她喘不过气来。她不好意思再给司徒轩回电，发了一条微信过去，对不起，突然有点急事要处理，忘了跟你说一声就出去了。非常非常抱歉，别生我的气。

微信刚刚发出，电话铃声猛然响了起来，慕小梅再看，还是司徒轩，她叹口气，接了起来。

去哪儿了，宝贝儿？司徒轩先行问了过来。

对不起，突然有点急事，所以……

什么急事？司徒轩还在问。

慕小梅开始疯狂地组织语言，半晌，她咬咬嘴唇说，我爸从老家来了，急急忙忙去见他，没拿电话。

哦。那边明显松了一口气，温柔地问回来，安排你爸住宿了吗？我朋友有家酒店不错，我帮你安排一间房间出来。

不用了，他已经走了，家里还有点事，不能逗留得太久。

这么快？司徒轩有些不相信。

是，只是路过来看看而已。慕小梅嘴上答着，心里却万般沮丧的感觉。她真的不愿意骗司徒轩，可是，让她说出实情，她又觉得实难出口。什么时候邱野变成了她心底的一个秘密？仅仅用了一顿午餐的时间，为什么？

司徒轩当然不知她心中所想，继续对她说道，我这就过来，等我。

不要。慕小梅叫道。

怎么了？司徒轩吃了一惊。

刚回来，好累，好想睡一觉，你一来我就睡不着了。慕小梅慌乱地答道。

司徒轩在电话那头笑了起来，我哄你睡呗，直到你睡着为止。

慕小梅的声音软了下来，干吗啊，当我是小孩子？才不要呢！说完这句，她自己也吓了一跳，那语气是在撒娇吗？如此自然。除了祝奇安，她从未对另一个男人这样做过。她的心更乱了起来，越想整理，越是乱不成形。

司徒轩还在电话那头笑，那好吧，今天就不吵你了，感觉好点儿了吗？

好多了。慕小梅赶忙答，烧已经退了，只是有些疲倦而已。

那好，好好养养身子，我想个法子来照顾你。

想什么法子？为什么要想个法子？慕小梅问。

你就别管了，好好睡一觉吧，明天我再给你电话。

好。慕小梅听话地挂了电话，浑身无力地躺进了被窝里。她感觉身上所有的力气都在与司徒轩的那通电话里用尽。

良久，她坐起来，摁了关机。

09
郊 游

奇安,前天、昨天下了两场雨,也外出淋了两场雨,小病一场。不用担心,今晨醒来,烧已退,身体也比昨日有气力了些,应该已无大碍。

印象中,这是自己做得最出格的一件事。若你在,估计也无法成行。现在想来,那时的自己简直就是被你和奶奶照顾得严严实实的乖宝宝。即使淘气,也不过只是在你和奶奶面前小小地任性一下而已。当时不觉,现在回想起来,竟是如此的幸福。那么疼爱自己的两个人,那么娇宠无限的年月,曾经以为人生就这样了,日子就这样了。这样美,这样静,这样无忧无虑,好似天长地久地永远了下去。

可惜,只怪自己太愚钝,如能提前预知你们有天终将离去,全都离去,所有的画面变成回忆里无法接续的断点,或许我会更珍惜那段与你们共处的时光。

奇安,记得你曾问我,如果回到过去,我最喜欢哪段?毫无疑问,是晨曦小镇上的那些日子。那些温暖如玉的时光,淡然轻拂的暖风,安静听蝉的往昔,天籁之音的流年。还记得那时候让你放张CD来听,你都会拒绝。你总说听多了都市里的噪音,容易忽略掉世上真正美的声音。譬如蛙鸣虫唱,譬如莺啼鸟鸣,你说这些天籁才是真正值得静下心来欣赏的音乐。

还记得吗？那时的我总喜欢穿一件白色T恤，将领子高高地立起。长发轻披，裙裾摇曳，那么闲散地坐在后院中央的一张木头椅上，看着你笑。头顶上方的葡萄藤蔓如虬龙般曲结而上，蔷薇花的花香满院里飘散。跷起腿来晃，闲闲地与屋内忙碌的你淡话桑麻。而你，那轮廓分明的侧面，专注认真的眼神，用一把小刀轻轻地切开一个西红柿，熟稔地丢进锅里，再转头过来朝着我笑。缓缓升腾而出那缕淡烟，虚无缥缈。罩住了你的脸，你的人，将你化成同样的虚无。时光变得缓慢，慢到能听到彼此的心跳，平静有序，轻轻地敲击着我们的心房。光在淡，星在暗，全都无所谓，只有那光里的人和事才是最为重要的。在笑。不用去看，也知道在笑。像突然摁下的快门键，来不及听那"咔嚓"之声，笑容已然变成了记忆里永恒的定格。永远，永远。

奇安，那些时光已无可替代，像是自然发生了，又自然消失了。一幕一幕，因为没有重来一次的机会，而倍显珍贵。可惜懂得之时，你已不在。

奇安，如今的你又会在哪里停驻？是否还记得起那些温暖的时光？抑或是已被新人新事取代？还会为一个傻傻的女孩做一顿晚餐吗？奇安，你定是幸福的吧？如果你是，我便也是了。还有什么是比自己深爱那个人的幸福来得更为幸福的事呢？

慕小梅停了下来，手里擒着那支笔，如此紧，紧到手指间因为某种用力而生疼。她自是不觉，依然盯着日记本上的字恍惚不已。小豆子跑了过来，极其不耐烦地对着她狂叫。她丢开笔，呆坐着，小豆子还在闹，她只好起身朝客厅走去。

她找出狗食袋，打开，倒进小豆子的食盆里。又将水盆里的水倒满。小豆子跑过来，低头吃食，却吃得极不耐烦，不时将食盆里的食物拱出来，弄得满地都是。慕小梅知道它在生闷气。连下了两天的雨，她又一直在外面晃，根本没有时间来陪它，它当然生气。慕小梅走去洗漱，想着等它吃完了，带它出去遛遛。

等她从浴室出来的时候，小豆子已经吃饱喝足了，正趴在客厅与卧室之间的地板上玩。看见慕小梅出来，又欢跳而起，绕着慕小梅跑圈。

慕小梅一边笑着躲，一边对着它叫，好了好了，穿好衣服就带你出去。她匆忙地从衣橱里扯出一件长至脚面的灰色长裙穿上，再套进一件极宽松的黑色帽衫里，牵着小豆子出了门。

她牵着小豆子在公园内走了一大圈，出来后又牵着小豆子朝街边的一间小食店走去。昨天因生病没怎么进食的肚子，此时正好闹起了空城计。

走进一间小食店，她找了张靠门的桌子坐下。小豆子则安静地趴在了她的脚边。

老板，麻烦来一盘炒河粉，一瓶矿泉水，常温的。慕小梅对着门口炒菜的师傅叫。

矿泉水很快拿了过来。慕小梅从背包里找出小豆子的水盆，将矿泉水倒了半碗，推到了小豆子面前。

那盘炒河粉上得慢，慕小梅吃得也极慢。她刚想拿出手机来看新闻，手机却于此时爆响。她看了看，是司徒轩。她赶忙接通，笑道，不用担心了，病全好了。

是吗？司徒轩在电话那头也笑了起来。你是怕我来找你，才这样说的吧？

怎么会？慕小梅还在笑，我巴不得你来找我呢！

你还真说对了，我还真就到你们家楼下了，下来吧。

啊，不会吧？慕小梅惊叫出声，手里刚刚夹起的一筷子河粉全部又落了回去。

你看你看，我说对了吧，就是怕我来找你吧？司徒轩在电话那头大笑。

慕小梅丢掉筷子，站起来往对面探头，又问，你的车停哪儿了？怎么看不见你啊？

停在你们小区院里了，我现在就站在楼门口。下来吧。还有钟夕文和三儿，他们俩也来了。

啊，你们这是要干吗啊？小病而已，用不着这么兴师动众吧？

司徒轩嘿嘿两声，说，昨天不是跟你说了要想个办法来照顾你的，忘了？

没忘啊。但你们这又是玩的哪一出啊？

你和三儿今明两天不是没演出吗，我和钟夕文商量了一下，决定一起驱车去郊外玩两天。空气也好，食物也新鲜，全是自摘自种的，还可以一边玩一边照顾你，多好。

慕小梅笑了起来。好倒是好，但你们以后能不能提前知会我一声，老搞这种突然袭击，谁受得了啊？

别争了，还是老老实实听从组织安排吧，下来。

我在街对面吃东西呢，下来什么？你们等着，我这就回去。

啊，在哪儿啊？那你别过来了，我们驱车过去就是了。

别啊，我还得上楼准备点过夜的东西呢。

准备什么？钟夕文都帮你准备好了，用她的就好了。

慕小梅无奈地叹口气，叫道，司徒轩，你这算不算绑架？

算，而且还明目张胆，你能怎么着？司徒轩大笑起来。

慕小梅只好随着他笑。来吧，就在超市对面的炒河粉店里，文子知道。

好，等着。

电话挂断了。慕小梅立刻叫道，老板结账。这时，无意间又看到了手机上还有两条未接电话，竟是邱野打过来的。她赶忙再查微信，没有他的留言。想来他是极傲之人，两通电话已是他自尊心的极限。慕小梅叹口气，关了手机。

车很快便到，两辆，以极快的速度气势汹汹地停在了简陋小食店的门前。所有人都在侧目。慕小梅以最快的速度，低着头，红着脸，抱着小豆子上了司徒轩的车。

司徒轩凑过来吻她，被她用手挡开，快走，先离开这里。

司徒轩歪头对她睥睨着，干吗，有人追杀啊？

慕小梅不理他，将小豆子放到后排座上，问他，你们家小蹦子呢？

司徒轩一边将车开进主路，一边答，被我们家一亲戚接走了，他们家孩子喜欢，接过去玩两天。

那咱们去的地方能让宠物入内吗？

当然。司徒轩回头看看小豆子，笑道，别操这份心了，都是朋友的房子，想怎么就怎么。

好吧。慕小梅转头去看窗外。

烧退了？司徒轩问，伸手过来探她的额头。真的退了，到底还是年轻，恢复得真快。

跟年轻有什么关系？慕小梅撇撇嘴。原本就是个小病而已，当然恢复得快了。

司徒轩不再说什么，专心开起车来。

慕小梅也不再说话，闭起眼，竟然睡了过去。

等她再醒时，车速已经慢下来了。她坐直身子，揉揉眼睛问，到了吗？好快啊。

快什么？司徒轩答道，都好几个小时了，你睡着了，所以没觉得而已。

我竟然睡了好几个小时？你怎么不叫我啊？慕小梅吃惊地盯着司徒轩。

叫你干吗，你病刚好，身体还比较虚弱，就需要多睡觉。怎么样？睡得好吗？司徒轩伸手摸摸她的脸。

慕小梅笑着躲开。还好，做了个梦。

梦见什么？

梦见自己和你们吵架了，你和文子都很生气，全都不理我了，把我给急的，不知道该怎么办才好。

司徒轩大笑，说，那是有多急啊？哭了没有？

哭了。慕小梅娇憨地皱皱鼻头，突然问司徒轩道，你说，到底什么事让你们俩那么生气呢？在梦里怎么喊你们俩，你们都不理我，真是伤心啊。

司徒轩笑。你自己做的梦，你自己不知道是什么原因？

慕小梅用力想了想，答道，还真是想不起来了，怎么醒过来就忘了呢？就只记得你们俩生气后的情形了。唉，做个梦都要让

我这么伤心。从现在开始，我不睡觉了，我把自己困死。

好啊，那我晚上也不睡了，陪着你困死。

慕小梅白他一眼，转开了脸。

眼前突然变成了一条弯曲窄小的柏油路，不长，五分钟便到达了停车场。司徒轩让出进门处的停车位给钟夕文，将车停到了最里边。他熄火，抱下小豆子，再转到另一边去接慕小梅。

慕小梅没有理会他，只是对着刚刚下车来的钟夕文笑。姐姐，我可什么都没带啊，全都得用你的了。

钟夕文笑了起来，指指三儿手里的大箱子说，别担心，我全都带了两份，尽情享用。

慕小梅这才放心地点点头，她转头四顾，发现自己已置身于一片青山绿水之间。眼前一座硕大的房子，像突然空降的一般，出现在了眼前。造型极为独特，空灵，写意。离得最近这栋应该是主楼，小二层，一字排开，长方形。它的身后，蜿蜒而上的是一条青石板铺就的山路，用黑色的锁链做了防护。路的尽头又是一座建筑，呈四方形，也是两层楼高，全部用透明玻璃围筑，应该是间阳光房。屋内未用任何遮挡之物，仅用绿色植被的叶子做了分隔。若隐若现间，显得神秘幽深。

慕小梅转头再回望来时的路，发现路的左边还有一排极有个性的建筑。不过，与其说是建筑，倒更像是一排由木头搭建的凉亭。隐约看见里面摆放着一张圆桌。红木的一种，极为古朴的样式。桌的边缘也是红木，只是中间部分却用了灰白纹路大理石。上面摆放了一套极精致的茶具，一株绿萝，一束小香。飘出的那缕淡烟，显得岑寂。慕小梅的心，莫名涌起了一股安然肃穆的感觉来。她想，如若坐在这样的一处地方喝茶，倾怀畅谈，也算是人生一大幸事。

钟夕文走了过来，对她笑道，别看了，先进屋坐会儿吧。

慕小梅点点，随着她往屋内走去，边走边问，这真是一处私人住宅吗？简直太美了！

当然，钟夕文边走边答，这是一位画家的宅邸，此人与我和司徒轩都是很好的朋友。

怪不得。慕小梅啧啧有声。那他人呢，也在吗？

钟夕文摇摇头，他现在已定居国外，很少回来了。不过国内的产业都还在。估计以后国外住烦了，还会回来这里的。

哦。慕小美若有所思，间或又问，那你们怎么会有钥匙的？

钟夕文指了指屋外干活的工人，笑道，守屋的工人都还在啊。我们要来，电话与他提前说一声就行了。说到这里，钟夕文转身对旁边一位中年男人叫道，李叔，晚上吃你做的烤鱼啊。

好，一定。李叔赶忙笑着答，我现在就给你们抓鱼去，你们先玩着，有什么需求直接盼咐我就好了。

好，你忙。钟夕文拉着慕小梅接着往里边走边说，李叔是此间的管家，做饭的手艺好得不得了。而且，最拿手的都是当地的特色菜，比如烤鱼什么的，别人是绝对做不出他的味道来的，调料都是他自己的独创。晚上一定要好好尝尝。

慕小梅笑着点头，随她往屋内走去。

快走到的时候，钟夕文又停下来，她回身叫三儿把行李箱拉过来。三儿很快将一个极大的箱子拉过来，搁到屋内一张长方形的矮柜上，再对钟夕文笑道，你们先忙着，我出去观察观察地形，以防半夜敌人来袭。

观察个屁啊。钟夕文将双臂挂到了他脖子上晃。这里既安静又安全，周围又全是本地的农民，民风纯朴，不用担心的。

三儿推开她，坚持道，两位美女当前，不得不防啊。你们忙吧，我还是先去打探打探。说完，走了出去。

钟夕文看着他走出，转身过来开箱，从里面拿出一个深蓝色的洗漱袋递给了慕小梅。那，什么都给你带了，连同化妆品和护肤品都给你买了新的。我好吧？

慕小梅走过去亲她一下，笑道，谢谢。她转头看看屋内，又问钟夕文道，你现在把东西给我干吗，难道我不住这间吗？

你当然不。钟夕文停下了手上的动作，直愣愣地望着慕小梅。这间是我跟三儿住的房间，你想什么呢？

啊，那你让我跟司徒轩住一间啊？慕小梅大叫了起来，突然又往屋外看了看，发现司徒轩就站在院子里，与除草工人聊着什么。她放心下来，转头回来对着钟夕文低叫道，难道你想让我跟司徒轩睡一间吗？

钟夕文看着慕小梅，大笑了起来。当然啦，你们都认识多久了，早该修成正果了。

你休想。慕小梅狂叫一声，朝钟夕文扑了过去。两人一同倒在了大床上。慕小梅一边咯吱钟夕文，一边笑着问，还坏不坏了？说，还犯坏吗？

不敢了，不敢了……哈哈，再也不敢了……钟夕文一边扭动起自己的身体，一边想要挣扎着起来，可无奈被慕小梅摁得死死的，动弹不得。

哟，锣鼓还没敲响，二位就开始表演武松打虎了。司徒轩不知什么时候走了过来，靠在门边笑。

慕小梅赶忙松了手，嘴里却依旧问着钟夕文，还坏吗？

不坏了，不坏了。钟夕文一边笑着答，一边努力坐了起来。

因为什么呀？司徒轩再问。

钟夕文喘着粗气，断断续续地答司徒轩道，我……呵呵……我让她和你睡，她就生气了。

不和我睡和谁睡啊？司徒轩坏意更甚了些。

慕小梅刚想与之斡旋，想了想，还是放弃了。这两人如若站到一边，自己绝不会是对手。她不敢恋战，收了笑去问司徒轩，我到底住哪间啊？你们若不说清楚，我现在就回北京去。

司徒轩一边过来拿她的洗漱包，一边对她笑道，好啊，回吧，看你怎么回去。早说了是绑架，还敢抵抗，小心我们玩撕票。

喂，我说正经的呢。慕小梅拉着洗漱包不放手。

司徒轩用力一夺，洗漱包被他抢了过去。你横什么横，你都已经是我们的俘虏了，还敢玩横的。快走，跟我回屋。

你休想。慕小梅死死地拽住门框，作抵赖状。

司徒轩夹起那个洗漱包，猛然将她抱起，朝旁边那间屋走去。慕小梅狂叫，他不理，依旧大踏步地朝前走去。走进屋内，司徒轩将慕小梅抛到了一张大床上。慕小梅爬起来还想跑，又被司徒轩一把给拉了回去。这次司徒轩没容她反抗，将她压到身下，笑着问，还跑吗？越跑越不放你。

放开我。慕小梅狂叫了起来。

你别动，不动了我就放你。

慕小梅停止了挣扎，事实上，经过刚才的那一役，她早已是身心疲惫。

这还差不多，司徒轩笑着放开了她，对她道，这间屋是你的，我住在隔壁。晚上若有什么事，喊我一声，我立刻就过来。

慕小梅这才一脸欣喜，转头看看四围，答道，好，谢谢了。

司徒轩坐了起来，问慕小梅，下个月有时间吗？

干吗？慕小梅一边抚平衣服上的褶皱一边问。

司徒轩笑笑，答，下个月是我工作全年最闲的时候，我想请个年假出来，叫上文子和三儿一起去趟远地好不好？

演出怎么办？慕小梅问。

也请几天假呗，你们那工作不更自由些？

去哪儿？

你定。

那去泰国吧。慕小梅答。

为什么？这也离得忒近了吧？

几年前曾去四面佛许过愿，如今早过了还愿的时间了，心里有些不安。要还的。慕小梅叹口气。

那好，那就去泰国。到时咱俩能住一屋了吗？

休想！慕小梅红着脸大叫起来。

必须！司徒轩也跟着叫。

懒得理你。慕小梅转开了脸，不打算跟司徒轩纠缠下去。

司徒轩笑笑，往屋外走去，边走边说，你先休息吧，晚上我来找你啊。

慕小梅抓起一个枕头朝他扔去，他也不生气，回头冲她扮个鬼脸，走出屋去。

慕小梅看着他的身影消失在门外，起身去摆放洗漱用品。刚将洗漱用品放好，又有人来敲门。慕小梅跑去开门，还是司徒轩。他探头进来问，藏了帅哥没有？

慕小梅假装生气地皱皱眉，答道，早知道就真藏一个进来。

晚了，要不把我藏起来？

慕小梅白了他一眼，突然又问，小豆子呢？好像从进门后就没再看见过它了？

别担心，交给工人了，一定比你照顾得好。

哦。慕小梅放心地点点头。

走吧。司徒轩伸手过来牵她。去散散步。

好。慕小梅随他走了出去。

眼前出现一条青石板铺就的山路，钟夕文和三儿正站在上面对着他俩叫，喂，你们上来吗？

去哪儿啊？慕小梅问。

去山上看夕阳。

慕小梅立刻欣喜地回头问司徒轩，去吗？

司徒轩皱起了眉头，也问，非要去吗？

非要！慕小梅几乎蹦了起来。去嘛，大家在一起才好玩嘛。

又要爬山啊？司徒轩看了看陡峭的山路，嘴里喃喃道，还这么高，估计人上去了，命就快没了。

哪儿高了？明明只是个小山坡好吗？去嘛，我扶你上去。慕小梅依旧兴奋地叫着。

司徒轩咬咬牙，点头道，那走吧，舍命陪美人了。说完，他率先往山路上走了去。慕小梅立刻跟上，显然她爬得更快，片刻，便将司徒轩远远地甩在了身后。

司徒轩不断地在慕小梅的身后叫，小梅同学，还有多远啊？

慕小梅的回答永远只有一句，这就到了。

啊，这么高啊？他还在叫。

慕小梅也叫，高什么高？这就到了。

山确实不高，只能算个小山坡。她到达山顶后，发现身后还有一条羊肠小道，盘旋着向上去了。慕小梅估计绕着这条路再往上，应该还能到达一个更高的山头。但他们停在了这里，因为夕阳正在低落。

钟夕文跑过去拍照，假装捏着一轮红日，打了个角度差。

司徒轩也拿出手机来递给慕小梅。好吧，我也应个景，给我也拍一张吧。说完跑了过去，做出假装顶起那轮红日的样子来。

慕小梅摁下快门，对司徒轩做了个OK的手势。

司徒轩跑回，对慕小梅叫道，你也过去吧，我给你拍一张。

不用了。慕小梅摆摆手，转头去看那轮红日。天空的云彩正在幻变，刚才还素白之色，此时已被晕染成了五彩霞光。红色，紫色，蓝色，灰色，多重颜色在聚集，裂变。一层层地低落，又一层层地漫延。

司徒轩一直等那红光消失殆尽，才过来搂她。走吧，起风了。

慕小梅从刚才失神状态中醒过来，问道，文子呢？

往山下去了。司徒轩答。

慕小梅赶忙往山下看，发现钟夕文正由三儿搀扶着往山下而去。慕小梅笑了起来，指着将身体几乎凹成了异形的钟夕文说，你看这个胆小鬼，这点山路也能把她吓成这个样子。

司徒轩看了看，也笑了起来。那待会儿你走前面吧，估计我也得走成那个样子。

慕小梅耸耸肩，往山下走去。刚走几步，被司徒轩给拉了回去。跟你开玩笑呢，你还当真了，你以为我忍心把你丢在前面啊？

慕小梅看看那山路，再看看司徒轩，笑道，行吗？不行别逞能啊，待会儿再摔下去。

乌鸦嘴。司徒轩啐道，又笑着将脸伸向了慕小梅。亲我一下呗，亲我一下我保证好好走。

慕小梅原想躲开，想想，还是亲了他脸颊一下。她自己也说不清这是出于何种情绪，好像奇安走了之后，她对任何事都变得谨小慎微起来。她害怕错过，害怕遗憾，害怕失去身边任何一个人。

司徒轩满意地收回了脸，慢慢地朝山下走去。好在山路不长，很快便到达山下。

三儿搂着钟夕文正等在那里，看到他俩后，叫了起来，不错嘛司徒轩，还挺懂得疼人的嘛。

那是。司徒轩走完最后一级台阶，将慕小梅从上面抱了下来。什么叫绅士，这就叫绅士。即使自己怕得要死，也得先保护自己心爱的女人。走，开饭去。

四人顺着青石路，又往下去了。

慕小梅边走边问，不是到了吗？为什么还往下走啊？

去凉亭吃啊。烧烤，全是烟，不能在主屋做。司徒轩一边掀开凉亭的藤蔓，一边先行将慕小梅请到里间。

慕小梅低身跨入，鼻间闻到的全是烧烤的味道。红木桌上，之前摆放的茶具已被撤走，重新摆上的是极为雅致的白瓷菜盘，菜盘里盛满了山里的野菜野味。

司徒轩拿起一双筷子擦了擦，递给她。烤鱼是这里的主菜。活水放养的，毫无腥气。而且鱼肉鲜嫩，你尝尝。

慕小梅接过来，笑道，你这么一说还真是饿了。

钟夕文和三儿也坐了过来。三儿不知从哪里找到一把吉他提溜着，搁到了脚边。

慕小梅看了看那吉他，问，哪儿找来的？

三儿又提起那把吉他来，拨弄两声，答道，楼上的阳光房里。应该很久没有人弹了，弦都松了。待会儿吃得差不多，咱俩即兴来两首。

你还会弹吉他？司徒轩一边帮慕小梅夹菜，一边问三儿。

三儿笑笑，一点皮毛而已，上不了台面，私底下瞎玩玩。

慕小梅没理会司徒轩夹过来的菜，将筷子伸向了一盘黑乎乎的东西，问道，这是个什么东西？

钟夕文看了看，卖个关子，对她道，你尝尝。

慕小梅夹了一筷子放进嘴里，立刻惊叫起来，这是什么啊？太好吃了。

司徒轩看着她笑，这是李叔做的烤鱼皮，怎么样？好吃吧？

岂止是好吃，简直是太好吃了。绝了！慕小梅连连称赞。

钟夕文也夹起一块烤鱼皮放进嘴里，边吃边赞，我没说错吧，这可是李叔的绝活，好好享用吧。

司徒轩走出屋去，对着院子里正低头烤鱼的李叔叫道，李叔，再来盘烤鱼皮，有人超爱吃的。

行。李叔对着他连连点头。

待会儿忙完过来喝一杯啊。司徒轩笑着又说。

好，好，你们先吃。

那盘烤鱼皮很快被慕小梅一人干光，又一盘端了进来。慕小梅赶紧起身，太好吃了，李叔，您这绝活简直太棒了。辛苦了。

不辛苦。你们喜欢我就高兴，多吃，多吃啊。

坐下来一起吃吧。司徒轩起身相让。

不了。你们先吃，我再去给你们炒两个热菜来。

司徒轩看着李叔走出去，坐了回来。他开了四瓶啤酒，一一递给众人，又道，上回说了慕小梅的糗事，这回轮到谁了？

文子。慕小梅叫了起来。

文子一边吃着鱼皮，一边对着慕小梅翻白眼。

司徒轩慢慢抿进一口啤酒，真就开口跟三儿讲了起来。都是些老段子，慕小梅听过，将目光转向了别处。凉亭外，漆黑一片，什么也看不清。耳旁不时传来蛐蛐的叫声，清脆高亢而嘹亮。间或加进来几声夜啼，令人身心俱静。

三儿将手里的啤酒干掉，拿起那把吉他，调了调弦，弹起了一首老歌《大约在冬季》。

司徒轩对这首歌显然是极熟的，立刻随之唱了起来。钟夕文靠了过去，枕着三儿肩膀也一同唱了起来。慕小梅拿起筷子打起了节拍。一曲终了，四人全都狂呼乱叫起来，惹得山林里的狗全都跟着吠了起来。他们不理，催着三儿再来一首。三儿喝下一口啤酒，放下又弹了起来。还是一首老歌《月亮代表我的心》。慕小梅听出他的曲风没有按原版走，而是弹成了布鲁斯的味道，她随

之唱了起来。这回司徒轩和钟夕文接不上来,坐在那里,喝着酒,听着慕小梅一人独唱起来。

慕小梅安静地唱着这首歌,声同此心,也是极为放松的感觉。

一曲终了,众人全都痴在了那里。三儿对慕小梅笑道,你今天好像唱得格外好,比你任何一次演出都好。

嗯,慕小梅轻轻地点点头,回道,可能是因为摒弃了太多无关紧要的东西吧。

类似什么?司徒轩问。

类似观众的情绪,音乐的合拍,掌声的有无,舞台的效果,呈现的感觉。等等等等,全都抛开了。

嗯。三儿点头赞同,回到音乐的本原,才能真正体会音乐的本原。由心而发的,永远都是最美的。

司徒轩对三儿叫道,来,再来一首。

好。三儿再扫弦,弹起了那首《花房姑娘》,这次用了原版。司徒轩、钟夕文,包括三儿自己跟着一起吼了起来。

慕小梅笑着走开。她走到凉亭外,胳膊撑着栏杆,望着眼前的世界发呆。山风袭来,极柔的感觉。鼻息间全是青草的味道。慕小梅喜欢这些味道,让她想起了晨曦小镇。奇安,若你在,该有多好,她轻叹两声,再抬头看天时,发现那密织的星网里出现了一张脸。一张熟悉的脸。她看了很久,转身走回了凉亭。她对着还在欢唱的众人道,我先回屋了,有点累。

也好。司徒轩停下来对她点头。你的病刚好,不要太疲倦了。

钟夕文原本抱着三儿笑,听了司徒轩的话也坐直了身子。去吧,山风有些凉了。

好。慕小梅点点头,往凉亭外走去。

司徒轩起身相送,体贴地帮她拂起藤蔓。

你回吧,慕小梅对他说道。

送你到房吧。司徒轩坚持。

慕小梅看看四周,也就不再说什么,默默地走在了前面。

很快到达主楼。司徒轩帮她将门打开,开灯,进屋,进洗浴间，四处看了看，无异常，走了回来。睡吧，挺安全的，我们一会儿也回了。有什么事，大叫一声，我就过来了。

好。慕小梅冲他点点头。下山小心点。

真不用我陪你了？司徒轩不甘心地再问。

慕小梅笑着过去推他。去吧，真不用了，别让他们等着急了。

好吧，那乖乖睡觉。司徒轩亲了亲她的额头，转身离开了。

慕小梅一直看着司徒轩走远，转身关了门。她细细地将屋内打量一番，觉得自己很喜欢此处的装潢。纯木的家具，简约的风格。木头的颜色是浅棕色的，淡然安静的明丽感。屋子里的味道也极好闻，木头的醇香。她走到窗边，将司徒轩刚刚关上的窗户重新打开。山风灌了进来，扑到她的脸上，凉凉湿湿的感觉。风里全是青草，野花，羊粪球，半熟毛栗的味道。月光也妩媚地洒下来，亲昵地漫过了她的肩头。

她一直这样站着，静静的，直到听到了身后的敲门声，她转过身问道，谁啊？

门打开了，钟夕文探头进来，满脸酡红，用她那独有的东南亚京片子笑道，宝贝儿，我也回来了，被他们赶回来的。

他们怎么敢！

他们就是敢啊。说什么现在是大老爷们的时间，让我们这些女人少插嘴，所以我就回来了。

他们要干吗？造反吗？

钟夕文潇洒地挥挥手。算了，难得他们这么高兴，就让他们上一回屋，揭一回瓦，等明日太阳升起时，再收复失地也不迟。

慕小梅笑道，也好，难得你这么大度。进来吧，找我什么事？

还能什么事？睡觉呗。钟夕文找着床就去了。

睡觉？慕小梅吃惊地看着已经脱了鞋爬上床的钟夕文。你不是和三儿睡隔壁吗？

什么时候不能和他睡啊，难得咱们姐们聚在一起，今晚就陪你了。你可别嫌弃我啊，我今天不想洗澡了，就这样睡了。钟夕文说完脱掉外套，拉开被子，朝着枕头上靠了过去。

你真不洗了？这样睡舒服吗？慕小梅走去关门。

山里的水凉，你也别洗了。钟夕文劝道。

没有热水器吗？慕小梅不甘心地去浴室里看。

有。可惜电量不够，总也热不了。李叔已找人来修了，得明天。睡吧，别跟热水较劲了。

那我总得洗洗脸吧。慕小梅说着走进了浴室，一会儿，顶着一张面膜走了出来。

钟夕文刚要进入半迷糊状态，听到响动，猛然睁眼，吓得狂叫了起来。

慕小梅跑过去捂她的嘴，叫道，轻点，死鬼。

钟夕文的手机也于此时响了起来。怎么了？出什么事了吗？三儿在电话那头叫。

没事。钟夕文赶忙答道，小梅的面膜吓了我一跳，别担心。

好，那你们休息吧，我和司徒轩还得喝会儿。

嗯，我们这就睡了。

挂了电话，钟夕文转头问慕小梅，隔这么远都能听到我叫？

有什么稀奇的，山里静，回音大，你轻轻一声，那边山头都能听见。你做不做面膜？你给了我两张，还有一张。

不了，我没你那么臭美。钟夕文躺了回去。

慕小梅不理她，一边忙着将脸上的面膜抹平，一边学钟夕文的样子，拉过被子盖好腿，又将枕头垫高，躺了上去。

两人都不再说话，屋子里静极了。过了很久，慕小梅掀掉那张面膜，刚要丢掉，钟夕文幽幽地开了口，你到底对司徒轩怎么想的？

慕小梅吓得手一抖，那张面膜软软地掉在了被子上。咦，她恶心地叫了起来，又将其拿起来，丢进了床下的垃圾桶。她重新坐回，问钟夕文，什么意思，没头没脑的这么一句？

我就想不明白了。钟夕文翻个身，趴在了枕头上。你对司徒轩不是挺有感觉的吗？为什么不跟他谈恋爱？

慕小梅将脸上剩余的乳液抚平，斜她一眼，笑道，你这算不算皇上不急太监急啊？

钟夕文瞪她一眼，也笑，说正经的呢，到底为什么呀？

慕小梅将脸上的乳液抹干净，放下手，将被子重新盖到腿上，对钟夕文道，姐姐，这种事是没有预谋的，要天时地利人和，该发生时，自然就发生了。

可我觉得现在就已经是天时地利人和了呀，你却依然一副冷漠抗拒的意思。我就奇怪了，到底为什么呀？嘴上说喜欢，到了关键时刻就变卦。

行了，我的福尔摩斯，你就别探听我的事了。你睡不睡？慕小梅躺下，用被子将脑袋蒙了起来。

钟夕文将被子从她的头上掀开，依旧对着她叫道，聊会儿天嘛，好不容易凑一块，咱俩都多久没这样了？自从我跟三儿在一起后，你都不常来我家了。起来，聊会儿天再睡。

唉。慕小梅叹口气，坐了起来。聊什么呀？我那点事，车轱辘话来回说，你不烦啊？

我就想问你对司徒轩到底打算怎么样？钟夕文看她重新坐了起来，便将身子靠回了枕头。

慕小梅对她翻个白眼，说，我不是答应了要和他往前走走的嘛。哦对了，他还问咱们什么时候有时间呢？

干吗？

说是一起出趟远门，旅游。

真的？钟夕文重新坐了起来。

嗯。慕小梅点点头。他说下个月正好是全年最不忙的时候，想请个年假带我去个远地。问我去哪儿来着，我说去泰国。

讨厌，干吗选泰国？泰国咱俩不都去过了吗？

就是去过了才想再去的。我想去还愿。心里一直惦记着这事，有些不安。

哦，那是得去。去吧，我和三儿也一起去。真高兴，想着大家一起出去玩就高兴。你放心吧，我真的愿意跟他往前走走。

好的，如此就好。谢谢你小梅。

谢我什么？

谢谢你肯接纳司徒轩。

哦，搞了半天，还是想把我早点推销出去啊？

不是啦，是想要你幸福，真心的。

那我得谢谢你才对。

两人笑笑，都不再说话。过了很久，慕小梅又问钟夕文，还记得那次吗？

哪次？

你，我，还有奇安一起去泰国的那次。

刚刚还一脸严肃的钟夕文笑了起来。岂止是记得，简直是印象深刻。那时候我正恨得你牙根儿痒痒，也不知你怎么就同意我跟你们一起去了。

呵呵，我那不是想在你面前卖个好嘛。那会儿你刚追来北京不久吧。

嗯，刚来。钟夕文点点头。

也刚知道我跟奇安在一起？

嗯。

我也都觉得奇怪，既然你那么恨我，干吗还非要跟着我们俩去泰国，你这不是明摆着去做电灯泡吗？

我那是卧薪尝胆，想要伺机拆散你们呢，没看出来吧？

我当然看出来了。慕小梅笑。

看出什么来了。

慕小梅瞟她一眼，说，看出你只是个刀子嘴豆腐心的老家伙。

呸，说谁老呢？钟夕文叫了起来。

我，我老行了吧？慕小梅笑道，想了想，又说，感觉那会儿确实挺尴尬的，和奇安之间突然多一人出来，还天天拿眼瞪着我，心里挺烦的，但碍着奇安的面也不好多说什么。

当时奇安怎么跟你介绍我的？钟夕文撞撞慕小梅的胳膊。

还能怎么介绍？慕小梅斜她一眼。说你们两家是世交，要我把你当作最亲的姐姐。

这还差不多,算奇安有良心。要知道我和他可是从小一起长大的。一起玩耍,一起打架,一起闯祸。慕小梅,比你们那点破感情深厚。

是,姐姐,比我那点破感情深厚,行了吧?慕小梅亲昵地凑过去,用手指戳戳钟夕文的脸。

钟夕文接着问,你知道奇安在泰国四面佛许的什么愿吗?

什么愿?慕小梅问。

祝小梅有天获得真正的幸福。

慕小梅的脸色沉了下来,问,他那时就打算要离开我了吗?

或许吧?钟夕文轻轻地叹了口气。小梅,这就叫有缘无分。该着咱俩都得不到他。你知道那时我许了什么愿吗?

什么愿?慕小梅偏头问她。

听了可不许生气啊!

好,不生气。

祝你和奇安早散早好。

你……慕小梅朝她怒目而视。

钟夕文耸耸肩,接着说道,那时候心里恨你嘛,所以才……小梅,你可别生我的气啊。

唉,不气了。现在你如愿了?你才是那个最该还愿的人呢。

你呢,你许的什么愿?

我许的愿与奇安无关,是有关家人的。

哦,怪不得呢,我还想着奇安都已经走了,你还还什么愿啊?

早知道奇安有一天会走,我就许愿祝我和奇安长长久久了。

算了,都是过去的事了,别耿耿于怀。钟夕文叹口气,将被子往上扯扯,盖住了自己的下巴,在那里顶着玩。

慕小梅也不再说话,将目光往窗外望去,那里没有奇安,有关他的一切,都如同这夜色一般,变得神秘莫测起来。

沉默了半晌,钟夕文又对慕小梅开了口道,小梅,说说你和奇安的事吧?我一直想知道。

想得美。慕小梅笑了起来,伸手去咯吱钟夕文。

钟夕文边躲边笑，说说嘛，反正都已经是过去的事了，你藏它干吗？等着沤烂啊？

就是因为过去了才不想说的。慕小梅停了手。

说说嘛。我和三儿的事都说给你听了，让你说一段过去的事，你都不肯吗？

呸，谁要听你和三儿的事的？是你自己主动说的好吗？

说说嘛，求你。太好奇了，你们到底是怎么在一起的？

慕小梅用手轻拍被子，想了想，答道，好像是二十岁生日那年，他包了个场，叫了一帮朋友来帮我庆生。那天之后，也不知怎么地，他对我的态度就不一样了。

怎么个不一样法？

不再把我当成个小女孩了。哎呀，具体的我也说不清楚，就是不一样了嘛。那是感觉，只可意会不可言传。

谁先主动表白的？

我。慕小梅答道。

钟夕文接着问，那后来呢？

什么后来？慕小梅躲进了被子里。

后来怎么样了，他就答应了？

嗯。他一开始不答应，说只是把我当成妹妹。后来……我想他心里还是爱我的吧，又加上我坚持，所以就答应了。

他对你好吗？钟夕文叹口气，再问。

废话，能不好吗？

也是，他就是这样的人。然后呢？

然后就幸福地在一起了啊。可惜，童话故事永远都只是童话故事，结局你也看到了，就不用我再说了吧。奇安老说我只是依赖他，不是真正爱他。

小梅，你有没有想过，或许奇安说的是对的。你喜欢奇安，并不代表你就是爱他，极有可能只是这个男人让你感觉到了被疼爱的滋味。说实话，我同意奇安的意见。你对他更多的只是依恋，像女儿依恋父亲一样，只是那会儿的你不自知罢了。小梅，如果有天你找到自己真正爱的男人，再回忆与奇安的这段，你就能明白他当时的心情了。

你什么意思？你认为奇安与我的这段不算爱吗？

绝对是爱。钟夕文肯定道，奇安绝对是爱你，小梅，这点毋庸置疑。也正因为如此，他在明知自己并不是你真正爱的人的情况下，还是与你开始了一段恋情。你想要什么，他给你什么。或许，他曾无数次下定决心，却依旧拒绝不了你的索取。而你，小梅，你只是在他的身上索取亲人的疼爱而已。你们之间的爱，对于你来说，也不过只是青春期荷尔蒙的产物，不等同于爱。奇安深知这点，可还是抗拒不了，因为他爱你。

却还不是走了。慕小梅的眼圈红了起来。

至少你们曾有过那么一段，小梅。钟夕文伸手握住了慕小梅，我呢，我那么爱他，从小就把他当作人生唯一要嫁的男人，却连他一点一滴的爱情都没有得到过。

他也是爱你的。慕小梅擦擦眼角，对钟夕文说道。

那不是爱。钟夕文淡淡地笑笑。那是兄妹情义，我知道。说完，低下了头。慕小梅刚要开口相劝，钟夕文摆了手。头依旧低着，眼睛也是闭着的。慕小梅不再说话。好了，都过去了。很久，钟夕文抬头再笑。

慕小梅赶忙答道，是，都过去了。

重新开始吧，小梅，你的幸福才刚刚来到，怕什么！

慕小梅笑着点头，不再说话。

钟夕文轻拍她的手背。小梅，试着和司徒轩往前走走，你会很幸福的。把奇安放下吧。

好。她点头。该放下的时候会放下的，给我时间。

钟夕文再拍，也不再说话。

过了很久，慕小梅轻轻地叫道，文子……那边没了声音。她叹口气，关了床头灯，将身子转向了另一边。

窗外，夜色阑珊。一轮下弦月低落得像挂在耳垂上的坠子，悠悠地晃着。慕小梅的心像极了那颗坠子，也晃了起来。

10
表　白

　　奇安，今早起床的感觉格外不同。似乎不一样的屋子，不一样的咖啡，不一样景色，不一样的空气，竟引来了不一样的心境。

　　此时的我就坐在窗前。窗外的柿子挂满小树，令我不断地忆起小时候年画里呈现的热闹景象。远山叠嶂，渐次淡去的光影里鸟儿飞翔。阳光安静地撒下来，于叶隙间捉迷藏。心中此时涨满了某种诗情画意的情感，只将扉页留白，任那随风而落的花瓣来做注疏。

　　奇安，最近多了个怪毛病，总在开心的时候想起你。也常常问自己，现在的你在干什么？在哪里？身旁是否也伴着知己二人？是否也同我这般的开怀喜悦？奇安，或许怪就怪年少共度的那段时光太过深刻，已然渗透至骨髓，再难割舍。昨夜与文子人一场深谈，令我伤感。话题还是你和我。其实，如果文子不问，我是绝不愿再提的。往事如烟。有些事，有些人，放下就好，又何必时时怀念。可外人永远都只是外人，哪怕极亲密的朋友，也无法感同身受当事人当年的那份撕心裂肺与苦痛决然。就让过去回到过去吧，而现在，交由现在就好？

　　奇安，还记得我最爱的那首《当爱已成往事》？往事不要再提，人生已多风雨，纵然记忆抹不去，爱与恨都还在心里。我们已忘了过去，让往事好好继续，你就不要再苦苦追问我的消息。

或许，我们忘了过去，忘了彼此，忘了曾经所有的一切。

奇安，我唯愿你的记忆比我浅些，少些。也唯愿你的心比我硬些，冷些，如此，更快乐些。

慕小梅停了笔，转眼去看窗外，眼前却是萧索之色。

窗台上突然飞来两只鸟，啾啁不停。慕小梅笑笑，伸手去逗弄，鸟儿即刻飞走。耳旁突然响起了钟夕文的声音，看看看看，连鸟儿都知道成双成对，有些人就非得死乞白赖地躲在这里给自己找罪受。

慕小梅慌忙用手去捂住信纸，嘴里低吼道，喂，有没有礼貌啊？为什么偷看别人写信？

不看不知道，一看吓一跳啊。慕小梅，你玩得够深的啊。这边答应我要放下祝奇安，那边又偷偷地给他写信。你到底在骗我还是骗你自己？

慕小梅折起信纸，放进背包里。她再起身对钟夕文笑道，我怎么骗你了，不过是写个日记而已。

你明明在给奇安写信，还说没骗我。钟夕文吼了起来。

是。慕小梅也不退让，点头道，写了，怎么着？写了又不寄，能怎么着？

慕小梅啊慕小梅。钟夕文开始手舞足蹈。麻烦你清醒一点好吗？这个男人已经走了，绝对不会回来了，你干吗还拖住这死尸般的记忆不放？你这是在浪费你的大好青春，不值得。

值不值得用不着你说。你不是答应我，要给我时间？吼什么吼？慕小梅垂下眼帘，将身子靠在了书桌上。

钟夕文叹口气，降低音量继续对她道，宝贝儿，又错了，是给你自己时间。你不都答应我了，为什么还这样纠缠？

我在努力。慕小梅依旧低着头。

你没有。钟夕文摊开了手。你如果努力了，就会不去想他，更不会给他写信。

文子，这件事你还是别管了。我心里若不难受，也不会写这些东西。明知道是一封无法寄出的信，也写。那不是信，那更像是一种诉求，也只有写出来，才会好受些。你让我写吧。慕小梅哽咽了起来。

钟夕文扯过一包纸巾来，递给了慕小梅。她转身走去关门，再走回，与慕小梅一同靠在了书桌上。哭吧，她说，想哭就哭个痛快吧，我陪着你。

慕小梅强撑起一副笑脸，擤了擤鼻子道，算了，没事。

这么快？钟夕文笑了起来，你这眼泪也退得太快了。

慕小梅边擦眼角边答，我是怕司徒轩看见了不好。

看见就看见了，怕什么？钟夕文撇撇嘴。我已经把门关上了，他敲门，就说你不在好了。

谢谢你，文子。慕小梅将头靠在了钟夕文的肩膀上，眼泪又止不住地流了出来。文子，我不是不想忘，可是真的忘不了。我心里很难受，又无处发泄，所以才……

我知道了，我知道。钟夕文搂住她的肩膀，晃了晃，笑道，想哭就放肆地哭出来吧，憋着干吗？哭出来心里会好受些。

慕小梅将头埋进钟夕文的肩膀里，身子猛烈地抽动起来。

钟夕文轻拍着她的背，说道，好了，小梅，都过去了，一切都会好起来的。

就在此时，门外响起了脚步声，由远至近。慕小梅收了声，抬起头，朝那边望了过去。

钟夕文也警惕地竖起了耳朵，低声对慕小梅道，是司徒轩。

嗯。慕小梅点点头，赶忙用纸巾将脸上的泪水擦尽。

钟夕文停下来，再听，对慕小梅低声道，你去洗浴间吧，我过去把他支开。

慕小梅快步朝浴室走了去，钟夕文慢吞吞地朝门口晃去，边晃边叫，谁啊？她将门拉开一条缝，探出头去，对着门外一脸笑容的司徒轩道，这么早？

还早啊。司徒轩抬手看看表，又伸到钟夕文面前，说，都快十点了，不早了。

钟夕文一边拂开他的手,一边往外推他,还早还早,等一会儿再来吧,我们还没起床收拾呢?

有什么好收拾的?丑媳妇总得见公婆嘛。让我进去吧。司徒用力顶着门,要往里走。

不行不行。钟夕文依旧将他往外推去,嘴里嚷嚷道,还没穿好衣服呢,你这人有没有廉耻心呀?别乱闯女生宿舍。

进我老婆的房间要什么廉耻心?

呸。钟夕文啐道,什么时候成了你的老婆了?

司徒轩也不介意,晃晃脑袋笑了起来。

司徒轩先生。钟夕文还在叫,你收敛点吧,别让我知道你太多的糗事,小心我去你们公司给你宣扬。

去啊,我不怕。司徒轩边说边大叫了起来,小梅,小梅,救命啊,有人要对我耍流氓啊。

出去,出去。钟夕文用力将他往外顶,身后却传来慕小梅的声音,救谁啊?

钟夕文手一松,司徒轩蹿了进来。他稳定一下身形,笑道,救我啊,文子刚要对我耍流氓,被我坚决地挡住了。

你信吗?钟夕文对慕小梅摊开了手。

不信。慕小梅笑了起来。她脸上的泪痕已干,又用粉底抹了一层,再扑上淡粉,掩盖了痕迹。只是眼睛有些微红,但已看不出哭过的痕迹。

司徒轩晃晃脑袋,将目光转回慕小梅处,问,昨晚睡得好不好?眼睛怎么有点红?

没什么。慕小梅转开了眼,解释道,可能认床,睡得有点迟。

啊,那今晚就回吧。你病刚好,需要睡好才行。司徒轩伸手搂住她,又被她推开了。

她摆手道,不用了,来都来了,再住一晚吧。我挺喜欢这里的,空气好,风景好,食物也好,我都不想走了。

司徒轩伸手拉她,再将她拉进怀里,问,睡不好怎么办?

没事。慕小梅摆摆手。今天晚上可能就睡得好了。一般情

况，我只是头一个晚上睡不好，第二天就习惯了。

走吧。钟夕文拉着慕小梅往屋外走去。

去哪儿啊？慕小梅问。

还能去哪儿。钟夕文边走边答，去找我亲爱的。

司徒轩也跟了过去，对慕小梅说，我们去吃早餐，就在客厅那边。

好。慕小梅也随他走去。

钟夕文往前走了几步，又想起了什么，站住了脚。她转身等慕小梅走近，趴在她的耳朵边低声道，收好那封信，别让司徒轩看到了。

收好了。慕小梅对她眨了眨眼。

好。钟夕文放心地放开她，转身往前去了。

司徒轩跟过来问，你们两个小女人嘀嘀咕咕什么？

慕小梅笑笑，答，你不会想知道的，都是些小女人的事而已。

好吧。司徒轩假装无所谓地耸耸肩。你们就藏着吧。

慕小梅歪起脑袋来问，客厅在哪儿啊，饿了。

司徒轩牵着慕小梅的手走出了主楼的小院，往山上去了。

慕小梅边走边问，到底去哪儿啊，又爬山啊？

司徒轩一边喘息一边答，阳光房。李师傅将早餐放在那儿了，说是光线好。

哦。慕小梅回头看看，问，不去凉亭了？

不去了。今儿有点凉，阳光房吧。你病刚好，经不住山风长时间地吹，还是注意点儿好。

好。慕小梅乖顺地点点头，不再说话。

两人很快到达了阳光房，慕小梅走进去，找到最靠里的一张座位坐了下来。房间的四面都是玻璃，视野极好。她朝山下望去，一条溪流像一匹绿绸，蜿蜒着盘山而去。阳光落处，像撒了无数的银屑子，于波光粼粼间耀人眼目。

钟夕文和三儿也沿着山路走了上来，无意间抬头，正好与坐在玻璃房内往下探头的慕小梅相对，他们挥手大叫。

慕小梅笑着朝他们挥手，嘴里也叫道，快点，快点。

钟夕文很快走了进来，对慕小梅叫道，小梅，咱们今晚就得回去了。

为什么？慕小梅惊诧地站了起来。

钟夕文找张椅子坐下去，又看了看满桌的食物，赞叹道，不错，好香啊。

为什么啊？慕小梅扒拉她一下，再问。

别急啊，等三儿进来你问他吧，他知道原委。

三儿正好就走了进来，慕小梅又对着三儿叫道，三儿，我们今天就回吗？不是说好了再住一晚吗？

干吗？你有事啊？三儿嘴里应着慕小梅，眼神却往餐桌那边飘了过去。

对啊，刚来，我还想好好在这儿玩两天呢。慕小梅噘起了嘴，一脸的不高兴。

司徒轩也跟过来问，什么事啊？为什么急着回去？

三儿举举手里的电话，对司徒轩道，酒吧来电话了，说是晚上有人包场，给的价儿还挺高的，点名要我们乐队去演出。

慕小梅对三儿瞪起了眼，谁想去谁去，反正我不想去。

三儿讨好地朝慕小梅笑笑，说，我想去，我想去行了吗？我不是想挣那份钱嘛？

我想玩。慕小梅没好气地再叫。

是啊，三儿，我也想玩。要不这钱别挣了。钟夕文刚拿起筷子，听了慕小梅的话，又放下来。

老婆，这是老公的工作，你支不支持？再说了，挣了钱也是给你花啊。三儿亲昵地搂过钟夕文的肩膀，晃了起来。

钟夕文娇媚地对他笑笑，不用老公这么辛苦，我有钱。

三儿松开她，摇头道，你的钱和我的不一样。我挣了钱给你花，我心里踏实。

钟夕文的笑容更妩媚了，扭了扭身子，对慕小梅道，小梅，要不，我们还是回去吧？

重色轻友之徒，慕小梅恨恨地啐道。

这样吧。三儿想了想，对慕小梅道，我找个女歌手来替你吧。这样一来，你们可以多留一晚。我和文子先回去，两全其美。

好。司徒轩立刻拍手叫好。

这……慕小梅有些犹豫起来。

司徒轩敏感地看看慕小梅，笑道，你又想到哪里去了？

慕小梅不好意思地笑笑，答，我哪有瞎想？我只是觉得人少了就不好玩了。就目前情况来看，也只能这样了。按三儿的建议办吧，三儿和文子先回去，我和司徒轩再留一晚。

行了，吃饭。三儿扬扬筷子，自行先吃了起来。

三儿和钟夕文吃完早餐就往市里去了，慕小梅则随着司徒轩下了山。

半路，慕小梅好奇地问司徒轩，咱们这是要去哪儿啊？

司徒轩转头答，漂流，玩过吗？

没有，好玩吗？慕小梅问。

好玩。司徒轩点点头笑道，不过这种地方只是些小漂流而已，不会很有意思的，凑合着玩吧。

慕小梅笑笑，点头道，没玩过，应该还不错。

司徒轩牵起她的手，往山下走去。

快走到漂流售票处，司徒轩的电话响了起来。他看了看，对慕小梅道，是钟夕文来的电话。

慕小梅点点头，对他道，接吧，看看又有什么幺蛾子。

司徒轩接通，对着手机嗯嗯哈哈了半天，递给了慕小梅，你的，三儿找你。

为什么不打我电话？慕小梅边接手机边问。

司徒轩耸耸肩，好像说你的手机打不通。

慕小梅对着电话问道，怎么了，三儿，什么事？

三儿在电话那头笑道，小梅，你还得回来。

为什么？慕小梅叫了起来。

邱野说包场的那个女孩子是常来玩的熟客，特喜欢听你唱

Chapter 2　静水微澜 | 177

歌，必须你来才行。

是邱野跟你这么说的吧？慕小梅冷冷地问。

对啊，他说人家点名要你来。

屁，我才不相信呢。怎么每次他都有理啊，不去。

小梅。三儿叹气道，来吧，别闹了，到底他是老板，就按他的要求来吧。

不管，你就说我死了好了。慕小梅挂了电话。

怎么了？司徒轩连忙问，不行就陪你回去吧。

没事，买票，我还不信了，大不了给我开了。老玩这一套，怎么什么事都得以他的意志为转移？太霸道了这人。

谁？谁霸道？司徒轩没有买票，继续问。

慕小梅刚要答，电话又响了起来，司徒轩低头看了看，递给了慕小梅。还是你来接吧，估计还是你的。

慕小梅接起了电话，叫道，干吗？都说了不去了，还打。

小梅，来吧，就当是帮我一次。你不想要这场子我还想要呢。到底我还是个大老爷们，我可不想指着文子吃饭。

慕小梅息了声，沉默半晌，回三儿道，好吧，你们先回，我和司徒轩随后就到。

好，酒吧见。三儿高兴地挂了电话。

慕小梅将手机递回给司徒轩，低声说，真对不起……

司徒轩点点头，笑道，没事，这就回吧。

两人转身又向山上走去，一路无话。

车到"午夜烟语"的时候，司徒轩没有下车。他把小豆子递到慕小梅的手里，对她道，我就不进去了，别人的Party，估计又跟那回似的吵死个人，你忙完给我电话吧。

慕小梅点点头，答道，好，完事我给你电话。

司徒轩将车子启动，突然又想起什么，对着刚要走开的慕小梅叫道，小梅。

慕小梅刚走到"午夜烟语"的门边，听到司徒轩叫，重新走回。什么事？她靠在车窗问。

司徒轩笑笑，对她道，有样东西忘了给你。

什么东西，神神秘秘的？慕小梅噘起了嘴。

司徒轩转身去拿，突然递出一枝红色的蔷薇来。只有这个了，本想给你摘朵玫瑰的，可惜没有。

慕小梅惊喜地轻呼，伸手接住了那朵蔷薇花。她低头闻闻，对司徒轩笑道，这个好，就要这个，这可是我最喜欢的花。

我知道。司徒轩笑着点了点头。

你知道？慕小梅诧异地停了下来，望着他发怔。

哦……不……我的意思是说，没想到你会这么喜欢，我很开心。司徒轩的脸微红了起来，好在他肤色原本就不白，倒也看不出来。他扬扬手，对慕小梅道，快去吧，别让乐队等着急了。

慕小梅对他做个鬼脸，看着他将车子启动，开出了路边。

她转身往酒吧那边跑，刚抬脚，又猛然站住了。邱野站在她的身后。刹那间的恍惚，她一时不知该走还是该停。

邱野也站着不动，歪着身子，叼着烟，抽着。

有事吗？慕小梅问，没事我就进去了。

邱野弹掉了烟灰，问她，你昨晚跟他在一起了？

对。慕小梅点点头，不打算隐瞒，他有什么权利来干涉她的私生活？

如果我今天不给你们打电话，你晚上还得跟他在一起吧？邱野再弹烟灰，再问。

是。慕小梅再答，叫了起来，邱野，你到底想干吗？我是你什么人？你凭什么来干涉我？你不觉得自己太霸道了吗？

这么快就忘了自己说过的话了？邱野弹掉那尾烟。你不是答应我，让我难受的时候随时找你。

我没忘，慕小梅站直了身子。我确实说过这句话。

还有没有效？邱野也站直了身子。

有。慕小梅点点头。但这是有条件的。

什么条件？

你得先问过我方不方便，而不是你想什么时候要我来我就得什么时候来。到底我又不是你的老婆，没有义务什么都以你的意志为转移。所以请问邱野先生，今天这事你问过我了吗？

问了呀，给三儿打电话不是来问你们的吗？

屁，你那是问啊？你那是命令，你让我必须回来，你凭什么？

因为我想你。邱野大吼一声，往酒吧内去了。

慕小梅傻傻地怔在了那里。她疯狂地揣测他这句话的含义。过了很久，她定义为一场蹊跷的巧合。她认为那绝不是说给她听的，那只是说给林婉云听的。而她，不过是刚好走到了那个缺口，填补了那个漏洞，也为他的情绪找到了可以发声的对象而已。好吧，她想，谁让我答应了你呢，就任你把我当作林婉云好了。这样想着，她的心里轻松了许多。她抱起小豆子，也朝着"午夜烟语"走了进去。

酒吧的门一推开，狂潮立刻扑面而来。慕小梅捂起了耳朵，往舞台那方望去。哪里还有三儿和小四的身影，全是人，群魔乱舞，几乎要将小小的三角形舞台挤塌。她再朝四面打探，也全是人，根本看不清谁是谁。她叹口气，沿着墙根往里挤去。

走到半路，慕小梅被一人拦下。她抬头看过去，发现是三儿，笑道，什么情况，你们怎么没演出？

三儿附着她的耳朵大叫，刚演完一场，可惜你没在，气氛好得没治了。

慕小梅皱眉回道，这里还有没有安静的地儿，吵死人了。

去露台吧，小四在上面。三儿指指二楼。

好。慕小梅点头又问，怎么上去？

从厨房那边穿过去，有个楼梯，找不到问那边的服务员吧。

好。慕小梅将手里的小豆子递给三儿，自己往里挤去。

好不容易到达了厨房，她找了半天也没找到三儿说的那个楼梯，她问身边一位正在吃东西的服务员，服务员帮她指了路。

又一通乱挤，慕小梅终于找到了服务员指的那条小楼梯。她刚踩上去，楼板便发出"咯吱""咯吱"的响声。她有些害怕，吸了口气，小心翼翼地走了上去。

她的脑袋刚露出露台，便传来了一阵欢呼，是小四，对着慕小梅叫，来来来，大家欢迎我们这位伟大的主唱。

慕小梅这会儿想缩头已然来不及，露台上全是人。小四坐在其间，高举酒瓶乱叫，小梅，过来，这位就是我们今天的寿星，来跟她喝一杯，沾沾寿星的光。

慕小梅只好走了过去，从冰桶里拿出一瓶啤酒，开了盖，冲着小四指的那位美女举了举瓶，生日快乐，欢迎以后常来。

那美女立刻靠了过来，对她笑道，我是这儿的常客，你们第一次演出的时候，我就有来捧场，我特喜欢听你唱歌。

谢谢。慕小梅将酒瓶举过去，碰了碰她手里的酒瓶，答道，献丑了。

那美女显然有些醉了，听了慕小梅的话，竟一口干了手里的酒。露台上的人都狂吼了起来。慕小梅为难地看了看手里的酒瓶，心想待会儿还有演出呢。

三儿看她那样儿，知道她想什么，对她叫道，喝吧小梅，一会儿没你什么事了。这位美女说了，不用演出了，和她们一起玩就好，喝吧。

不用演出了？慕小梅有些不相信地再问。

对。三儿肯定地点点头。随自己高兴就好，谁想唱了就上去唱两首。

哦。慕小梅再看手里的酒瓶，知道躲不过去了，仰头喝了起来。等她喝尽，周围又是一通狂呼乱叫，慕小梅笑着告别，往楼梯下方退了去。

刚走下来，酒吧内的电音舞曲停了下来。耳根子突然清静。有人开始扫弦，木吉他的声音。是谁？小四正在露台上坐着呢，难道是三儿？三儿的吉他弹得没这么溜。是谁？慕小梅犹豫着要不要挤过去看，麦克风里传来了邱野的声音。小梅在吗？是邱野，没错，他在叫自己的名字，他想干吗？慕小梅好奇地走出厨房，藏着半边身子，往舞台那方瞅去。

邱野一只手遮住额头，正四处打量着，刚好就看见了从厨房那边鬼鬼祟祟露出脑袋的慕小梅。他笑了起来，叫道，哈，让我给找到了。

慕小梅想躲已经来不及，只好在心里狂骂道，疯子，喝高了吗？

邱野显然是听不到的，他将身子往慕小梅那边转了过去，再扫弦，弹了起来。极为好听的一段前奏。慕小梅完全想象不到他的吉他会弹得如此之好。旋即，他唱了起来，竟是她曾唱过的那首《I Wish You Love》。令她没有想到的是，他唱得也非常好听。实则，他的演唱是没有技巧的，声音也直来直去没有太多变化，却因为那份深情，将这首歌诠释得很是动人。

邱野的目光一直停留在慕小梅的身上，如此深切的目光，仿佛整个世界都只剩了他们两个。全场的目光也都转向了慕小梅，一齐拍手，为这首歌打起了节奏。

慕小梅腼腆地微笑了起来，所有人都在看着她，她不得不笑。但她心里真正的感受是想哭。她的耳旁飘着邱野的吉他声，脑海里却全都是那年奇安生日Party上的自己。亦如今天弹唱的邱野那般的情深意切。她突然又想笑，为造物主的有趣而笑。到底是怎样的巧合与奇遇，才会让那样的两个人相遇？面对此情此景，她到底该如何面对？接受吗？像当年的祝奇安一般，明知那不是爱情，也给得淋漓尽致。

邱野，慕小梅在心底叫了起来。如此短的时间，你怎么可能会爱上我？你不过是将对林婉云的那份深情寄托到了我的身上而已。

一曲终了，邱野依旧坐在舞台上，他对着慕小梅招了招手，让她上去。慕小梅摆摆手，往厨房那方躲回。

厨房内，还是那么多人，连个下脚的地儿都没有。她找了找，终于想起了那个不显眼的阳台，她闪身开门，走了进去。

阳台上还是老样子，一张小桌子，两把小藤椅，一顶画架子。架子上的那幅拼图都还是上次的那幅。她用手轻轻抚摸那拼图，手指却停在了那块缺角处。她笑了起来，下意识地往兜里去

找。空空如也。不是这件衣服,不在这里,她只好再笑。

为什么不听我唱歌?窗外有人在叫。是邱野。

慕小梅转头,笑了起来。那么多人都在听你唱歌,不怕少我一个吧?

可我只唱给你听。

邱野……慕小梅叫了起来。

什么?邱野问。

我们之间应该有默契的……

当然,所以呢?

所以不要为了阻止司徒轩,就不管不顾地来追求我。感情的事不是儿戏,我也不是铜墙铁壁。你有没有想过,如果我真爱上了你,怎么办?

我也会爱你。邱野肯定地答。

慕小梅无奈地笑笑,再说,邱野,在你还没准备好之前,我劝你暂时不要作任何决定。邱野愣了愣,他没想到慕小梅会这样说。邱野,咱俩还是先做好朋友吧,就像你和小双那样。

好。很久,邱野答道,我答应你,但你也要答应我。

答应你什么?慕小梅问。

暂时也不要对司徒轩作任何决定。

慕小梅愣在了那里,她没想到邱野会这样说。

邱野还在说,小梅,我们往往是当局者迷,旁观者清。你对司徒轩的感情,我想也只是朋友间的好感而已。所以,在你也没有准备好之前,也请你暂时不要作决定。

慕小梅叹口气,答,我答应你,但你以后别再那样了。

哪样?邱野笑了起来。弹个吉他,向你炫炫自己有多优秀也有错吗?

慕小梅再叹口气。你如果只是单纯地炫技,当然无错。但你不是,我们两个心里都清楚。邱野,你若攻势太猛,反倒会让我害怕,会让我离开你。

好,我注意。邱野点点头,又问,好听吗?

好听。慕小梅笑了起来,问他,你的吉他在哪里学的?

邱野也笑,答道,从小学的,读大学的时候因为追女孩子狠K过一阵子,没想到直至今天才派上用场。

为什么这么说?慕小梅问,难道对林婉云不起作用吗?

邱野没想到她会提起林婉云,脸色当即沉了下来,小梅,以后尽量不要提到她好吗?

慕小梅点点头,答道,好,不过邱野,如果你真的把一个人放下了,是不会害怕提到她的。

我不同意你的观点。邱野看她一眼,说,有些事即使已云淡风轻,也会因为曾经用情过深,而于心里留下痕迹。那种不舒服的感觉,已不再是为某人,而是为了曾经的某种感觉而已。这是人性,小梅,别再拿你的那套理想国来套我。

好。慕小梅点点头,笑了起来。

邱野看她一眼,接着说,婉云不是不喜欢我弹吉他,只是她不懂,也听不出好坏来。而你,你自己也知道,你是知音。这二者的区别,你应该很清楚。

慕小梅知道他的意思,将眼神转了开去。

邱野打开阳台的门,走了进去。

慕小梅看他走进,指了指那幅未完的拼图说,可惜少了一块。

是啊。邱野也看看那幅拼图,答,或许就像你说的,世事没有完美吧。

也别太绝对,说不定哪天突然就找到了呢?慕小梅笑了起来。

邱野转头看她,表情里有一丝发怔。他朝她靠过去,慢慢地,眼睛盯着慕小梅的脸,似乎想要得到某种允许。

慕小梅向后退去,眼神躲开了邱野。

邱野敏感地也往后退去,尴尬地笑笑说,咱们出去吧。

好。慕小梅答,又问,没演出了,我可以先回去了吗?

为什么?邱野吃惊地看着她。跟我在一起不好玩吗?

不是。慕小梅笑道,有点累了。

好吧,我送你。

不用了。慕小梅摆手道，我自己回就行了。这里这么多人，你怎么走得开？

没事，有服务员呢，全都训练有素，没我也行。邱野坚持。

真不用了，慕小梅也坚持。我住得很近，一会儿就到家了，你还是留下来吧。

邱野再看看她，慕小梅表情依然很坚定。他无奈地叹口气，答道，好吧，看你脸绷得，跟个刘胡兰似的。

慕小梅也笑了起来，问，哪有？

邱野笑笑，不再说什么，拉着她的手往酒吧外走去。

慕小梅突然想起了什么，对邱野叫道，我还得去找找三儿，我的小豆子还在他手里呢。

那去露台吧。邱野指了指二楼。刚才好像看到他和钟夕文上去了。

好。慕小梅点点头，往露台那边走去。

刚走上露台，慕小梅便看到了三儿，正坐在那里喝酒。小豆子绕着他的脚来回地跑着，一会儿停下来，三儿便拿过脚旁的啤酒去喂小豆子，小豆子竟仰脖喝得很痛快。喝完，又开始绕着三儿跑，完全一副深醉的样子。

慕小梅气得大叫，三儿，你干吗？

三儿刚想将酒瓶放下，听到慕小梅叫，吓得站了起来。

慕小梅跑过去抱起小豆子，对着三儿狠狠地踢了一脚。

三儿龇牙咧嘴地笑，也不生气，对慕小梅说，干吗，Party嘛，小狗也有Happy的权利吧？

懒得理你，文子呢？慕小梅一边擦着小豆子湿乎乎的嘴，一边问三儿。

去洗手间了，你等会吧。

慕小梅看看四周，皱眉道，算了，懒得等了。你帮我跟文子说一声吧，让她有事给我打电话。

也好。三儿对她点点头道，你病刚好，先回去休息吧，我们再玩会儿。

慕小梅抱着小豆子往露台下方走去。邱野也对三儿挥挥手，陪着慕小梅一同走了下去。

邱野将慕小梅送到门口，帮她拦下一辆出租车，对她道，到家能给我来个电话吗？

慕小梅笑着回，好。

一定？邱野还是不放心。

慕小梅重重地点点头。邱野这才放心地往后退去。

慕小梅转头对司机说，师傅，芳菲小区。

车子启动，将邱野的身影慢慢地甩在了身后。

到家，慕小梅放下小豆子，背包都来不及摘下，就给邱野去了电话。

邱野在电话那头笑，这么快，看来住得还真挺近的。

是啊，不早告诉你了，我家离酒吧街很近。

你到底住哪里啊？

慕小梅刚要答，电话传过来"嘟嘟"两声，她拿开去看，发现是三儿打过来，她贴回来对邱野道，我一会儿打给你吧，三儿来电话了，可能找我有事。

好。你们慢慢聊吧，不用再给我打了，我明天会打给你的。

那好吧，拜。慕小梅挂了邱野的电话，又接起了三儿的电话，什么事，三儿？

电话那头有点吵，显然，他还在酒吧里。三儿兴奋地叫道，告诉你一个喜讯啊。刚接了一个外地的演出，你猜哪儿？

哪儿？

青岛。

青岛？什么演出？

一家大型商场的十年店庆，演出两天，演出费给得挺高，而且还全是白天的活儿，晚上咱们可以四处去玩玩。北京这边，你也别担心，刚跟邱野说好了，请两天假，找别的乐队来替两天就可以了，他答应了。

不可能吧，这么痛快？慕小梅有些不相信。

极其痛快。这就叫哥们人品好，所遇之人都是好人啊。

不会吧？突然转了性了？慕小梅小声地嘀咕。

三儿听不清她在说什么，叫道，大点声儿，我这边什么也听不见。

啊……没什么，什么时候走啊？慕小梅问。

明天。我待会儿去网上订票。动车，六个小时就到了。你先收拾东西吧，等我的信。

好。小四呢？小四去吗？

去。但他明天上午有个演出，会晚点到。咱们不管他了，与他在青岛会合吧。

好，那就这样吧，明天见。

明天见。

电话挂断，慕小梅坐着没动，她还在怀疑邱野是怎么了。以他的个性，又怎么可能这么痛快就答应了三儿的请求？她很想再给邱野去个电话，想想，打消了这个念头。

11
情愫暗涌

奇安,今天醒得格外早,心情也不错。刚刚拧开的音响正放着一支法语歌。不明其意,却能感受歌声里的甜蜜。身体此时融化成棉花糖,无尽慵懒的感觉。

昨晚睡得很踏实,也时有做梦。想知道梦见了什么吗?梦见了和你去爬山。爬到半山腰时,已经累得气喘吁吁。但我们没有放弃,休息片刻又向上而去。你一直走在我的前头,偶尔回头对我笑,或停下来等等我。我们都没有开口说话,只是默默地向上爬着。不知爬了多久,终于到达山顶。我们停下来,站在那里,放慢了呼吸。似乎害怕惊扰眼前的一切。眼前是一片坦荡如砥的草原,远处是青如眉黛的崇山,幽蓝冷寂的湖泊,荒无寸草的戈壁,气势宏伟而肃静。耳旁有风刮过,沙沙的登音,仿似来自亘古的世界。我将长发全部放下,任风将它们吹乱。发丝间的淡香,混同着青草的味道,野菊的味道,变得异常动人。我们脱了鞋,开始奔跑。跳跃,翻滚,像两个瞬间回到童年的小孩。

再醒时,你依然在。脑海里全是你的笑容。那么温柔地笑着,像四月里的阳光。奇安,你的面容依旧留在我的记忆里,从不曾稍忘。人生,有太多太多的矛盾跟无奈,或许不深究是我此时唯一可做之事。我将坦然地接受一切,无论你曾带给我的是甜

蜜，还是遗憾。对你，我有的只是感恩。感恩你一直以来的陪伴。

如若心知，奇安，我依然在想念你。

慕小梅罢了笔，嘴角微扬，像对谁笑着。她将日记本放回抽屉里，再抬头时，时针正好指向了十二点。动车的发车时间是下午三点，她还没有收拾行李，还没有寄养小豆子，太多太多的事情没有处理。她的心头一阵发紧。刚要起身行动，想了想，又坐了回去。她拉开了抽屉，将刚刚放进去的黑皮日记本重新取出来，又从笔筒里取出那支笔，与之放到一起。她停了停，从书桌下方的小柜子里取出一个淡蓝色的布袋，将日记本和笔装进了那个淡蓝色的布袋里。

她走去客厅，将小豆子的午餐准备好，看它安静地吃食，然后踱去了厨房。她给自己冲了杯咖啡，又接了半锅水，丢进去两个鸡蛋，开火，盖上了盖。

她端着咖啡走出厨房，走到卧室的衣橱前停了下来。她拉开柜门，从左到右，细细地打量了一番。再思量，选定两套演出服和两套日常休闲服。想着是去海边，她选了一条棉布长裙，外加开衫的搭配。接着又从衣橱右手边的抽屉里取出几条厚披巾来，如若海风凉，它们正好派上用场。

一杯咖啡喝毕，服装也全部选定，厨房的鸡蛋于此时也已经煮好。她关了火，就着凉水将蛋壳剥掉，坐到台面上去吃。小豆子吃完自己的早餐后，欢快地跑进厨房，围着慕小梅乱叫。

别捣乱！慕小梅假装对着它吼。

它完全不理，依旧叫得大声。

慕小梅笑笑，摇着头从台面上跳了下来。她走去客厅，收拾好小豆子的食物和日用品，牵着它出门去了。

宠物中心离家很近，走出小区，向右一拐便是。

慕小梅推门而入，迎过来一个工作人员。慕小梅向其说明来意，工作人员便笑着牵过小豆子，再将慕小梅迎进了里屋。工作人员找出办理寄养手续的表格，递给了慕小梅。慕小梅接过看了看，填好，递回给工作人员。

慕小梅接着将手里的那包东西交给了工作人员，又向小豆子道了别，便走出了宠物中心。

回到家，慕小梅将选定的衣物装箱，再返身将书桌上那个淡蓝色布袋放进箱内的最底层，细细地拉上了拉链，这才放心地将箱子盖上，推到了墙角。

她抬头看看时间，已经一点多，心想着要不要给三儿去个电话。就在此时，电话响了起来，正是三儿。慕小梅笑着接通，问道，怎么，催我来了，我已经准备好了，一切OK。

三儿也在笑，对她道，我们也已经准备好了，这就出发。

我们？小四不是晚点走吗？还有谁？

文子也去啊。

啊。慕小梅叫了起来，这疯子，公司不要了？

她说公司这两天正好很闲，所以就想咱们一块儿去跑场。

那好吧。想来就来吧，只要不耽误她的正事就好。我估计她就这两天的新鲜劲儿，等过完这段，你让她来她都不想来了。

什么新鲜劲啊，她是舍不得我。

瞧你得意的。慕小梅也笑了起来。我告诉你啊，她这是打击报复，誓要让我做回电灯泡不可，别以为你自己多金贵似的。

我本来就金贵，干吗要以为啊。哦，再跟你说一声，还有一个朋友要去，男的，这样一来你就不会是电灯泡了。

谁啊？我宁可当电灯泡，也不要跟个不认识的人在一起，多尴尬啊。三儿，你别给我整事。

哪能呢？不说了，我们这就出发。

好，文子呢？也不跟我说句话。

她一直在旁边收拾呢，她让我告诉你，她爱你。

慕小梅笑了起来。不跟你瞎贫了，一会儿见。

挂了电话，慕小梅满屋子地巡视一番。该关的电源都关上，窗子也已经紧闭，她放心地朝屋外走去。

车很顺，很快停在了火车站对面的天桥下。慕小梅下车，取下行李，抬手看了看表，离开车时间还有将近一个小时，她放下心来，拉起手里的箱子往前走去。

刚走两步就看见等在路边的钟夕文和三儿两人，身旁好像还有一人。慕小梅眯起了眼，努力聚焦，半猜半看，想要辨认来人到底是谁。可惜，只能看到个人影，不很熟悉的样子。慕小梅放弃了确认，朝着钟夕文挥起了手。

钟夕文也挥手示意，这边，小梅。

慕小梅朝他们走去，她很快看清了来人，她笑了起来，刚才还僵硬冷冰的表情瞬间融化。她极力忍住那颗将要疯跳的心，鄙夷着自己的殷勤。她收了笑，努力想要做到矜持，却还是不能。嘴角此时被两根绳子牵扯了一般，聚拢不了。她放弃了，任那殷勤的笑肆无忌惮地挂在脸上。

三儿上前一步，将慕小梅的箱子接了过去，又指了指身边那人说，不用我介绍了吧，这伴给你找的，怎么样？

不怎么样。慕小梅假装不屑地白了他一眼，将脸转向邱野，笑着问道，你怎么来了？酒吧不要了？几十号兄弟姐妹不要了？跑到这儿来跟我们起什么哄啊？

邱野耸耸肩，笑答，给自己放个假而已。

我们可是去工作的，不是放假。

没所谓啊，你们工作你们的，大不了我给你们拎包好了。

算了吧，慕小梅笑了起来。我可请不起你。

我免费。邱野调皮地眨眨眼。

慕小梅假装不领情地转开了脸。我们劳动人们从来都是自食其力，用不着剥削人。

我自愿被剥削。

慕小梅只好将眼神转回，努力平复着心跳，问他，你今天怎么这么贫，平常不是话挺少的吗？

邱野笑了起来，答道，今天心情好嘛，想着能跟你们出去玩，开心。怎么，不喜欢我说话啊，那我从现在开始不说了，直到你允许为止。

别，别，别。我可没那个权利，搞得我多霸道似的。

已经走到前面的三儿停下了脚步，回头叫道，快跟上，有什么话进站再说。跟这儿站着干吗，吃灰啊？

邱野还想再贫两句，听了三儿的话，不再言语。他牵起了慕小梅的手，也不管她同不同意，拉着她向前追去。

慕小梅紧紧跟着，嘴上不放心地问，你那酒吧真的不用守着吗？

邱野也不回头，边走边说，我开酒吧原本就是为了给哥们聚会用的，如果到最后连人都走不开，我开它干吗？放心吧，我交给放心的人管了。

那好吧。慕小梅住了嘴。

钟夕文原本站在路边等他们，看他们越走越近，跑了过来。慕小梅对她张开了手臂，两人很快抱在了一起。

钟夕文边跳边叫，好开心啊，好久没一起出去玩了。

哪有？前两天不刚跟你们去完郊区吗？

是啊，去是去了，不是没玩成吗？这回咱们可以好好待上几天了，真开心。

慕小梅不再说话，搂着钟夕文的肩膀继续往前去。

半路，钟夕文突然低声问道，邱野跟着来，你高兴吗？

慕小梅垂下眼帘，假装冷淡地答，关我什么事？又不是我叫他来的。

钟夕文捏她手臂一下，笑道，别躲，问你呢，到底高不高兴？

慕小梅回头看了看邱野。邱野也正好在看她，她的脸立时红了起来。她转回头来对钟夕文道，我该高兴吗？

不该。钟夕文叫了起来。

为什么？

因为我希望你跟司徒轩在一起，因为司徒轩比他更适合你，因为司徒轩经济实力更强，因为……

好了好了。慕小梅打断了她。他们两个我现在都只当是朋友，谁强谁弱，与我有什么相干的？

这还差不多。钟夕文瞟她一眼，将语气转低。不过这两个，

哪个也别放弃，全都走着看，最后真心觉得谁好，再跟谁在一起。

哪有那么复杂？都只是朋友而已。

钟夕文不理会慕小梅，接着说，有这么两个人，总比你一个人强，只要你肯给他们机会，我都高兴，听到没有？

好，我的媒婆大妈。慕小梅无奈地晃晃脑袋。

钟夕文亲热地搂紧慕小梅，大步向前走去。

三儿不满地在她们身后大叫，哎，我说前面那两位女同志，你们能不能走慢一点啊，也等等你们后面这两位全宇宙超级无敌大帅哥好不好？

不能。两人同时回头大叫，相视一笑，接着往前去了。

三儿指指她们的背影，对邱野摇头道，你看看，这两个婆娘翻脸就不认人。

邱野笑着和三儿加快步子往前追去。

四人很快进了站，又跟着人群挤上了车。

钟夕文和三儿走在前头，很快找到了座位，将行李放到行李架后，又回身去叫慕小梅，小梅，快，把箱子给我。

不用了，我来吧。邱野将慕小梅的箱子也放上了行李箱，再回身拉过自己的一个大背包，放了上去。

钟夕文和三儿看他们放好了行李，放心地坐了下去。慕小梅和邱野并肩坐在了后排。一时无话，慕小梅有些尴尬地转头去看窗外，心里很是慌乱了起来。她也不知道自己到底在慌什么，她与邱野已经认识有一段时间了，又不是没有单独待过，可此时此刻，她却无所适从了起来。

邱野一直安静地坐着，在看手机，偶尔也转头看看她，见她不理自己，又接着去看手机。他将腿慢慢伸直，朝着慕小梅那边靠了过去。刚碰上，慕小梅一惊，假装拿水，将腿往旁边躲了躲。邱野暗笑不止，假装也去拿水，腿便自然地又靠了过去。这次贴得更紧，完全不给慕小梅躲开的机会。慕小梅停在了那里，手里举着那瓶水，喝也不是，放也不是，难受得涨红了脸。

邱野放下水瓶，对她笑道，怎么了，你热啊？

慕小梅的脸更红了起来,她假装镇定地点点头。是啊,车里没开空调吗?怎么这么热?

不会呀?邱野伸手探了探空调的出风口说,开空调了呀?风也挺大的,是不是你穿得太多了?

慕小梅低头看看自己身上的衣服,点了头。哦,可能是。

那把外套脱了吧,感觉可能会好点。邱野指了指她身上的那件厚外套。

好吧。慕小梅点了点头,邱野往外挪去。慕小梅感激地朝他笑笑,将身上的那件黑色外套脱了下来。刚脱完,她便后悔了。她忘了里面的那条拖地长裙的领口是V型低胸。外套一脱,高高耸立的胸线立刻凸显出来。她低头瞟了瞟,心里更慌乱了起来。再抬头,又正好与邱野的目光相撞,后者的笑意更深了起来,慕小梅的脸便火烧火燎地红在了那里。

邱野再笑,将慕小梅刚才挂在挂钩上的那件披肩取了下来。披上吧,他对她道。

慕小梅暗吁一口气,感激地朝着邱野点头,接过了那条披肩,在胸前绕一圈,遮住了裸露的肌肤。

邱野重新靠回椅背,拿起手机接着看书,腿却又不经意地靠了过去。慕小梅的肌肉瞬时僵硬,她求救般地捅捅前排的钟夕文。钟夕文回过头来问,什么事?

慕小梅低声道,你跟邱野换个座位吧,咱俩聊聊天。

算了吧。钟夕文揉揉眼睛回她,让邱野陪你说会儿话不好吗,我好困啊。说着,打了个哈欠。

慕小梅只好瞪她一眼,靠回了椅背。

邱野暗自一笑,决定放过她。他收回了紧贴在慕小梅身上的那条腿,将手里刚剥好的橘子递给了她。怎么了?他问道,干吗气鼓鼓的,出来玩也不高兴吗?

玩什么?慕小梅没好气地回他,我可是来工作的。

邱野也不介意,碰碰她的胳膊。慕小梅转头去看他。他将手里的橘子再递,慕小梅只好接了过来。掰开一瓣丢进了嘴里。邱

野拿过一张餐巾纸来擦手,对慕小梅道,你们这工作,若以玩的心态来做,或许会做得更好些。

要你说,我不知道吗?慕小梅没好气地回他。

邱野再笑。我只是提醒你,用不着这么紧张吧?

慕小梅不服气地撇撇嘴,用不着你提醒。

你在生谁的气?邱野突然问。

慕小梅刚想将手里的橘子丢进嘴里,听了这话,停了下来。她望着邱野,邱野也正看着她。她"扑哧"一声笑了起来。邱野也跟着笑,再掰开一个橘子,递给了她。她什么也没再说,伸手接了过来。

心情好点了吗?邱野问。慕小梅格外柔顺地点点头。邱野又指了指桌上的橘子,再问,还吃吗?

慕小梅摇摇头。不了,有点困了,想睡一会儿。

邱野拍了拍自己的肩膀,对她道,来吧,我把肩膀借给你。

慕小梅犹豫了半秒,将头轻轻地搁了上去。何必拒绝呢,明明心里是希望的。她闭上了眼。

邱野将手臂伸直,圈住了她,似有似无地轻拍了起来。车厢内的脚步声开始减少,喧哗声也渐渐减弱。广播里的音乐此时换成了轻柔的钢琴曲,慕小梅的心静了下来。她闭上双眼,安然地停在了邱野的肩膀上。

等她再醒的时候,发现邱野也睡着了,脑袋耷拉在她的脑袋上,呼吸均匀。慕小梅不敢移动半分,怕吵醒他。她发现自己的右手不知何时被邱野攥在了手里,紧紧的,已经开始有些涨疼的感觉。她想抽出来,慢慢地移动了一下,邱野立刻惊醒。他抬头看看慕小梅,问,你什么时候醒的?

刚刚。慕小梅羞涩地笑笑,心里还在犹豫要不要将手抽出来。

邱野依旧紧紧地攥着她,俯身过来看窗外,再问,到哪儿了?

慕小梅被他挤得一动也不能动,只好答道,不知道,我也是刚刚才醒的。

钟夕文突然从前方露出半边脑袋,问慕小梅,我这里有好多好吃的，要不要？

慕小梅怪她刚才不理自己，假装没听见，转开了脸。

邱野笑着对钟夕文摆手。不了，先放你那儿吧，待会儿想吃了找你要。

钟夕文将身子转了回去。邱野靠回椅背，换右手继续攥住慕小梅，左手的手臂则伸过来搂住了她的肩。

慕小梅挣扎着想起身，却被他搂得更紧。慕小梅假装生气地吼道，邱野……

干吗？邱野假装不知。

疼，放开我。

好，那你别动啊，你不动了我就放。

慕小梅不动，等在了那里。邱野却依然搂着她。

慕小梅只好再吼，还不放手？

放不了。邱野严肃道，攥住了就是一辈子。

呸。慕小梅不屑地撇撇嘴。你是说和林婉云吧。

慕小梅。邱野低吼了起来，你再提她，我就真急了。

慕小梅转头去看窗外，假装不理邱野。

邱野松开了她的手，又心疼地揉了揉。慕小梅转回了头，眼睛竟噙着泪。邱野赶忙讨好地笑笑，对她道，我和你在一起时从来不会想起别的人，只有我和你。

慕小梅不信，又转开了眼。实则她在问自己，你能做到吗，小梅？回答却是无声的。慕小梅，慕小梅，她开始不断地于心底叫着自己的名字。不要拿别人的过错来惩罚一个无辜的人，离开你的人是奇安，不是邱野。

邱野一直看着慕小梅，见她不说话，也闭起了嘴。

慕小梅将目光转向窗外，眼前出现了一片开阔的田野。她喜欢那里。正值深秋，麦地里已是成片成片的金黄。麦穗垂坠得可爱。间或出现的一间守田人的房子，平整的天台上铺满了玉米。也是金黄色的。天色缤纷了起来。刚才还纯净蔚蓝的天空，此时变成了五彩的流霞。一轮红日正在低落，随着车轮的滚动，也向

前滚动了起来。远处鳞次栉比的厂房，烟囱里飘出的缕缕青烟，给人大漠孤烟般的辽远之感。

慕小梅一直这样坐着，望着眼前如电影般的情境，唏嘘低叹。邱野牵起了她的手，她转过脸来问邱野，你知道旅行的意义是什么吗？

是什么？

读一本心书。

心书？邱野不解。

无字心书。里面有千万种情绪，每一种都由心而发。而且，每本书都是独一无二的。虽然我不知道你的心书是怎样的，但我的，实在是太美了。

是吗？邱野笑了起来，眼前的这个女人太过可爱，让他忘了如何来答。

你读到了吗？慕小梅问。

邱野摇摇头。我读你都读不过来，哪还有时间读无字心书。

笨蛋。

笨蛋就笨蛋，不过女诗人，我们要下车了，你打算走吗？

啊，这么快？慕小梅有些恋恋不舍地转头再看窗外，眼前没了刚才那般辽远之感。高楼出现在了眼前。又回到了城市。她无奈地叹口气，好吧，这就收拾。

邱野转身将她挂在窗边的毛衫取下来，递给她。

慕小梅接过来穿上，将那条厚披肩于脖前缠绕一圈，对邱野笑道，走吧，出发。

钟夕文和三儿已经走出了座位，站过来看着慕小梅和邱野笑。

睡得怎么样？钟夕文问，表情里全是揶揄的味道。

慕小梅白她一眼，说，懒得理你。

比在家睡得舒服吧？钟夕文依旧不放弃。

邱野也笑了起来，答道，那是自然，有人都不想下车了，你们想该有多舒服。

喂，你。慕小梅白了邱野一眼。

邱野笑着扶了扶身后的大背包，拉过慕小梅的箱子，往车下走去。

酒店就定在五四广场的旁边，演出的商场正好就在五四广场的附近。这样一来，早上无须起早床，走过去便可抵达，很方便。

三儿为了节省旅费，决定和邱野住一间，而钟夕文则被安排去了慕小梅的房间。钟夕文也曾抗议，愿意自己出钱来与他一间，但三儿拒绝了。三儿执意不接受钟夕文提供的任何资助，这点让慕小梅佩服，对他之前的那些微词也慢慢消逝于无形了。

进了房间，钟夕文将箱子放下，往隔壁跑去。

钟夕文。慕小梅对着她背影大叫，可哪还看得见人影。她叹口气，自言自语道，还说自己不重色轻友，你倒是先和我说句话啊。她将自己的箱子放到电视旁的矮柜上，敲门声又响，她走去开门。怎么了，终于想起我来了吧？

门外站着的是邱野，对她笑道，想啊，刚才一直在想。

慕小梅的脸无故又红了起来。她转身回屋，假装冷淡地问他，你怎么过来了？

邱野无奈地摊开手，对她道，那边非要演激情片给我看，你说我怎么办，所以躲出来了。

慕小梅笑了起来，又问道，喝水吗，我去烧点开水。

不急，一会儿就出去吃饭了，晚上回来你再烧水吧。

好。慕小梅将刚刚拿起的电热水壶又搁回了原地，双手立时无着无落起来。她犹豫着该让邱野坐到哪里，邱野却朝着她这边走了过来。慕小梅慌忙转身，朝窗户那边走了去。她拉开窗帘，眼前一片繁荣的景象，心却更乱了起来。玻璃上映照而出的那张脸，无尽慌乱的样子。

邱野走到了她的身后，停了下来。慕小梅的目光依旧停在那里，邱野的目光也停在了那里。慕小梅看到他的眼神，心中更乱。怎么办？转身还是逃离？她重重地咬着自己的嘴唇，直到有痛的感觉。她想将自己咬醒，可即使这样，那痛竟也是甜蜜的。慕小梅叹口气，决定放过自己。她转回身，让自己面对着邱野。

邱野低下了头，吻住了她。

他们紧紧地拥着对方，像两个长途跋涉之人，终于走到了终点。

不知过了多久，门外传来了三儿和钟夕文的狂呼乱叫，慕小梅，慕小梅，慕小梅。

声音越来越大，越来越急。邱野笑了起来，对慕小梅道，走吧，再不开门，门就要被他俩踢开了。

慕小梅也笑了起来，有些羞涩地点点头，随他往门口走去。

门开了，钟夕文和三儿扑了进来。

你们俩干吗呢？钟夕文边嚷边往屋内走。

什么也没干啊。慕小梅说完，自感脸红得厉害。

那干吗这么久才来开门，还以为你们俩不跟我们打招呼就提前出去了呢。

怎么会呢。慕小梅将身子靠在了入门处的鞋柜上。

钟夕文转头看她半晌，突然明白了什么，晃晃脑袋笑道，现在可以出发吗？还是再给你们俩点儿时间？

什么跟什么啊？慕小梅叫了起来，眼神转向了另一方。

走吧，现在就出发，我们也饿了。邱野过来打圆场，牵起慕小梅的手往出口走去。

四人刚出酒店，三儿便提议去酒吧街。慕小梅不同意，她想暂时脱离那个环境，做一些与平常不一样的事情。大家拗不过她，买了啤酒，买了烤串，坐在沙滩上去吹海风。

深秋的五四广场，人群并未因为海风的微凉而有所减少。跳广场舞的大妈，来往的游客，相拥的情侣，在他们眼前晃来晃去。

邱野一直陪在她的身边，她只要一转身，一抬眼，便可随时随地看到那张令她无限温暖的脸。她感觉自己又回到了晨曦小镇。她放空了自己，心随夜色阑珊了起来。

12
青岛之恋

奇安,很抱歉,今天恐怕不能给你好好写一封信了。就算此时坐在这里,也是因为文子去了浴室,才能安心写上两句。如此,心到哪里,笔到哪里吧。想来你是谅解的。

昨夜,吹了一夜的海风,心情愉悦。这样的城市,连空气都溢满了海的味道。深秋时节,温度刚刚好。微凉,不寒。漫步海边栈道,心变得恣意妄为。

还记得那年,与你一起同赴大连。也是这样的海滩,这样的美丽小城。当我们躲开了所有人群的喧闹,耳旁只剩了海浪的呼啸,眼前也只剩了寂静唯美。如此的静。海天一色,烟云浩渺。天地间仿佛除了那条笔直的地平线浅浅分隔,一切都变得虚无。

还记得那片海岬吗?一双情侣拍婚纱照的那片海岬。那般纯净的白,在蔚蓝的衬托下,竟显得如此的如梦如幻。一位小童,轻轻托起新娘的头纱,远远地于她的身后放平。年轻英俊的新郎,手持花束,慢慢地交予深情凝目的女人。四目相对的那刻,世界仿似只剩了彼此。恐怕再没有一种语言,可以描绘那刻的幸福。还记得我的赞叹吗?只是简单的一句,那个女人好美,也换来你的紧紧相拥。你告诉我,终有一天,我会比她更美,更幸福。

如今想来,此话已成笑谈。

我们终没能迎来那一刻。曾经的一句誓言，变成了幻觉里的一首诗，念过就好。或许某天，某人会在你深情执手的那刻，定义你们真正的幸福。而我，也将远远献出我最衷心的祝福。

慕小梅停笔，耳旁传来了钟夕文的呼唤，小梅，我洗好了，你也进来洗吧。

好啊，这就来。话说完，笔却没有丢开。她想了想，起笔再写：奇安，今天的小梅，正于青岛的某处想念你，如若你亦如此，回来看我。

小梅，快点，再磨蹭，就该迟到了。

慕小梅丢开笔，合上日记本，小心地将它放进了旅行箱的最底层，拉上了拉链。她跑去浴室，对着钟夕文叫，我来了，你快出来吧。

钟夕文不耐烦地瞟她一眼，埋怨道，慢吞吞的。这会儿又知道着急了啦。你干什么去了？钟夕文故意放慢了速度。

哎呀，你快点。慕小梅忍不住去拉她，钟夕文跌跌撞撞地走出浴室，刚站稳，又回身对慕小梅叫道，等会儿，小梅，我化妆品还在里面呢。

慕小梅将门拉开一条缝，递出她的化妆袋，对她笑道，亲爱的，麻烦你把衣柜里挂着的那套演出服拿过来，谢了。

钟夕文白她一眼，拿上一套纯白蕾丝面的小短裙，再返身往浴室走去。她敲敲门，里面无人应答，只有哗哗的流水声此起彼伏。她笑笑，拧开那门，将演出服放在了洗脸池的台面上，对着慕小梅叫道，衣服放这儿了，加快速度。

谢谢，亲爱的。慕小梅抹掉满脸的泡沫，偏过头来笑。

钟夕文冲她点头，关上了门。

她走去化妆。妆化好了，衣服也穿好了，慕小梅还没有从浴室里出来。她忍不住再去敲门。门突然打开，慕小梅从里面走了出来。怎么这么长时间啊？她抱怨，抬头看时，发现慕小梅已经穿好了演出服，脸上的妆也已经细细地描过了，只是发丝还未干透，被她闲闲地抓上去，梳成了一个极可爱的丸子头。钟夕文笑了起来，再说，行啊，姐们，够快的啊。

慕小梅得意地瞟她一眼，将脚蹬进一双纯白色的高跟鞋内，再抓过一件淡粉开衫，回道，OK，我全部搞定了，出发吧。

漂亮。钟夕文将慕小梅从头至脚打量一番，赞叹了起来。

慕小梅的皮肤原本就很白，穿粉色更显得她的肤色粉嫩到不行。她也将钟夕文从头至脚打量一番，也同赞道，你也不差啊。

钟夕文今天选了一件白色拖地长裙，外加一件短款七分袖牛仔外套，衬得她的气质格外柔媚又英气勃发。她得意地挎上一个绣花布袋，摆出得意的造型，对着慕小梅点头道，到底是老妖精啊，修炼了多年，能差到哪里去？

慕小梅笑了笑，走去拍她。什么话嘛，哪有人这样说自己的。说完，她的眼神落到了钟夕文身上的那个挎包上，叫了起来，咦，这背包是我去尼泊尔给你买的吗？

是啊，你忘了？钟夕文拍拍那个绣花布袋，笑了起来。

慕小梅摇头道，没忘，只是没想到你能将它保持得这么新。

那是。钟夕文亲昵地搂过慕小梅的胳膊，笑道，你送的，我当然要爱惜啰。

谢谢。慕小梅顺势将头搭在了她的肩膀上。

门突然被推开了，三儿冲了进来，又猛然站住了。

慕小梅松开了钟夕文的胳膊，叫道，一点素质都没有，进来怎么也不敲门啊？

三儿愤愤地瞪她一眼，笑道，我来看我老婆，敲什么门？

慕小梅瞪回，也叫道，还有我呢，难不成我也是你老婆。

算了吧。三儿立刻摆出一副惊恐的模样，说，你是我妹就挺好的了，还是不要当老婆的好。

你妹。慕小梅啐道，我还是你祖奶奶呢。

谁是谁祖奶奶？邱野不知什么时候也走了过来，没有进屋，靠在了门上。他交叉着腿，双臂抱胸，望着众人笑。

慕小梅的脸红了起来，转头去拿包，躲开了邱野的眼神。

钟夕文打圆场，对邱野笑道，别管他们，这俩就是死冤家，

不打不成交。钟夕文回身拉过三儿的胳膊，带着他往屋外走去。

邱野看着他们俩走远，便进屋关了门。

慕小梅知道他想干什么，低声叫道，咱们也走吧，快迟到了。

不急这一会儿。邱野笑着朝慕小梅走近，拉过她的手，将她带进了自己的怀里。他低头下去，轻轻地问慕小梅，想我了吗？

慕小梅笑着刚要摇头，邱野吻住了她。

慕小梅的双手一开始还假意将他往外推，却最终抵不住他的执着，由得他将自己紧紧地抱在了怀里。慕小梅找不出理由来否定此时内心的感受。实则在爱情里，谁又能找得到理由呢？

去往演出地的路上，邱野因为要帮三儿搬键盘，与三儿同坐了一辆车。而慕小梅和钟夕文则坐了另一辆车。车上，慕小梅有些神叨叨抓着钟夕文的手念，怎么办，文子？怎么办？

钟夕文赶忙问，什么事啊？好好说，到底怎么了？

慕小梅平复一下心情，低声道，我可能爱上邱野了。

切。钟夕文不屑地撇撇嘴，靠回了椅背。你凭什么这么肯定？

慕小梅瞪着钟夕文，不知该如何作答，她想了想，再开口道，我……不能肯定……可是……这心里怪怪的。文子，你说奇不奇怪？

什么奇不奇怪？慕小梅，你能正常点说话吗？

这个男人，没有一点符合我的标准。不够温柔，不够体贴，不爱说话，不用香水，还留一脑袋我最讨厌的长头发。可为什么我就是不能拒绝呢？文子，你说，是不是我疯了？还是他疯了？还是这个世界疯了？

钟夕文将慕小梅的手拉起来，对着她笑。别担心啦，不过是你恋爱经验太少了，所以才慌。慌什么呀，喜欢一个人不也是这种感觉吗？不一定要真的爱上才会这样的。

真的吗？真的只是喜欢而已吗？慕小梅不相信地再问。

当然是真的。钟夕文很肯定地点点头。我经常有这种感觉，不过是有点好感而已，别一惊一咋的好不好？

好吧。慕小梅用手摁住自己的胸口，严肃道，慕小梅，从现在开始你要稳定情绪。你与邱野什么都没有。这不算什么，什么都不算。

这就对了。钟夕文看着慕小梅的样子狂笑不止，好半天收了笑又对她道，我估计，就是因为他长得太像奇安，要不然，你也不会这么看重他，你说呢？

或许吧。慕小梅回答得并不肯定。实则，当她与邱野独处的时候，会经常忘了祝奇安。她对邱野的感觉，完全不同于以往。即使是邱野在做与祝奇安同样事情的时候，也会给慕小梅完全不同的感觉。只是目前，慕小梅还不能完全确定这些感觉。她心里多少有些同意钟夕文的想法，或许那仅仅只是因为邱野长得太像祝奇安了，才会令她触动如此。因为只有这个理由，才能解释她心中此时出现的各种怪异情绪，包括她的无能为力。

这就对了。钟夕文点头道，全是因为祝奇安。不要太早下结论。

可是文子……慕小梅刚想再说，被钟夕文截住了话语。小梅，相信我，暂时不要下结论，多给自己一点时间，也包括多给司徒轩一点机会。

慕小梅沉默了下来，从昨天开始，她已完全忘了司徒轩的存在。她怎么能够这样？她有些自责。她拿出手机，微信上有两条司徒轩的留言，全是甜蜜的话语。她发个笑脸过去，回了一句，一切平安。

钟夕文的眼睛一直盯着慕小梅，看着她做完这些，笑着对她道，这就对了，为什么要拒绝一个那么爱你的人？而且，还那么优秀。小梅，如果你已完全确定你对邱野的感觉，我也就无话可说了，可是如果没有，我建议你暂时两边都不要给结果。

好。慕小梅无力地靠回了椅背，转头去看窗外。

钟夕文知道她心中此时之想，也知道那团乱麻非一时半会儿能解开。而她能做的，只是陪伴与宽慰而已。她也不再说话，握住了慕小梅有些微凉的手，与她一同看向了窗外。

小四先他们一步抵达演出场地，等慕小梅他们到的时候，他

已经坐在舞台上给吉他校音了。小梅跑上去猛拍他的后背。小四吓得停住了手里的动作。抬头看见是慕小梅，憨憨地笑了起来。

昨天去哪儿了？为什么一直不给我们电话？慕小梅问。

小四将手里的吉他放下，靠在舞台后方的背板上。我到青岛的时候，已经很晚了。怕你们睡下了，所以没敢给你们打电话。

三儿此时也走上了舞台，一边与邱野将键盘放到键盘架上，一边插话道，休息个屁啊，我们跑去海边喝酒了，喝到半夜才回。估计你下车那会儿给我们电话，我们还喝着呢。

不知道啊，知道就给你们电话了。小四依旧憨憨地笑着。

三儿一边掀开键盘上的外盒，一边对着小四挤眼。不会是一个人出去找妞了吧，怕我们坏了你的好事。

慕小梅将手搭到小四的肩上，对着三儿皱眉道，别理他，小四，他这是以小人之心度君子之腹。

三儿刚将键盘插上电，听了这话，又停了下来。喂，要不说你单纯呢。你这是以貌取人。你以为小四在你面前老老实实的，就是个老实人啊，我告诉你，他可比我花多了。

就冲你这么挤对他，我也不相信你。慕小梅不屑地转开了眼。

慕小梅不再理会他，走到调音师那边，拿起麦克风来试音。音响效果比她想象中的好，慕小梅原本选了首轻快的小调，决定再加进来几首难度较大的抒情歌。她低头与调音师商量了半天，终于满意地走下了舞台。她抬头四顾，没有找到钟夕文和邱野。电话于此时响起，是钟夕文，她接了起来，喂，你们去哪儿了？

钟夕文在电话那头笑，转过身来，就在你斜对面的咖啡厅里。

慕小梅立刻转身，对面一间全玻璃式的咖啡厅出现在了眼前。邱野和钟夕文正在窗边坐着，齐齐望着她笑。

慕小梅说，我也想喝杯咖啡。

钟夕文朝她招手道，那来吧，给你们都买了。

慕小梅转回身，看了看三儿和小四，又对钟夕文道，算了，我还是先去问问三儿几时开演吧，别耽误了正事。

好，快去快去，等着你。钟夕文挂了电话。

慕小梅快步跑回舞台，三儿，咱们的节目排第几啊？

三儿正在调音，抬头看见是她，扬了扬下巴说，第一和最后，这就要开始了，赶紧准备准备。

慕小梅点头道，好，我已经准备好了，随时可以开场了。

你就穿这个？三儿看看慕小梅身上的衣服问。

脱了外套就好了，只是这件外衣有些普通而已。

好，现在就脱吧，这就开始了。

一个高个男子走过来，也问三儿，准备好了吗？准备好了我就开始了。

三儿赶忙点头，开始吧，这是我们的女歌手，已经准备好了。

那男孩偏过头来问慕小梅，第一首唱什么？

《月亮代表我的心》，慕小梅答。

好。那男孩转头对调音师示意，走向了舞台。一段热情洋溢的演说词完毕，音乐响了起来，慕小梅慢慢向舞台而去，又随着音乐的韵律摆动起腰肢。

舞台下方全是人，大多数是老人和孩子。估计周末的缘故，闲逛的人格外的多，全跑来看热闹。说到底慕小梅的歌声还是动人的，所以气氛很快被她带动起来。

三首歌唱完，慕小梅挥手下台。主持人走上台与观众做起了互动游戏。慕小梅随着三儿和小四朝对面的咖啡厅走去。

刚走进咖啡厅，钟夕文举起一杯咖啡递给了慕小梅。对不起，宝贝儿，买早了，现在都有点凉了。

慕小梅对她摆手道，没关系的，有就很好了，谢谢。

小四找了把椅子坐下，问慕小梅，音响怎么样，不错吧？

音响不错。慕小梅坐了过来，点头道，唱得很舒服。

三儿放下咖啡，说道，当然了，这次没少花钱，你没注意看设备吧，全都是顶级的货。

没注意。慕小梅摇摇头。光注意音响效果了，唱起来格外轻松，加上舞台下的气氛也好，很开心。

那是。三儿点头笑道，青岛人还是很热情的嘛。

钟夕文举了举手里的咖啡杯对二人道，我和邱野刚才还商量呢，如果观众不够热情，就冲过去给你们当托儿。没想到这里的人比我们想象的热情多了，气氛不错。

嗯。慕小梅点头，将目光不经意地转向了邱野。

邱野刚放下咖啡杯，感觉到了慕小梅的目光，抬起头来对她笑。只是那笑容很浅很淡，让人猜不透里面有几层高兴的意思。

假酷，慕小梅在心里暗骂。

邱野当然听不见慕小梅心内所想，他将目光停在她的脸上，眼珠子转动了起来，示意她离开。

慕小梅犹豫着该作何反应。此时离开显然是不妥的，大家都在高兴地聊天，单单他们两个走开，别人会怎么想呢？她刚要回应邱野，小四突然站了起来，冲着咖啡厅的大门处挥起了手，凡凡，这边。

众人全都随着他的目光看过去，一个极醒目的女孩朝着他们这边走了过来。满头的红发，像炸开的鸡窝。朋克装扮，另类至极。她走近，停了下来笑。众人的目光又齐齐地落到了那极黑极重的眼影之上，再往下是极红极艳的口红。一张一合间，让人总感觉好像会有无数条小蛇要从那里面蜿蜒而出。微微闪光的地方，是她鼻孔处的银色鼻环，令人不由得想起火焰山的牛魔王。她伸出手来，与众人击掌，极为爽朗地打起了招呼。

小四介绍道，她叫凡凡，我昨天在动车上新认识的朋友。她是青岛人，这两天可以做咱们的导游，带咱们四处转转。

众人纷纷打起了招呼，又尴尬地停在了那里。小四赶忙再招呼，坐吧坐吧，大家都坐吧。凡凡，你也过来坐。

大家落座，却发现椅子不够。小四刚想叫服务员，邱野站了起来，别找了，我正好想去商场里买点东西，坐我的吧。

哦，是吗？那好吧，谢谢。小四冲他笑了起来。

邱野转向慕小梅，对她道，小梅，你也陪我去逛逛吧，顺便给我拿拿主意。

哦。慕小梅刚坐下，听了这话，又恍恍惚惚地站了起来。

我也去吧。钟夕文也站了起来,却被三儿一把给拉了回去。你去干吗,慕小梅一人就可以帮着拿主意了,不用你。

钟夕文只好坐了回去,又一个劲儿地给慕小梅使眼色。慕小梅冲她笑笑,点点头,与邱野并肩走了出去。

咖啡厅外,慕小梅问邱野,你要买什么?

邱野不答反问,刚才跟你使了半天眼色,你怎么都不理我?

怎么理你,大家都在。慕小梅转头去看别处。

邱野将她的头扳回来,接着问,小梅,你在怕什么?怕别人知道咱俩的关系?

慕小梅只好看着邱野,答,我怕什么?咱俩什么关系都没有好吗?

我知道你怕什么!邱野低吼了起来。

邱野。慕小梅也低吼了起来,咱们现在这样就挺好的了,不要激进。再说了,你真的能确定你心里的感受了吗?

我为什么不能?

那婉云呢?你确定你能放下她吗?

为什么又提她?邱野有些暴怒。

慕小梅不理,接着说,还有,小双呢?你也能确定对她的态度吗?

邱野怔怔地望着她,半天说不出一句话来。

所以。慕小梅继续说道,不要激进,在你还不能处理好这些的时候,我们慢慢来。

你所谓的慢慢来,就是隐瞒实情吧?

不是。只是顺其自然。不用刻意地与人说明什么,也不用刻意做些什么,表明什么,如此便好。

邱野不说话了,停了半天,点头道,好吧,就按你的意思做。不过小梅,我不相信你能瞒得住。

我为什么要瞒?慕小梅笑了起来,我只是顺其自然而已。

好啊。邱野也点头笑道,那我看你能顺其自然到几时。

慕小梅甩甩头,转了话题,说正事,你到底要买什么?

什么也不买。

啊，那你出来干吗？

想和你单独待一会儿。

慕小梅笑了起来，这样温情的邱野是她喜欢的。她建议道，要不去海边走走吧，这里乱乱的。

好，邱野点了头。

慕小梅拿起手机给三儿发了条微信，三儿，我们出去转转。

好。三儿立刻回了过来。

慕小梅放心地收起手机，任邱野拉着自己朝五四广场走去。

他们走到了海边，看到沙滩上很多的情侣在那里写情话，很甜蜜的感觉。慕小梅笑着也问邱野，你要不要也给我写点什么？

写什么？邱野假装不知。

慕小梅有些扫兴地收了笑容。

邱野拉起她的手笑，用得着写吗，全在心里面。我是个把情绪都放在心里面的人，但不代表我的爱会比别人少一分。

慕小梅看着邱野，邱野也正低头看着她，那眼神里的光是炽烈的。慕小梅眯起了眼，对邱野道，对不起，其实我不该这么要求你。

为什么？我喜欢被你这样要求。

慕小梅摇摇头继续说，我自己刚说完不要激进，自己倒激进了起来。算了，我们还是回吧。

干吗，刚才不是还挺高兴的吗？别这样。

没事啊。

小梅……你有点患得患失。

是吗？可能吧……我会注意。

我喜欢你的患得患失。邱野柔柔地说。

为什么？

证明你可能爱上我了，而我，也正好爱上了你。

慕小梅捂住了邱野的嘴。邱野拿开她的手，继续道，刚开始我以为是因为你长得像婉云，但现在，那些感觉全变了。小梅，我想我是真的爱上你了。

慕小梅转过身，面朝大海，沉默了起来。很久，她开口回道，邱野，还是顺其自然吧，走到哪步算哪步好了。

好。邱野点了头，将慕小梅拉进自己怀里。

咱们回吧。

好。邱野松开她，牵着她的手往回走去。

刚走回咖啡厅，就听到他们那桌传来的乱叫声，慕小梅笑了起来，对邱野道，怎么我们到哪儿都是这个死德行啊。

什么德行？

好像很嚣张的样子啊，就不知道收敛一点吗？文静，贤淑，恬静，多好。

邱野笑了起来，答道，想什么呢？自然才是最好了，只要没有打扰到别人就好。

好吧。慕小梅无奈地点头，朝着钟夕文那边走了过去。

钟夕文看到慕小梅走回，对她叫道，快来小梅，你刚才没在，小四正狂说自己的爱情史呢。简直让人大开眼界，看着老老实实一人，玩得比咱们都花。

三儿劝钟夕文道，算了文文，你别跟小梅说这些，她死都不肯相信的。我早就告诉过她了，小四可不是她看起来那样子，她就是不相信。小四，这回可都是你自己兜的底，你承不承认？

小四依旧憨憨笑着，也不言语，一副任君评说的样子。

行了，三儿。慕小梅走回，对他叫道，除了欺负小四，你还能干什么啊？

我欺负他？三儿差点从椅子上蹦了起来，小梅，我也太冤枉了吧。你这是被小四的妖气蒙了眼，算了，我不跟你计较了，总有一天会真相大白的。

慕小梅再瞥他一眼，笑道，就冲你这么大呼小叫，我也不相信你。

钟夕文突然好奇地问邱野道，咦，你们不是去买东西了吗，怎么什么都没买？

哦。邱野答，没有合适的，小梅劝我先别买了。

也是，能凑合先凑合。钟夕文靠回椅背。趁众人不注意时，对着慕小梅眨了眨眼。

慕小梅假装没看见，望向了别处。

演出很顺利，三儿很快跟组织方混熟。演出结束后，三儿跟他们借了一辆依维柯。随后，六人随着凡凡去了美食街。等他们再从美食街出来的时候，夜色已沉。街上的行人依然很多，几人商量了一番，决定听从凡凡的建议，去了石老人海滨浴场。

石老人海滨浴场离市中心比较远，车开了很久才到。可一下车，众人又都觉得来对了地方。很美的一片海滩，又值深夜，人很少，很安静。海浪声此起彼伏，却是极轻浅的。头顶上方，星辉璀璨。月亮也格外的圆，与海面上的另一轮交相辉映。

慕小梅因为之前喝了一些酒，有些微醺的感觉。不过那感觉是极美的，令她老是想笑。她走在邱野的后面，眯缝眼去看邱野身后的影子。那影子长长斜斜地于他身后拖曳，忽而向左，忽而向右，有如一只妖魅。慕小梅忍不住笑起来。邱野听到了慕小梅的笑声，转身过来拉她的手。慕小梅甩脱他，自己往前跑去。众人也全跟着跑了起来。

他们一直跑进海水里，在那里打起了水仗。等衣服全部湿透的时候，他们终于停了下来。他们躺到柔软的沙滩之上，任衣服和发丝沾满了沙子。他们不管，躺在那里笑个不停。海水漫过来，浅浅地漫过他们的脚，又缓缓退去。再来，再退，感觉是如此的宁谧。

凡凡翻个身，对小四叫道，我们去游泳吧。

好啊。小四跳了起来，拉起她的手往海里跑去。

钟夕文也爬了起来，看看两人背影，也对三儿叫道，三儿，我们也去。

三儿原本已经闭上了眼睛，听了这话，只好起身，随钟夕文而去。

邱野依旧躺在那里，等众人跑远了，转过头来看慕小梅。慕小梅也正看着他。他指了指不远处的那片海岬，对慕小梅道，我们朝着那边游，看谁先到。

慕小梅顺着他的手望过去，好像不远的样子，她点了头，与他牵手朝海水里走去。

当海水漫过他们的胸前，两人松开了手，齐齐向前游去。耳旁此时除了手臂划动海水的声音，再无其他。都不再说话，只是奋勇向前。间或慕小梅游累了，停下来，邱野也停下来。依旧不说话，只是彼此相望，无声地微笑，再往前而去。

游了很久才到。慕小梅倒在岸边的时候，邱野已坐在沙滩上休息。慕小梅完全虚脱下来，趴在那里喘息不已。周遭静极了，只有海浪拍岸时，发出一两声震天之吼。

邱野起身，朝着慕小梅走了过去。

他躺下，将慕小梅原本趴着的身体翻转过来对着自己。慕小梅还未来得及反应，他狠狠地吻了下去。不断呼啸而来的海浪掩盖了所有。什么都来不及想，什么都来不及确认，什么都来不及深思，什么都来不及准备，就这样开始了。他们彼此索取，在对方的吻里找寻着自己的深情。

很久，他们分开。邱野无尽温柔地望着慕小梅笑。他的眼里有光，一丝极深极隐秘的光。慕小梅感觉自己就在那光里。她喘息着，想要与他说话，却再也说不出任何词语。

人生本如寄，心已寄，何必问归期。

13
返 京

　　奇安，此时给你写信的心是慌乱的。原本平静的生活已完全被搅乱。世界将要发生一场裂变，而我只能束手无策。

　　邱野，这个奇怪得不能再奇怪的陌生人，这个所有表现都像是用来颠覆我之于爱情幻想的陌生人，轻易地撕开了那道门。那曾经紧闭为你执守的门，在这场变异中溃不成军。相信我奇安，我也曾否认，躲避，可命运的旋涡还是将我转到了这场矩阵里。我越是想逃开，就越与他贴得更近。

　　奇安，我该怎么办？继续还是躲避？就目前的状态来看，我不是没有再进一步的勇气，却是没有了后退一步的决心。因为那感觉就像是飞蛾之于火烛，疯狂的投入已是唯一可做之事。可是奇安，我只愿结果是涅槃，是重生，是美好和幸福。

　　奇安，心门已开，再想关闭已是不可能之事。但愿这门后的路是宽敞的，平坦的，即将开启的旅程是顺利的，甜美的。因为无论如何，我都应该再给自己一次机会。就像文子常劝的那样，珍惜现在，重新开始。只是奇安，你是否亦能接受这一切？但愿你已拥有自己最幸福最甜蜜的那份深情，如此，我才可安心。

　　慕小梅停笔，陷入了沉思。浴室里的水声停了，她惊醒过来。赶忙将日记本藏好，坐到床头去假装发呆。

少顷，钟夕文顶着厚毛巾走了出来。突然想起了什么，问，你昨儿和邱野去哪儿了？怎么那么晚才回？

慕小梅慌忙转开眼，假装去找东西，躲过了钟夕文的逼视。

钟夕文没有放过，走过来拽她，继续问，到底去哪儿了？

慕小梅转头去看窗外，嘴里问道，外面下雨了吗？为什么天色这么暗？

暗个屁啊。慕小梅，别想躲。快说，你们到底去哪儿了？

文子……慕小梅嗫嚅道，我好像真的恋爱了。

和谁？钟夕文明知故问。

邱野。慕小梅瞪起了眼睛。

我呸。钟夕文丢了手里的浴巾。你凭什么这么肯定？

难道心里的感觉还会有假？

小梅。钟夕文抓住了慕小梅的手。如果真是那样，你为什么还要害怕？

害怕？慕小梅怔在了那里。

对。钟夕文点点头。如果你真的爱上了也无可厚非。只是，你为什么要害怕？

有吗？我有害怕吗？慕小梅一脸的茫然。

有。钟夕文肯定地点头。

慕小梅低下头，轻声道，可能吧，可能我心里还无法确定他是否爱我，所以……我有些害怕。

为什么不能确定？钟夕文问。

我也不知道，这感觉很怪。即使他抱着我，吻我，我也无法确定他是真的爱我。

小梅。钟夕文挨着慕小梅坐了过来。或许这些与邱野无关，是你单方面的问题。

是……可是。慕小梅的目光焦灼了起来。为什么我和奇安在一起的时候就不会有这种感觉呢？从来都没有过。

那是因为奇安懂你。他知道你缺了什么，所以他不敢少给你半分。另外，你对奇安的感情也不能算是爱情，所以才不会患得

患失。但邱野不一样,他并不知道你的前生后世,爱恨情仇,他只是以自己的方式给你他的爱。而你,小梅,你想要更多,你的心是不满足的。所以我认为问题不在邱野那里,在你心里。

我知道,文子,我知道。

小梅,我知道你知道,我也知道你目前无法调整好自己的心态。可是作为朋友,我必须告诉你,别着急,别慌,事情来了就接受,坦然接受就好。

司徒轩那边怎么办?我要跟他讲明吗?

钟夕文顿了顿,说,听我一句劝好吗,小梅,暂时不说。

为什么?

钟夕文不答反问,你确定邱野真的爱你了吗?你确定你心里真的认定邱野了吗?你确定你们俩真的准备好了吗?

当然不能确定,现在才刚刚开始而已。慕小梅答。

那就暂时别跟司徒说。

文子,我不想骗司徒轩。

你没有骗他,原本你们之间什么都没有。我只是想让你缓缓,过一阵子再说,这不算骗他。

慕小梅沉默了下来,好半天,抬头来对钟夕文道,好吧,我听你的。

钟夕文点点头,也不再说话。拿过刚才丢在一旁的浴巾,往浴室那边走了去。

屋外传来了敲门声,慕小梅走去开门。

三儿探头进来笑,我的文文呢,起了没有?

文文,呃……慕小梅恶心地抖了抖下巴,皱眉道,你能不能不那么恶心,好好说话不行啊。

小梅。屋内传来钟夕文的叫声,别为难我的宝贝儿了,让他进来吧。

呃,你们两个……慕小梅再摇头,退到了门后。

三儿得意扬扬地走进来,嘴里对她道,无什么语啊,这就叫爱情,无人可以匹敌。

慕小梅对着他的背影摇头道，爱情，爱情个鬼啊，这世上只有你们俩相爱似的。

三儿也不生气，自顾自地朝浴室那边走了去。

慕小梅走去衣柜那边，打开柜门，从里面取出一套纯黑带金边的短裙来。她比到身上，朝着镜子里打量一番，回身问三儿，待会儿直接去演出，还是先去别的地儿？

当然直接去演出了，我还得去还车呢，别让人家等着急了。

好。慕小梅点头，朝浴室那边走了去。

钟夕文刚好从浴室里面出来，对她笑道，我没收拾啊，里面有点乱。

慕小梅耸耸肩，走了进去。

又过了好一会儿，慕小梅也化好妆，穿着那套纯黑带金边的短裙出来。她将擦头发的浴巾丢到椅背上，看着靠在窗边窃窃私语的钟夕文和三儿，叫道，你们两个，还有完没完？没地儿谈情说爱了吗，非得挤到我这儿来？

三儿笑着放开了钟夕文，回慕小梅道，还敢说，你昨儿把邱野带到哪里去了？为什么他那么晚才回来，睡到现在都不肯起。你说我不跟这儿待着，我去哪儿待着啊？

钟夕文原本已经将此事忘记了，听三儿这么一问，又想了起来。她也问道，是啊，小梅，你们到底去哪儿了？

慕小梅正犯愁要如何作答，门突然被推开。邱野探进头来，对钟夕文和三儿笑道，说我呢？真心告诉你们，昨晚哪儿也没去，只是去左边一大片海岬处聊了会儿天。

钟夕文不信，摇头道，聊天能聊一晚上啊？

真的，真的。邱野再点头。真的是去聊天了。

钟夕文不相信，又找不出理由来反驳，只好没好气地瞟他一眼，再问，既然只是聊天，干吗非躲着我们，害我们那一通好找。

呵呵。邱野笑了起来。真不是故意的，对不起啊。

钟夕文不好再说什么，转头对三儿笑道，亲爱的，咱们走吧，给他们留点私人空间。

三儿没明白她什么意思，站在那里咕哝，留什么私人空间？赶紧出发吧，我还急着去还车呢。

好，这就走。钟夕文拉起三儿的手往屋外走去。走出屋后，又回头对慕小梅笑道，你们俩快点啊，别又搞上了。

钟夕文！慕小梅抓过浴巾朝她扔了过去。门关上，浴巾掉落在地。

邱野走过去将浴巾拾起，挂到椅背上，再伸手去拉慕小梅。慕小梅往后躲了躲，也就半推半就地被他拉进了怀里。

邱野对着她耳边吹气，想我了吗？

没有。慕小梅笑着往旁边躲去。

邱野再将她拉回，继续问道，真没想？

没。

没劲。我可是想了你一晚，连做梦都在想你。

那好吧，看在你这么殷切的情况下我也想了吧。

什么话，说得这么不情不愿的。邱野低头吻住了她。很久，放开再问，现在想了吗？

慕小梅羞涩地点点头，喘息着说，好了，快走吧，一会儿又该来催咱们了。话音刚落，手机响了起来。她朝着邱野晃晃手机。看吧，这就催过来了。

赶紧接吧。邱野笑道。

慕小梅接通，叫道，好了好了，别催了姐姐，我们这就下来。

钟夕文在电话那头也叫，你还知道下来啊，我还以为你们俩冬眠呢。快点，就剩你们俩了，连小四和凡凡都上车了。

别数落了，立刻就到。

楼下，三儿站在车门边焦急地跺脚，直看到慕小梅后，松了口气。对她道，组织方来了好几通电话，催我去还车，你说我急不急？

哦，这样啊，那对不起了。慕小梅朝他吐吐舌头，拉过邱野，猫腰上了车。

三儿看着他们俩上车，也上了车。他将车门重重地拉上，对驾驶座上的小四叫道，走吧，哥们。

小四慢慢地将车开出酒店的停车场，往海滨大道去了。

一路上，三儿的电话又连着响了好几次，一次是组织方来电话催车，一次是主持人来电通知演出提前，告之下午晚些时候会有暴雨，所以决定提前结束演出。

三儿挂了电话，朝着慕小梅瞪眼。你看我说什么，再晚就死定了。幸好，幸好啊。

慕小梅也不回嘴，将眼睛转向了窗外，假装去看海景。

等他们到达演出地点的时候，工作人员正对着广场入口处探头探脑。看到他们的车后，走了过来。脸色明显有些暗沉，好在没说什么，只是绕着车子走了一圈，看到车子无碍，也就松了那表情。

三儿再道谢，带着慕小梅和小四走上了舞台。钟夕文与凡凡去了商场附近的那家肯德基。邱野怕自己给他们添乱，走去昨天的那家咖啡厅，要了咖啡，坐下来等他们。

这次演出时间很短，小梅本应唱六首歌，开场三首，结尾三首，结果只唱了四首便草草收了尾。

演出还未结束，雨滴已经落下来了。慕小梅帮着三儿将键盘抬进了咖啡厅，小四则背着吉他随后跟来。钟夕文和凡凡打包完午餐，也返回了咖啡厅。

众人围着一张小桌子坐下来，谁也没说话，拿起汉堡包吃了起来。小四吃掉手里的汉堡，抬头对凡凡道，我们一会儿直接去火车站，如果还有票回北京，你要不要一起来？

凡凡刚拿过咖啡来喝，听了这话，停在了那里。她愣愣地望着小四，一时无语。

小四看她不答，有些尴尬地搓起手。啊……那什么，我就这么一问，你如果不喜欢，就当我什么都没说吧。

众人原本将注意力全部转向这两人，听了此话，又纷纷转了开去。

凡凡将手里的咖啡杯放下，认真地看了看小四，答道，如果

你真心想要我去,我就去呗。

听了这话,小四紧蹙的眉头立刻舒展开来,他拽过凡凡的手叫道,当然希望你去了,我还怕你不愿意呢。

凡凡有些羞涩地答道,我有什么不愿意的,和你们在一起多开心啊。

可是……这不是要你背井离乡嘛,我怎么好意思……

钟夕文放下了手里的咖啡,加进来说,好了好了,口都开了,还有什么不好意思的?以后咱们都是好朋友了,我会帮你照顾凡凡的。是吧,凡凡?

凡凡冲她笑笑,谢道,以后少不了要麻烦你们了。

不麻烦。钟夕文摆手道,以后有事直接开口。要不去我公司上班吧,我亲自培养你。

慕小梅重重地给了钟夕文一下,笑道,又多事,谁想进你那破公司啊?还是听听凡凡自己的想法吧。

凡凡看看慕小梅,再转回去对着钟夕文道,我以前学过文身,也很喜欢这个行业。我想,如果去北京,就干脆开个文身店,做自己喜欢的事情。

小四拍手叫道,好,那就做自己喜欢的事吧,我当你的第一个顾客。

钟夕文也点头道,也好,做自己喜欢的事情总是最开心的,到时候我拉上小梅也去找你文身去。

凡凡对她感激地点点头。到时欢迎大家都来光顾我的小店。

邱野一直安静地坐在那里,看见雨小了些,对众人道,我们现在就出发吧,看这天色,估计待会儿还要再下。

三儿朝窗外望望,叫道,是啊,走吧,现在走正好。

众人纷纷起身,只有小四和凡凡依旧坐在那里耳语了半天,对众人道,那什么,我和凡凡就先不去了。

为什么?三儿停下手里的动作。

小四指指凡凡笑道,凡凡得回家收拾东西,我陪着她吧,争取赶明天的火车回北京。

三儿想了想，点了头，突然又想起什么，转头去看邱野。

邱野赶忙笑道，好，不着急，如果赶不及，酒吧那边找人先顶替你好了。

那太谢谢了。小四感激地冲邱野笑笑。

三儿伸手拍拍小四的肩膀，说道，那哥们先撤了，早日凯旋。

好。小四点头挥了手。

三儿抬上键盘，与钟夕文往咖啡厅外走去。邱野和慕小梅也随后跟去。

在火车站，他们买到了最后一班回北京的动车票。

上车，三儿搂着钟夕文依旧坐在了前排，邱野则顺理成章地与慕小梅坐到了后排。这一路，邱野很少说话，一直紧紧地搂着慕小梅。钟夕文中途也转头问他们要不要玩牌？被邱野以各种理由拒绝。他不是不想玩牌，只是不想放开慕小梅。慕小梅也格外地乖顺，任由邱野搂着自己，一动不动。今天的他们，哪怕只是淡淡的一个眼神，浅浅的一个微笑，便可知晓彼此的心意。只是慕小梅暗暗惊异于自己的改变。为什么对于邱野所有要求，能给的，不能给的，她都给得如此无怨无悔？

邱野将手机里储存的音乐点开，拿出耳机线，一只给了自己，一只塞进了慕小梅的耳朵里。一曲欢快的民谣传了出来。甜美的唱腔，偶尔跳脱出的一段吉他solo，格外美。慕小梅觉得自己整个人都是昏眩的，那种轻飘陶醉的感觉令她的心不断地涨大，缩小。再涨大，再缩小。她突然想要抛弃身边所有，只愿与身旁这人开始一段没有回程的旅行。

音乐完结的那刻，动车抵达了终点。

慕小梅披过外套，神情依旧是恍惚的。

邱野将自己的背包背上，过来牵慕小梅，两人朝车外挤去。

好不容易挤到了出站口，钟夕文一边打电话，一边招呼着慕小梅往天桥那边去。就在此时，一辆商务车快速开过来，稳稳地停在了他们面前。车门打开，跳下一人。

慕小梅看过去，心头一惊。

钟夕文惊喜地叫了起来,司徒轩,你怎么知道我们这班车回的?

微信啊。司徒轩晃晃手机笑道,几点上车,几点回京,你们不是都写得清清楚楚的吗。

怪不得!钟夕文再问,你不是出差了吗?什么时候回来的?

事一办完就赶回来了。司徒轩朝她身后看了看,问道,小梅呢?

在后面呢。钟夕文伸手将藏在她身后的慕小梅拉了出来。

慕小梅依旧呆呆地怔在那里,完全不知该作何反应。她看看司徒轩,又看看钟夕文,想说什么,又一句话也说不出来。

司徒轩完全没有在意她的表情,将她拉进了自己的怀里。慕小梅想要挣扎,又深感无力。她失魂落魄地朝邱野那边瞟去,邱野却将目光转向了别处。

司徒轩对众人笑道,都上车吧,跟司机师傅说说你们的住址,给你们都送回去。

钟夕文摆手道,我和三儿就不上去了。我们的车也到了,就在街对面。钟夕文向对面的停车场伸了伸下巴。

那好吧。司徒轩转头对邱野说,那您上我的车吧,我送你。

邱野看了看他怀里的慕小梅,极为奇怪地笑了笑,答道,不用了,我也去街对面。

对。钟夕文赶忙叫了起来,他不用了,他也坐我们的车回去。你就送小梅吧。邱野,走。

邱野依旧停在原地,他看着慕小梅,开口问道,你要不要也和我们一起?

慕小梅求救般地将目光转向了钟夕文。

钟夕文立刻去拉邱野,连连叫道,算了算了,咱们走咱们的吧。人家司徒轩大老远来了,难道让人家空着车开回去?别管他们了,咱们去对面吧。

好。邱野点了点头,目光低垂,随着钟夕文往天桥那边走了去。

咱们也走吧。司徒轩返身将慕小梅拉上了车。

慕小梅完全机械式地随着司徒轩起动。他上车，她上车。他坐下，她坐下。他往后靠到椅背上，她也往后靠到椅背上。

小李，走吧。司徒轩拍了拍司机的肩膀。

司徒轩靠回椅背，伸手掏出一包烟来。他晃晃，问慕小梅，可以吗？

慕小梅木然地点了头，朝他伸出手去。也给我一支吧。

为什么？司徒轩怔在那里。

没什么，突然很想抽。慕小梅依旧低垂着眼。刚一抬头，又正好撞上了司徒轩的眼睛。司徒轩盯着她，紧紧地，她只好解释道，偶尔会这样，别往心里去。

好。司徒轩不再说什么，抽出一支烟点着，反手递给了慕小梅。

慕小梅接过那支烟，将头转向了另一边。她将身子靠回椅背，极为无力地停在了那里。

司徒轩也点燃一支，问她，你怎么了？

没事。慕小梅答。

有事的人都喜欢说自己没事。司徒轩吐出一口烟。我离开你这几天发生什么了吗？

慕小梅也吐出一口烟，伸手将烟摁灭在了烟灰缸内。她抬起头，定定地望着司徒轩，眼神里的光是紊乱的。她努力聚集某种力量，以便支撑她接下来的这场谈话。

司徒轩弹掉手里的烟灰，定定地望回慕小梅。他一直在笑，直到看到慕小梅眼神里的光，收了笑，问道，到底怎么了？

慕小梅缓缓地开口，司徒轩……有些话……我想对你说。

说吧。司徒轩狠狠地吸一口烟，故意对着慕小梅喷了过去。

慕小梅刚想开口，突然觉得喉咙一阵发痒，咳了起来。

司徒轩大笑，从后座上拿过一瓶矿泉水，拧开，递给了慕小梅。有些话，想好了再说。

慕小梅赶忙喝进去一口水，咽下，平息下来。她将水瓶递回，对司徒轩道，司徒轩，我……

司徒轩突然截住了她的话，算了，还是先别说了，你脸色不好，靠着我的肩上休息一会儿吧。

慕小梅停了下来，看了看他，轻轻地点了头。

司徒轩拿过一个靠垫来，放到慕小梅的身后，转头对司机叫道，小李，先不去吃饭了，直接回芳菲小区。

好。司机答应一声，将车左转，往另一条主路上开去。

慕小梅一动不动地靠在司徒轩的肩上，表面平静，心跳却迅猛急速。她努力想要平息，却越是努力越是紧张。

司徒轩也不说话，抽完一支烟，再点一支。

车终于停在了芳菲小区的停车场。司徒轩下车，将慕小梅的行李取下来，递给她。上去吧，好好休息，明天我再给你电话。

慕小梅淡淡地点头，勉强笑笑，你也是，刚刚出差回来……

不用管我。司徒轩截住了她的话。你好了，我就好了，我等你。

慕小梅没想到他会这样说，一时怔在了那里。

司徒轩转身上车，又开窗对着她微笑，慢慢消失在了眼前。

14
抉择两难

奇安，昨夜很晚才睡，今天却起了个大早。此时的窗外，小雨淋漓。坐在楼下咖啡厅里，手捧咖啡的感觉竟是落寞与萧瑟的。我不怪别人，只怪自己没有能力将这一切处理得井井有条，以至于让自己，让别人，陷入到这般零乱的境地。

眼前的日记本已经摊开，里面夹着你的一张照片。安静的眼神，微燃的悲喜，赫然就在眼前。如此一对比，我更像那不知疲倦的塞途者，因为急于想要抓住岸上的一丛小草，跌入了更深的旋涡之中，没完没了地旋转下去。半生颠踬，无以转圜。如今的你我，除了把记忆抛进流光，无声地告别，还能怎样？那永远没有答案的谜语，留以喟叹。

奇安，就让我将心化作空谷幽兰，独立开放，不再为谁努力。终此，也因着这份努力，复归平静。

慕小梅停了笔，长久地望着窗外，静默无语。

窗外如帘般滑落的雨滴，晶莹透明，像藏着这座城市所有的幻象。那被灰雾遮罩的城市轮廓，正如水墨般地晕染开来。有人走近，又走远了。不同的伞下，看不清的表情里，有着各自不同的独特与倔强。慕小梅想要读懂它们，那些避雨的人们，那些赴约的男女，那些行动缓慢的老人，还有嬉戏吵闹的孩童。所有

人，仿似都在这暗调子的天光里找到了自己，找到了意趣，除了她自己。

慕小梅回头看了看放在桌上的手机，拿起来拨给邱野。

您好，您拨叫的用户已关机。电话里竟传来这样的声音，慕小梅心头一凛。

她悻悻地挂断电话，心情随之暗沉。邱野的脸出现在眼前，像钟摆一般晃着。忽而向左，忽而向右，直至越来越模糊。

她忍不住抓起电话再拨，依然关机。她将手机重重地摔在桌上，咖啡杯也为之一震。

邱野，为什么要这样折磨我？她在心底喊叫，双手紧紧地抱住了自己的脑袋。

耳边突然响起了一声炸雷，惊醒了她。她抬起头来，正好一道闪电于眼前划过。闪电仿似一条银蛇，扭曲着身子，跳着一支诡异之舞。慕小梅极想加入那支艳舞，令心里燃起的那股癫狂烈火得以平息。

她喝光杯内的剩余咖啡，起身朝屋外走去。

雨下得更大了，慕小梅站在屋檐下等了又等，她也不知道自己在等什么，这雨明显是停不下来的。她吸了一口气，刚要迈步，身旁一个牵小孩的老太太对她笑道，现在走吗？

是啊。慕小梅停下来，点了点头。

还是再等等吧。雨太大了。她看了看慕小梅手里的伞，说，你那伞根本就不管用，这会儿走出去，衣服全都得湿。

是。可是真的有事。算了，还是走吧。

这句"还是走吧"刚说完，她已迈开了脚步。老太太还想阻拦，她已经消失在雨里。突然撑开的白色小伞，像一朵小水花，跳进这天地之间，瞬间消失了。

慕小梅朝街对面的宠物中心走去，这个时候，她不想一个人，这个想法执着地在她的心头乱跳。是的，那种难受的、孤独的、落寞的感觉，有过一次就已经足够了，为什么邱野还要让她再来一次。她身上的衣服此时已经完全湿透，她根本无暇顾及，只想快些接回小豆子，期望它的陪伴令自己甩掉那些灰色情绪。

宠物中心的门紧闭着，慕小梅用力推了推，推不开。

她拍打起那门，大声地喊叫起来，有人吗？给我开开门。

里面传来了脚步声，由远至近。很快，门被拉开一条缝，一个与她一般年纪的姑娘探出头。请问您找谁？

慕小梅赶忙笑道，我来接我们家的小豆子，可以进去吗？

哦，你不知道我们今天休息吗？那女孩再问。

慕小梅摊开了手。不知道啊，有通知吗？

有啊，昨天天气预报说今天有暴雨，我们提前给所有的客户发了短信。喏，你看，这边门上还挂着通知呢。那个女孩将门上的一块小木板拉过来，慕小梅赶忙凑过去看，上面确实写着"休息"二字。

慕小梅焦急地再问，那我还可以接回我的小豆子吗？

你先进来吧。那女孩看了看她湿透的衣服，往门内侧了侧身。

慕小梅收了伞，闪身往屋内躲去。

女孩带着她往里屋走，边走边说，我建议你今天不要带它走，雨太大，会淋湿的。

没事，我就住在你们店后面的那个小区里，很近。慕小梅坚持道。

那女孩看了看她，又摇了摇头，接着说，那也不好，还是会淋湿的，更何况还有这么大的雷电，狗狗也会受惊的。

走到里间，那女孩停了下来，慕小梅也停了下来。她看到了活蹦乱跳的小豆子，欣喜地拍起了手，小豆子，看谁来了。

小豆子正和一只大型犬玩得极为高兴，听到慕小梅的声音立刻停了下来。它转过头来，看见是慕小梅，疯狂地朝她冲了过来。慕小梅将它抱起，它伸出舌头来舔慕小梅。慕小梅转身对那个女孩说，我真的太想它了，能不能让我今天就接它回去。

我理解你的心情。女孩笑笑说，可今天真的不行，登记处的王姐没在，没办法给你办手续。我如果私自让你接走，也就违反了店里的规矩。还希望您能谅解。再说，你看它在这里多开心，

有这么多小伙伴陪着它，总比它自己窝在家里强吧。

慕小梅在心里叹口气，脸上平静地答道，那好吧，明天雨停了再接它吧。

那女孩欣喜地笑道，那太好了，要不我还真是为难呢。

慕小梅再看一眼小豆子，万般不舍地将它放下了。她朝外屋走去，边走边问，这么大的雷电，晚上有人留守吗？

有啊。那女孩笑道，我今天就会留在这里守夜，您不用担心。

好。慕小梅放心下来。

那女孩一直将她送到门外，又叮嘱她小心，这才将大门重新关上。

慕小梅站在雨里，一时不知该往哪里去。她停了很久，直到风吹来，令她不断打起了寒战，这才清醒过来。

她直接朝芳菲小区的停车场走去。她从背包里掏出车钥匙，打开车门，坐了进去。她身上的衣服已经完全湿透了，但她只是将发丝上的雨珠拂去，将车慢慢地开出了停车场。

她不知道该往哪里去，只是沿着三环主路一直向前开去。丢在副驾驶座上的手机，一直闷声响着。她看过去，是司徒轩。她不想接，只是将车开得更加迅猛起来。

等她停下的时候，她发现自己竟然开到了山水园别墅区的大门外。

别墅区的值守保安盯着她的车看了很久，终于忍不住朝她走了过来。走近，他敲敲她的车窗玻璃，问道，请问您找哪位？

哦。慕小梅一时回不过神，她左右张望了一下，开口道，我来找个朋友。慕小梅终于笑了起来。

那您将车开进来吧。知道住户的位置吗？保安再问。

知道。慕小梅对着他笑了起来。

好，我去给您开门。保安返身跑了回去。

少顷，两扇铁门徐徐朝两边打开，保安对着慕小梅招招手。慕小梅将车开了进去，最后停到钟夕文的别墅外，给她去了电话。

电话很快接通，慕小梅不容钟夕文说话，低声叫道，是我，小梅,就在你家门外,出来吧。

啊,你怎么跑来了,出了什么事了吗?钟夕文担心地叫了起来。

别管了,先出来再说。

来都来了,干吗不进屋?

不想让三儿看见,心情不好,不想再跟第二个人说话。慕小梅叹了口气。

好,我这就来。钟夕文挂了电话。

不一会儿,别墅大门打开了,钟夕文闪身从屋内跳了出来。

慕小梅俯身过去,将副驾驶座的车门打开,对着钟夕文叫道,快上来,雨有点大。

钟夕文快速地跳上车,将车门重重关上,才转脸对着慕小梅叫道,神经病啊,这么大的雨还在外面乱跑。

烦。慕小梅将头趴在了方向盘上。

知道你烦,我带了这个来。钟夕文晃晃手里的塑料袋。

慕小梅依旧趴在那里,微微抬头问,什么东西啊?现在什么都救不了我。烦,莫名其妙的,无缘无故的。

烦什么?钟夕文依旧笑着,边往外掏东西边念叨,可乐,巴西红肠,日本豆,酸奶,奶昔,啤酒,布朗尼蛋糕,还有这个,香烟,打火机。怎么样,丰盛吗?要哪个?

给我一支烟吧。慕小梅懒懒地答,声音依旧低沉沙哑。

钟夕文打开一罐啤酒递给了慕小梅,先喝这个,解解愁。等酒劲一上来,什么事都没有了。

慕小梅听话地接过来,大口大口地灌了进去。

钟夕文伸手摁住了她,拦了拦说,慢慢来,我要你喝到高兴,不是要你喝醉。

慕小梅听话地放慢了速度,再抿进一口酒,放了下来。

钟夕文看着她,万般疼惜地摇了摇头说,都不知你到底愁个什么劲,我要是有那么优秀的两个人爱我,高兴都还来不及呢。痛苦什么?有什么好痛苦的?我看你就是作践自己,有事没事都

得给自己找出点事来难受。

慕小梅没有说话，眼泪却似窗外的暴雨倾盆。

钟夕文看看她，住了嘴，扯过几张餐巾纸递给了她。

慕小梅接了过来，开始无声地抽泣。

钟夕文拍拍她的后背，对她笑道，忍什么？想哭就大声哭出来吧，又没有外人。

慕小梅"哇"的一声放肆起来。钟夕文刚递来的餐巾纸很快变成了一摊水渍。钟夕文再递一张新的，再看它变成一摊水渍。

也不知过了多久，慕小梅终于收了眼泪，只是肩膀还在微微地抽搐。

钟夕文一直等她平静下来，才取出一包烟来。抽出一支，点着，深吸一口，递给了慕小梅。

慕小梅拿过来举着，对着钟夕文不好意思地笑了起来。

钟夕文也笑了起来，轻声道，又哭又笑的，干什么，玩我啊？

不是啦，怎么会？慕小梅娇嗔地笑笑，说，幸好你不是男人，要不还真没人可聊了。

跟我进屋吧，你衣服全湿了，待会儿会感冒了。钟夕文说着拉了拉慕小梅完全湿了的衣袖。

慕小梅甩开她，再拧了拧衣袖上的水，答道，待会儿吧，这个样子怎么进去啊？

钟夕文靠回了椅背，看着她问，到底出什么事了？

慕小梅吸进去一口烟，慢慢喷出来说，邱野不接我电话，从昨天到现在一直关机。

钟夕文瘫软在椅座上，长吁一口气说，慕小梅，就这事啊？麻烦您别一惊一咋的好吗？吓我一跳，还以为出什么大事了！

这事还不大吗？慕小梅瞪了钟夕文一眼。

有什么啊！钟夕文耸耸肩。我也经常关机啊，不方便的时候就会关机，这有什么？

可是……慕小梅嗫嚅道，万一他也跟奇安一样突然消失了呢？

不会。钟夕文刚刚瘫软下去的身子突然又坐了起来。小梅，我向你保证他绝对不会。你不要胡思乱想。你这是一朝被蛇咬，十年怕草绳。

慕小梅低下了头，闷声不响地抽起烟来。

钟夕文看了看她说，祝奇安对不起你，不代表邱野也会对不起你。

慕小梅阻止道，别这样说奇安，我已原谅他了。我总觉得，以奇安这么成熟的品性，他离开我，自会有他的道理。

你能这样想，我很开心。钟夕文唏嘘了起来，奇安若是知道你这样想，估计也会很开心的。唉，我只愿他能放下你，放下这一切。怕只怕他走得比你累，比你苦。

为什么这么说？慕小梅抬起头来问钟夕文。

因为他爱你，比你爱他多。

算了。慕小梅晃晃脑袋。都是过去的事了，他如果真爱我就不会离开我了。

好，那就说现在。钟夕文拍拍车座，对慕小梅叫了起来，不接你电话有什么呢？关机又有什么呢？别说人家可能是有些不得已的事在忙，就算他闹个小脾气也是可以理解的嘛。那天那事，搁谁，谁心里也会不舒服的。

钟夕文。慕小梅也叫了起来，现在你又这样说了，当初不是你劝我别跟司徒轩挑明吗？

一码归一码。小梅，事情重新来一次，我还是会让你上司徒轩的车的。你自己想想，你可能会丢下那么兴高采烈的司徒轩，跟邱野走掉吗？司徒轩的心里会有多难受？你这是当众甩他一耳光。他做错了什么，要你这样来待他。小梅，你觉得你可能会这样做吗？

不可能。文子，你是对的，事情重来一次，我依然会坐司徒轩的车离开。

所以啊，邱野的难受是注定了的。不是我站在司徒轩这边说话，毕竟邱野得到了你的心，而司徒轩呢，连身体都没得到，更别说心了。

喂。慕小梅重重地拍了钟夕文一巴掌。你又开始胡说了。

怎么，我说错了吗？我说的都是事实好吗。我告诉你，我现在是认认真真地站到了司徒轩这边。人家那么疼你，爱你，宠你，到头来是竹篮打水一场空。生气，邱野他有什么可生气的？他愿意生气就让他生气好了。

文子。慕小梅抓住钟夕文的手，突然一脸惶恐。如果邱野再也不理我了怎么办？如果他真的像奇安那样消失了呢？

不可能。钟夕文握住了慕小梅的手，答道，把心搁肚子里好了，慕小梅，我给他三个胆，他也不可能舍得离开你。你也太低估你自己的魅力了。再说了，如果他真的消失了更好，正好让司徒轩有机可乘。我估计以他那么聪明一人，光是想到这点，就得早日出现在你的面前。开玩笑，他以为司徒轩是吃素的吗？多少女人对他趋之若鹜。小梅，你若选择了邱野，我都得替你惋惜。

行了，说着说着你就跑题了，今天我们是来说邱野的好吗？

小梅，你可想好了。邱野我真是一点儿都不了解，平常就一脸阴郁，话又不多，总一副看不透的样子。他能对你怎么样，我这心里还真是一点儿把握都没有。但司徒轩这人我还是很了解的。他对你，那可是一片真心。我真的第一次看他对一个女人这么用心用情。小梅，我劝你还是再考虑考虑你和邱野的关系。

可是……

慕小梅刚要说话，钟夕文截住了她的话。还有，你上次说的那个小双呢，他跟她挑明关系了吗？还有，他跟你谈过你们的未来吗？

怎么可能。慕小梅瞪起了眼，我们才刚刚有些进展而已，我怎么可能在这个时候去跟他要承诺，这不是显得太小心眼了吗？

怎么小心眼了？钟夕文白她一眼。你和司徒轩也没认识多久啊，光我这儿就不知听到他多少次给你承诺了。凭什么人家司徒轩能做到，他邱野就做不到呢？

哎呀，我跟你说不清。邱野他是那种什么事都搁在心底的人，你让他无事就给你个承诺什么的，他肯定做不出来。

小梅。别被所谓的爱情蒙昏了头。该要承诺的时候就得要承诺，女人不狠就是给别人让路。除非你不爱邱野，不然别说我没提醒你。还有，司徒轩那边，你不能跟他说明任何，再给他点时间和机会，就是给你自己时间和机会。在你和邱野的关系还未明朗之前，先这样拖着吧。

文子……慕小梅嚅动嘴唇，想要说些什么，却一句话也说不出来。

还有。钟夕文接着说，人家司徒轩也不傻，你对邱野的感情，你随便一个眼神司徒轩就能猜到。人家都还没有打退堂鼓，你急什么急？

那我就更得说了，这样子，你让我怎么面对司徒轩？

该怎么面对就怎么面对。司徒轩能将一家企业做到如此地步，你以为人家是那么容易放弃的人吗？别说你只是对邱野产生了一些感情而已，即使邱野宣示了他的主权又怎样？只要你们俩还没有结婚，司徒轩就还有机会。小梅，你好好想想，感情的事不要操之过急，也不要泾渭分明。那不是做游戏，动不动就黑是黑，白是白的，什么都得清清楚楚，明明白白。

你要我怎么办？做不好，负两人，你要我陷到如此境地吗？

不要。我要你暂时不作决定，如此而已，这肯定也是司徒轩的想法。

怎么可能？如果司徒轩知道了我对邱野的感情，他一定会全身而退的。

不会。小梅，相信我。他是明眼人，他能看出你和邱野走到了哪一步，他心里自有分寸。但现在，他绝不会离场半步。钟夕文说到这里，停了下来，手往车窗外指过去，嘴里说道，他来了。

什么？慕小梅惊叫出声，朝钟夕文手指的方向看过去，司徒轩的车子不知何时停在了那里。

慕小梅刚要再开口，司徒轩已将车窗摁了下来。

钟夕文也将车窗摁下来，笑着对他挥了挥手。怎么样，路上没被雷劈吧？

你才被雷劈呢。司徒轩啐道，我这么善良一人，老天都得对我忍一手。小梅呢？

这儿呢，刚哭完。钟夕文往车内指了指。

慕小梅叫道，文子，你怎么什么都跟他说啊。

怕什么？钟夕文低声道，你以为我不说，人家就不知道了呀。走吧，下车，去屋里待会儿。人都来了，一起吃个饭再走吧。

他怎么知道我在这里的？慕小梅依旧坐着不动。

我刚给他发完短信。钟夕文拿过一直搁在腿边的手机，对着慕小梅晃了晃。

你……慕小梅瞪起了眼。

你什么你？走吧，还得我请啊。走。

文子……慕小梅求救般地望着钟夕文。我该跟他说些什么啊？

想那么多？钟夕文笑了起来。你什么都不用说，自然而然的就好。下车吧，我的姑奶奶。

至此，慕小梅也不好再说什么了，木然地跟着钟夕文下了车。

门口，司徒轩靠着门边，对着刚刚走近的二人笑道，真好啊，这种烂天气，还能看到两位大美女，人生一大幸事啊。

哼。钟夕文噘起嘴来哼了哼，再问，我对你怎样？

够哥们。司徒轩笑道。

进去吧。钟夕文率先走进了屋内。

司徒轩让到一边，让慕小梅先走。慕小梅朝他笑笑，也不说话，低头换了鞋，走进了屋内。

三儿原本窝在沙发上打游戏，看见这么多人走进屋来，愣在了那里。我的天，怎么了这是，家里有个香饽饽吗？怎么把这么多人都给引来了。

怎么，不欢迎啊？司徒轩边换鞋边问他。

三儿丢掉手里的游戏机，迎了过来。怎么会呢？有朋自远方来不亦乐乎？高兴还来不及呢。

钟夕文走过去，拉着慕小梅的手道，走，先带你去换衣服。

说着，两人朝左边的一间小屋走去。半晌之后，慕小梅穿了一件浅灰色宽松的长裙出来，肩膀上披着一条厚厚的毛呢围巾，随意地于左半肩垂下一角。头发也已经擦干，稍有些潮的感觉，被慕小梅蓬乱地散在了那条披肩上。

司徒轩朝她走来，拉起她的手刚要说话，被钟夕文打断了，你们俩先下去休息吧，我去准备咖啡。

慕小梅转头看看钟夕文，与司徒轩一齐朝楼下走去。

三儿刚要跟过去，被钟夕文一把给拽了回去。

干吗？他不解地问。

钟夕文朝她挤挤眼，低声道，跟我去煮咖啡。

哦。三儿木呆呆地答应一声，转头再看消失的两人，低声问钟夕文道，这两人是怎么了？

什么怎么了？钟夕文一边朝厨房走，一边假装不知。

怪怪的。发生什么事了吗？

钟夕文看了看三儿，晃了晃脑袋。你啊你……啧啧啧啧，世界都要颠个个儿了，你还在这儿做梦呢？

世界就算毁灭了，我该做梦还得做梦啊。说嘛，到底怎么了？

什么都没怎么，你还是接着做你的梦吧。去，帮我从冰箱里拿袋鲜奶来。钟夕文边说边忙了起来。

楼下，慕小梅直接走到最里间的榻榻米处，脱了鞋，坐了上去。

司徒轩也跟了过去，坐定，看着闭眼的慕小梅笑。他伸手去咯吱她，慕小梅笑着躲开。司徒轩收了手，问道，怎么，不喜欢我来啊？

没有啊。慕小梅一边整理头发，一边坐了起来。

那为什么一脸的迷糊相，跟没睡醒似的？

就是没睡醒啊。慕小梅耸耸肩。

什么时候能醒？

永远也醒不了呢？

司徒轩伸直腿，颇有深意地看她一眼，说，那就别醒了，我陪着你一起做梦。

司徒轩……你何必……

小梅，我今天是来找朋友玩的。不要跟我玩你的那套乌托邦，理想国之类的高深隐晦。我没兴趣。我只想开开心心地聊聊天，吃个饭。用不着跟我认真谈什么，我们原本就只是朋友。我们是吗？你不会连这个都否定了吧？

是，是朋友。慕小梅赶忙点头。司徒轩，你是我最好的朋友，是我有问题。

你也没问题，别没事老往自己身上揽事。你自自然然地做你自己就好了。司徒轩躺了下去，闭上了眼睛。

慕小梅递过一个靠垫，捅捅他。枕着这个，多硬啊。

有你的心硬吗？司徒轩接过那个靠垫。

慕小梅愣在了那里。

司徒轩大笑了起来，对她叫道，算了算了，你这个开不起玩笑的女人，不难为你了。

钟夕文和三儿此时也走了下来，三儿手里端着一个大盘子，大盘子上除了咖啡，还有一大盘子水果。

司徒轩起身接了过来，轻轻放到榻榻米中央的桌子上，对钟夕文笑道，搞这么多吃的干吗？不管饭了啊？

这话说的，像我多会算计似的。待会儿吃饭的时候，我就盯着你，你敢少吃一点，我掐死你。

那跟谁啊？掐不死你还得手疼，犯不着。

司徒轩，我还真有正事跟你说。钟夕文突然收了笑，朝着司徒轩那边坐了过去。她一边倒咖啡一边对他道，关于德恒集团的那个移动安全的项目你听说过了吧？

当然。司徒轩接过那杯咖啡，端起来喝。

我们也在跟。钟夕文看司徒轩一眼，继续倒咖啡。

是吗？司徒轩依旧喝着咖啡，脸上换上了一副严肃的表情。

少来了。钟夕文对着司徒轩眨眨眼。你能不知道？

我凭什么就该知道？司徒轩放下手里的咖啡，看着钟夕文。

你这人，城府真够深的，明知故问。钟夕文给众人倒完咖啡，放下了咖啡壶。

司徒轩笑笑，既不否认也不承认。他不看钟夕文，而是伸手握了握慕小梅的手，问，冷吗？

没事，不冷。慕小梅放下咖啡，说。

三儿。去给小梅拿条毛毯来。钟夕文赶忙对着三儿叫了起来。

好。三儿起身下了榻榻米。

三儿点点头，去了。

钟夕文再转回头，对司徒轩道，这个项目我们跟了将近两年。从最初的技术交流，到现在的项目成形，都有我们不可磨灭的功劳。这么跟你说吧，司徒轩，这个项目需求基本上就是我们公司给拱出来的。

是吗？司徒轩不动声色地问。

是。把那个"吗"字去掉。钟夕文肯定地答道。

所以呢？司徒轩依旧不动声色。这事跟我有什么关系？而且你非得今天跟这儿说这事吗？

因为招标在即，再不说就晚了。

明天跟我秘书约个时间，去我办公室说。

不行。钟夕文叫了起来，必须现在跟你说。

呵呵。司徒轩笑了起来。钟夕文，你也算是老手了，你们公司开了有几年了？快十年了吧？

没那么长，七年左右吧。钟夕文答。

七年的时间也不短了，投过多少次标了？不会单单为了这个标紧张到如此地步吧？

司徒轩，细节我也不想跟你多说了。这么告诉你吧，公司这两年来，为了这个项目投入了无数的人力物力，无数的心血，甚至舍弃了无数的项目，只为把精力全部都放到这个项目上来。我们公司的规模，你也知道，目前只能算个小公司，这两年的运营状况也只是一般的，全靠你们这几家大企业的支持才能走到今天。而德恒集团的这个项目的预算有多少，估计你也知道。如果我们拿下了这个标，公司上一个全新的台阶不说，略微预估，未来十年都会丰衣足食。可是，现在佰智科技也加了进来……

这个项目这么大，有多少竞争者也不足为奇。司徒轩笑道，再说了，以你们公司的实力，你做得过来吗？分给别家一点又怕什么呢？文子，我一直觉得你是个蛮大气的人，不会突然变得这么小里小气了吧？

司徒轩，你也知道我是个大气的人吧。一个项目加进来别的公司我也是可以理解的。我们公司从不排斥竞争者。再说了，任何一个项目都会有竞争者。可现在是他们公司想独吞这个项目。佰智科技你也熟，论实力，强我们不是一点半点。上亿的资产，而且还是一家老牌公司，名声在外。其次，他们为了这个项目简直到了不择手段的地步，到处在用户那儿，还有行业内说我们公司的坏话，造谣生事，说我们公司的产品有问题，你让我怎么办？

你们公司的产品有问题吗？司徒轩问。

怎么可能有问题？测试都测试过好几次，要有问题早就提出来了，怎么可能等到现在。

完全没有问题也是不可能的。司徒轩坐直了身子。哪家的产品都不可能是完美的，所以别人找茬才能找到点子上。关键是看哪家公司的产品更适合用户的需求。所以啊，你也别怪人家佰智科技说你们的坏话，还得从自身去找原因。

佰智科技的产品也有问题啊，但我们就从来不在用户那儿提。

为什么不提？司徒轩笑道，该提的时候也要提嘛。

怎么提？我这不是怕用户觉得我们小气嘛。

提得聪明就不会啊。你们技术交流的时候没把行业竞争列表给用户吗？不用多说什么，用数据排名说话，稍稍几句带过，用户自然心知肚明。

我们也想到这个问题了，可还未来得及实施，对方就已经开始出大招，打得我们措手不及。德恒集团原本是非常看好我们公司的，还来我们公司视察了好几次，次次都是满意而归。可现在为了这些谣言，找我们谈了好几次话。你说我们该怎么办？

司徒轩没有说话，浅饮一口咖啡，放下。所以呢？你跟我说这些话又是为什么呢？

你说是为什么？司徒轩，我钟夕文可从没求过你什么事吧，但这次你得帮我一把。

我怎么帮你？

佰智科技在你们公司也有项目，他们董事跟你是多年的老朋友。你们集团又是这个行业内的领头羊，你一言九鼎，还用我告诉你怎么帮我吗？

钟夕文。司徒轩看她一眼，说，别人家的事，我没办法插手的。将心比心，我们集团的项目如果有个外人来说点什么，我也会很反感。再说了，这个项目越大我越得避嫌，绝不能贸然对着别人去打招呼。佰智科技那边我倒是有可能帮你跟他们董事说上两句话。到底为了市场的良性运行，还是不要搞恶性竞争的好。现在离招标还有点时间，建议你们再去想想别的办法，利用技术手段向用户高层展示你们产品的优势。另外，测试数据不是以你们家的产品为主导吗？可以从用户需求着手，多进行正面沟通。这样，你们的胜算才会更多。

好吧，司徒轩，你能帮多少就帮多少吧，我现在为了这个标可谓是心力憔悴。

不至于吧，钟夕文，还是要有自信。不是还有时间吗？用户也不是傻子，别人几句话就把你这几年的心血荒废了？再努把力吧。

好，我听你的。钟夕文重重地点点头，不再说话。

司徒轩看着一脸沉重的钟夕文，笑了起来。钟夕文，我还是第一次看到你这个样子呢，有趣。

有趣个屁啊。钟夕文抓过一个靠垫扔了过去。我都快死了，你还这样取笑我。

慕小梅一直坐着不说话，这会儿放下了手里的咖啡杯，对司徒轩道，文子挺不容易的，这几年的辛苦我都看在眼里，你要是能帮就帮一把吧。

司徒轩原本还想抓过那个靠垫扔过去，听了慕小梅的话，放了下来。他伸手拉过慕小梅的手,对她笑道,大人的事,你这个小女孩就别管了。放心,能帮的我一定会尽力去帮。说完,他重新靠回墙上,突然问钟夕文道,德恒集团的吕总,你们找过了吗?

没有。钟夕文摇摇头。听说这人挺傲的,一直没有机会认识。

这样吧,我安排一下,找机会让你见见,但还得你们产品过硬才行。

太好了。钟夕文兴奋地叫了起来,只要能给我们机会,我们肯定不会让你失望的。

不让人家失望,我失什么望啊。我找找机会吧,不一定有啊,你先别惦记着。

好,好,听你的。钟夕文兴奋地搂过慕小梅,大叫道,太好了,太好了,小梅,太好了。

三儿这会儿跑了回来,看着貌似发疯的钟夕文笑道,什么事啊,这么高兴?

钟夕文转头看看他空空如也的手,问,你去了半天,怎么什么也没拿啊?

三儿也笑,亲爱的,找了半天,没找到啊。

不用了,不冷,没事的。慕小梅拉了拉钟夕文的手。

必须找到,你等着,我去给你找。

哎,慕小梅想阻拦已经来不及,那个身影像风火轮似的消失了。慕小梅转回头来对司徒轩笑道,谢谢你。

用不着你谢,这是钟夕文的事,与你无关。公事私事,我分得清。司徒轩低头去喝咖啡,半响,又抬起头来对三儿道,咱俩下盘棋吧,跟这帮娘们聊天真无趣。

什么话啊?慕小梅丢过去一个枕头。

司徒轩笑着接住,放下,转身去拿放在榻榻米旁边的围棋。三儿把桌上的咖啡杯一一挪开,空出放棋盘的地方。两人很快下了起来。慕小梅坐在一旁,刚想起身走开,又被司徒轩给拉了回去。她只好坐定,安静地看着两人下棋。

钟夕文从楼上走下来,手里拿着一条毛毯丢给了慕小梅。慕小梅接过来，摊开，盖住自己的腿。

真的不冷，你们就爱大惊小怪的。她瞟了钟夕文一眼，说。

不是我大惊小怪，是司徒轩，不给你拿，他会一直嘀咕。

司徒轩刚放下一颗棋子，转头对钟夕文笑道，又说我坏话呢吧？看着自己老公的棋下得臭，就想尽办法来影响我吧。

钟夕文瞟他一眼，也对他笑道，哼，以小人之心度君子之腹。三儿，赢他，别让他在这儿嚣张。

三儿刚放下一颗棋，听了钟夕文的话，笑了起来，亲爱的，还真赢不了，这是个高手中的高手，我已经被他死死地钳制住了。

司徒轩再拿起一颗棋子来，不下，看看钟夕文笑，我这颗棋子下去，你老公就得歇菜了，你说我是下还是不下？

哼，臭美。钟夕文转开头对慕小梅叫道，小梅，咱俩上楼去聊会儿天。

司徒轩立刻丢了那颗棋子，对钟夕文叫了起来，喂，你这招够阴险的。我让了，让了，别把小梅带走。

钟夕文大笑了起来，对司徒轩道，知道我厉害了吧，打蛇打七寸，你这七寸都让我给捏上了，还敢跟我这儿牛掰。

是，是，所言极是。司徒轩投了降。

钟夕文依旧站了起来，对着众人笑道，开饭了，我是下来叫你们吃饭去的，走吧。

你……司徒轩跳起来，伸手想去抓钟夕文。却被钟夕文笑着逃开了。司徒轩指着她的背影大声骂道，最毒妇人心。

钟夕文也不生气，回头冲他吐吐舌头，亲热地挽起慕小梅的胳膊往楼上去了。

这顿饭让慕小梅吃得如坐针毡。司徒轩自己没吃两口，全部心思都放在了慕小梅的身上。他不停地给慕小梅布菜。看到她的碗空了，为她添满。看到她瞟了哪道菜，为她夹过来。看到她的嘴唇下方有污渍，为她擦净。慕小梅没有拒绝他任何，实则她心里却是难受的。他为她做的任何事，她都感觉到难受，她觉得这是自己亏欠他的。可为什么突然就欠下了这笔债？又将如何来

还？这是她心里暗自惶恐之事。这情绪还在升级，她却无力阻挡，只能看着它愈演愈烈。

刚吃完饭，慕小梅便提出要走。钟夕文劝了一会儿，也就不再说什么了。她将慕小梅和司徒轩一并送出，便返回了屋内。

雨不知何时停了，屋外的空气格外清新，连带着雨水的淡腥味都变得格外好闻。司徒轩转头看了看身边的慕小梅。慕小梅正低着头，仿似自己的鞋头开出一朵花。司徒轩笑了起来，对她道，钥匙给我吧。

什么钥匙？慕小梅惊愕地抬起头。

车钥匙啊。我送你回去。

啊，不用了，熟门熟路的，我自己回就好了。

不行，我想送你。给我吧。

慕小梅抬头看了看司徒轩，夜色很黑，无法看清他眼神里的东西。她犹豫了片刻，将钥匙交给了他。

一路无话，司徒轩只是安静地开着车，目光一直注视着前方。慕小梅一开始还感觉有些尴尬，但看他这样，也就放松了下来。她想找些话题来与他聊，可他却摁开了音响。慕小梅闭起了嘴巴，转头去看高速路旁飞驰而过的树丛。偶尔一辆大车开来，又飞快地掠过了。远处城市的灯光，像一双黯然的眼睛。看得慕小梅的眼眶都湿润了。

Chapter

3

沧海桑田

15
雨夜惊魂

奇安，窗外下着一场艳雨。是银杏树的叶子努力挣脱枝杈后的蹁跹。飘到路旁，铺成厚厚的软毯。有人走上去，便发出了你喜欢的"吱吱咔咔"的声音。思绪突然飘回那个老时光。一间昏暗的小屋，一个垂暮的老人摇着一辆破旧的纺车，"吱吱咔咔"的声音，仿似摇出了童年的味道。

一群孩子跑过来，淘气地拂起叶雨，空气里飘来了银杏叶的清香。朵朵艳黄开进风里的时候，阳光也宠溺了过来，为它们再镀辉煌。伸手过去，抓起一片银杏叶，轻放到桌头。忽略它，想象着你像从前那样走来，悄悄取走，做成书签后夹进我的书本里。心头滑过一股暖流。

奇安，北京正值最好时节。清风与浮云交替，疏影与暗香更迭。似乎哪样都不缺，爱情，友情，所有我想要的一切都来到了身边，心却依然陷在旧事的沼泽里，无从捞起。

弗洛姆曾说过，爱是什么问题都可以暂且搁置一下的东西，而人们需要警觉的是没有爱将如何。可奇安，有时爱太多，是否也是人们该警觉的时刻？峰回路转，在经历你离去后的苦痛折磨之后，老天似乎以无比怜悯的姿态馈赠了双份爱情给我。我却因此而惶恐不安。奇安，你是懂我的，原本我就是个太过敏感之人，爱情这种麻烦的事情，如果无法自然地延续下去，对我来说何尝不是一种负累。

慕小梅抬起头，转开眼，目光落到了那片刚刚抓来的银杏叶上。无来由地想起了晨曦小镇，多年前的某个时光。

很久，她低下头，落笔再写，奇安，如若你能回来这里，我便也能回去那里。等你的小梅。

她合上了日记本，没有起身，继续看着银杏叶发呆。没有人来取，也没有人将它做成书签，它依旧躺在那里，安静地独自伤怀。慕小梅叹口气，将它夹进了日记本里。她相信，有些伤感若有心掩藏，还是可以藏得住的。尽管它一定会于某天跳出，绕在心头乱叫，但此刻的逃避是多么的重要。

就这样吧，短暂地忘记。

她起身走去客厅，稍加准备，带着小豆子出了门。

他们走到了公园，绕着跑道慢跑。偶尔小豆子加速时，慕小梅也加速，却总是一副心不在焉的样子。手机一直被她握在手心里，出了汗，滑滑的感觉。她不时低头去看，微信里空空如也。没有邱野的留言，也没有邱野的电话。昨天拨了两通，今早又是两通，传回的声音永远都是那句您拨叫的用户已关机。钟夕文之前的劝慰，已完全站不住脚。哪个男人会突然忙成这个样子？恐怕是他有心躲藏，才会如此的吧？这么想着，慕小梅心头又是一阵烦乱。她停下来，在离跑道最近的一张长椅上坐下，给钟夕文去了电话。

钟夕文很快接起电话，问道，什么事啊，宝贝儿？

哟，难得你也起得早。今天去公司吗？

肯定得去。昨天下雨，在家窝了一天，今天再不去公司，事情就得堆积如山了。

哦，那算了。慕小梅有些悻悻然。

怎么了？如果急的话，我可以暂时不去公司。舍命陪君子。

没事。慕小梅意兴阑珊地答。

还敢说。钟夕文笑了起来，听你这种口气，没事才怪，邱野接你电话了吗?

没有,还是关机。我就奇怪了,他就算要躲我也用不着关机吧,万一别人找他呢?万一酒吧找他呢?

你凭什么认为他在躲你?

那他干吗关机?

我不都帮你分析了吗?可能他有不得已的私事。

文子,我又不傻,肯定是因为我。

小梅。文子叹道,我都不知道该怎么劝你了。好,就算是因为你,又怎么样呢?你做错了什么?就因为你上了司徒轩的车,他就要这么惩罚你?你有没有想过,如果真是这样,以后怎么办?动不动就给你玩个失踪,你不被他玩死才怪。我看啊,如果他真如你想的那样,屁大点事就生气,你还是不要跟他继续了。不值得,也肯定不会幸福。你说呢?

文子,我的心里很难过,你不要说这种话。

小梅……钟夕文犹豫片刻,说,要不你还是来我这里吧,我今天不去公司了。

算了。慕小梅叹口气。你先忙你的公事吧。你不是还有个焦头烂额的标吗?我没事,一会儿就好了。

真没事?钟夕文不放心地再问。

真没事,小情绪而已。我找点事来干吧,估计一会儿就忘了。

要不你去书店看看书吧。钟夕文建议道,我呢,先回公司,一忙完就立刻去找你,怎么样?

好,那你先忙吧,我挂了。

小梅……钟夕文立刻又叫。

还有事?

答应我,好好照顾自己。

好。慕小梅点了头,仿似钟夕文能看见。放心吧,我有分寸的。晚上不是还有演出吗,跟三儿说一声,早点去酒吧聚吧。

好,晚上见。

晚上见。

慕小梅挂了电话，收起手机，再抬头看看公园四处。晨起锻炼的人都已经走得差不多，剩下几个在那里晃的，都是公园的清洁工而已。她起身，带着小豆子朝公园外走去。

走出公园，她没有直接去书店，而是朝着书店旁边的超市走了过去。她想先买点零食预备着，万一看书看入迷了，直接将午餐在书店内解决就是了。

她走进超市，左拐，进了食品区。

刚拐过去，她站住了脚。食品区的尽头，一扇巨大的窗前，有道逆光投射在两个人的身上。一男一女，面对面地站着，说着什么。女人的身影是陌生的，而男人的，令她深吸了一口气。慕小梅的心猛跳了起来。她突然有种感觉，自己又回到了晨曦小镇上的那间书店。同样的午后，同样的身影，同样的逆光，同样的两道影子，同样美好地在眼前晃着。只是，时光转换，动情演绎的人却换作了别人，而她，变成了可笑的看客。

两道影子很快滑向了另一区，她如梦初醒，用最快的速度追了过去。

她悄无声息地跟在他们身后，看他们挑货，看他们装车，看着他们付款，她闪身出了超市的大门。

超市大门外，她没有离去，只是抱起了一直等在外面的小豆子，靠在了墙角。

她在等谁？她也不知道，或许她在等一个可怕的结果。可为什么还要等，她依然不清楚。此时此刻，她心里只有一个字，等。

她等的人很快走出了超市，手里推着满载货物的推车，停在了她的眼前。

他没有看见角落里的慕小梅，只是小心翼翼地将推车推到路边，停好，从兜里掏出一支烟，点着，抽了起来。

好久不见啊，邱野。慕小梅在他身后轻叫。

邱野微微一抖，烟掉落在地。

慕小梅放下了小豆子，朝他走了过去。

走近了，她将手伸进他的衣兜里，掏出那包香烟，抽出一

支,再点着,递到他停在半空中的手里。怎么了?突然失忆了?还是间歇性失忆?她问。

你怎么在这里?邱野开了口。

我不该在这里?慕小梅问。

哦,不是。邱野尴尬地笑了笑,答,只是觉得太巧了。

真讨人厌是不是?慕小梅也笑了起来。

你在暗示什么?邱野皱起了眉头。

你不知道?慕小梅反问。

邱野吸了一口烟,我真不知道,你到底想暗示什么?

慕小梅变了脸,她对他低吼道,为什么关机?为什么躲着我?

邱野的嘴角微微地抽搐,很快又恢复了平静。他弹掉烟灰,对她笑道,我没有躲你。可能确实关机了,但是没有躲你。

怎么可能?慕小梅不相信。

邱野说,我突然有点急事去了趟天津,去之前手机没电了,跟酒吧小弟借了手机走的。而没电的手机我留在了吧台内的抽屉里。这会儿你去找,手机应该还在那里。如此而已。

那你为什么不给我来个电话,我打了你两天手机都是关机,你有没有想过我会担心?

没有。邱野低头再弹烟灰,没有看慕小梅。我想着你应该忙得没时间担心我,而且怕打搅了你跟司徒轩的好事。

你……慕小梅一时噎在了那里,她想了半天也不知该如何作答。实则邱野的每一条理由都是有理有据的,令她无从辩驳。她停在了那里,除了望着邱野发怔,再无其他。其实她的心里很想再开口问他去天津是为了什么。可话到嘴边,又被自己那可恶的自尊心给拦了回去。她算他什么人?她有资格追问他这些吗?

两个人都不再说话,就这样面对面地站着,如此近,却无来由地让人觉得远。

蚯蚓。超市里走出一人,对着他们大叫。

邱野转过头,笑了起来。他丢掉了手里的那尾烟,转身朝那人走了过去,道,不是都已经买完了吗,怎么又一堆东西?

那人也笑着答道，我不是想做两道你喜欢吃的菜嘛，所以又进去买了西红柿和土豆。看，多新鲜。

吃不完可惜了。邱野接过了她手里的东西，放进了推车里。

那人噘起了嘴，撒娇道，不许剩一点，必须全部吃完，一丁点儿都不许剩。

邱野朝她温柔地笑笑，推着车，往慕小梅这边走了过来。

慕小梅依旧站在原地，突然有种被世界孤立的感觉。除了身后不断摆动的影子，她不知道自己还能找到什么东西可以依傍。

邱野走近，慕小梅看着他。眼里此时呈雾状，不断地扩散，看不清所有。慕小梅想拂开那雾状，邱野却开了口，小梅，这是小双，我跟你提到过的那个妹妹。

什么妹妹，明明是女朋友。那个叫小双的女孩一拳打在他的身上。

喂，疼，疼。邱野龇牙咧嘴地笑了起来，继续对慕小梅说道，她刚从法国留学回来，我去天津就是去接她的。

你好。慕小梅无力地对那个叫小双的雾影点了点头。

你好。小双也笑着朝她点了点头，但只瞬间，她的目光又转了回去。她抱住邱野的一只胳膊晃了起来，边晃边撒娇道，蚯蚓，好饿啊，我们回吧，还等着你给我做好吃的呢。

邱野赶忙去看慕小梅，想要拂掉那手，却叫小双抱得更紧。快点嘛，蚯蚓，你就是这样为我接风的吗？

慕小梅赶忙对邱野说道，我还有事，先走了，再见。

小梅。邱野叫道。

慕小梅回头看着他，停了下来。

邱野笑笑说，一起吃个饭吧，正好你也来认认门。

不用了。慕小梅冷言道，你们有事先忙吧，我走了。

小梅。邱野追了过去，一把将她拽住。

慕小梅只好再停下来，看着他问，还有事？

来吧，一起吃。邱野恳求道，小双你也是知道的，你们两个正好熟悉熟悉。

真不用了。慕小梅的声音软了下来，她不想显得太过小气，实则心里又难受得厉害。她抬头看看邱野，再转头看看不远处的小双，终于看清了那张脸。长型瓜子脸，一双丹凤眼妩媚地点缀在鼻梁两侧。有些妖冶的感觉，却又被她无比清纯的表情所掩饰。当她的视线从邱野的身上转到慕小梅的身上时，那不谙世事的清纯才不易察觉地淡了淡。当然，那也只是转瞬。当邱野回头再看她时，她又嘟嘴笑了起来，撒娇般地朝邱野扭了扭身子，招手让他回去。

　　慕小梅叹口气，对邱野道，你回吧，小双刚回来，好好陪陪她。

　　小梅……邱野还想再说什么，被慕小梅打断了。快去快去，我真有事，咱们晚点再联系吧。

　　邱野无奈地点了点头，对她道，那好吧，你今天晚上不是还有演出呢吗？我早点去酒吧等你。

　　慕小梅勉强地朝他笑笑，答道，好啊，晚上见。

　　邱野让到了一边，慕小梅抱紧怀里的小豆子，快步朝前走去。

　　她低着头疾走，走出好远才发现自己走错了方向。她想返回，可又怕邱野和小双还在超市门口。她只好继续向前，再走出很远，才慢慢转身，往回去了。

　　等她再回到超市门口的时候，那里除了熙熙攘攘的陌生人，再无一张熟悉的面孔。她的心开始隐隐作痛。她站回到刚才等邱野的地方，看着什么，却什么也看不到。小豆子感觉到了主人的情绪，有些不安地扭动起自己的身子，慕小梅将它放下，想着还要不要进去买零食，可刚想完，胃里立时翻滚了起来。手机也于此时响起，她接了起来。

　　在干吗？司徒轩在电话那头问道。

　　慕小梅心头一松，捆绑多时的身体突然就这么松懈了下来。

　　带小豆子遛弯呢。她答，你有事？

　　今天打算干什么？司徒轩问。

　　慕小梅想了想，答道，嗯……不知道，还没有想好。

要不咱们出去玩吧。找个近郊、空气好、景色美的地方散散步。

你不用上班了吗？慕小梅有些犹豫。

偷跑一天没关系的。

可我晚上还有演出呢，不能跑远了。

哟，什么时候变得这么敬业了？请假吧，我都放下了，你还有什么放不下的。

嗯……慕小梅低头不答。实则，她是真的不想去演出。为什么？或许因为累了，或许因为不想见邱野？为什么不想见邱野，她答不出来。或许，她不想答。

司徒轩笑道，那快去请假吧，我这就过来接你。

好。

慕小梅挂了电话，人却依旧站在原地。她犹豫着要不要打这个电话，却最终还是拨了出去。

电话很快接通，一个甜美的女声传了过来，小梅，好久不见啊，有事吗？

小左，你今天晚上有演出吗？

没有啊，怎么了？有活儿介绍给我啊？

是啊，有个场子，今晚我演不了，你替我一天呗。

好啊，没问题，什么样的场子？

酒吧，时间，地点，价钱，我一会儿发微信给你。还有，键盘手和吉他手你都认识。

还是三儿和小四？小左问。

是。慕小梅笑了起来，还是三儿和小四。

够执着的啊。小左也笑了起来。你把时间、地点发过来吧，我按时到。

好的，多谢了。

嗨，什么时候变得这么客气了，我谢谢你还差不多。

挂了电话，慕小梅又给三儿去了电话。电话接通，她对三儿叫道，三儿，帮我个忙。

三儿还没睡醒，声音懒懒地问，什么事，说。

帮我请个假吧，我今晚有点私事，不能去演出了。

三儿立刻醒了过来，嘴里问道，不太好吧，咱们刚从外地回来，你又请假？

我知道……但我真的有事，真不好意思。

好吧，我帮你请，不过你得找个歌手来顶替你。

顶替的歌手已经找好了。

谁？

小左，抒情、摇滚都唱得挺好的。还特有范儿，在台上也挺会搞气氛。

我知道小左，我和她还一起演出过呢，唱得不错，行了，我帮你请假。

怎么这么痛快？

你的事儿，听文子跟我念叨了几句，还想今晚劝劝你呢。多大点事啊，哭天喊地的。我和文子的意见统一，还是谈恋爱谈得太少了。依我的意见，干脆，俩都要了，最后觉得谁更合适，再跟另一个掰。

掰你个头啊，我哪有那个精力？懒得跟你说了。不管怎样，谢谢你能体谅我。快帮我去请假吧。

好，有事电联。

慕小梅挂了电话，又把酒吧地址和演出时间给小左发了微信过去，这才抱着小豆子朝家走去。

她换完衣服，整理完背包，司徒轩的电话追过来了。怎么样，准备好了吗？

好了。

那下来吧，就在楼下的停车场。

慕小梅挂了电话，又从衣橱里扯出一条红蓝相间的花色披肩，于自己脖颈处松松散散地绕一圈，跑出屋去。

楼下的停车场，司徒轩站在车旁抽烟。看到慕小梅后，丢了烟朝她走了过来。怎么这么快？我还以为女人都很麻烦呢。

我不是女人。慕小梅笑道。

司徒轩帮她拉开车门,她坐进去后再帮她关上车门。他绕过车身,坐到驾驶座上,对慕小梅笑道,你不是女人你是什么?

鬼啊!。慕小梅声音抖抖地朝着司徒轩比画了起来。

司徒轩立刻向后骤退,嘴里也抖抖地叫道,我好怕怕啊!。

慕小梅大笑,收了手,靠回到座位上。

司徒轩坐直了身子,将车开上了东四环主路,慕小梅问司徒轩,咱们这是要去哪儿啊?

司徒轩看她一眼,这会儿才想起来问我啊,万一被我卖了怎么办?

不会的……

舍不得?司徒轩歪着嘴笑了起来。这回可不会了,反正迟早都是别人的,还不如心狠点,卖掉算了。

司徒轩!慕小梅噘嘴叫了起来。

怎么了?司徒轩笑。戳到你痛处了?

你老实说,为什么今天突然来陪我?

什么为什么?司徒轩转开脸,假装专心开车,没有答慕小梅。

慕小梅逼问过去,说,是不是钟夕文跟你说了些什么?

说什么?她能跟我说什么?她现在为那个标忙得焦头烂额的,哪还有时间管咱俩的事。

慕小梅不信,依旧用眼睛死死地盯着司徒轩。

司徒轩笑着将慕小梅推开,对她道,警告你啊,再来,就真亲了啊。

慕小梅退回身子,目光依旧停在司徒轩脸上,嘴里对着他念叨,她肯定跟你说了些什么,要不你能这么殷勤地陪我出来玩?

我陪你出来玩,你还不高兴?

高兴,谁说不高兴了。

司徒轩笑笑,看慕小梅一眼,不再说话。

慕小梅停了停又问,为什么,司徒轩?

什么为什么?司徒轩偏头看她一眼。

明知没有结果……也……

结果出来了吗？司徒轩再看她一眼。

没有……慕小梅嗫嚅道，可……

那不就得了，你不喜欢有我这样的朋友吗？

喜欢。慕小梅羞涩地笑笑。非常喜欢。

嗯，我觉得自己还是很讨女孩子欢心的。

必须啊。慕小梅的笑意更深了起来。

司徒轩问她，听歌吗？

嗯，慕小梅点了点头。

我下载了许多你喜欢的爵士乐。司徒轩拿出一个小U盘递给了慕小梅。

慕小梅接过来，插进播放器里。一段极优美的旋律响在了耳畔。两人都不再说话。偶尔慕小梅哼唱两句，司徒轩便朝她瞟一眼。他总情不自禁地伸手过去，想要握她的手。可手到半路，又猛然收回。慕小梅看在眼里，心上突然被针扎了似的。她转头再看司徒轩，司徒轩却没有看她，目光炯炯地盯着前方。

车子开了很久才停下来，慕小梅坐直身子问，到了吗？这是哪里？

西山啊，没来过吗？司徒轩熄了火。

西山，怪不得那么多的红叶，很久以前来过。

下来吧，我们就在这里散散步吧。

你不怕爬山了？

这也能算山？太矮了吧。听说山顶有一处清泉，水很甜，很多人都去那里打水喝。

啊，是吗？那我们快去吧。

慕小梅刚跳下车，手机却突然于她的背包里大振。她掏出来看，是邱野。她慌忙又调成振动，将手机重新丢回背包内。

为什么不接？司徒轩看她一眼。

估计是广告。慕小梅耸耸肩。

司徒轩不再理会，朝前方走去。

慕小梅也随之跟去，边走边惊叹，真美啊，正好赶上个秋尾巴，你看这些红叶红得多好。

是。司徒轩点点头。再晚些时候来，这些叶子就全落了。他朝两边看看，突然低身从地上拾起一片红叶来。他将那片红叶插进了慕小梅的上衣口袋里，对她笑道，这是我写给你的情书。

司徒轩，你好恶心。慕小梅的脸上飞起一片红云。

恶心吗？司徒轩问，我怎么听说有人比我还恶心呢？

慕小梅立刻明白了过来，她将那片红叶朝着司徒轩丢过去，啐道，这个死文子，她到底跟你说了多少有关我的事？

司徒轩笑而不答，自顾自地往前跑去。

慕小梅追了过去，边追边问，到底跟你说了多少？

司徒轩站住了脚，回头道，干吗，有什么见不得人的事吗，那么怕别人说你？

跟怕没关系好吗，这是我的隐私。

又没跟别人说，跟我说也不行吗？

不行。慕小梅叫道。

司徒轩收了笑。别怪钟夕文好吗？都是我逼着她说的。她那脾气禀性你还不知道，直肠子，稍微激她两下，她就兜底了。

司徒轩，你老实告诉我，你第一见到我时用的Happy须后水，还有身上的蔷薇花的香味，是不是都是钟夕文告诉你的？

司徒轩定定地看了看慕小梅，笑道，小梅，用得着这么认真吗？

用得着。这说明你们两个合起伙来骗我。慕小梅涨红了脸。

司徒轩温和地看着她，对她笑道，小梅，你能不能换个方式来想，文子和我都很爱你。尤其是我，为了和你套近乎，想尽了一切可能的方法。原因只有一个，就是爱你。

慕小梅定定地看着他，不知该如何作答。如此一本正经的司徒轩，令她有些不习惯。

司徒轩伸手将她拉近，继续说道，如果这么理解，你还觉得我们是在骗你吗？

慕小梅的嘴唇嚅动了半天，依旧说不出一句话来。

钟夕文和我都是将公私二事分得极清之人。尤其是钟夕文，她撮合咱俩，原因只有一个，就是觉得我很好，希望你能找到一个如意郎君，剩下的才是两全其美。这点你相信吗？

慕小梅点了头，低声道，我相信文子。

我呢？也相信我吗？

慕小梅看了看司徒轩，目光有些焦灼，嗫嚅道，可是……

算了。司徒轩推开她，独自朝前走去。

慕小梅默默地跟在他的身后，不再说话。

司徒轩刚走几步，又停了下来。他转头问慕小梅，你和邱野的关系定下来了吗？

慕小梅摇了摇头。

那就证明我还有机会不是吗？

慕小梅不说话，亦不动。

司徒轩笑了起来，对她道，好了，开心点吧。就做好朋友好了，顺其自然吧。

慕小梅长吁一口气，问，司徒轩，你不会生我的气吧？

我司徒轩是这么小气的人吗？我只是有些小小的挫败感而已。第一次想要爱的人竟不爱我！太奇怪了，小梅，我到底哪点不好啊？

慕小梅对着他笑，你哪儿都好，英俊，帅气，温柔，体贴。是我不好。

呸。少拿这些好听的话哄我。我既然那么好，为什么不选我？

因为我配不上你啊。

说了那么多，就这话说到点子上了。司徒轩假装严肃地点了点头。

慕小梅大笑，也不与他争辩什么。手机再次振动起来，她拿出来，摁断，继续选择无视。

司徒轩看了看她，也极为默契地选择了无视。半晌，又忍不住问道，谁啊，这么讨厌。不知道你现在正跟全世界最伟大的男人在一起吗，还这么恬不知耻地打电话过来。

慕小梅将手机从背包里拿出来，刚要关机，被司徒轩伸手给拦住了。算了算了，用不着，万一真有事找你也找不着了。

慕小梅只好将手机丢回包内，心却随那振动也震动了起来。

两人很快到达山顶，喝了山泉，吹了冷风，直至天色渐晚才往山下走去。路过一个农家院，司徒轩站住了脚。

怎么了？慕小梅也站住了脚。

司徒轩指了指眼前的院子，对她道，咱们就在这里吃晚饭吧。

慕小梅抬头看去，眼前一块简陋的牌匾写着：山野小憩农家院。

司徒轩推门走进去，她也跟了进去。司徒轩停下来，她也停了下来。眼前一座两层楼高的玻璃主楼，陷在夕阳的浮光里，显得格外静谧。玻璃主楼的后面，依山建起了许多形状各一的小木屋。简陋，朴拙，却又格外诗情画意的样子。小木屋的旁边是菜园子，没有固定的规则，只是绕屋而种。这儿一簇，那儿一簇，显得很是可爱。西红柿，小辣椒，西瓜秧子，到处都是。每间木屋的玻璃窗外还种着柿子树。此时又正值柿子成熟的季节，黄灯笼似的柿子挂满了枝头。

慕小梅转头对司徒轩笑道，好啊，就这里吧，这农家院好可爱。

是吧。司徒轩也四处打量一番，笑道，这家农家院的老板跟我很熟，每年樱桃柿子熟了的时候，都会给我打电话。我很少去市场上买这些水果，想吃了就会来这里买一大筐回去。很新鲜，也很好吃。待会儿咱们吃完饭，也给你买一箱柿子回去吧。

好啊。慕小梅拍手叫道，多买点，给文子她们也带点回去。

正说着，院内走出一人。天色稍暗，看不太清那人的模样，只隐约得见一个瘦瘦小小的影子。那人停了下来，朝他们挥了挥手，叫道，是司徒轩先生吗？

是。司徒轩拉着慕小梅往里走去。

走近，借着院子里的灯光，慕小梅看清了来人。一个中年女

人，约摸五十岁，干瘦的缘故，脸上的皱纹稍嫌过多。她看到他们后，笑道，我估摸着你们快走到了，就吩咐大厨给你们备好菜了，你们去二楼餐厅吧，已经放在那里了。

好。司徒轩点头笑道，辛苦你们了。

不辛苦。那女人摆手说道，老朋友驾到，高兴还来不及呢。上次一别，也得有半年多了吧?

差不多了，上次来，还是樱桃熟的时候呢。

是啊，这会儿柿子又熟了，要不给你们摘一箱回去?

好啊，那就麻烦你了，晚上摘能看得见吗?

不好摘，但也能凑合着摘下来。这次来不住一晚吗?如果住一晚，明早看得清，可以给你们摘些好的来。

啊，我是想住来着，就怕我朋友不方便。司徒轩说完朝慕小梅瞟一眼。

慕小梅的脸瞬间红了起来，好在天色已暗。她干笑两声，对那个女人道，其实我也想住来着，就是不知道您这儿的房子够不够，我们得要两间呢。

那女人原本走在前面带路，听了慕小梅的话，站住了脚。她指指山脚下一间稍大些的木屋对慕小梅笑道，够，够，如果你们肯留下住一晚，那座稍大些的木屋内有四个小单间呢，还有个大厅，住多少人都够。

你觉得呢?司徒轩转头问慕小梅。

慕小梅听了也就不再犹豫，轻轻点了点头说，好啊，如果房子够就住一晚吧，反正也已经请了假，不急着回去了。

司徒轩转头对老板娘笑道，好，就定山脚下的那座大屋吧。

太好了，我这就去给你们整理房间，你们先去吃饭吧。

司徒轩点点头，拉着慕小梅往餐厅走去。

餐厅内空无一人，慕小梅走在司徒轩的后面，打量着餐厅内的设施。很普通，四四方方的屋子而已，摆满了木头桌椅，很整齐的样子。慕小梅转个身，发现右手边有一条用铁丝钢板搭建的楼梯，司徒轩正朝上走，慕小梅也跟了过去。

二楼也空无一人,慕小梅直接走到最里边,依窗坐了下来。桌子上已摆满了家常小炒。慕小梅忍不住夹了一筷子,尝了尝,对司徒轩赞道,嗯,好吃,非常好吃。

司徒轩也坐了下来,端过桌上的茶壶,一边给慕小梅身边的杯子斟满茶水,一边对她笑道,慢点吃,别噎着,先喝口茶。

慕小梅听话地放下筷子,端起茶杯来喝。入口清甜,她问司徒轩,这种乡野之地怎么也会有这种上品之茶。

是,顶级绿茶。司徒轩点点头,不过不是他们这里的茶,是我之前带来给他们的。

哦,原来如此。慕小梅笑了起来,低头再啜饮一口,摇头晃脑起来,敢问山中何事?松花酿酒,春水煎茶。

司徒轩放下手里的茶壶,对慕小梅笑道,这是张可久的诗吧,《人月圆·山中书事》。

慕小梅点点头,答道,正是,看来你也很喜欢古诗词。

诗书的时候狠K过一阵子,这会儿也都忘得差不多了。

慕小梅笑笑,将头望向窗外。山脚下的城市已沦为夜色之囚。星星点点的灯光将城市的龙骨描绘得如梦如幻。像幽微的远星,闪动间,予人以平静。窗子此时是开着的,山风袭来,带来了小山菊的淡香。慕小梅忍不住再念,烟雨暗千家,诗酒趁年华。

司徒轩端过茶刚要喝,听到这句又放下了。如果没记错的话,这应该是苏东坡的诗吧。上下各两阕,你只取了两阕的最后一句。

慕小梅再笑,收回了目光。她对司徒轩道,司徒轩,如果不是因为没缘,咱俩还真是知己呢。

别把话说得过死。司徒轩端起茶杯来浅饮一口,放下问,我不是还有机会的吗?

慕小梅点头。无论如何,我们可以成为很好的朋友。

有得聊?司徒轩问。

很有得聊。慕小梅认真地点了点头。

司徒轩拍拍她的手背,笑了起来。傻孩子,一旦在乎了,就

很难以朋友之意来区分了,你可得先想好了,此一时非彼一时也。

我很贪心,司徒轩,即使我们走不到爱情这一步,我也不想失去你这个朋友。

好。我答应你,即使不能相爱,也做你的朋友。

谢谢。慕小梅心满意足地靠回了椅背,叹口气,将目光再次转向了窗外。

司徒轩夹起一筷子菜,放进了慕小梅的碗里,对她道,吃吧,既然都已经是朋友了,就别再煽情了,民以食为天,吃饱了再说。

慕小梅转回头,对他笑道,感情这事,只有落到穿衣吃饭上才能深刻吧?

不是深刻,是实在。生活原本就是实实在在。爱情再甜再蜜,也迟早归于平淡。那首歌叫什么来着……歌词写得真好,才知道平平淡淡,从从容容才是真。

嗯,一首老歌,《再回首》,很好听。

慕小梅刚说到这里,手机又于背包内振动了起来。慕小梅皱眉看了看司徒轩。司徒轩朝她点了头。她掏出了手机,看过去,竟是三儿。她接了起来,怎么了,三儿,有事吗?

没事。电话那头的三儿轻松地答道,演出很顺利,怕你担心,来电跟你说一声。

哦。这么早就演完了?

没有啊,上半场刚演完,我抽空给你打过来的。

好的,谢谢你们了。

你现在在哪儿?在家休息?三儿突然又问。

哦,不是,我跟司徒轩出来了,现在在西山这边,山野小憩农家院。

是吗?好玩吗?下次我带文子也去。

非常好玩,我很喜欢这家农家院,下次我们一起来。

好,说定了。小梅,我要上台了,不跟你说了啊。

好,挂了。慕小梅挂了电话,冲司徒轩笑笑。三儿他们也想来玩，要不，我们下次再一起来？

好啊。司徒轩点头答应，又说，不过估计得等明年了。

为什么？慕小梅问。

再过一个月这里就没法住人了，很冷，等明年五月份开春时，我们再来吧。

好吧。慕小梅不再说话，低头吃起饭来。

手机突然再振，慕小梅放下筷子再去看。这次是邱野。她皱了皱眉，将手机丢进了背包里。

司徒轩对慕小梅笑道，接吧，万一真有急事怎么办？

吃饭。慕小梅捡起筷子，继续吃了起来。

司徒轩也不再说话。

吃完饭，两人回了屋。司徒轩坐在客厅里看电视，慕小梅则走去卧室洗澡。

一会儿工夫，慕小梅穿了件纯白的浴袍走了出来。司徒轩看着她笑。她有些扭捏地对司徒轩笑道，这里的浴袍好漂亮啊。

司徒轩放下手里的遥控器，回她道，这是我提前跟他们打了招呼的，你不是没准备行李嘛，我想着你可能会需要。放心，老板娘知道我爱干净，不会拿不干净的东西给我。

慕小梅闻闻衣袖，再对司徒轩点头道，好香啊，太阳的味道。

司徒轩再看她一眼，情不自禁地站起身来。他朝慕小梅走近，将她拉进了自己的怀里。他低头，亲吻她头顶上的发丝。慕小梅怔在那里，不知该作何反应。

手机再次大振。放在木头桌上的缘故，这次的声音显得格外刺耳。

司徒轩垂下手，无力地对慕小梅笑笑说，去吧，去看看吧，万一是钟夕文呢？

慕小梅皱起眉头走过去，看了看，还是邱野。她叹口气，回身对司徒轩道，我去屋里接个电话。

司徒轩点点头，答，好，去吧。

慕小梅走进了卧室，司徒轩走回了沙发，落座，继续看起电

视来。

慕小梅关上门,接起了电话,冷言道,什么事?

为什么这么晚才接我电话?邱野的声音也很冷。两冰相撞,慕小梅仿似听到了尖锐的撞击声,耳朵里即刻出现了耳鸣。她停下来,等那耳鸣消失后,才又说道,一直在忙,没时间接你的电话。

忙什么?邱野问。

私事,不便透露。

……邱野不说话了。

还有事吗?没事我挂了。

……邱野依旧不说话。

慕小梅吼了起来,邱野,我告诉你,你没有权利这样对我。我想干什么都是我的自由,用不着你来管。你若再不说话,我就真的挂了。

邱野终于开了口,声音沙哑。出来吧,我就在农家院的外头。

什么?慕小梅惊跳而起,你怎么……

三儿告诉我的,出来吧。

你回去吧。慕小梅咬咬嘴唇说,我是不会出来的。

你今天若是不出来,我就一直在屋外站着。

你喜欢站就站着吧,你爱干什么就干什么。

外面已经在下雨了,我淋死自己。

慕小梅心脏一缩,仿佛突然就要抽搐过去。她闭起眼,深呼吸,走到了窗边。她伸手出去探了探,邱野没骗她,确实在下雨。她叹了口气,对邱野说道,你等会儿吧,我这就出来。

好。邱野挂了电话。

慕小梅急步走出卧室。司徒轩看到她后笑道,谁啊?

文子。慕小梅也笑了起来。她问我好不好玩,瞎扯了两句。

哦。司徒轩闲闲地应一声,继续看电视。

慕小梅咽咽口水,看了看司徒轩,对他低声道,我去跟老板娘要个枕头来,这里的枕头太矮了,睡着不舒服。

我去吧。司徒轩丢了遥控器，站了起来。

不用不用。慕小梅跑过去将他摁回。这点小事，我自己去就好了。

真不用？司徒轩看着她问。

真不用。慕小梅肯定地答。

好，那你自己去吧，老板娘估计还在主楼忙，就是刚才我们吃饭的地方。

好的，我一会儿就回。慕小梅抬脚往屋外走去。

小梅……司徒轩又叫了一声。慕小梅一只脚刚跨出去，又收回来，她转头看着司徒轩。司徒轩却不再说话了，好半天才又低声道，外面黑，小心点。

好。慕小梅假装高兴地点了头，关上了身后的门。

她急步走进了雨里，雨点打在头上，却像是打在心上，令她不安至极。她跑了起来，很快跑到了主楼。她朝内打探了一番，看见了坐在柜台后的老板娘。手里拿着一摞纸，用计算器算着什么。她没有管，回转身，朝左走了两步，看到了大门。她轻轻地将大门插销往旁边拨去，门开了，她将头探了出去。

院外，站着一个黑影，慕小梅来不及反应，已被那黑影拉进了怀里。慕小梅用力地挣扎，可越是挣扎，那黑影越是用力。慕小梅的胳膊火辣辣地疼了起来，她不由得小声呻吟。那黑影听到了呻吟声，稍稍松了力道，慕小梅从他胳膊内挣了出来。

干吗？怕我啊？那黑影笑了起来。慕小梅往远处退了退，站住了脚。

那黑影看着她退，往前跟了两步。

慕小梅再退，他叫了起来，慕小梅，你到底想干吗？

慕小梅依旧不说话，只是倔强地站在那里。

慕小梅。黑影再叫，你一个人躲到这孤山野岭来干什么？

谁告诉你我是一个人的？慕小梅冷冷地开了口。

什么意思？那黑影刚想再靠近，听了这句停了下来。你难道不是一个人吗？

不是。慕小梅答。

你……和谁……那黑影的声音喑哑了起来。突然，他抬头，停了半秒，转身跑开了。

慕小梅不知发生了什么，下意识地朝他追去。可邱野跑得极快，很快上了车。点火，倒车，扬起了一片尘沙，远去了。

短短几秒钟的时间，慕小梅感觉自己的心脏已被那车轮碾碎了几百万次。她看着那车尘消失的地方，一动不动地站在原地。雨水打在她的脸上，生疼的感觉，她却感觉不到任何。

她站了很久，终于转身时看到了司徒轩。她不动，司徒轩也不动。雨下得更大了起来。

不知过了多久，餐厅的大门打开了，一束手电筒的光扫了出来。司徒轩先生，您怎么在这儿站着？

司徒轩开口笑道，哦，没什么，小女孩喜欢淋雨，陪她出来走走。

那哪行啊，这会儿山雨挺凉的，小心别冻病了。您等着，我去给您拿伞去。那人返回了餐厅，一会儿跑出，手里多了一把伞。拿着，淋一会儿就回屋吧，别生病了。

好。司徒轩接了过来，继续对她笑道，您去休息吧，一会儿我会把大门关好的。

好的，那我先走了。那人点点头，走了开去。

司徒轩撑开伞，对慕小梅招了招手。慕小梅慢慢地走回。司徒轩将她颤抖的身子搂进了怀里，带着她往回走去。

进屋，慕小梅没理司徒轩，径直走回了卧室。她钻进被窝，瞪着天花板发呆。

司徒轩走过去，靠在门边，想对她说些什么，张了张嘴，什么也没能说出来。他叹口气，关掉卧室的灯，走了出来。

山风不断撞击着窗框，呜咽着，泪雨滂沱。

16

释　然

　　奇安，一夜山雨，一夜无眠。

　　此时的窗外，雨停，山净，空气清新。坐在这样一间山野小屋给你写信的心情理当怡然。可是抱歉，并非如此。心头此时像那悬在天边的帽盖云，没有往日的潇洒与飘逸，有的只是无来由的沉重跟无序。

　　屋檐处，雨珠不断地落下，掉进池塘，消失了踪迹。池塘此时是寂静的一角。睡莲虽已开败，少许枯黄的莲叶却一簇一簇坚守着阵地。间或跃起一两只绿蛙，这岸跳到那岸，貌似很笃定，只是阴阴郁郁的表情预示了寒冬将至的惶惶恐恐。

　　奇安，若不是昨夜的那场变故，今日坐在这里的心情或许会以高朗其怀，旷达其意与之面对。可惜，经过昨夜一役，所有的闲情逸致全都凋零在了那场暴风雨里。空空如也的心橱内，此时剩下的只是捉襟见肘的萧索与贫瘠。心中不禁默想，生命中深爱的人与事，为何总是走得如此匆匆？什么都来不及体会，来不及深想，转眼就成了过眼云烟。一腔柔情就这样没了着落，如慌悚逃逸的孤风瘦影，消逝在了无色无味的荒野之中。曾经没心没肺的纵情，换来的只是一次又一次的心伤。你还在缱绻昨日的甜蜜，那人已迅疾离去。

起身坐下，斗转星移。

身后刮起一阵凉风，慕小梅慌忙停笔，转头看见了司徒轩。他笑着，看着她。慕小梅还在猜测，他开了口，写完了吗，大作家，等你很久了。

慕小梅回问，你怎么知道我在写东西？

我都来了好几次了，看到你在那里奋笔疾书，不忍去打搅你。

慕小梅扬了扬手里的信纸，对他笑道，没什么，只是乱写些无聊的东西而已。

为什么写在一张纸上，没有本吗？

昨天不是走得太匆忙了，没有来得及带上本子。

哦。写完了吗？公司还有事，咱们得回了。

慕小梅赶忙跳了起来。哦，对了对了，你还得回去上班呢。你看我这记忆，真对不起。

司徒轩摆摆手，如果不是真有事，咱们晚一天走也没关系。

慕小梅将那张信纸叠好，放进外衣口袋里，再对司徒轩笑道，走吧，出发。

司徒轩往门外退去，边退边说，老板娘给咱们备好早餐了，吃完再走吧。

好。慕小梅点头，随他往餐厅走去。

坐在餐厅里，两人都不再说话。也都没有太好的胃口，随便吃了两口，便急匆匆地上路了。

车行至半路，司徒轩问慕小梅，回家吗？还是……

慕小梅原本望着窗外发呆，听了此话，转回头来说，送我去三里屯吧，我有东西要去取。

好。司徒轩点了点头，也不再说什么，只是将车提速，往三里屯去了。

车很快到达三里屯酒吧街，慕小梅下车，转到车的另一边，对司徒轩笑道，你回去上班吧，我自己去就行了，路上小心。

司徒轩看看她，也不说话，一脸心事地点点头，将车开走了。

慕小梅一直等那车开远，才转身朝"午夜烟语"走去。

她推开"午夜烟语"的门，往里望了望，黑黑的什么也看清。她摸黑走到吧台处，摁了左上方的开关。随着"啪"的一声响，眼前亮起了一片温馨之光。

吧台内，有人受了惊吓，猛然露出半个头来。

慕小梅没想到这里会睡着一个人，也吓得后退几步。等她停下来再看时，发现是吧台小弟。她笑了起来，问道，吵着你了吧？

吧台小弟也刚看清了来人，边揉眼睛边问道，啊……是你啊，怎么这么早，几点了？

慕小梅借着吧台的射灯看了看手表，对他道，快十二点了。

哦，那也该起了。吧台小弟下了"床"，开始折叠起被褥。半响，又想起了什么，直起身来问慕小梅，咦，你们乐队今晚不是没有演出吗？

是。慕小梅点了点头。

那你？

我来找你们老板，你有看到吗？

吧台小弟丢开手里的被子，想了想，答道，回了呀？昨天就回了？哦……他突然拉开了吧台内的一个抽屉，翻找起来，半响，拿出一部手机扬了扬。哈，在这里。

什么东西？慕小梅凑过去看。

我们老板的手机。吧台小弟将手机递给了慕小梅。

慕小梅接过来，看了看，关着机。她摁了开机，转头再问吧台小弟，现在怎么办，怎么找到他？

吧台小弟摸摸后脑勺，对她道，他好像借了小茜的电话，要不你打她的电话试试吧。

好，号码多少？

号码我写给你。吧台小弟拉开抽屉，找出一张纸和笔。

慕小梅又问，他昨晚没回酒吧吗？怎么手机还丢在这里？

昨晚……吧台小弟停下了手里的动作，努力回想了起来。好半天，又拍着脑门对慕小梅叫了起来，不对啊，昨晚他回酒吧了呀。不过走得挺早的。等会儿啊……啊，我想起来了，好像凌晨的时候,他突然又回来了,还是我去给他开的门。

然后呢?慕小梅着急地再问。

然后……吧台小弟又想,再答,然后就好像一直没走。这样吧,我帮你去包房那边找找,没准在那里,你等着啊。

吧台小弟说着就要从吧台里面钻出来,慕小梅赶忙阻止道,不用了,我去吧,我去就行了。

吧台小弟点点头,提醒她,里面可能有点黑,屋里墙上都有灯,一摸就能摸到。

好。慕小梅点点头,往那边去了。

她走到那排包房的门前,看了看,推开了第一间包房的门。里面确实很黑。她伸手往墙上摸了摸,摸到了开关,摁了下去。灯亮了,她刚转头便看到了沙发上的邱野。蜷着身体,睡在那里,极为不舒服的样子。她没有往里走,转身出了门。

她走去了更衣室,找了半天,找出一条干净的薄毯来。她走回,再推开那扇门,将薄毯轻轻地盖在了邱野的身上。

如此轻微的动作,竟也让邱野惊醒了过来。他睁开眼,看到慕小梅。迟疑片刻,突然伸手抓住了她。慕小梅疼得大叫。邱野松了松,想了想,又拉紧了些。他看着她问,你怎么跑来了?

慕小梅咧着嘴笑。打了你一夜的电话,为什么关机?

手机还在吧台里面柜子里,我不是故意要关机。

所以啊,我就跑来看看啰。你怎么睡在这里?

邱野松开了握着慕小梅的手,有些支吾地答道,哦……没什么,在家睡不着。

慕小梅弯腰坐了下来。

邱野往里挪了挪,再问,你怎么知道我在这里?

我哪知道?我只是过来碰碰运气而已。

为什么找我?邱野瞪着她。你不是和司徒轩在一起吗?

邱野。慕小梅对他叫道,顿了顿,认真地看着他说,我和司徒轩其实什么也没有,我们只是朋友。不管你信不信……

我信。邱野不等她说完,用力地点起了头。

慕小梅有些愕然地瞪着他，猜测着他的表情。片刻，又笑了起来，接着说，昨天我心情不好，他只是过来陪我的。他是个非常绅士的男人，绝不会乘人之危……

我知道。邱野从沙发上坐了起来。头发掉落下来，遮住了他的整张脸。他将十指插进了自己的发丝内，莫名苦恼的样子。慕小梅伸手去拉他，他躲开了。慕小梅刚要开口再问，他闷声道，小梅……这些……你为什么不早点跟我说？

现在说晚了吗？

不是晚了……

那是什么？

邱野抬起头来，看着她说，我去天津是为了接小双。她回国和同学约去了天津玩，结果把钱包给弄丢了。手机没电是个意外。

谢谢你向我说明这一切。慕小梅伸手握住了邱野的手，邱野却抽了回去。慕小梅皱起眉头再问，邱野，你到底在烦什么？

小梅，关于司徒轩的这些，你为什么不早点跟我说清楚？为什么？早点……或许就不至于弄到现在这个地步。

现在怎么了？发生什么事了吗，邱野？

邱野甩了甩头，伸手抓回了慕小梅的手，用力晃了晃说，没什么，一些小事。放心，我会解决好的，只要你爱我就行了。

慕小梅依偎了过去，喃喃问道，邱野……你也爱我吗？

爱。邱野扳过她的脸，很肯定地点了点头。非常爱。昨天看到你和司徒轩在一起，我心都碎了。

真的不是因为别的什么原因吗？

不是。也许一开始是因为婉云，但现在不是了。

慕小梅的眼泪涌了出来，她哽咽着再问，那小双呢，她怎么办？

她……邱野犹豫了一下答道，她只是妹妹。我会去和她说清楚的，放心小梅，放心……

好。慕小梅重重地点点头，从邱野的怀里挣脱出来。那我也会和司徒轩说清楚的。

邱野笑了起来，重新抱回她。如此紧，像满怀着一份希望，一份勇气，一份憧憬。又像是抱着一份自己向往了许久的新生活。谁知道呢？我们不都是带着各种希望，勇往直前的芸芸众生吗？即使是一只蝼蚁，也该拥有期望与希冀的权利吧？

慕小梅擦干了眼泪，看着邱野，无尽幸福地笑着。

邱野的眼睛里亦是红红的，他低头，深深地吻住了怀里的这个女人。

17
相 恋

奇安，我想我是爱了。

慕小梅刚写了一句，又停了下来，她无法继续。如果真的爱了，奇安会原谅她吗？还是会祝福她？或许，走得更彻底，自此从她的心上完全撤离。两不相欠，陌路天涯。

奇安，她再写，对这个男人的爱是因你而起，因为他有张与你无比相似的脸，于是被他吸引。我原以为自己迷恋的只是他的外表，但经过几次相处，竟被他完全相异于你的性格所吸引。具体为什么，我也无法说清。这是一种以前从未有过的感觉，即便之前与你在一起，也未曾有过这样的感觉。

奇安，我至今都不认为自己是懂爱的。情到底是什么？或许没有人能说得清。我们都只是随心而去的盲从者。因为走上了一条不归路，只能勇往直前。

包房的门突然被推开，邱野站在门口问，干吗呢，小梅？

没什么。慕小梅慌忙转头，对着邱野笑起来。

昨晚睡得怎么样？包房的沙发硬吗？叫你去我家又不肯。

不会啊，蛮舒服的。你呢，睡得不错吧，隔着一面墙都听到了你的呼噜声。

邱野不好意思地笑了起来。嗯，昨晚睡得太沉，没吵着你吧？

不会啊,有你的呼噜伴眠,睡得更香。

那好。那以后我天天打呼噜给你听。邱野边说边往里走去。

慕小梅定在了那里,心脏开始猛跳。

邱野边走边又问,小梅,你怎么又不说话了?

慕小梅准备束手就擒,身后的脚步声却骤停。邱野不耐烦地嘟哝了起来,谁啊,怎么这个时候给我打电话。他退了出去。

慕小梅长长地吁一口气,迅速地将纸折好,放进了背包里。

她走出包房,找到一张最靠近包房的座位坐下,看着邱野接电话。邱野看她走出来,对她笑笑,嘴里依旧对着电话那头说道,啊……是吗,没关系的,不懂就问。给你分配师傅了吗?哦,那就好。跟着师傅好好学吧……呵呵。电话那头不知有人说了什么,邱野笑了起来。他对着慕小梅招招手,慕小梅走了过去。他伸手将慕小梅拉进怀里。慕小梅想要挣脱,他却抱得更紧。慕小梅只好坐在那里,一动不动。邱野继续对着手机说道,小双,你听我说,无论进哪个行业,都有这样一个修炼过程。就像是练武功,功力是随着你的努力日渐增进的,不可能一日登顶,也不可能一蹴而就,而是需要一个循序渐进的过程。关键是不要急,万事开头难,随着你日后经历的项目越多,你的经验也会越丰富。嗯,林姐那人挺好的,好为人师,你就好好跟她学吧。师傅领进门,修行在个人。你绝对没问题。好,那就这样吧。今天吗?今天我回不去了,外面有事。你忙吧,有事再给我打电话好吗?好,再见。邱野挂了电话。

慕小梅问,小双?

邱野点了点头。是,今天第一天上班,部门老大给了她一个很大的项目,她有点害怕,怕自己做不好。

这家公司也真够大气的,对一个新人这么好,你打过招呼了吧?

嗯。邱野点点头。全是我曾经的下属,现在都升上来了。知道小双是我的妹妹,自然会重点培养。

你人缘也够好的,人都走了,别人还对你这么好。

我人缘不是一般的好。邱野得意地笑起来。主要是我能力强,让别人佩服。

臭美。小双怎么刚回来就上班了?

不算刚回来了。她本来上个月就要回的,结果伙同她的同学一起去欧洲自助游了一个月。

哦,怪不得。慕小梅点点头不再说话。

邱野的电话又响起来,慕小梅从他的怀里挣脱出来,重新走回了包房。邱野的声音在身后隐隐传来,又怎么了小双?哦,可是……你们聚吧,我就不去了,我今天真的有事。谁?林姐吗?好,你让她接听吧。林姐,谢谢了,我妹妹初来乍到,还请您多多关照。是是是,吃饭吗?饭就不吃了吧。以后,以后行吗?今天真有事。

慕小梅关了门,邱野的声音在门后变成了嗡嗡的虫鸣。她从背包里拿出那封信,摊开,继续写道,奇安,我感觉很幸福。感谢老天这样善待我,给了我爱的人。但我依旧希望老天能再善待我一次,让我确认你的幸福。如此,我才能放下。

写完,慕小梅折起那张纸,重新放回了背包里。

包房的门被推开,邱野站在门口对着她笑。小梅,告半天假可以吗?

当然可以。慕小梅连为什么都没问,直接就答应了下来。

邱野收了笑,皱眉对慕小梅道,你连我去哪儿都不问吗?

慕小梅没有回头,心里却开始叹气。她只是想在这个男人面前维持一点可怜的自尊而已,他却霸道地连这点都要剥夺。

好吧,去哪儿?慕小梅问。

原来的一帮老同事非要一起吃个饭,拒绝了半天都没拒绝掉。所以……

那就去吧。朋友要维系,咱俩怎样都好,来日方长。

邱野走近慕小梅,亲昵地蹭蹭她的额头,柔声道,真对不起,小梅,原本说好了要陪你的。

我又不是小孩子了,昨天之前没有你,我不也过得挺好的吗?

小梅。你到底在不在乎我?

我又怎么了?

我要你无时无刻不想着我,离开我一分钟都受不了。

慕小梅再次叹口气,看了看邱野,低声道,去吧邱野,都是你的老朋友,我不希望你因为我放弃些什么。

小梅……邱野犹豫着。

什么?慕小梅问。

为什么我总感觉琢磨不透你呢?你到底爱不爱我?

非常,邱野。慕小梅于心底作答,出口却轻描淡写的一句,爱,邱野。

邱野紧紧地抱住了她,用一种近乎命令的口气对她道,不许回家,今晚还陪着我睡酒吧。

可……你不回家吗?

不回。

是因为小双吗?

不是……她已经找到房子了,过两天就搬走了,你别多想。

好。慕小梅点点头,不再说什么。

今晚别走,还在我隔壁睡着,我打呼噜给你听。

可……慕小梅还想再说,被邱野打断,可什么可,今晚必须留在这儿。

好吧。慕小梅无奈地点点头,心里却是高兴的。

邱野满意地放开了她,往包房外走去,边走边又问,你今天打算干什么?

慕小梅道,去钟夕文那儿,晚点再和三儿一起回酒吧。

好。有事就给我电话。

慕小梅笑着点了点头。

邱野亲亲她的脸颊,走了出去。慕小梅随之走出,站在酒吧外的台阶上看着他。邱野坐进自己的车内,朝慕小梅挥挥手,将车开出了路边,往前去了。

慕小梅一直等那车子消失,才走去看手机。又是一通未接电话，全是钟夕文打来的。司徒轩也打了几通。慕小梅估摸着司徒轩没找到自己，让钟夕文帮着打过来的。以钟夕文的脾气禀性，断不会这么疯狂呼叫自己的。她摇摇头，给钟夕文拨了回电。

电话很快接通，钟夕文的声音差点就从电话那头蹦了出来。小梅，你还知道接电话啊，这是第一句。我还以为你人间蒸发了呢！这是第二句。宝贝儿，你知不知道我心都快碎了，这是第三句，到这句，声音明显软了下来。

慕小梅一直等那声音完全软下来才敢说话。好了，又不是第一次不接你电话，有必要这么大惊小怪吗？

有必要。钟夕文再次大叫，昨天到底去哪儿了？搞得我连觉都没睡好，总担心你出什么事了。

至于吗？慕小梅啐道，是司徒轩找不到我，所以才搅得你也不得安生吧？

你怎么猜到的？

慕小梅笑了笑，答，用脚后跟都能想到的问题，还问。

钟夕文叹口气说，他昨天跑到我家来了，硬是不相信你连我的电话都不接。最后实在没辙了，当着他的面给你又去了好几通电话，他才死心的。我看他着急，还和他一起开车去了趟你家。敲了半天门，也不见有人回应。回的时候，他一句话也不说，搞得我这心里也是七上八下的。小梅，你还是赶紧给他去个电话吧，你说一句比我说一万句都管用。

慕小梅不说话。

怎么了，小梅？钟夕文问。

慕小梅开口道，文子，司徒轩那么聪明的人，怎么可能猜不到我和邱野的关系呢？

怎么，你答应跟他在一起了？我不是让你再考虑考虑吗？

可是……慕小梅喏嚅道，感情的事真没法好好考虑的。

那你也应该再等等嘛，难道你不打算给司徒轩机会了？

不是我不给他机会，文子，只是我真的没法拒绝邱野，因为……我想，我确实是爱上他了。

你……钟夕文一时无语。

我也说不清到底怎么了，文子……对不起。你能祝福我吗？

不能！钟夕文大叫一声。他邱野哪点配得上你啊？我怎么可能祝福你跟那么个人在一起？小梅，你完全是被他蛊惑了。过两天，等热情一过，你恢复正常了，你就该后悔了。小梅，你醒醒好不好？我一千个不乐意，也一万个不同意。

慕小梅叹口气，对钟夕文低声道，文子，你乐不乐意，同不同意，我也要跟他在一起了。你说你又何必呢？

小梅。你现在人在哪儿呢，我过来找你。

慕小梅停了停，对她道，我去找你吧，正好我今天也没事。

好，那你来找我。其实我今天真是一点时间都没有的。

怎么突然这么忙？

什么突然啊。钟夕文叹道，上次和司徒轩说起的那个标下来了，正在准备投标事宜。

那不是好事吗？干吗心情这么低落？

只是有点担心而已。算了，不说这事了，你什么时候过来？

这就来。可是……会不会影响你工作啊？

不会。钟夕文肯定道，别以为我忙就没时间管你了。你今天必须来，我必须见到你，咱俩当面锣对面鼓地把这事说清楚。

什么跟什么啊？这话说得，跟个怨妇似的。慕小梅笑了起来。

怨妇就怨妇了，都是为了你，少啰唆。

好。不过我得先回家喂过小豆子才能出门。正好还要拿车，开车过来会方便些。

钟夕文突然警觉道，小梅，你昨晚是不是住在邱野那儿了？

没有，你想哪儿去了？

那你为什么还说要回家拿车，你到底睡哪儿了？

唉。慕小梅叹口气道，睡酒吧的包房里了。

还敢说没有。和邱野睡在一起了？

没。

骗人。

真没，骗你小狗。我们一人睡一间，我睡在他隔壁了。

这还差不多。这邱野若是敢……我非扒了他的皮不可。不过你们为什么要睡酒吧包房里？

小双暂时借住在邱野家，邱野可能觉得不方便，所以……

啊，小双都住他家里了？钟夕文又叫了起来。

慕小梅叹口气，文子，你别瞎猜，他只是把她当妹妹。

慕小梅啊慕小梅。钟夕文咬牙切齿道，你让我说你什么好啊。他说当妹妹你就信啊，没准人家早就已经暗度陈仓了！

文子，你今天这是要干吗啊？怎么整得跟我妈似的。我妈如果还在世，也没你这么八婆呢。再说了，邱野怎么得罪你了，你就这么讨厌他？

他没得罪我，但他跟你在一起就得罪我了。

为什么？

因为你值得更好的。

什么是更好的？

钟夕文怔在了那里。时光流转，恍惚那天钟夕文也曾问过慕小梅同样的话题，现在却换作了慕小梅来问。慕小梅心中感慨万千，她忽然明白自己之于钟夕文与三儿这件事上，当时表现得有多狭隘。好在最后谅解了他们，接受了他们，不至于因此失去两个朋友。而此刻，她亦急迫地想要得到这种理解与谅解，却深知因为司徒轩这层关系，恐怕一时半会儿，很难。

她将语速降下来，慢慢对钟夕文道，文子，我们还是见面再说吧，现在说多了，待会儿一激动容易开快车。

好吧。钟夕文叹口气道，见面再说吧，开车小心点，如果心里有事，就干脆打车过来吧。反正你也要和三儿晚上一起去酒吧，我开车送你们。

算了，你现在比我们忙。专心顾你那个标就好。我来了也不多话，能和你说几句就几句，能得到你多大谅解就多大谅解。尽人事，听天命。

啧啧啧，说得像我的话有多重要似的，真有那么重要你还选邱野呀？

文子。慕小梅叫了起来，你到底要不要我过来了？

好，好，不说了，快来吧，开车小心。

慕小梅将电话挂断，浑身无力地倒在了沙发上。她已经预感到会是一场恶战，却没想到比她想象的还要激烈。这个钟夕文，完完全全就是被司徒轩给洗了脑，坚决得让她无从下手。如何才能找到突破口？她闭上了眼，钟夕文的影子却不断于她脑海里跳出来，扰乱她的心。

慕小梅翻身坐了起来。她忽然明白文子之于她已不仅仅是闺密那么简单。这么多年的漂泊生活，让她对奇安，对文子，有如亲人般的依赖。他们之于她，如同手足。她决定说服文子，无论如何，她要他们与自己站到同一条战线上来。想到这一层，慕小梅忽然有了力气，像是冥冥之中上苍赋予了她一股神圣力量，让她奋不顾身地想要去参加一场战斗。

车到富丽大厦的时候，钟夕文的脑袋正从顶楼的办公室里伸出来，看到慕小梅后，冲她挥起了手。

慕小梅将车停好，走进了富丽大厦。

刚跨出电梯门，钟夕文已然出现在了慕小梅的眼前。宝贝儿。她开始用她那东南亚的京片子高叫了起来，且格外亲热地搂住了她的胳膊。但藏在胳膊下的那只手却暗用了力道，狠狠地掐住了慕小梅。慕小梅疼得大叫，转头看见开放式办公区内投来的目光，又只好硬生生地将那叫声给吞了回去。

她一边冲着钟夕文假笑，一边低声叫道，死鬼，轻点。

钟夕文也不甘示弱，低声叫道，偏不，做鬼也不放过你。她转头环顾一下四周，对着一众抬头的人叫道，大家都各忙各的吧，这个标有多重要，你们心里也有数，有事就来我办公室找我。说完，拉着慕小梅往办公室去了。

慕小梅边走边求，行了行了，差不多就行了啊。我到底做错什么了嘛？

钟夕文撇嘴冷笑道，做错了什么？哼，哼，做错的地方多了,待会儿好好跟你算。

钟夕文推开了办公室的门,用力一拉,将慕小梅拉了进去。慕小梅跌坐在了沙发上。钟夕文刚要关门,又伸头对外面坐着的一个秘书叫道,丽丽,帮我准备两杯咖啡拿过来。

好。那女孩起身去了。

钟夕文将头收回,掩上那门,朝着自己的那张大皮椅走过去。她落座,拉开了抽屉,从里面掏出一包烟来,丢给了慕小梅。

慕小梅叹口气,拿起那包烟。心知这是钟夕文打巴掌前的安抚行动。她抽出一支烟,点着,抽了起来。

钟夕文一直等在那里,看到她吐出一个小烟圈,开口问道,司徒轩怎么办?

朋友。慕小梅答,做朋友呗,还能怎么样?

死鬼,你知道多少女人在打他的主意吗?恨不得扑过去求他来爱,他都不肯。你啊你,你知道你丢弃了什么吗?

什么?

幸福。你下半辈子的幸福,就这样被你轻易地扔掉了。

文子。慕小梅苦着一张脸笑,那不叫幸福,只是又一段与奇安一模一样的纠缠而已。你明知道我并不爱司徒轩,干吗还非要强求我们在一起?!

你不也不爱祝奇安吗?那你跟他在一起幸不幸福?

幸福。这句话正中靶心,慕小梅只好点头。

门被推开来,那个叫丽丽的女孩端着托盘站在门口。老板,这个……搁哪儿?

搁过来吧。钟夕文拍拍身前的桌子。

那女孩走过去,将托盘里的咖啡一一放到办公桌上,说了句"请慢用",便转身走了出去。

钟夕文等那门一关上,又对慕小梅叫道,赶快离开邱野。

不可能。慕小梅低叫道,这次我是玩真的了。

为什么?钟夕文将椅子往慕小梅那边挪了挪。那么多比他优秀的男孩你不选,为什么偏偏就看上他了呢?

慕小梅躲开她的目光，端起咖啡，挡住了自己的脸。

钟夕文将她端咖啡的手拂开，继续瞪着她问，小梅，到底为什么？

慕小梅只好放下杯子，委屈地对着钟夕文叫道，钟夕文，这咖啡还让不让人喝了？

钟夕文做了个"请"字，身子稍稍向后靠去。

慕小梅端起咖啡，浅浅啜饮一口，突然又问钟夕文，文子，你能说清为什么会爱上三儿吗？

钟夕文刚要喝咖啡，听了她的话，怔在那里。

慕小梅笑笑，接着说，如果你今天非要我说清楚，我就跟你说清楚吧。跟奇安在一起，跟司徒轩在一起，我只知道索取，安然地索取。他们的爱，他们的温柔，他们的放任，我通通接受得心安理得。但跟邱野在一起，他索取我，我也索取他。他为我付出，我也为他付出。我总是心疼他，对于他的伤痛，他的过往，我既能理解，也能感同身受。文子，爱情难道不是两个人的事吗？两种磁铁的相互吸引，才可能自然而然地走到一起。其实我不应该拿奇安与邱野相比。就算我爱邱野，也不能抹去我对奇安的感情，但是今天为了说服你，我只好把话说得这么透彻。

钟夕文无言以对。

慕小梅看看她，继续说，你和三儿刚在一起的时候，我也很纠结，总觉得你们俩太不相配了。你的条件简直甩了三儿好几条街。但当时你告诉我，说三儿才是最适合你的那个人。你要的不是对方有多优秀，而是对方有多适合自己。那么文子，我现在告诉你，邱野很适合我。

钟夕文放下了手里的咖啡杯，看着慕小梅叹道，慕小梅啊慕小梅，你中邱野的毒不轻啊。

钟夕文。慕小梅也叹道，你中司徒轩的毒也不轻。

钟夕文再次怔在了那里。

慕小梅转头去看放在烟灰缸上的烟，只剩了一尾烟屁。她轻轻地摁熄，转头对钟夕文笑道，文子，你是不是潜意识里怕得罪司徒轩，所以才这么希望我跟司徒轩在一起的?!

钟夕文转开了眼，嘴里却不甘心地叫道，哪有啊……会吗？我钟夕文是这样的人吗？

人有时潜意识里的东西，自己都很难承认。即便是，我也不怪你。我也不奢望你现在就能接受，但我愿意慢慢说服你。文子，你的认可对我很重要。

小梅。正是因为我知道，我才希望你的未来是幸福的。可现在，这个邱野，我真的一百个看不上，怎么看都是司徒轩好。

文子，我也不强迫你，而你也别来强迫我。

好吧，我们给彼此时间吧。钟夕文点点头，不再说什么。

慕小梅也不再说话。屋子里静极了，只有喝咖啡的声音此起彼伏。少顷，两人放杯子，动作也是极轻的，害怕打扰了谁似的。

钟夕文，慕小梅忍不住叫了起来，咱俩别这样了好不好？

怎样？

怪怪的感觉，怎么了这是，心无芥蒂的感觉去哪儿了？

小梅。钟夕文叹道，怪我，可能最近我有点神经质。都是这个标闹的，我有点过于紧张了。

司徒轩不是帮你介绍德恒集团的总裁了吗？还有什么可担心的？难道对方不认可？

那倒没有……钟夕文嗫嚅道，只是……

只是什么？

只是面是见着了，没能说上几句话。对方说要赶飞机，刚聊两句就要走。投标在即，我这心里还是慌慌的。

应该没事吧，人家可能真的就是要赶飞机呢。再说了，来都来了，人家何苦不给你们机会？

钟夕文叹口气道，原打算给他演示产品的，现在也没机会了。

文子，这个标你们都运作了好几年了，测试也已经通过了，即便总裁不知道测试数据，下面的人也会报上去的吧，那你还有什么可担心的呢？

小梅，事情不是你想象的那么简单。虽然我们产品很强，但

我们的对手也很强。

谁？那个佰智科技？

是。对方是一家资产上亿的大公司，而且还是我们这个行业最早的一家老牌公司，声名在外。他们在全国三十多个省市都有自己的分公司，公司的总人数达到了三千多人，光是售后服务人员就达一千多人，这种实力，我们怎么比啊。

文子……慕小梅还想安慰，被钟夕文打断了。小梅，关键是这场仗我们输不起。这几年，在这个项目上我们投入的人力物力太多了。

不是还有聚众公司在支持你们吗？他们那么大的集团还能养不活你们这家小公司？

关键就在这儿，我就是不想只靠着一家集团，他们也不可能把所有的项目都给我们。再说，太看重他们一家，也会让我得神经病的。我希望公司业务能多在几处地方开花结果，这样一来，支点多了，公司的运营自然也就平稳了。我这心，钟夕文再叹，也就安定了。

文子。事情已经到了这一步，或许你该将心情放轻松些。投标将至，这个时候你再急也没有用了啊。

是，我知道。过两天吧，等这标投完我就好了，现在有点神经质是很正常的，你别往心里去就好。

我怎么会往心里去，亲爱的，别瞎想了，我唯愿你赶快拿下这个标，好好地与你庆祝一番。

谢谢，但是司徒轩那边，我撇开项目不谈，还是觉得他比邱野好。

慕小梅无可奈何地笑笑，好好好，司徒轩比邱野好行了吧。现在你是老大，我也不与你争什么，一切等你投完标再说吧。

钟夕文也笑了起来，举了举手里的咖啡杯，不再说什么了。慕小梅也不再说什么，举起咖啡杯碰了过去。

门外突然传来了敲门声，钟夕文转头叫道，进来吧。

门被推开，一个身材挺拔的男子走了进来。

什么事？钟夕文问。

钟总，关于售后服务的问题，还得请您来定夺。我觉得应该是7乘8小时的售后服务才对，可研发部那边非说是7乘24小时的服务，到底写哪个？

7乘24。钟夕文立刻答道。

可是钟总，我们以前从来都是……

钟夕文摆手打断他，就按我说的做，7乘24小时，大不了安排几个专职技术人员出来，只服务德恒集团这个项目。还有，对方要求每个分公司都要实行双机热备的事宜，也一并应承下来。

啊，那项目费用成本不又得增加了？而且这样一来，存货将会大幅度地增长，于我方不利啊。这也……

什么都别说了，就这样吧，能做的做，不能做的我们也做。

好吧……来人看看钟夕文，不再多说什么，转身退了出去。

看到了吗？钟夕文转头回来对着慕小梅叫道，为了这个项目，我简直都快脱光了。能脱的脱，不能脱的也全都脱了。只怕是场恶战，恶战啊……

文子……慕小梅无比心疼地拍了拍钟夕文的手背，想说些安慰的话，却一句也说不出来。

算了算了。钟夕文假装潇洒地扬了扬手，对她笑道，不说这事了，你是个局外人。走，咱们出去吃饭去，我请客。

不了。慕小梅摆手道，我待会儿还有事呢。

你有个屁事啊？

真有事。我得回家准备晚上演出的服装。刚才走得急，什么也没带出来。咱们晚上酒吧见吧。

那好吧。钟夕文也不再挽留，起身相送。

慕小梅走到电梯口，一步跨了上去。钟夕文刚要跟上去，被慕小梅给推了出来。她笑道，你回吧，熟门熟路的，晚上见。

钟夕文只好停下来，对慕小梅挥手。路上小心，晚上见。

电梯门关上，慕小梅立刻掏出了手机。电梯门再打开，她拨了出去，是给司徒轩的电话。

电话接通，司徒轩的笑声传了过来，终于肯接电话了？

慕小梅也格外温柔地笑道，对不起啊，昨天有点事，没有接你的电话。

没关系，现在打过来就行了。怎么，想我了？

司徒轩也笑了起来，你打个电话来演示什么叫"呵呵"吗？

司徒轩。我想请你吃个饭。

干吗，有事求我？

是。慕小梅也不闪躲。

什么事？司徒轩换了口气。

吃饭吧，边吃边说。

不吃了，如果有事求我，就不吃饭了。说吧，什么事？

啊，现在说啊。慕小梅犹豫着，现在说就说不出口了。

呵呵。司徒轩呵了起来，小梅，不是我不想吃你的饭，只是我现在人在长春呢。回来再补吧，可以说了吗？

好吧。慕小梅深吸一口气，鼓足了勇气开口道，关于德恒集团那个项目……

怎么？你现在也是钟夕文公司的人了？司徒轩不等慕小梅说完就打断了她。

没有啦……慕小梅不好意思地答道，只是有些担心她。

这钟夕文，真够狠的，竟然让你来当说客。

不是啦。慕小梅摆手道，不是她让我来的，是我自愿来的。

自投罗网？司徒轩笑了起来，你想好了吗，小梅？

想好什么了？慕小梅假装不知。

你答一句想好了，让我高兴高兴会死啊。傻傻的，装个二愣子都不会，还敢来求我。

司徒轩。慕小梅叫了起来，你不是公事私事分得很清楚的吗？你自己说的话都忘了？

看看看，我还没急呢，你倒先急上了。我跟你开个玩笑也不行啊？

慕小梅不好意思地笑了起来，自觉理亏，有这么求人的态度吗?她口气软了下来,那个标,钟夕文到底有戏没戏嘛?

有戏没戏我哪知道,又不是我们集团的项目。

你不是和那家集团的总裁是老朋友吗?

小梅,那是别人家的事,我怎么可以管得太多。

你帮帮钟夕文嘛,她好可怜。

小梅,这项目你有所不知。双方各有优势,各有利弊。其实钟夕文心里不是不知道该如何处理,人家佰智科技在项目刚开始的时候找过她,想坐下来与她好好谈谈。她拒绝了,她想独吞,所以人家也才想来独吞的。现在闹成这个局面,只能是听天由命。小梅,这不是你该管的事。作为朋友,你只要从旁安慰安慰她就足矣了,插手太多不见得是好事,你说呢?

那就是不帮啰?慕小梅悻悻道。

不是不帮,只是这个时候无从再帮。等等吧,看看开标后的结果再说吧。

好吧,无论如何……谢谢你。

谢什么?我什么也没做。

你这么伟大的一个人,你心里肯定有分寸的,我相信你。

呵呵,终于说了句人话了,真不容易啊。

呸,你才不说人话呢。

看,刚夸完就掉链子,能不能有个长性啊。说好了啊,等我回京,请我吃饭。

好,等你回来。

爱你,小梅。

呵呵。

呵个屁,挂了。

司徒轩收了线,慕小梅坐在车内发起呆来。

车窗突然被敲响,慕小梅猛然一惊,转头看见了钟夕文。她赶忙摇下了车窗。钟夕文伸头进来问,怎么还没走啊?

这就走了。

行不行啊,要不别开了,明天让三儿给你开回去吧。

没事，好着呢。慕小梅假装轻松地对她笑笑。上去吧，别担心我了。

好吧，路上小心。钟夕文退了开去，朝她挥了挥手。

慕小梅将车启动，开出了停车场。

她很快到家，稍作整理便朝酒吧去了。

晚上的演出并不是太好，慕小梅整个人完全不在状态，勉强唱下来而已。三儿或许受了钟夕文的影响，也完全不在状态。小四就更别提，垂头耷脑的，提不起半点兴奋劲来。好在当晚的客人很少，三三两两的几桌，又多在聊天，没人在意台上的情况，于是三人不约而同地选了一些慢歌来唱。

钟夕文一直没露面，慕小梅觉得可以理解，也估摸着她还在公司里忙那个标。可是邱野一直没出现，令她无论如何也接受不了。不就是跟以前的老同事吃个饭嘛，用得着从中午一直吃到晚上吗？她很想给他去个电话，可每次手机拿出来，又搁了回去。男人在忙的时候，女人该不该打电话？这是个世纪性的问题。最后她的倔强赢过了她的想念，她决定不打，由他自由来去。

最后一首歌终于唱完了，没有错词，简直有如神助。她轻声对着麦克风说道，好，我们今晚的演出就到这里了。感谢这么多朋友的陪伴。你们的掌声是这个夜晚最美的声音，也愿我们的歌声成为你们今夜值得回味的感动。谢谢大家。三人行乐队，我们后天见。

舞台灯光暗了下来，小梅转身对三儿叫道，三儿，你赶紧回去陪文子吧。

好。三儿木然地点点头，表情有些疲惫。

怎么了？慕小梅问。

三儿停下了手里的动作，对慕小梅低声道，小梅，文子可真不容易啊。撑起那么一家公司，还要养活几十号人，太不容易了。可惜我什么忙也帮不上，我这心里真的很惭愧。

三儿。小梅拍拍他的肩膀道，文子有你这句话就够了，看来文子找你还真找对了。

当然对了。三儿瞪大了眼睛。

慕小梅笑笑说，看看，刚夸完就来劲了，赶紧回吧，陪在她身边比什么都强。

小梅。你说我什么时候才能挣大钱啊，如果我有钱了，文子或许就不用那么辛苦了。

三儿。慕小梅打断他。会的，以后会的。等你当了音乐制作人，等你的歌卖出去了，一切都会好起来的。关键是别着急，别放弃希望。

好。我听你的，你是我们三个人中最坚强的一个。

坚强个屁啊，那是在你面前。三儿，说句良心话，我们三个人中，你最强。只有你对音乐最执着，从来不放弃希望，我相信你迟早有一天会成功的。我坚信。

谢谢你。三儿笑了起来。到底咱们是一条战线上的啊，这个安慰太受用了。行了小梅，就凭你这句话，我死也要死在我的键盘上，永不放弃。

赶紧回去吧。先给文子去个电话，别让她挂念着。

好。三儿听话地拿出电话，拨了过去。

慕小梅往吧台那方走了去。

吧台小弟没等慕小梅走近，便笑着问，想喝点什么？今天我们老板没在，我做给你喝。

啤酒。慕小梅坐上高高的吧凳，晃着腿，偏头朝吧台小弟媚笑了起来，你们老板今天回过酒吧吗？

没有，向毛主席保证。吧台小弟举起了三根手指。

慕小梅满意地点点头，伸手将他的三根手指摁回去，又问，他会去哪儿呢？

那我就真不知道了。吧台小弟边答边打开了一瓶啤酒，推到了慕小梅的面前。

慕小梅拿起来，慢慢抿进一口，眼神朝酒吧各处飘了过去。

吧台小弟笑道，别跟这儿找了，他肯定没在。哦，中途有打电话来，说可能会晚回，让我们尽心照顾酒吧生意。

哦。慕小梅放下了手里的啤酒瓶。

吧台小弟看了看她的脸色，低声道，要不……你再给他打个电话？

好。慕小梅举起手里的电话，拨了出去。两声，突然断掉了。她转头对吧台小弟叫道，竟敢挂我的电话？

不会吧，我给你打。吧台小弟也拿起电话拨了过去。

电话很快接通，响了两声，也断掉了。

你看你看。吧台小弟高兴地叫起来，我的也被挂掉了。

那就是谁的电话都不接了？慕小梅目露凶光，瞪着吧台小弟问，这有什么可高兴的？死邱野，老玩这套，见了面再跟他算账。

应该没事吧？吧台小弟小心翼翼地开口道，这么大个人了，可能现在不方便接听电话吧？

这么晚有什么不太方便的？除非是跟别的女人在一起。啊！慕小梅对吧台小弟叫了起来，都怪你，我本来没往那方面想的，经你这么一点拨就想到这里来了。

好了好了，我不说行了吧。好人都没好报，我只是想安慰安慰你的。喝酒吧，喝完酒什么事都没有了。

没有个屁啊。不喝了，回了。慕小梅将啤酒瓶重重地搁回吧台，转身走出了酒吧的大门。

她大步流星地朝家的方向走去，刚走出几步又慢了下来。她往后看看，只犹豫了半秒，便朝着酒吧走回，心里连连骂道，死邱野，再不回来，真扒了你的皮。

话音未落，人已走回。她走进酒吧，找了一间空包房，在那里烦躁地溜达了起来。

很久，她又从包房内走出，往二楼的露台去了。

她站在那里，默然不语。耳畔，心内，此时只有一个名字，邱野。眼前的一盏路灯被月光照软，贸然地，浮动开来。

18
小双的晚宴

奇安,昨晚睡得不太好,一夜惊梦。梦里,我又回到了晨曦山下的那间老屋。天下着雨,心情低落迂回。山洪将老屋后院的一处墙角冲塌,奶奶站在雨里饮泣。我一块块地将砖搬来,努力想要将墙角筑回原样。只可惜雨水太大,山洪太猛,任我如何努力,那墙角依旧不断地被冲垮,不断地塌成废墟。我无力地坐在那里,听奶奶的哭声于耳边回旋,回旋。回旋不去。

醒来,那声音依旧都在。低低的,隐忍的,饮泣的声音。周遭突然变得安静,令人恐怖的安静。我的手到处乱摸,枕边却空空如也。我起身想去拿你的衣物,发现自己竟睡在陌生的地方。我努力辨认眼前的一切,才看清是在酒吧的包房里。起身,去到另一间,再另一间。每一间包房的门都被我打开,却找不到想要的身影。

等了一夜,等不来归人。此时心情像开败的杜鹃花,只剩满目疮痍的红。

奇安,如果可以,我多想做个隔岸之人。如若世事都能高高挂起,无关痛痒地去看,或许就会平淡许多吧。只可惜不能。我和邱野,我们之间有着太多太多的纠缠与桎梏。那种紧锁的感觉,像千百年前的一场伤痛别离,终于等来了今生今世的百转

千回。

奇安，我不会怪责邱野，因为我们都是有所缺失之人。那种煎熬与不能，令我们变成了荒原里的行路人，在看到绿洲的那刻，哪怕只是海市蜃楼，也要义无反顾地生死相携，等待一场希望的降临。决绝的给予，决绝的霸占，心中却怀疑着明天。

奇安，此时的窗外依旧一样的秋色，却有异样之情。转头自顾，镜中的自己已消失了往日红颜，剩下的只有苍白颓然。

慕小梅丢开笔，颓然地抱住了自己的脑袋。深恸返回，堵在她的胸口，呼吸困难。

难道所有的青春都如她这般迷茫？为何总是走着走着，就走进了迷雾之中。没有光的地方，要如何寻找出口？

奇安，若你在，多好。她抬头再看那本日记，恍然想起昨日返家时，特意带了来，此时轻捧在手，心如它厚重。翻翻剩下的几页，她开始幻想新日记本的模样。或许下次会选择红色？如果心情允许的话，慕小梅希望是红色。那种充满生机，充满希望，充满活力的感觉，令她不由得笑了起来。刚才的难受感觉好了些许。她深吸气，伸了个长长的懒腰，令心情平复下来。她将日记本放回到背包内，俯身又躺回了沙发。

门外传来了脚步，她敏感地支起耳朵。

门被推开，邱野走了进来，慕小梅的眼圈瞬时红了起来。

邱野关上门，笑着朝她走近。坐下来，捧起了她的脸，慕小梅的眼泪正好滴落在他的手心里。

邱野没有管那手心里的眼泪，而是去吻她眼底不断涌出的晶莹之物。对不起。他边说边抓起她的手，放到唇下去吻。

慕小梅将手抽回，轻声道，你不是让我等你吗？你自己又跑到哪里去了？

中午喝完酒了我就要撤，没想到又碰到另一拨朋友，又接着喝，结果喝多了。

为什么不给我打电话？

电话都拿不起来了，还怎么给你打电话？哥几个把我给抬回来的。早上睡醒来,才发现自己没在酒吧。

为什么不接我电话?

想接来着,可刚拿起来就被他们摁掉了。

谁摁的?小双?

小梅。邱野皱起了眉头。

慕小梅叹口气,说,算了,等你就已经很累了,吵架更累。

对不起,邱野将脸贴过去。害你担心了,是我不对,下次再也不敢了。

慕小梅躲开,答,这已经不是第二次了,你还有下次?

再也没有了。下次我也一定记得给你打电话。

只是打电话?

还有按时回家。

慕小梅笑了笑,算了,原谅你了。不过我也得回去了。

啊,我好不容易才赶过来,你这就要走?

不然还想怎么样?

再住一晚吧。邱野抱住了她。

慕小梅躲开,对他道,不行,我真得回了。在这里睡不好,你看我这眼睛肿的。再说,小豆子也该不乐意了,这会儿回去就得跟我闹脾气。

邱野还要坚持,手机突然响了起来。他放开慕小梅,将手伸进了一个黑色皮包里,摸索了半天,拿出手机接了起来,哪位?

蚯蚓,什么时候回啊?小双在电话那头吹气如丝。

邱野突然站了起来。他转头对慕小梅笑笑,往包房外走去。他关上门,低声对小双道,你没在公司上班吗?

在啊。现在正在啊。

那你不好好上班,给我打什么电话啊?

你在哪儿啊?小双问。

啊……外面。说吧,到底找我什么事?

还能有什么事?不就是想你了吗?问问你今天什么时候回家,我也好早点回去。

你不上班了？

小双笑了起来，林姐今天出差了，叮嘱我把标书封好就可以回家了，所以我现在没事了，正打算回家呢。

那你回吧，房子准备好了吗？

都准备好了，就等把搁在你家的东西搬过去了。不过今天我还不想走，再住一晚吧。怎么？你想赶我？

哪有？只是问问有没有需要帮忙的地方？

什么都不用帮了，你请的工人都已经帮我整理好了。

那就好，还有事吗？

干吗，那么急着挂电话。我不嘛……小双撒起娇来。

慕小梅的声音也在包房内响了起来，邱野，好了没有？

小双立刻敏感地问，蚯蚓，你和谁在一起？

干吗，管我？邱野没好气地回小双。

慕小梅，那个慕小梅对不对？小双叫了起来。

对。邱野平静地答她，我跟她在一起。

不要，蚯蚓，我要你回来陪我。小双叫得更大声了。

不行，今天回不了。邱野冷言道。

必须回。小双几乎用哭腔喊了出来。

邱野叹口气，低声道，小双，你再这么闹我就挂电话了。

小双突然转了语气，轻声道，蚯蚓，要不然你把慕小梅也带回来吧。我们自己在家做饭，只当是为我接风好啦。

那天不是已经为你接完风了吗？还接风？

这次庆祝我有工作了嘛，不行啊？

邱野叹口气，对她道，你……搞什么搞啊？

蚯蚓，来吗？求求你了。小双撒娇道，来嘛来嘛，好不好嘛，叫上那个慕小梅就是了。

那我问问她吧，一会儿再给你答复。

怎么，她还不乐意了，我这是给你面子才叫她的。

小双……邱野又叫了起来。

好吧好吧，你问吧。小双妥协下来。

我一会儿给你打过去。

好，等你电话，快点。小双在电话那头重重地亲了一下。

邱野走出浴室，慕小梅正靠在床头发呆，看到邱野后笑了起来，干吗呢？一个人躲在浴室里这么久？

小双的电话，问咱们什么时候回去，她要做饭给咱们吃。

为什么？慕小梅瞪圆了眼睛。

小双希望大家庆祝她有了一份好工作，所以……要不要去吃？邱野在她身旁坐了下来。

你回吧，我不去。慕小梅转开了眼。她肯定只想做给你一个人吃。

不行。邱野叫道，你若不回，我也不回了。

那怎么行？慕小梅推开他，站了起来。她好不容易做一顿饭，没人去吃，心里肯定会难受的。只是一顿饭而已，我不至于小气到这种地步，去吧。

邱野也站了起来，说，一起去吧，她都说了叫上你。

她真的这样说了吗？慕小梅无比怀疑地看着邱野。

真的说了，我骗你干吗？邱野瞪起了眼。

可是，好尴尬啊，怎么都觉得别扭。慕小梅转眼去看窗外。

要不这样吧。邱野走过来，搂过她的腰说，咱们把三儿和钟夕文也叫上吧，这样你就不会尴尬了。

这样好吗？慕小梅转回脸，面露喜色。转念，又有些担心地说道，这么多人，会不会给她添乱啊？

怎么会？那是我家，怎么会给她添乱呢？再说了，大家正好借此机会聚聚，你们今晚不是没有演出吗？

慕小梅想了想，答道，那好吧，我先问问文子的意见，她现在有个标在投，忙得焦头烂额的。

怎么最近大家都在投标啊？邱野撇撇嘴，往旁边退了去。

还有谁投标啊？慕小梅一边拨电话一边问邱野。

小双呗，不是跟你说了吗？公司给她机会练手。

哦。慕小梅这么"哦"着，电话已给钟夕文拨了过去。

慕小梅还没有说话，钟夕文的声音已经笑了过来，对不起哦，宝贝儿。

哪跟哪儿啊？慕小梅也笑了起来。怎么一上来就道歉啊？说吧，你又做了什么对不起我的事了？

搞了半天你没生气啊。钟夕文叫道。

我怎么越来越听不懂了呢？钟夕文，你到底在说什么？

唉。昨天晚上啊，难道你都没注意到我没去吗？

注意到了呀，这怎么了？你没来很正常，来了才不正常呢！这么大个标，你不得认真对待啊。

钟夕文在电话那头笑了起来，对她道，小梅，真是谢谢你了。有你们这帮朋友，中不中标都无所谓了。

呸呸呸，尽说丧气话。必须中，绝对中，得这么说知道吗？标准备得怎么样了？

没问题了，正让我们公司最细心的小李子审标呢，等他审完就封标。然后，爱谁谁了！

还小李子，叫得跟个太监似的，小心人家怀恨在心！

怎么可能啊，你没事就叫我蚊子蚊子的，我不也没生气吗？

那是文学的文好嘛，哪有叫你蚊子的，你自己瞎想。好了好了，不跟你瞎贫了，正事都来不及说。

什么事啊？钟夕文问。

你和三儿晚上有事吗？

没有。怎么，请我们吃饭啊？

对了，就是请你们吃饭，不过不是我，是邱野的妹妹，小双。

呸，鸿门宴吧，她请就不吃了。

来吗？既然是鸿门宴，你舍得让我一个人去吗？来吧，有福同享，有难同当嘛。

嗯……钟夕文犹豫了半响，答，真不想去。

来嘛。慕小梅继续求道。

那你等会儿吧，我问问三儿，他要没事我们就去。

好，你问问。

电话那传来了钟夕文的大叫，亲爱的，亲爱的。

三儿的声音也从很远的地方传过来，什么事，文文？

慕小梅听到这个"文文"就浑身起鸡皮疙瘩。

邱野妹妹请吃饭，晚上你有事吗？

没事，邱野请的就去吧。

好，那我就答应了。转回来，钟夕文对着慕小梅笑道，算你有福气，有我们这么好的两个朋友为你两肋插刀了，给你报仇去。

喂，文子，千万别，只是个小姑娘而已，还是邱野的妹妹，好好地来吃个饭就行了。

好，知道了，好好吃个鸿门宴。钟夕文再笑起来。

你……慕小梅也笑了起来，好吧，随你怎么说，来就行了，地址我让邱野一会儿给你发微信过去。早点过来噢！

OK。

一会儿见。慕小梅心满意足地挂了电话。

邱野看到她走回，问道，怎么样，他们答应了吗？

慕小梅点点头。你把地址发个微信给三儿吧。

好。邱野低头将微信发了过去，再抬头对慕小梅笑道，走吧，咱们先去超市买食材。

慕小梅起身收拾，邱野的电话又响了起来，还是小双，邱野摇摇头接了起来，又干吗？

怎么样，答应了吗？

嗯。邱野答，我们一会儿去买食材，你要带点什么吗？

啊，你们这就去啊，不带上我吗？

算了吧，我和小梅顺路，你就别跑了。

好吧，我也没什么要带的，只是酱油没了，记得买老财神牌的。鸡精也没了，记得买太太乐牌的。还有剪刀也找不到了，记得……

等会儿等会儿，这么多我哪记得住，我去找支笔记下来。

好，快去，亲爱的。小双在电话那头笑得极致妩媚。

邱野对正在整理背包的慕小梅叫道，小梅，有笔和纸吗？

慕小梅低头翻找半天，拿出一支笔，又从日记本上撕下一页纸，递给了邱野。

邱野接过来，对着电话说道，说吧，再说一遍，酱油老财神。鸡精，太太乐。还有什么？他抬起头认真地听着，一会儿埋头再记，冰糖，南京甘汁园。孜然，喜洋洋牌。枸杞，早康。洗衣粉……喂，这个时候买什么洗衣粉嘛？

买嘛？小双撒娇道，我正要洗衣服嘛，家里没了。

好吧，邱野皱皱眉，只好再写，洗衣粉，碧浪。还有吗？

没了，菜你自己看着买吧，反正回来也是你烧。

啊，不是你要做饭给我们吃吗？

你舍得让我来做吗？我都上了一天班了，让那个慕小梅来做吧，反正她也是闲着的。

你才闲呢，人家晚上有演出。

今天晚上又没有，小双在电话那头不屑道，让她给妹妹做顿饭怎么了，她不想当我嫂子吗？当嫂子就要有当嫂子的样子，就让她做。

算了，还是我做吧。邱野无奈地摇摇头，再问，还有事吗？没事我挂了。

亲我一下再挂嘛，小双嬉笑道。

小双，你再这样……

哪样？我刚从国外回来，你要让我哭吗，我真哭了啊。

算了。邱野只好再叹气，轻声道，乖乖的好吗？我们一会儿就回，做好吃的给你。

这还差不多，快点回。亲爱的，爱你。小双挂了电话。

邱野一抬头，正好撞见慕小梅目光，他往旁边躲了躲，自嘲地笑笑说，小孩子，咱们就别跟她计较了。

谁计较了？慕小梅淡淡地答道。

她比咱俩小，就让着她吧。

她多大了？慕小梅问。

二十五岁。

我今年二十四岁,谁让谁啊?慕小梅依旧不动声色地看着邱野。

好了好了,我说的是辈分好吗。如果有一天我们结婚了,你不就是她嫂子了嘛?你说谁比谁大?

呸,谁说要和你结婚了?慕小梅瞟了他一眼,心里却很开心。

邱野再笑起来,对慕小梅道,别逼我跟你求婚啊,我干得出来。

邱野说着就要单腿下跪。慕小梅赶忙拉住他,对他道,好啦好啦,一天只做一件事就好,我不想累死。

邱野站了起来,看着慕小梅收拾完东西。接过来,拉着她的手往屋外走去。

邱野开车带着慕小梅往家赶去。车行半路,慕小梅突然感觉有点不对劲,她对着邱野叫了起来,喂,邱野,你怎么往我家开啊?

邱野看看前方,再转头看看慕小梅,这明明是回我的家!

慕小梅不再说话,一会儿看到了朝阳公园,又叫了起来,明明就是去我家嘛。

邱野再笑,问她,难不成你也住这边?

对啊。慕小梅偏头答道,咱俩还真是有缘呢。

车子很快右转,拐进了一个小区,邱野熄了火,对慕小梅笑道,走吧,咱们去对面那家超市买点东西。

你就住这里?慕小梅解开安全带问。

对啊。

怪不得。慕小梅下了车。

怪不得什么?邱野也下了车。

慕小梅绕过车子,走过来看着邱野。怪不得上次在超市门口碰到你和小双,还有前两次在书店,在朝阳公园里碰到你。

是啊,你看咱俩有多笨,怎么都没想起来咱们可能住同一区。

嗯。慕小梅点点头,真没往那儿想。

这样也好。邱野搂过慕小梅,对着她耳边吹气。以后咱们可以走动得更勤了。

什么跟什么啊，想得美。慕小梅笑着推开了他。

邱野也不介意，再过来牵着她，一齐往小区外走去。

他们很快走到超市，邱野一边推着车，一边拿出一张纸来。慕小梅抢过来看，嘴里念道，酱油，老财神。味精，太太乐……什么跟什么啊？小双叫你买的？

邱野点点头，刚才电话里嘱咐的。

你还真听话？慕小梅白他一眼，走上前几步。

邱野追过去，讨好地笑道，小梅，你看有要改的吗？如果有你不喜欢的品牌就换。

不用了，我买这些调料的时候从来都不看品牌。慕小梅说着自己都脸红了起来，突然有了一种自己很不贤惠的感觉。

那你看什么？

只看包装，方不方便用是关键。你别说小双还真是细心，以后肯定是个贤妻良母。

邱野笑了起来，对她道，她是又怎么样？我只要你是就行了。

如果我不是呢？慕小梅转头问道。

那我就是贤夫良爸。

慕小梅"扑哧"一声笑了起来，什么跟什么啊？哪有贤夫良爸的？

以后就有了，跟你结婚后就有了。

这是邱野第二次提到了结婚的事，虽然只是玩笑，慕小梅听来也觉得开心。她想，到底这个男人是与她认真交往的，对未来是有所计划的，剩下的又有什么重要呢？或许这个小双只是他们通往幸福路上的一个小石子吧，她只需付出努力，像对待钟夕文那样，最终变成好朋友就可以了。可是，她要如何努力，才能赢得小双的谅解呢？想到这一层，慕小梅的心情又开始烦乱了起来。想当初自己能把钟夕文感化，不知用了多少心血，如今让她重来一次，她却有了万般无力之感。

怎么了？脸色不太好？邱野关切地捏捏她的脸问。

慕小梅掩饰道，没什么，正想着待会儿做什么菜好。

不用你想，邱野笑了起来，待会儿全权交给我，你只要负责吃。

那怎么行，哪能让你一个人累？慕小梅摇了摇头。

有什么不行的，我心甘情愿。邱野说着突然将慕小梅抱起，丢进了购物车内，笑着向前而去。

慕小梅吓得连连大叫，邱野，快放我出来，让工作人员看见了会骂的。

邱野一直将车推出很远，才停下来。他将慕小梅从车内抱出来，再亲亲她的额头，对她道，小梅，怎么爱你才好呢？

慕小梅娇羞地转开了头，瘪瘪嘴道，以后别在这里闹了，公众场所，有碍尊容。

不要。邱野继续搂过她，笑着再问，小梅，你说你有天会离开我吗？

怎么会？莫名其妙地怎么问这个？慕小梅瞪起了眼。

邱野也觉得自己的问话有所不妥，低着头往前去了。

邱野。慕小梅追过去，对他笑道，我是不会离开你的，你别瞎想。

邱野冲她笑笑，再亲亲她的脸颊，脸色缓和了下来。

他们很快选齐了物品，推去结账。走到半路，突然跳出一人来。她冲着邱野而去，旁若无人地抱住了他，叫道，啊，终于找到你了，亲爱的，我都等得烦死了。

邱野慌忙转头去看慕小梅，再对吊在身上的小双叫道，快下来，小双，这是在外面，别这样。

在家里就可以了吗？慕小梅在心里啐道，只是脸上的表情却依然是平和的。

小双跳了下来，搂着邱野的脖子再问，东西都买齐了吗？

邱野不好再推，点头道，嗯，都买齐了。然后假装掏钱包，想要拂去小双的手。无奈小双抱得极紧，他拂了几次都没拂开，只好由着她继续挂在自己的脖子上。他转头看看慕小梅，讨好地

问道，还要再买点什么？

慕小梅不动声色地笑笑，问他，家门钥匙可以给我吗？我想先回去。小双下来了，我怕文子到了，敲门没人。

邱野赶忙去解挂在腰上的钥匙，殷勤道，当然可以。

小双伸手给阻拦了。不用你的，把我的钥匙借给她不就得了。

这个"借"字说得极大声，莫名地刺耳。

慕小梅依旧不动声色地笑道，好啊，那就谢谢了。

小双将挂在手指上的钥匙转了一圈，丢给了慕小梅。

慕小梅接住，再笑着朝邱野挥挥手，急步朝超市外走去。邱野还想对她说些什么，她的身影已然消失在了眼前。邱野收回目光，狠狠瞪了小双一眼。小双假装不知，冲着他吐吐舌头，一副优哉游哉的表情。

慕小梅木然地朝前走，走到半路，才突然想起没问邱野地址。她站住了脚，怎么办？她在脑子里不断地问着自己。她很想给邱野去个电话，可电话拿起来又迟迟拨不出去。这样一来，那个小双该怎样嘲笑她，她想想都够了。算了，还是给文子去个电话吧。这样想着，她拨了钟夕文的电话。电话接通，她叫了起来，文子，邱野家的地址给我发个微信过来。

钟夕文惊讶地问道，奇怪了，你不是跟邱野在一起吗？

哎呀，我怕你们到了，家里没人，就提前回家去等你们。可又走得太急了，忘了问地址了。

钟夕文大笑了起来，宝贝儿，钥匙拿了没有啊？你不会连钥匙也忘了拿吧。

哪能啊，在手上呢。慕小梅不由自主地将钥匙像小双那般地转了一圈，转完，又觉到很郁闷，悻悻地停下来，心想我学谁不好啊，学她干吗？

小梅，钟夕文说，地址给你发过去了，你接收吧。

好，谢谢了。你们到哪儿了？

刚出来。本来可以早来的，没想到临出门，公司又有电话来。

好，等你。慕小梅挂了电话，低头收微信，往前方找着去了。

等慕小梅拐七拐八，终于找到邱野家的时候，已经无须钥匙开门了。邱野给她开的门，出来迎接她的还有钟夕文。他俩同时叫道，老天爷，您老终于到家了。

慕小梅不好意思地笑笑，将钥匙丢给了邱野。你们又不是不知道我是个路痴。

好嘛，你这也太路痴了，以后可怎么办啊？去哪儿都得跟着。邱野接过钥匙冲着她笑。

慕小梅刚想回答，小双跑了过来，趴在邱野的肩膀上问道，怎么了？怎么了？

喂喂喂！钟夕文不管不顾地叫起来，这儿人这么多，别玩男女授受不亲嘛。我老公在这儿，我都没这么起腻呢，让人家女朋友看见怎么想啊？

怎么想？小双翻个白眼，依旧趴在邱野的肩膀上。爱怎么想就怎么想？我可是邱野的……

话还没说完，被邱野打断了，好了好了，大家都坐着说话，站在这门口算怎么回事？

邱野朝钟夕文那边抬抬下巴，对慕小梅示意道，你帮我照顾三儿和文子好不好，我去给你们做饭。

好啊，慕小梅换了拖鞋，朝客厅那边走了去。

她边走边打量，发现客厅很大。一排小书架将客厅分隔成东南两个区域。东边有一扇硕大的窗户，阳光极好，洒进来，显得屋内很亮堂。再往里，一张超大灰沙发卧在地上，格外安逸的样子。对面是一排书柜组成的电视柜，上面摆放着一台电视。电视开着，演着什么肥皂剧。慕小梅对肥皂剧不感兴趣，只是想着如果和邱野一起窝在这里看电视，应该是件很惬意的事。

她再转头看南面，应该是用餐区。一张长长的木头餐桌横在了那里，用于做装饰的小花瓶被挪到了一旁，桌上摆满了各式各样的零食。薯片、怪味花生、榛子、开心果、巧克力、可乐、红酒、果味气泡酒。开了封的，未开封的，混在一起，零乱的样子，显得很温馨。

慕小梅找了找，刚想给自己倒点什么来喝，钟夕文拿起一个水晶杯，倒进半杯红酒递给了她。

慕小梅接过来，笑着对她说，我还没照顾你，你倒先照顾起我来了。

钟夕文也不说话，耸耸肩，窝回沙发里去看电视。

慕小梅轻抿一口酒，抬头朝餐桌旁边的照片墙看过去。钟夕文猛然想起了什么，冲着慕小梅张了张嘴，发现已经晚了，慕小梅的视线已经停在了那些照片上。

整齐排列的照片，全是邱野和小双的合影，很甜蜜的样子。摆出的各种亲昵的姿势，令慕小梅心头泛起了酸水。她甩甩头，想要甩脱那种不好的感觉，却是不能。她不是不疑惑的，之前与奇安在一起时，也有钟夕文的存在，却从未因此生过气。然而，时光转到这里，为什么一切都变了呢？为什么邱野与小双就不能了呢？到底小双是先于自己认识邱野的，还有妹妹这层身份，可是，心里还是很难受。

慕小梅放下了酒杯，含在嘴里的红酒变得格外酸涩起来。像原本醇香的酒内被人倒进了一勺醋。她假装去看别处，刻意让心念转了开去。

餐桌之上的那盏吊灯吸引了她。灯很普通，只是灯罩很有意思。未经打磨的木头，一块一块的，用无数粗糙的麻绳绑在了一起。很朴拙的感觉，慕小梅喜欢。她用手摸了摸，大声地对厨房那边叫起来，邱野，这灯罩从哪里买来的？

邱野伸出半边身子来，一边搅着鸡蛋一边答她，这怎么可能买得到？是我亲手做的。

啊，真的吗？慕小梅笑问，用手再去摸那木头。

邱野赶忙提醒道，小心，很粗糙的，小心刮到你的手。

慕小梅朝他吐吐舌头，手却依旧停在了那里。

你喜欢这个？邱野问。

慕小梅点了点头。

不觉得很烂吗？邱野再问。

哪会烂？慕小梅瞪圆了眼睛。我就喜欢这种朴拙的东西，越原生态越好。有些田园风的感觉，能使人放松。

邱野放下手中的碗，对她笑道，那就好，我以后可以多做些，把这家里所有买来的装饰品全部替换成手工制作的，让女主人搬进来的时候高兴高兴。

钟夕文听到这句，立刻偏头问，谁是女主人啊？

邱野刚要答，被一只手给拉回了厨房。蚯蚓，帮我切这个嘛。

慕小梅随即瞪了钟夕文一眼，一副要你管的样子，心里却是甜的。

她环顾四周，朝一扇打开的门走去。

走近，发现是卧室。一张超大的双人床摆放在屋子的中央。慕小梅的脸莫名其妙地红了起来，她回头看看，身后无人。钟夕文和三儿依旧在看电视，邱野也回了厨房。她放心下来，细细地打量起眼前的景象。被罩是深蓝和浅灰相间的小格子，不喧宾夺主的感觉，干净绵软地铺在那里。很温暖。卧室的东西极少，除了床，就是一排长长的衣柜，极为简约。慕小梅留了心，仔仔细细地四面找了找，未找到任何女人的东西。她长长地吁口气，心情暂且平复下来。突然，她发现还有一扇小门，与墙面同色的白，差点错过。她走过去，打开门，走了出去。

门外竟是一间很小的阳台。极为普通，只有一张破旧的黑皮沙发歪斜在那里。慕小梅有种似曾相识的感觉，她想了想，又想不起来在哪里见过。她抬头，望向对面，却愣在了那里。

对面阳台，一整块淡绿色的蜡染布出现在眼前。那布是慕小梅去贵州旅行时在当地一家蜡染民居里买来的，京城很少见。一扇窗打开着，风正往里灌，吹起窗帘的一角，极为优雅地抖动不停。

没错，那正是自己家的阳台。而这边，竟是邱野的阳台。一街之隔，像两个突然撞见，多年未见的老友。繁杂的滋味涌上心头，慕小梅红了眼圈。她慢慢伸出手，假装拿起一支烟放到了唇边。她假装吐出烟圈，轻声念道，你好啊，邱野。

谁好啊？邱野不知何时出现在了身后。

慕小梅赶忙放下手，却不敢回头。她怕他看到自己眼睛里的红，嘴里慌忙答道，这阳台的视野很好啊。

是吧。邱野晃着一杯红酒走了过来，他与慕小梅并肩，手指向了窗外。左边是朝阳公园，对面是超市，旁边还有家图书批发市场。再看这边，他又往右指了指。这边全是大小餐厅，找食很方便。我经常来这里站站，看看下面的市井生活，非常有趣。

慕小梅瞟了邱野一眼，问道，也经常深夜来这里抽烟吧？

邱野怔了怔，歪过头去问她，你怎么知道？

慕小梅耸耸肩，答，我猜的。

邱野笑了起来，对她道，嗯，有时很晚从酒吧回来，会来这里抽支烟。

想念某人的时候也会吧？慕小梅再笑。

是。邱野也不隐瞒。刚跟小婉分手那会儿，经常失眠，也常来这里抽烟。久而久之，竟养成了习惯。

慕小梅突然觉得鼻子酸了起来。她一直以为抽夜烟的习惯只得她一人。那种遗世独立的感觉，那种万物萧索的感觉，那种矛盾又怪异的感觉，让人无比地着迷。直到今日，她才确信，这世界真有人与她同步。一样的心境，一样的动作，一样的兴趣爱好。这，令她感动。到底她和邱野是有缘的。

邱野还在说，小梅，你抽过夜烟吗？

慕小梅不答。

很有趣的感觉。深夜里才行。等到四周都静极了，所有人都睡着的时候，你独自一人抽着烟，与自己真实地紧贴在一起。陪伴着对方，很温暖很温情的感觉。眼前的一切都是虚幻的。天空很远，灯光也很淡，却很美。

慕小梅不等邱野的话音落下来，问道，恐怕不止有你一人吧？这世上的事，好像总喜欢成双结对。

还真猜对了。邱野笑着看她一眼，说，还真有人和我在同一个时间干着同一件事。

谁？

我也不认识。邱野摇摇头，手指向了对面阳台。喏，就在那边。

慕小梅不动声色地再问，都怎么干的？

邱野大笑两声，接着说，两个大老爷们，除了面对面地抽根烟，还能干什么？不过我挺可怜那人的，貌似比我还孤单无助的样子。

一个男人？慕小梅叫了起来，你怎么知道他是个男人？

我猜的，都那么晚了，又抽烟，哪个女人会这么疯？

慕小梅在心里叹起气来，邱野，我就是那个疯女人。她又问，邱野，万一那是个女人呢？还是个美女，怎么办？你会不会爱上她？

邱野看看她，捏捏她的脸颊说，如果没有你，或许会。现在有你了，就不会了。

慕小梅再问，都那么晚了，你们两个大老爷们面对面地抽烟有什么劲啊？

怎么没有？偶尔我会用打火机跟他打招呼。

他呢？有回应吗？

当然有，有时他主动跟我打招呼。

为什么？

邱野低头想了想，答道，同为天涯沦落人吧。我估计他也是这么想，没准他在可怜我。谁知道呢？没准拿我逗着玩也没谱。

不会吧。慕小梅答道，无怨无仇的，谁会这么无聊。慕小梅说着转开眼，突然看到黑皮沙发的旁边有个小筐，她问道，那是个什么东东？

邱野也转回了眼，看过去，笑了起来。真想知道啊？

当然？

邱野笑道，全是字母彩灯。

干吗使的？

偶尔拿它跟对面那人打个招呼什么的，玩呗，希望他不会以

为我是个同性恋。

慕小梅走过去再看，一个不大的竹筐里装满了红色的字母，杂七杂八的，只是少了光的衬托，有些颓然肮脏的样子。慕小梅笑道，真没谱，这么娘的事情只有女人才干得出来。

不会吧，那太惨了。邱野笑着靠在了窗台上。我只是觉得好玩而已。那天正好经过一家小店，看到了，就买了回来。

哪家小店？慕小梅问。

喏，就那边。邱野指了指对面。

慕小梅看过去，眼光正好落到了一家小店的招牌上，写着，小小玩意儿。

那间吗？她指了指那间"小小玩意儿"。

是。邱野点了头。我当时也没想进去，被门口的那个导购给硬拉了进去。进去了，如果不买点什么又觉得不好意思，就买了这个回来，纯粹是觉得好玩而已。

慕小梅笑了起来，答道，哪天我也去逛逛。

好啊。我陪你一起去。

屋内突然传来了小双的叫声，蚯蚓，快来嘛，我被切到了。

啊？邱野转身朝屋内跑去，边跑边叫，怎么搞的，怎么这么不小心呢？

小双不知何时已经走到了卧室这边，停在那里，瑟瑟发抖的样子。

慕小梅走过去看，那伤口还真不小。很深很长的一道口子，血正不断地从那伤口里涌出来。她赶忙问邱野，有没有止血的东西？

邱野指了指床边，回慕小梅，去抽屉里找吧，好像有创口贴。

好，慕小梅立刻朝床头柜那边跑过去。她拉开抽屉，找出一盒创口贴来。她抽出几块，撕开包装，递到了邱野的手里。

邱野边贴边对着小双念，你说这么大个人了，怎么做事老这么不小心？还是个在国外留过学的人，怎么连这么点小事都要让人担心，真不知你那学是怎么留的。

小双乖巧地低着头，一句话也不说。

慕小梅突然感觉气氛好尴尬，她不知道自己该走开还是继续看着两人在她眼前上演慈爱戏。就在此时，客厅里的钟夕文也大叫了起来，邱野，快去厨房看看吧，怎么闻着有煳味了呢。

好，这就来。邱野转身对慕小梅叫道，小梅，你帮小双吧，我去厨房看看。

慕小梅冲他点点头，伸手握住了小双的手。

邱野一走开，小双立刻抽回了自己的手，对着慕小梅冷言道，他没在，咱俩就没必要假兮兮的了。

慕小梅抬头看她一眼，继续拉过她的手来问，什么假兮兮的？

小双再次甩脱了她的手，冷笑一声说，何必，明知邱野不可能是你的，你还这么下三滥？

下三滥？慕小梅停下了手上的动作，呆呆地望着小双。

你不是吗？小双瞪着那双丹凤眼，眼里瞬时布满了血丝。

我怎么就下三滥了？慕小梅努力平息着自己，用一种平静的语气问她，我和邱野在一起就是下三滥了？你和他在一起就不是？

我先认识的邱野好吗？我从他读大学的时候就认识了，你才认识他几天，你觉得你能把他从我身边抢走？

恐怕他那会儿爱的不是你，而是小婉吧？

是又怎么样？小婉自己离开他的，后来我和他就在一起了，你整个儿就是个插脚进来的小三，你好意思吗？

慕小梅摇头道，我有什么不好意思的，即使你跟邱野先认识，现在也在一起，他也只是把你当成妹妹而已。

小双的脸色瞬间变了变。慕小梅，若不是有邱野在，我绝对会甩你一巴掌。你这人可真够幼稚的，你刚从幼儿园毕业的吗？当妹妹，你不觉得男人都爱用这种话来骗女人吗？

慕小梅努力平息着怒火，平静地答她道，如果邱野这样骗我，他也会这样骗你，难道你非要把他说成是这种人吗？如果他真是这种人，你还会爱他？

当然爱。慕小梅，我和你不一样，你可能会因为他变坏了，

落魄了，出什么事了，就离开他。我不会，无论他什么样，我都义无反顾地爱到底。我劝你趁早躲远点，因为你也不可能从我身边抢走邱野。

小双。我从没打算抢任何人。邱野和我，我们很简单，只是相爱了，如此而已。小双，如果你能明白，我和邱野都希望能得到你的祝福。

相爱了。小双再次冷笑了起来。慕小梅，你这人可真好笑。好啊，那就相爱吧，你看邱野最后到底是爱你还是爱我。你看他是舍得离开你还是我？我们走着瞧呗。

小双转身往客厅走去。慕小梅对着她的背影叫了起来，等等。

小双转回头来问，怎么，这么快就投降了？

慕小梅将手里的创口贴朝她递过去，这个给你，待会儿别碰水了，万一流血过多就换一张吧。另外，别这样对自己，邱野也肯定不希望你这样伤害你自己。

小双没有伸手去接那创口贴，而是用一种讥讽的眼神看着慕小梅。慕小梅，你这样的，我见多了。没事就爱在男人面前装个假纯情什么的，骗骗那些傻老爷们或许行，但到我这儿你就省省吧。真逗，还什么别伤害自己。看出来了吧，这一刀我是故意切的。这算什么？为了邱野，我什么事都干得出来。我是绝对不会放弃邱野的，你省省吧。

小双径直走出了卧室。慕小梅完全怔在了那里，背脊处阵阵发凉。她原以为小双只是有些醋意而已，万万没想到事态会演变成如此地步。就算是钟夕文当年恨自己，也没跟她说过如此狠的话。

那边，邱野将小双从厨房里轰了出来，去去去，去别的地儿待会儿，这儿用不着你这个伤员了。

小双格外矫揉造作地对他笑笑，小伤而已，你看你紧张的。

小伤也不行，万一伤口感染也是不得了的。去吧，去跟小梅聊会儿天去，一会儿菜好了再叫你。

邱野说完，抬头看见了站在卧室发呆的慕小梅。离得有些距

Chapter 3　沧海桑田　｜　309

离,他看不到慕小梅脸上的表情,只是对她招手示意,让她把小双带走。慕小梅赶忙清醒过来,笑着对邱野点了头。

小双朝着慕小梅走回,嘴里冷冷问道,聊吗?

慕小梅不知该如何作答,望着她不说话。

嘿嘿。小双再冷笑两声,打开旁边那间屋的门,走进去,重重地关上了。

慕小梅走出了卧室,正好被钟夕文转头看见。钟夕文问,你和她说了什么,为什么气冲冲地给我们甩脸子?

慕小梅赶忙用手指比在嘴上,示意她小声点。

钟夕文敏感地站起来,朝慕小梅走了过来,再回头对三儿叫道,三儿,你去厨房帮帮邱野吧。

好。三儿立刻跳起来,快步朝厨房那边走了去。

钟夕文一直等三儿进了厨房,才转过头来问慕小梅,怎么了?出什么事了吗?

若不是在邱野家里,慕小梅真想趴在钟夕文的肩上大哭一场,但她忍了忍,出口变成了淡淡一句,没事,小女孩有点吃醋而已。

何止是一点啊。钟夕文啧啧有声。我看这醋意可不小呢。小梅,你可得小心点,这女人看来不是一般的货色,假模假样的,当着邱野一套,背着又是一套。

行了,待会儿让邱野听到了多不好。回头再说吧,我没事,我会小心的。

文子点点头,刚要走开,邱野却出现在了她们身后。两位美女聊什么呢?

钟夕文立刻转身笑道,正聊你这房子不错呢,什么时候买的?

哦,也就买了一年多吧,没多长时间。邱野边擦手边问,怎么,你喜欢这房子?

嗯。钟夕文点头道,地理位置不错,生活社区也搞得挺好的。

慕小梅看着两人聊得高兴,赶忙说道,我去厨房帮帮三儿,你们俩好好聊聊。

好。邱野冲她点点头。三儿非要做几道菜，把我给轰出来了，你去或许他不轰你。

钟夕文接话道，你可别小瞧三儿，他也是个大厨。

是啊，我相信。邱野笑道，我这不是让位给他了吗？喝点什么？我去给你拿。

钟夕文回身看了看茶几上的空酒杯，走过去拿起一只，对邱野道，还是红酒吧。

红酒不错吧。邱野拿过放在餐桌上的红酒瓶，为钟夕文斟上半杯，问，够吗？

够，谢谢。

邱野将酒瓶搁回了餐桌，转身拉出一张椅子来，对钟夕文笑道，坐吧，坐下来说。

好。钟夕文一边答应着，一边举着酒杯优雅落座。听小梅说，你以前在一家公司做销售总监？

是。邱野找到一个空酒杯，给自己也斟上半杯红酒。

什么行业？钟夕文放下了手里的酒杯问。

信息安全。

哦，钟夕文惊呼道，那咱俩可是同行啊。

是吗？邱野也笑了起来，这么巧？

就这么巧，我们公司也是做信息安全的，已经做了七年了。

你们公司叫什么？

新中科技。

啊，听说过你们公司，没准咱俩还争过标呢。

极有可能，听小梅说你都做到总监的位置了。

是啊，不过我已经离开这个行业很久了。

哦，多久？

快两年了吧。

为什么？

不喜欢这个行业，觉得没劲，假，无趣。

呵呵，不至于啊，销售总监怎么可能这么感性呢？

嗨，真不是感性，就是不喜欢。我原来干这行也是被朋友硬逼着去帮忙的，干着干着就脱不了身了。两年前吧，咬咬牙，辞职出来了。

你原来在哪家公司工作啊？钟夕文晃晃酒杯问。

很多公司，信义科技，慧德科技，长丰科技，佰智科技。

啊，你还在佰智科技干过？钟夕文放下了手里的酒杯。

是啊，怎么了？邱野刚想端起酒杯，也放了下来。

哦，没事。钟夕文端起酒杯晃了晃。我们公司的李心意原来也在佰智科技干过，你听说过他吗？

李心意啊，当然听说过。邱野笑了起来。你去问问他，当年他的师傅是谁，谁把他带到这个行业里来的，你就知道我跟他的渊源有多深了。

不会是你带他入行吧？

把那个"吧"字去了。他就是我带入行的。他哥哥和我是大学同学，关系一直挺好的。当年我在佰智公司的时候还只是个销售经理，他又刚大学毕业，他哥托到我这儿，我就介绍他进了佰智。怎么，他人现在在你那儿？

嗯。钟夕文点头道，他销售能力很强，人又勤快又聪明，把他从佰智挖过来是太值了。不过听他说，佰智科技不怎么样啊！

不会吧，他这么说？

他没说太多，但我经过几次与佰智的交手，我也觉得这家公司做事不地道。太黑，喜欢背后搞竞争对手，老玩阴的。

啊……是吗？不会吧……

钟夕文端起酒杯来笑。事实如此，你不是在佰智科技待过吗？你不这样觉得？

好像我在的时候……还好吧。可能对对手有点不留情面，但不至于下黑手吧？

不至于？钟夕文冷笑道，绝对是不留情面地下黑手。你虽然在佰智公司待过，但你离开这个行业这么多年了，我也就不怕你听着不舒服了，这家公司就是太黑。

说说？邱野抿进一口酒问。

打标打不过就到处散播我们公司的谣言，说我们这个技术指标不行，那个指标又有问题什么的。他自己呢，明明就是copy了别家的产品，套个自己的盒子，就敢出来挂羊头卖狗肉，真不是个东西。

你们是不是正好碰上同一个项目了？邱野问。

钟夕文笑答，商业机密，不便多言。

邱野笑了起来，放心，我的嘴很紧。而且我已经是局外人了，对你没有威胁。另外，这个行业我也绝不会再踏进一步。

为什么啊？钟夕文问，这个行业不是挺有趣的吗？累是累点儿，辛苦是辛苦点儿，但也挺有意思的啊，我就挺喜欢干这行。

人和人不一样嘛，一人一脾气秉性，为什么所有的人都要按一种生活方式来生活呢？我是实在不喜欢这行了，还扛了很久，才从这个行业出来的。

钟夕文放下酒杯问，那你到底想干什么？

邱野笑笑答，现在这样就很好啊，我喜欢随性的生活。

钟夕文点点头对他道，真是一人一脾气禀性，我要是你这样，一天都活不了。对了，你听说过聚众集团吗？

当然听说过，这么大一家企业，哪家公司不瞄着。不过我没跟过他们公司的项目，是我们原来同事的客户，但听说他们公司的副总裁黄志辉那人挺有意思。

特有意思。钟夕文不由得笑起来。没别的毛病，就喜欢喝茶。请吃饭不吃，请旅游不游，就好喝喝茶。关键是，你喝就喝点好的吧，他不，只喝那最便宜的高茉。

邱野也笑了起来，答道，没错，我也听说过。

钟夕文接着说，每回去拜访他，他都会要你也来杯高茉。然后就开聊，一聊就好几个小时。你都听累了，他还没完没了。

邱野点头道，听说此人性格挺好的，圈内的口碑也不错，谁都可以跟他做朋友，应该是个挺好说话的人吧？

钟夕文答，这倒是，人不错，人缘也不错，所以他们公司的项目我从来不找他。

为什么？

找他没用，他今儿答应你了，明儿就答应别人了，面儿太薄。

那你找谁？

司徒轩啊。

他？邱野放下了酒杯，瞪着钟夕文。

钟夕文也看着邱野笑。你还不知道司徒轩是聚众集团的总裁吧。

真……不知道。邱野轻声道。

所以啊。钟夕文转眼看看厨房，再转回眼对邱野道，你若明白慕小梅为你放弃了什么就行了。

刚知道。邱野低头喝酒，不再多言。

气氛一下子从轻松状态跌落下来。

钟夕文放下酒杯，转了话题，那德恒集团呢？你熟吗？

德恒吗？我还真熟。

怎么说，不会是你的老客户吧？

你还真说对了。邱野神情轻松了起来。还真是我的老客户，我进这一行跟的第一单就是他们集团的项目，三千万，在当时可不是小单。

钟夕文点头笑道，嗯，数额挺大的。你跟的谁？

他们技术部的总监王义明，你认识吗？

老熟人了。钟夕文笑了起来，这不正好有个项目嘛，所以我们公司与他走动得挺频繁的。

哦，他们公司的总裁你认识吗？

你说的是？钟夕文问。

吕志军，吕总，你见过吗？

见是见过面，但没有深聊过。

你最好见见，要做德恒的项目，一定要拜访吕总。这个人是非常懂技术的，一般的大项目，话语权，决定权，基本都在他那里。你们必须要得到他的肯定，才有可能赢。

啊，是吗？这条信息对我们太重要了，我原来还怕此人不懂技术呢，想着跟他谈产品他会不会听不太懂，现在听你这么一说，倒给我吃了颗定心丸了。看来，我们此次项目的胜算还是很大呢。

怎么说？邱野问。

因为我们的产品的测试结果名列前茅，五六家公司，没有一家比得过我们。技术上，我们是绝对占优势的。你刚才说吕总又是个极懂技术的人，那我们公司的希望不是更大了些吗？

嗯，关键是他得知道你们的产品好才行。

下面的人不是会往上报吗？

下面的人说什么，你哪知道？如果项目太大，一定要亲自去说，确定他明白你们产品的优势才行。

嗯，所言极是。我再找人约约看。

他可不好约。听说此人特傲，一般人很难约到他。不过我有这个资源，如果用得着，我可以帮你介绍介绍。

好的，多谢多谢。不过目前我这儿有这资源，不行的话再来麻烦你吧。

好，随时。喝酒。邱野举起酒杯。

喝酒。钟夕文也举起酒杯，碰了过去。

两人同时抿进一口红酒，双双放下了酒杯。

邱野再笑，今天这顿饭吃得还是挺值的吧？

值。钟夕文连连点头。

瘦死的骆驼比马大嘛，我人虽出离了这个行业，但到底还做过销售总监，客户资源多少还留有一些的。

钟夕文也点头笑道，改天吧，等我忙完这个标，再跟你约一道，去我家吃饭去。

好，一言为定。

两个酒杯再次碰到了一起。

小双不知何时走到邱野的身后，搂着邱野的脖子问，什么一言为定啊？

钟夕文立刻嫌恶地皱起眉来,起身对邱野道,我去厨房看看。也不等邱野表态,抬脚就走。

小双对着钟夕文的背影翻个白眼,再对邱野撒娇道,我也想喝杯红酒。

好,喝吧。邱野帮她斟上一杯,递到她手里说,毕业了,上班了,就是大人了。大人就要有个大人的样子,不要没事老任性。这些人都是我很好的朋友,友好一点。

你说友好我就友好呗,行了吧。小双嘟起嘴,作亲吻状,向着邱野而去。

慕小梅正好从厨房里走出来,看到这一幕,停在了那里。

邱野立刻跳了起来,跑过去问她,累不累,请你们来吃饭,还让你们这一通忙。

不累。慕小梅耸耸肩笑道,聚餐嘛,大家动手齐欢乐。

小双也走过去,搂过邱野的胳膊说道,那怎么行呢,到底是我和邱野请你们,理应我们来做的,不过还是感谢你们的献身精神。待会儿吃饭的时候,多给你盛一两饭吧。

小双。邱野厉色喝道。

干吗啊?小双撒娇地晃着邱野的胳膊。人家刚从国外回来,你就这样对人家啊,那以后还怎么过啊?

慕小梅轻声对邱野道,我再去厨房看看,钟夕文不会做菜,在那儿待着也是添乱。

不用了。邱野拉住了慕小梅,对她道,我去。

慕小梅只好站住了脚,看着邱野走进厨房,转回身来,又正好与小双那冰冷的眼神撞上。想躲已经来不及,她想开口说些什么,却真的一句话也说不出来。

小双也没有说话,鼻子重重地"哼"一声,走回了自己卧室。

慕小梅叹口气,走回阳台。她站在那里,将窗帘往两边再拉开些,光线更亮了起来。天空很晴,万里无云。偶尔一群白鸽飞来,白色点缀蓝色,看着令人舒畅。

慕小梅将目光回落到对面阳台,想象着邱野站在这里望着自

己的样子。她笑了起来。爱一个人或许就是这样吧？什么都想知道，哪怕只是对方小小的一个眼神，也想明确知道那其中的含意。

钟夕文不知何时也举着酒杯走了过来，看到对面的情境后，惊呼了起来，那不是……

慕小梅连连嘘道，小声点儿。

不能让邱野知道？钟夕文疑惑地问。

慕小梅浅浅地笑起来，脸上飞起两片玫瑰红。暂时不想让他知道。

钟夕文将眼神再转回对面，啧啧有声道，你们两个还真是有缘呢，买房子都能买到一块儿去。以后也别结婚了，就跟云南的摩梭族人一样，走婚吧。

走你个头啊。慕小梅啐道，谁说要嫁给他了？

嗯嗯嗯……钟夕文看着她连连摇头。说得跟自己有多铜墙铁壁似的，只希望你以后别求着别人来娶你就行了。

慕小梅不由得抖了抖下巴。咱能不把话说白了吗？

什么是"说白了"？钟夕文问。

唉。慕小梅叹口气，不再答钟夕文。

钟夕文自小在一个说英文的家庭里长大，国语还是她来北京后慢慢捡回来的，让慕小梅去跟她解释什么叫"说白了"，就等同于跟一个长住深山老林的老太太解释什么叫"摇滚乐"一样。原本可意会不可言传之事，从何说起。

钟夕文也不深究，站在那里也不再说话。

屋内很快传来了三儿的叫声，开饭啰，快来吃饭啰！谁不吃饭谁傻啰。

钟夕文立刻像个小女孩似的蹦跳了进去，她跑到三儿的身旁，仰起脸来撒娇，我不傻，我要吃好吃的。

好，给你好吃的。三儿亲了下去。

慕小梅在他们的后面叫了起来，你们这两个恶心的东西，你们吃饱了，还让不让别人吃了。

邱野也笑着走过来,对慕小梅道,要不我也让你吃饱了。

慕小梅赶忙躲开,嘴里回他一句,不了不了,我还是继续饿着吧。

小双那屋的门突然被推开,门撞到墙面后,发出"嘭"的一声巨响,所有人都怔在了那里。小双也不理,自顾自地走到邱野身边,对他娇笑道,我饿了。

邱野赶忙给她拉出一把椅子来。坐吧,我去给你盛饭。转身进了厨房。

小双得意地朝慕小梅瞟一眼,不作声,拿筷子夹起一块肉放进了嘴里。

慕小梅赶忙掩饰着对钟夕文笑笑说,坐吧,坐吧,大家坐吧。

钟夕文刚要发作,被慕小梅抢过她手里的酒杯,堵在了她的嘴边。慕小梅将她摁下去,坐到椅子上。三儿也拉过一把椅子坐了下来,对慕小梅笑道,到底是女主人啊,深懂待客之道。不错不错,小梅,你以后会是个合格的老婆。

慕小梅拍他一下答,就你嘴甜,就是甜得不是地方,小心文子吃你的醋。

钟夕文立刻笑道,不会不会,我不像某人,出门在家都得背个醋坛子,搞得十里八里都是酸臭味儿。

小双的脸红一块紫一块,但碍于邱野的面子,又不好过分发作,恨恨地再夹起一筷子菜,丢进了嘴里,故意咬得咯咯作响。

哟,这么好的房子不会跑进一只老鼠来吧。钟夕文笑道,那可真是倒霉呢,就怕一颗老鼠屎坏了一桌菜。

慕小梅在心底笑。这个钟夕文,平时中文不好,说风凉话时倒突然精进了许多。她帮钟夕文夹起一块鸡翅,送到她嘴边说,吃饭吧,吃饭都堵不上你的嘴。

钟夕文咬住那鸡翅说,你夹菜就能堵住了,香人夹香菜嘛,正好除了那酸臭气。啊,这回好吃了。哈哈。钟夕文故意大笑两声,做出格外夸张的吃相来。好吃好吃,谢谢天下最美最香的小梅,真好吃。

邱野正好端着几碗饭来,一一放到众人面前说,好吃就多吃点啊,还差几碗,我再去盛。

小双立刻起身对邱野撒娇道,蚯蚓,我帮你。也朝着厨房那方走了去。

钟夕文随即追一句过去,老鼠跑啰,带走酸臭气啰。

小双气得回身刚要骂,钟夕文故意朝厨房那边指指说,邱野真是个文质彬彬的人啊,不知道他喜不喜欢泼妇呢?说完还对着小双吐吐舌头,做个鬼脸,把小双气得直跺脚,却又不好发作,悻悻地朝着厨房那边去了。

钟夕文看着小双的身影消失,转头回来对三儿道,三儿,你去小双那边坐吧。

干吗?三儿不解地问。

好让小梅和邱野坐在一起啊,大傻瓜。钟夕文瞟他一眼。

你才大傻瓜呢。三儿嘴上不乐意,人却站了起来。

邱野再端出两碗饭来,嘴里叫道,开饭了,这回正式开饭了。

三儿赶忙劝道,邱野,你也坐下吃吧,别忙了。

好。邱野再问,酒够吗?要不要再来点别的?

钟夕文赶忙答道,就红酒吧,三儿待会儿还要开车,不喝,剩下的都是女将了,喝红酒好。

好,那就红酒了。邱野举起那瓶红酒,将各位的酒杯一一斟满,再举杯对众人笑道,祝大家一切顺利啊。

小双撇嘴道,今天是庆祝我开始新工作,怎么祝起了别人啊?

邱野这才想起这一重来,笑着改口道,对对对,怎么把这茬给忘了。

钟夕文也举起杯来,正常,人总是对不重要的事情忘得快嘛。来来来,喝酒啰。

小双使劲地白了钟夕文一眼,却也举杯笑道,祝我工作顺利,祝我和邱野长长久久,甜甜蜜蜜。

邱野没想到小双会说出这么一句,一时苦了脸,不知如何作答。

三儿赶忙接话道，错了错了，祝小双新工作顺利，祝邱野和小梅长长久久，甜甜蜜蜜。

邱野这才笑起来，将酒杯用力碰了碰三儿的杯子说，也祝你和文子长长久久，甜甜蜜蜜啊。

众人将酒喝下，一并坐了下来，邱野招呼众人吃菜。

这顿饭，所有人都吃得酣畅，只有两个人别扭。一个是小双，一个是文子。一个发招，一个接招。小双是自作自受，而文子纯粹是为朋友两肋插刀。目标明确了，也就很容易分出伯仲来。小双气得几次想借故离桌，又都给钟夕文给说了回来，自是如坐针毡。

邱野不是看不清楚，却选择了与三儿一样的应对方式，假装无视。

慕小梅一直吃得很安静，尽量不说话，别人说，她认真听着。偶尔笑起来，也是格外温柔的那种。心里也不是不难受，小双的每一句话都是冲着她来的，她又不傻，只是她难得默契地选择了与三儿和邱野同样的处理方式。与其针锋相对，不如默然不语。沉默是金，到什么时候都是最好的回应方式。

夜色阑珊，众人酒足饭饱，起身告辞。

慕小梅背起背包，随钟夕文往外走。邱野拉着她不放。慕小梅问他，干吗，玩绑架啊？

邱野答，这里是你家，你回哪里去啊？

慕小梅拂掉他的手说，好了，明天见吧。

真不留下来了？邱野再问。

慕小梅笑着躲开了。不了，明天见吧。

邱野只好松开了她，叹道，那好吧，早上一起床我就给你打电话。

慕小梅点点头。好，我等你电话。

慕小梅随钟夕文下了楼，原想溜达着回家，却被钟夕文给硬塞进了后车座。

三儿将车开出了小区大门，调转头，拐进了芳菲小区，全程

只用了两分钟。

车停下来的时候,三人全都大笑了起来。

三儿转头对慕小梅道,小梅,以后邱野娶你可真够方便的。

呸,谁说要嫁他。这回竟是钟夕文和慕小梅同时啐他。

三儿立刻用手挡脸,好了,我不说话了,你们两个,我一个都惹不起。

钟夕文回身看了看慕小梅,轻声道,小梅,你得和邱野好好谈谈,那个小双不会轻易罢手的。看得出来,她很爱他。你知道一个女人如果太爱一个男人,什么事都干得出来的。我只是怕你受伤。经历了祝奇安的事,我想你也不想再扯进另一场伤情里吧。你好好想想。

好。慕小梅认真地点头道,邱野说过会跟小双好好谈谈的。

恐怕光谈还不行。钟夕文忧虑道,事情恐怕没那么简单,我只怕邱野的心不够硬。

怎么说?慕小梅问。

除非邱野与她绝交,不然不会那么容易脱手的。

不会吧。慕小梅叫了起来,有必要搞成那样吗?这……恐怕邱野做不到。

所以说,我才这么担心的。小梅,有时男人那该死的心软会毁了他们真正的爱情,但他们往往不想承认这一点。当然啦,谁不希望爱人一个,妹妹一大把呢。只怕闹到最后,你会输给那个又会撒娇,又会软硬兼施的臭酸菜。

是啊。三儿也叹口气道,小梅,我看这邱野的心也是挺软的,让他完全无视这个妹妹,恐怕很难。更何况这个女人还很有几分手段。文子提醒得对,你要多加小心。

谢谢你们两个,回吧,想那么多有什么用呢?事情总是有它自己的轨迹,没有办法的时候就顺其自然吧。

也是。钟夕文突然又高兴了起来,没有邱野不是还有司徒轩呢?我们愁个什么劲啊?是吧,小梅。

回吧回吧,明天见。慕小梅跳下了车。

19

官厅夕落

奇安，揣测一个男人爱不爱自己的想法还真是烦人。忽然之间，那个原本不知在世界哪头的陌生人就这样变成了你的全部。心里明明知道，爱一个人就应该完完全全地信任他，给他自由，任他去留。可是道理说了千千万万遍，做起来还是很难。

奇安，我知道你会劝我宽心。可你知道，你的离去已变成我心头的一道硬伤。若不是相册里还留有你的照片，我会以为所有的一切都只是我的一场幻觉而已。人物是凭空想象的人物，故事是凭空想象的故事，就连心中的感情都是凭空想象的感情。如此这般，我又怎会再听得进你的所谓的劝言？

奇安，说这些话，并不是埋怨你。你已离开了那么久，要埋怨也早已埋怨至尽。如今偶尔再有那些感觉，也大多是些遗憾无奈罢了。只是不甘心地觉得，曾经那么好的两个人，那么好的一段情，转眼就成了镜中花，水中月，虚空的影子。我想，无论什么故事在最精彩的部分戛然而止，都会让人扼腕叹息的吧？

奇安，一段新恋情开始了，并不意味着旧的恋情已经走得痛痛快快，无影无踪。心内偶尔依旧会有矛盾跟挣扎。回忆里，为你留的那间小屋，装满了蔷薇花的花香，Happ 水的橘香，还有你独有的体香。那些气味一直都在。即使偶尔开窗，拂尘，也带不走任何。那已是执念的一部分，融进了血液里，就再难分清彼此。

但奇安，邱野还是来了，以无可阻挡之势来了。他已在这里，在我的心里，再难离弃。

奇安，原谅我。虽然时至今日，我不知自己为何还要对你抱歉。但不说此话，又实难安我内心。只愿你也同我般幸福甜蜜，也好了却我的一番挂念之情。又或许，在有生之年还能再见，彼此道声你好，淡然相望。我心足矣。好了，奇安，就让我带着这份心愿继续努力吧，祝你幸福。爱你的小梅。

慕小梅深吸一口气，停笔，慢慢地转动因坐得过久而有些酸疼的脖子。少顷，她将目光依旧落到笔迹未干的纸页上，看了很久，掩了封皮。

手机微信提示音"叮"地响了一声，她走过去看，是司徒轩发过来的，写着，已进京。

慕小梅赶忙写过去，好，为你接风。餐厅就定在"雅家小馆"，清静。

司徒轩再回过来，好，听你的。

慕小梅笑了笑，回道，如果有你喜欢的餐厅，也可以改地儿，不用全听我的。

司徒轩立刻再回过来，全听你的，一会儿见。

好，一会儿见。

丢开手机，慕小梅跑去翻找衣服。她很快挑出了一套牛仔蓝的连衣长裙。这是她最喜欢的一条裙子，穿上也会很美。可她犹豫了片刻，就挂了回去。心内暗骂起自己，慕小梅，你到底想干吗？她站在那里，看了很久，终于扯出了一条七分的牛仔裤，极普通的一件白色帽衫，再用同色系的棒球帽盖住了稍稍有些凌乱的头发，便朝屋外走去。

电话铃声突然响起，她低头去看，是邱野。她丢开背包，重新坐回到沙发上接起了电话，有事吗？她问。

什么叫有事吗？邱野假装生气地在电话那头埋怨。

慕小梅笑了起来，再问，刚起床吧？

邱野的声音放松了下来，答，是的，刚起床，想听听你的声音。在干吗？

慕小梅看着朝她跑过来的小豆子笑了起来，答道，正和小豆子玩呢，你呢？

邱野答，在阳台上抽烟。

哦？慕小梅立刻起身，往阳台那方走了去。

她将窗帘的一角轻轻地掀起，看过去，邱野确实靠在阳台上抽烟。极慵懒的样子。头发没有扎起，发丝被初秋的阳光镀了一层光晕，显得酷感十足。手里举着一支烟，漫不经心地抽着。表情却很严肃，像动画片《哈尔的移动城堡》里的哈尔。

慕小梅无限温柔地笑了起来，刚想说话，发现邱野的身边多出一人来。她赶忙瞪眼再看，发现是小双。她正将一只胳膊圈住了邱野，非常亲密地与他说着什么。邱野的表情有点淡，身子往旁边挪了挪，挣脱了出来。小双扭动着身子，似乎还在跟邱野撒娇。邱野伸手摸了摸她的额头，回应着什么。片刻，她笑着离开了。邱野继续靠在那里抽烟。慕小梅开口问，烟好抽吗？

邱野答，平常的烟，有什么好不好的？

慕小梅笑了笑，如果身边站个美女，滋味会好很多吧？

什么意思？邱野警觉地站直了身子，朝窗外各处瞄了瞄。

慕小梅丢了手里的那尾窗帘，走回了屋内。她边走边说，开个玩笑嘛，干吗那么认真。只是觉得身边有个人陪着，会让抽烟的感觉更有意思些。

那要看是谁，如果是你，那就不一样了。

甜言蜜语。慕小梅啐道。

邱野笑着回，你赶紧洗漱洗漱吧，待会儿我带你去个好玩的地方。

干吗，又去哪儿啊？慕小梅问。

怎么了，不乐意啊？邱野的语气有些不高兴。

不是，我今天约了人，可能没时间。

谁？邱野的声音冷了起来。

一个朋友，有事要与他谈。

谈什么？邱野还在追问。

钟夕文有事要我帮忙，正好我的朋友能帮上忙，所以想请他吃个饭。

邱野不说话了。

慕小梅再问，要不晚点跟你联系吧？

邱野答道，那好吧。你们去哪里吃啊。

我打算去"雅家小馆"。

哦，那家餐厅不错，去吧，吃完给我电话，我去接你。

慕小梅赶忙道，不用了，我自己开车去，你等我电话吧。

自己开车？邱野犹豫了半秒，接着说，那我等你电话吧。

好，拜。慕小梅挂了电话。她一屁股坐到沙发上。很久，等她刚要起身之时，电话又响了起来。她低头看了看，这次是司徒轩。她坐回去，接起了电话，到哪儿了，我正打算出门呢。

司徒轩在电话那头也笑，刚到你楼下，现在可以下来了吗？

这么快？慕小梅跳了起来，你不是刚刚才进京的吗？

司徒轩大笑道，我车上有翅膀啊，待会儿借你玩玩？

骗子。慕小梅也大笑道，等着，我这就下来。

好。司徒轩挂了电话。

慕小梅赶紧背上背包，跑出屋去。

她刚走出楼门，便看见靠在车门上的司徒轩，双臂抱胸，一只脚斜插在另一只脚前，玩世不恭的样子。

慕小梅每次看到他这样，都想笑。好在认识了这么久，她清楚他其实并不似他外表那般嬉皮，反而内在的世界是个很细腻、很用心的人。

司徒轩一直看着她走近，张开了手臂。来，让爸爸抱一个。

去你的。慕小梅瞟他一眼，闪身上了车。

司徒轩笑着也上车，关好车门，再拍着司机的肩膀说道，小李，雅家小馆。

他们很快便抵达目的地，建国路的雅家小馆。

Chapter 3 沧海桑田 | 325

坐定后，慕小梅拿过菜谱来点菜。她没有问司徒轩想吃些什么，直接点起了菜。半响，放下菜谱对司徒轩笑道，往日都是你照顾我，今天也让我来照顾照顾你。

司徒轩摊开手，对慕小梅笑道，悉听尊便。

慕小梅点点头，再说，我荤素各点了两样，外加一份蔬菜汤，颜色搭起来会很好看，营养搭起来也会很适宜。好好尝尝。

你还挺懂吃，司徒轩的身子往椅背上靠了去。

慕小梅冲他笑笑，端起茶壶来给他斟茶。司徒轩道谢，再端过茶水来喝。慕小梅也低头喝起了茶，两人一时无话。

菜很快上齐，两人吃了起来。吃到最酣的时候，司徒轩放下了筷子。小梅，你今天不是有事要跟我说吗？到底什么事？

什么事你不知道吗？慕小梅不答反问。

我可以不知道吗？司徒轩笑了起来。

慕小梅看看他，想笑却笑不出来，她轻叹一声，说道，不可以。

司徒轩端起茶水来喝，轻抿一口，放下问她，这件事对你很重要吗？

重要。慕小梅郑重其事地点了点头。钟夕文高兴，我就高兴。

司徒轩笑了笑，答，你如果跟我在一起，她会更高兴。

你跑题了。慕小梅叫了起来。

司徒轩叹口气，从放在桌角的一个小黑包里取出一包烟来。慕小梅注意到桌上有火柴，拿起来，擦着，起身为司徒轩点烟。司徒轩看她一眼，笑笑，将烟头伸了过来。随后退出，喷出一口烟，对慕小梅笑道，用不着吧，这么殷勤。

慕小梅也笑笑，甩甩手里的那根火柴，等它熄灭后丢进了烟灰缸里。嘴里问道，哪有？

司徒轩再吸一口烟，将话题转入了正题。小梅，你要知道，此事的决定权不在我这儿，所以我想帮也无从帮。

不可能吧？

司徒轩弹掉烟灰，对慕小梅再笑，你有所不知。其实，此事

的决定权就在钟夕文自己手里。

啊？慕小梅惊讶地扬起了眉头。

司徒轩解释道，你想啊，那么大个标，她那间小公司做得过来吗？光是合同签订后的安装事宜就够她累死。你先问问她公司的售后服务人员够用吗？如果三十多个省市同时安装，同时上线，她怎么办？也不用脑子想想，太急功近利。老想一口吃成个胖子，就不怕把自己撑死啊。她现在搞成这样，完全是她一手造成的，只能赖她自己。

慕小梅没想到司徒轩会说出这样一段话来，停了停，喃喃问道，那……现在怎么办？

司徒轩再吸一口烟，喷出来说，公司要壮大，须是一个循序渐进的过程，不能一蹴而就，也不可能一步登天。只有平稳上升，才可能根基稳定。凭空架起一座高楼来，一阵微风就可将它刮成了废墟。目前这种的结果，估计她自己也不愿意看到。可她现在已被眼前的利益冲昏了头脑，已经完全无法理智地作出判断。司徒轩摁灭烟头，靠回了椅背。

慕小梅坐直了身子，着急地叫道，司徒轩，你能不能把这些话说给钟夕文听啊。劝劝她？

司徒轩笑笑，答，慕小梅，你觉得这话我没说过吗？从她找我说这件事后，我就不断地跟她提到这些。但她根本就听不进去，我说了也只是白说。她现在就跟个疯子似的，昨天给我打了十几个电话。我跟她说我在开会，她还给我打。我要不是看在这么多年的朋友分上，早跟她翻脸了。

千万别。慕小梅劝道，文子目前的心态可能是有点过于着急了，还请你多担待担待。

是，我能理解。司徒轩点头道，她来电话，是想让我帮她约德恒公司总裁。我告诉她，昌总目前在出差，一年一度的行业大会，根本不可能有时间。她不信，还非问在哪里开会，要跟去外地见他。她也不想想，人家现在全部心思都扑在行业大会上，哪还有心思听她唠叨什么？太过强求。

Chapter 3　沧海桑田　｜　327

那现在怎么办啊?

司徒轩将慕小梅的茶杯举起,递给了她,答道,什么都不办,喝茶。

慕小梅只好接过那茶,慢慢地饮进一口,放下问,难道真的一点办法都没有了?

司徒轩笑笑答,你不觉得钟夕文有点太过紧张了吗?现在标还没投呢,她怎么就一点儿信心都没有了呢。万一她能中标呢?

可是……慕小梅嗫嚅道,她这么七上八下的,肯定是心里没底啊。心里没底,肯定就是哪个环节还没有做好吧。这么大的标,只要有一个环节没做好都有可能溃败。你说她能不急吗?

司徒轩放下茶杯问慕小梅道,那她干吗不从自身找原因?

司徒轩。慕小梅叫了起来,你再劝劝她吧,你说的话,她肯定听的。

司徒轩摊开手,回慕小梅道,小梅,我只能是点到为止。她那么聪明一人,用得着我多说吗?这层都想不到,还做什么公司老板啊。只怕是她自己不肯正视。

唉。慕小梅叹了口气,将身子瘫软在了椅背上。

司徒轩伸手握住了慕小梅,笑着安慰道,小梅,你也不必劳心劳力,开公司有时就是这样的,决定要自己做,责任也要自己担,旁人能给的只是安慰。

慕小梅垂下了眼帘,对司徒轩轻声道,司徒轩……

什么?司徒轩问。

如果能帮的地方,还请……

放心,我心里有数。

好。我先替她谢谢你了。慕小梅举起了手里的茶杯。

司徒轩也举了起来。两个杯子碰到了一起。

司徒轩浅尝一口,放下问,你和邱野的事怎么样了?

慕小梅的脸红了起来。她轻轻放下茶杯,抬眼看着司徒轩,答道,我们两个可能会很认真地往前走走。司徒轩,对不起。

干吗跟我说对不起。司徒轩脸色微变,却也笑着说,祝福

你，小梅。

你不生气吗？慕小梅问。

司徒轩抽出一根烟来，点着，再抽了起来。他看了看慕小梅，淡淡地答，要说完全没感觉也不是，有点失望吧。但是小梅，这是两相情愿的事，半点也强求不得。说实话，我谢谢你这么坦白，如果你一时心软答应了我，不定是场什么样的悲剧呢？！假的真不了，真的也假不了。如若你心不在我这儿，人我也决计不要了。

司徒轩，我们可以做朋友。慕小梅轻声道。

当然，我还不至于小气到连朋友都做不成的地步。司徒轩笑了起来。

司徒轩，我希望你能碰到一个特别特别好的女孩。

司徒轩摆手道，小梅，说这话就假了。这么跟你说吧，如果你答应了我，我会好好地跟你走走。但如果你不答应我，我还过回我原来的生活。优哉游哉。用不着为谁牵挂，也用不着为谁负责。我司徒轩从不缺女人，缺的只是认真。

慕小梅将身子靠回椅背，不再说话。她想，司徒轩的心她这回是伤定了，说再多又有什么用呢？

司徒轩也靠回了椅背，却将烟丢给慕小梅。抽吗？慕小梅想了想，摆了摆手。两人一时无话。又过了很久，司徒轩开口道，小梅，唱酒吧不是长久之计，或许你该考虑考虑改行了。

是。慕小梅答道。

司徒轩接着说，你没有太强的功利心，很难成功。或许你的心思并不在此，我觉得你有时间应该好好想想自己到底想要什么，我一定会帮你。

好，我会好好想想的。慕小梅点了头。

小梅。司徒轩接着说，你这人看似不经心，实则心里挺有数的。我想你心里一定有个方向，只是你还没有勇气去实现。我作为旁观者，看得比你清楚。现在多句嘴，是怕以后见面少，没有机会再和你说这些话了。无论如何，祝你成功。

哪方面？慕小梅笑道。

哪方面都是，爱情，婚姻，家庭，事业。所有所有。司徒轩喷出一口烟，眼神却隐进了氤氲之气里。可即使这样，慕小梅依旧强烈地感觉到那目光里的光。炽烈，有如盛夏的太阳。她鼻子突然有些酸了起来，幽幽地叹道，司徒轩，这么多人里面，你最懂我。失去你，是我的损失。唯愿你比我幸福。

司徒轩笑了起来，对慕小梅叹道，小梅，你又想多了。没准咱俩真在一起了，反倒不幸福了。说实话，我都说不好我能不能改掉我这浪荡的脾气，万一你又是个死心眼的人，非要我死心塌地地对你，那咱俩都得完蛋。所以啊，留点念想，挺好。

谢谢你，司徒轩。说实话，你这人浪荡的只是外表，实则内里是个很认真的人，哪个女人跟了你都是福气。

司徒轩大笑了起来，哪有那么容易，得先有收住我的本事才行。算了，这个话题就到此为止吧，一会儿你去哪儿，我送你。

不用了。慕小梅摆手道，你比我忙，我打车回去。

不行。司徒轩摇了摇头道，一脚油的事，不用你跑来跑去。

那好吧，我回家。慕小梅站了起来。

慕小梅再点头，去掏钱包。

我来。司徒轩伸手摁住了她。

那哪行。慕小梅挣脱，抬手去叫服务员。

司徒轩瞪眼看着她，坚持道，小梅，我不习惯让女人付钱，还是我来吧。

慕小梅看看他，收起了钱包。

司徒轩付完钱，与慕小梅一齐朝餐厅外走去。

刚走出去，慕小梅便停了下来。她看到了邱野，就站在停车场那边。司徒轩感觉到了慕小梅的异样，停下来，也看到了邱野。

慕小梅转头对司徒轩说，你先走吧，我得自己回了。

司徒轩收回目光，对慕小梅点头道，那好吧，有事电联。

电联。慕小梅对他挥挥手，目送他上车，转身朝邱野那边走去。

邱野一直看着她，不发一言。

走近，慕小梅问，你怎么跑来了？

邱野站直了身子，冷言道，怎么，嫌我多余？

慕小梅好脾气地笑笑，怎么这么重的醋味，今天谁喝醋了？

邱野不笑，依旧冷言道，嫌我臭啊，嫌我臭我走。说完抬脚往车门那边走了去。

慕小梅收了笑，对着他的背影叫了起来，邱野，差不多就行了，有完没完？

邱野收住了脚，转头回来看着慕小梅。我怎么没完了？许你跟他出来吃饭，不许我生气？

我跟他吃饭怎么了？他是我朋友，我请朋友吃饭也有错？

慕小梅，你装什么傻啊？他在追你，这是地球人都知道的事。

慕小梅忍住气，低声道，他追我，是他的事，我又没追他。

慕小梅，你不拒绝人家就算了，还没事就请人吃个饭，这样容不容易让人误会呢？

不会。朋友之间时不时地吃个饭很正常。司徒轩是个很成熟的男人，他不可能随意揣测我的行为和想法。

对，司徒轩什么都好，那你还不赶紧去追。邱野转身又要走。

邱野。慕小梅大叫一声，你到底有完没完了，再这样无理取闹我就真的生气了。

没完。

慕小梅一跺脚，转身走了。

邱野回头看了看，立刻追了过去。追到后，他由后抱住了慕小梅，对她道，你去哪儿啊？除了我怀里，你哪儿也不能去。

慕小梅叹口气，回道，邱野，你不这样要求，我也在你怀里，难道你感觉不到吗？

感觉不到。邱野皱起了眉头。

慕小梅伸手将他眉头抚平，再对着他笑，邱野，你能不能把我想成婉云吗？我和她不一样，她会离开你，我不会。

你不会吗？邱野的眼神飘向了别处。

不会。慕小梅将他的脸扳回来。绝对不会,除非你离开我。

小梅。我们谁也不能保证什么,我们就珍惜现在吧,至少有天分开了,彼此不遗憾。

邱野。慕小梅震惊地看住了他。你怎么会有这样的想法?我们才刚刚开始,你为什么会想到分开?难道你想分开?

不想。邱野很肯定地答道,我只是……抱歉,小梅。

邱野,我们是不会分开的,只要我们愿意,我们永远都可以在一起。

好。邱野笑了笑,只是笑得有些勉强。他用手摸了摸慕小梅的脸颊,对她道,走吧,我们去散散心。

去哪儿?慕小梅问。

上车,到地儿就知道了。

慕小梅不再问,转到车身另一边,坐了进去。

邱野将车启动,往二环去了。

一路上,两人都不再说话。邱野的脸一直紧绷着,很严肃的样子,目光也紧盯着前方。少顷,他开了窗,表情稍稍缓和下来,坐姿也不再像刚才那样僵硬,放松地靠在了座椅上。他将开车模式调制成定速巡航,收了脚,只将右手扶盘,左手则从裤兜里掏出一支烟来。他依然不说话,对慕小梅淡淡一笑,摇了摇手中的烟。慕小梅点点头。他抽出一支,点着,抽了起来。

慕小梅一直等在那里,等他开口说些什么。可一直等那支烟抽完,他也没有开口说什么。

慕小梅有些失望,悻悻地看邱野一眼,问,至于吗,一顿便饭而已,用得着生这么长的气吗?

邱野转头看她一眼,不解地问道,说什么呢?谁生气了?

那你为什么不言不语,一副烂表情?

邱野笑,我一开车就这种烂表情啊,自然表现而已,怎么?你不喜欢啊?

是吗?慕小梅有些不相信地再问,还以为你在跟谁生气呢。

多年养成的习惯而已。我这人话很少,你会不会觉得闷?

不会，很酷，继续你那副烂表情吧。慕小梅将身子靠回座位。

听音乐吧。邱野摁开了音响，轻柔的吉他声传了出来。柔美的曲风，与车内静谧的气氛正好吻合。

慕小梅将目光从邱野的脸上移开，一条宽阔的马路正在眼前延伸。路面很静，几辆车一前一后地追着。眼前很快有些微茫起来。慕小梅眯起眼，将目光回落到邱野的脸上。轮廓分明的侧面，鼻尖被窗外撒进的阳光镀了一层浮影，卸了一重酷冷，多了一重温柔的感觉。长而翘的睫毛于他的鼻梁两侧画出两道深深浅浅的黑影，像加重了笔墨的素描，但画者的内心因为蓄满了太深太重的情感，而使得那侧面格外地动人心魄。

慕小梅闭起了眼，脑中却不断浮现那张镀了光的侧面。

邱野伸手过来，握住了她，紧紧地。指尖偶尔在她的掌心画个圈，再画个圈。

车很快下了高速，又开了十公里，拐进一条小路停了下来。

慕小梅转头去看窗外，立刻被眼前的景色吸引。

暮色将沉，纯净蔚蓝的天空此时变成了五彩霞光的世界。所有的云像被一只大手拉扯了一般，变成一匹又一匹空灵如丝的彩缎。远山浮在光影里，被分隔成了浓墨与淡彩的两极。大风车在山顶一字排开，摆动着手臂，于风里划出了白色的轨迹。山下是一大片玉米地，有些枯黄的叶子在夕阳下闪着艳黄的光泽。一条细长蜿蜒的水流于眼前铺陈开来。大桥就坐落在水流的上方，变成了一位威武的跨马者。

慕小梅跳下了车，朝着那跨马者靠近，嘴里连连惊叹道，邱野，这里真美。

邱野走过来，与她并肩。美吗？咱们来的时间对而已，别的时间来就没这景了。

这是什么地儿？

官厅水库，离京几十公里。

太美了，可惜没带相机来。

原本打算带你早点过来的，可以一边吃烧烤一边喝着啤酒吹吹风。可惜来晚了，就饱饱眼福吧。

慕小梅嘴里喃喃道，这样就已经很好了。

你喜欢就好。邱野吻了吻她的额头。

你不喜欢吗？慕小梅问。

我以前常来，看惯了，也就那么回事了。

一个人吗？慕小梅问，转头发现水面上划来了一只小帆船，彩色的帆在风中摇曳着，像鸟一般的轻盈。偶尔与一缕波光齐平，也融进了光里。

邱野的目光也被那帆船吸引了过去，他没有回答慕小梅的提问，指了指那帆船道，这里有个帆船活动中心，咱们运气好，正好赶上他们出船。

邱野，你是怎么发现这个地方的？慕小梅再问。

邱野看她一眼，笑道，你真是喜欢什么事都要问个清清楚楚。

是。慕小梅认真地点了点头。

婉云刚离开那会儿，心情很烦，常一个人开车来这里。

一个人？

一个人。你不觉得这种地方很适合一个人来发发呆吗？

那为什么带上我？

邱野看她一眼，答，现在不同了，有你了，去哪儿都想带上你。

慕小梅笑了起来，不再说什么。她将目光转回水面，随那点点帆影远去。很久，她转回了眼，问，婉云为什么要离开你？

邱野也转回了眼，想了想答，可能性格不合吧。彼此对未来的期望有所不同。她希望我踏踏实实地有份工作，过一种循规蹈矩的生活。而我总想标新立异，想过一种随性无序的生活。

比如呢？慕小梅再问。

比如背包旅行，开个小吧，晒晒太阳，看一堆没用的闲书，交一帮没有功利的朋友，等等等等。

这种生活不是很好吗？

你觉得很好吗？不是人人都能够接受的。

邱野。这个世界不是人人都必须按一种生活方式来生活的，每个人在不伤害别人的前提下，有权利来选择自己的生活方式。物以类聚。或许，与一个方向不一致的人分开不见得是坏事。

嗯。邱野点了点头，我也是这样想的。如果我和婉云坚持走下去，也不一定幸福，早分开早好。只是小梅，你能接受这种方式吗？

慕小梅瞟他一眼，答，为什么不能？这也是我想要的生活。

你不觉得无趣吗？不觉得浪费生命吗？邱野再问。

慕小梅笑了起来，我正好有时间看一堆未来得及看的书，说一堆未来得及说过的话，写无数未来得及写的故事，走一段未来得及走的路，看一个未来得及看的世界。邱野，我想不出还有什么比这更有意义。哪怕有一天死，我也希望自己是死在路上的，而不是医院里。

邱野默默地看着慕小梅，什么话也说不出来。很久，他搂紧了她，与她并肩站在了那道暮光里。

20
投 标

奇安，日子很简单，一杯淡茶在手，心便飞扬。还记得当年你在时，几乎每个清晨都跑来为我煮茶。与你面对面地静坐，听风起涛，是件很开心的事。如今已很少喝茶，要喝也只是出去喝。怕自己睹物思人。而此时此刻，我能如此平静地坐在这里为自己煮一杯茶，用你曾用过的壶，用你曾用过的杯，一切一切，我用了整整三年。奇安，有时一件看似简单的事，因为多了无法消融的思念而变得极其复杂。此间滋味，何人能懂？

奇安，若你回来，你会发现家中的一切未曾改变。唯一的不同是多了许多你的东西。你走后，我曾去你家，将你的牙刷拿来搁进我的浴室里，将你的拖鞋拿来放进我的鞋柜里，将你的衣物拿来，一件件整整齐齐地挂进我的衣橱里。甚至连你最爱的泰戈尔诗集，也躺在我的枕下。

可是奇安，喝完这茶，我就要将一切打包了。别问我为什么，你都知道。

昨日重读仓央嘉措的诗，读到了最喜欢的那句：

我问佛，如何让人们不再感到孤独？佛曰，每一颗心生来都是孤独残缺的，多数人带着这种残缺度过了一生，只因与能使它圆满的另一半相遇时，不是疏忽错过，就是失去了拥有它的资格。

奇安，错过你或许已成遗憾，我不想再错过邱野。想来，你会明白的。该是说再见的时候。希望我们能够圆满地画上句点。

慕小梅停了下来，想了很久，竟无话可说。三年了，她整整等了他三年。独自一人，坐在这里，像个疯子般地自言自语。如今，竟已无话可说。心已平静，所有的惊涛骇浪便也就平静了。

她端起茶杯来喝，茶已凉，她却一饮而尽。

她收好手里的日记本，走去衣橱那边。她默默地取下祝奇安的衣服，摘掉衣架，折叠整齐。电话却于此时响起，她拿过来看，是邱野。她接了起来，对他笑道，怎么这么早？

还早？邱野也笑着问道，在干吗？

在喝茶。

邱野叫了起来，是吗？我也要喝。

慕小梅笑笑，答，好啊，来吧，找得着就来呗。

小梅。这不公平，为什么不让我去你家？难道你家藏了什么见不得人的东西吗？

你才藏了见不得人的东西呢！慕小梅撇撇嘴。

上次我说回你家，你就没同意。

再等等，容我收拾一天屋子，就可以让你来了。

今天不行吗？邱野有些不甘心地再问。

不行。慕小梅拒绝道，今天家里太乱了，明天吧，我就快收拾完了。慕小梅丢掉手里的衣物，朝阳台那方走了去。

我又不在乎，你怕什么？邱野还在努力。

慕小梅拉开窗帘的一角，往外望去，嘴里回道，我在意。

对面阳台空无一人，黑皮沙发落寞地歪斜在那里，阳光照在它身上，发出了哑淡之光。

你还在床上吧？慕小梅问。

是啊，刚睡醒。邱野打了个哈欠。

起床吧，去阳台那边站站，风一吹就醒觉了。今天的天气格外的好呢。

是吗？邱野那边传来穿鞋的声音。一会儿工夫，慕小梅看到穿着睡衣走出的邱野。

慕小梅笑了起来，再问，怎么样，外面比你床上舒服吧？

真不错，阳光很好。邱野伸了个懒腰。

慕小梅放下了窗帘，笑道，那是，要不也不叫你起床了。

小梅。要不然你来我家吧，我煮咖啡给你喝。

算了。一会儿要去文子那边看看，她最近有些焦虑。

你怎么老有事啊？

哪有？就这几天事多而已。

昨天不也是吗？邱野还在耿耿于怀她昨天跟司徒轩吃饭的事。

慕小梅笑道，邱野，昨天那事能过去了吗？电话那头却没了声音。慕小梅赶忙走回，再拉起窗帘往外看。邱野身边多出一人来，是小双，在对着邱野笑。

慕小梅立刻问道，邱野，小双搬走了吗？

邱野回道，搬，今天就搬，一会儿我去帮她搬家。

哦。慕小梅放下心来。再看那边，小双正在跺脚，明显不满意邱野的答话。

慕小梅笑了起来，对邱野道，那你刚才还邀请我去你家，想让我也帮着搬家吗？

不是，怎么舍得让你累，真是想煮咖啡给你喝。

算了。你还是老老实实帮小双搬家吧，咱们明天见。

明天啊。邱野不情不愿地叫了起来，明天太长了，晚上吧，我帮小双搬完家，你就过来。

小双开始抢邱野的电话。

慕小梅赶忙对邱野说道，邱野，你别当着小双的面说这些话，她听了肯定会不高兴的。

邱野赶忙捂住了电话，转头对小双说了些什么，小双听话地走开了。他回过头来对慕小梅笑道，好，我会注意的。又问，你晚上来不来？

慕小梅笑答，这样吧，咱们先各忙各的，忙完再联系好吗？

邱野犹豫了一下，答道，好吧，那你等我电话。

好。慕小梅返身进屋。她将小豆子安置好，给钟夕文去了电话，文子，今天有事吗？

有事。钟夕文简短一句。

怎么了？慕小梅敏感地再问，正在忙吗？

是啊。钟夕文叹口气答，很忙。小梅，今天投标。

这么快？慕小梅叫了起来。

是。这不正准备出发去投标现场嘛。

哦，要我帮什么忙吗？

不用，你能帮什么？钟夕文笑了起来，等我的好消息吧。

好，等你的好消息，马到成功。

死马当活马医吧。钟夕文叹道。

别啊，都忙活好几年了，该是收获的时候了，等你的好消息。

好。忙完给你电话。钟夕文收了线。

慕小梅丢掉手机，重新踱回阳台，邱野已不知所踪。目光回落，她看到了街角的那家书店，一个穿红衣的工人正踩着梯子在那里擦拭着店外的招牌。慕小梅突然意识到自己已经很久没去看书了，想了想，决定带小豆子去那里转转。

小豆子此时已吃完早餐，正跟地板上的一只皮球较劲，看到慕小梅后，丢了皮球，围着慕小梅转起圈来。慕小梅换上一身运动行头，牵着它出了门。

很快走进书店，她将小豆子交给工作人员，自己则端着咖啡往里走去。

她找到一张靠窗的桌前停下，放下手中的咖啡，走去找书。或许是很久没来的缘故，她总感觉店内的墨香更浓了些。她用力吸着鼻子，一排一排地慢慢找。她的手指划过书皮，发出了细微的声音，她笑了起来，随手选定了一本爱情小说，走了回来。

书看到快结尾的部分，电话又响了起来，她皱皱眉头，接起来问，喂，哪位？

我，文子。

投完标了？慕小梅赶忙问。

电话那头没了声音。

慕小梅面色突降，赶忙再问，什么情况？

电话那头依旧很安静，很久，钟夕文哑声道，投标结果不太好。

这么快就出结果了？

没有。钟夕文叹道，评分结果已大概知道。

什么结果？

不太好，这个标可能要丢了。

怎么可能？你们的技术不是最强的吗？

是，钟夕文解释道，我原本以为我们的技术分应该最高。因为测试的时候只有我们的产品能做到多个不同产品在同一个管理平台上统一管理和控制，兼容性极强，毫无差池。可刚才投标现场念标的时候，我们的对手竟也通过了这项技术指标。

这也太奇怪了。用户呢？用户也认可吗？

钟夕文不作声，好半天才轻声答道，用户也认可。

慕小梅再次惊呼了起来，那你为什么不与之当面对质？

对质了。可用户说他们二次测试时通过了。

这……文子，这会不会有猫腻啊？

猫腻是肯定有的。钟夕文答，我估计是对方copy了别家的产品。

这样也行？

这样肯定不行，可问题是，目前我们没有证据来进行控诉。

那怎么办？慕小梅怔在了那里。

什么办法都没有。钟夕文叹道，这样一来，我们原有的优势点都被对手打平了，可对手的优势我们却是无论如何都追不平的。

价格呢？你们价格也不占优势吗？

价格？钟夕文冷笑了两声说，你不问还好点，你一问我想哭的心都有了。对方的总价刚好比我们低了三万，他们是最低报价。

慕小梅说不出一句话来。

钟夕文接着说，售后服务就不用提了，他们在全国三十多个

省市都有自己的分公司，光技术服务人员就比我们多出好几倍来。谁胜谁败，还用我再说吗？

慕小梅无言以对。

过了很久，钟夕文幽幽叹气说，小梅，这标……我们输定了。

文子……你也别太悲观了，说到底投标结果还没出来，说不定还有希望呢。

希望个屁啊？钟夕文叫了起来，除非出现奇迹。

那万一就是有奇迹呢？慕小梅也叫了起来。

钟夕文压低了声音，对慕小梅道，不可能了，奇迹也不可能发生在我身上。不过我还是要查明原因，这个标有太多的疑点。

什么疑点？

第一，佰智科技不可能在这么短的时间研发出统一管理控制功能，可为什么二次测试的时候能通过，其间必有蹊跷。第二，佰智科技之前的价格一直居高不下，copy了别家的产品，成本自然会更高，可偏偏这个项目降下这么多，还正好就比我们低了三万。小梅，我们的价格极有可能被人泄密了。

不会吧？慕小梅惊叫道，价格不是只有你一人知道吗？

不止我一人。

还有谁？

我们公司的小李子，他也是最后一个审标的人，也是最后封标的人。

可你不是一直很信任他吗？

钟夕文想了想，嗫嚅道，我也不愿往这方面想啊，小李子是我重点培养的得力助手，也是我最信任的一位下属。

先别着急。慕小梅劝道，要不你先问问他，了解实际情况后再作定夺。

小梅，这种话我怎么问得出口？

必须问。都什么时候了，还犹豫？就事论事呗。

容我想想吧，万一不是他呢，我不想伤了人心。

文子。我建议你直接问，如果不是他，你也好赶紧分析其他的原因。大家原本就是一条战壕的同胞，有义务共同来承担后果。你说呢？

　　好，我去问他。小梅，钟夕文低声道，刚才……刚才我连死的心都有了。

　　你怎么能这么想。慕小梅也叫了起来，我一直很敬佩你的大气，你可不能因一时之气胡思乱想。赶快调整心态，想出对策来才是正道。

　　好。小梅，我先去了解情况，你等我电话吧。

　　话已至此，慕小梅也不好再多说什么，她再安慰了钟夕文几句，便挂了电话。她跌坐到座位上，还是觉得心中不安，又给邱野去了电话。电话接通，她立刻问道，邱野，家搬得怎么样了？

　　邱野倒是很轻松，笑着答，差不多了，东西都已经搬完了，就等着小双自己去整理了。

　　慕小梅再问，邱野，你现在能过来一趟吗？

　　怎么了？出什么事了吗？邱野感觉到了她的情绪，赶忙问道。

　　慕小梅不想让他担心，解释道，钟夕文刚才来电话，说她那个标可能要丢，情绪很不好，搞得我这心里也特别难受。

　　小梅，你是不是多虑了，一般投完标还得过一段时间才会出结果，她今天才去投标，怎么可能这么快就知道结果了？

　　是，结果是没有出来，可钟夕文说当场念标，各家的技术，价格，售后服务，一目了然，用不着等投标结果就已了然于心了。

　　这样吧。邱野想了想说，我们去找钟夕文一趟吧，问清情况，再看如何帮她。

　　那太好了。那你快来吧。

　　你在哪儿，我现在就过去接你。

　　你们家楼下的那间书店，街角。

　　哦，我知道了，你等在那里吧，我一会儿就到。

　　好，一会儿见。慕小梅挂了电话，依然觉得不放心，又给钟夕文去了电话。

　　电话刚接通，钟夕文竟在那头哽咽了起来，小梅，小李子竟

然不接我电话,看来内鬼真有可能是他。你说他这人怎么能这样啊?想当初他在佰智科技被人排挤,还是我给他拉过来的。许他重权高薪,到头来,他竟如此待我?

慕小梅劝道,文子,先别瞎想,还是等找到他再说。你现在在哪儿呢?

在家。钟夕文答道,头有些疼,三儿将我接回家了。

吃药了吗?

刚吃了一片止痛片,现在在床上躺着呢。

那你先休息一会儿,我和邱野这就过来找你。

啊,大老远的,别跑了,我没事。

你别管了,关键是看能帮你什么忙。

好吧,那我等着你们。

好,一会儿见。慕小梅挂了电话,带着小豆子回了家。她将小豆子安置好,又回头看了看满床祝奇安的衣服,将它们一一挂回衣橱。

她起身离开,锁好门,下楼往书店去了。

邱野的电话也很快打了过来,小梅,车就停在书店门口。

慕小梅跑出去找,一辆黑色的宝马就停在路边。她拉开车门,坐了进去。东四环,山水园别墅区。

邱野知道她着急,赶快点火,将车往东四环开去。

车行至半路,邱野转头看慕小梅一眼,笑道,小梅,你别太紧张了,你这样紧张也帮不到钟夕文的。

我知道。慕小梅点点头。感同身受而已,心里挺难过的。

待会儿见到钟夕文你可别这样,情绪是互相影响的,她已经够难受了,你别再把你的坏情绪带给她。

好。慕小梅勉强笑笑,将腿伸直,让身体放松下来。

邱野不再说什么,专心开起车来。

车很快到达山水园别墅区,钟夕文站在门口迎接他们。邱野将车停好,与慕小梅一同下了车。

钟夕文将二人迎进屋,在沙发上落座,又吩咐三儿去准备咖啡,这才对邱野道,真不好意思,还麻烦你们跑一趟。

邱野落座,笑答,不麻烦,希望能帮上忙。刚才听小梅说,你们最有优势的技术分也被对手追平了?

钟夕文点点头,面色凝重地答道,统一管理控制的功能,在一次测试时,只有我们一家产品测过了。可今天投标现场,用户竟说我们的对手在二次测试时也通过了这项功能测试。

这也太诡异了。邱野笑了起来,就算是坐火箭,也不可能这么快就研发出一项功能来啊,用户能想不明白?

是啊。钟夕文也叫了起来,想当初我们公司研发这款功能,用了整整一年的时间。

嗯。邱野点头道,你的对手极有可能copy了别家的产品,挂羊头卖狗肉而已。可如果那家公司心甘情愿地将这块技术贡献给你的对手,你也是没办法的事。

钟夕文答,话虽这样说,也存在兼容性的问题啊。我们的产品是统一平台研发的,兼容性绝对比copy来的技术好很多。

邱野点头道,是,这是肯定的,但关键是用户为什么要站在你的对手那边?他们到底看好你对手的哪些方面?他们到底想要什么?我觉得你必须了解清楚这几个问题,才能找到切实可行的解决办法。

邱野。钟夕文摇头道,我现在都开始怀疑用户是不是被人家收买了,才会这样睁眼说瞎话,真是无语了。

邱野劝道,先别这样认定。你们不是跟用户关系也挺好的吗?用户为什么要临场倒戈?关键是要找到原因。我那天建议你去找德恒公司总裁,你们找了吗?

找是找了,可是对方以开会推脱了,后来时间又来不及,我们就没再找。

那可不行。德恒公司的总裁是关键人物,你们必须找到才行,都到这节骨眼上了,你还犹豫什么?要不要我帮你约他?

钟夕文想了想,答道,暂时不用。我还是想先找司徒轩帮忙,听说德恒的总裁很买他的面子。

好,如果需要我帮忙,直接开口。

好的,谢谢你。钟夕文对邱野感激地笑笑。

邱野摆手道,客气什么,帮你就是帮小梅。另外……我听小梅说,你们价格也没有打过对手吗?

钟夕文叹气道,对方正好比我们低三万,我初步估计是有人泄密了。

会吗?邱野瞪大了眼睛。

钟夕文点头道,我从旁了解到,他们copy了别人的产品,价格是不可能这么低廉的。可他们竟然将价格降下这么多,还正好就比我们价格低三万,如果不是预先知道了我们的价格,他们是不可能报出这个价格来的。

泄密的人会是谁?

钟夕文犹豫了一下,答,李心意。

他?邱野惊叫了起来,据我所知,李心意可不是这样的人啊。

钟夕文叹道,我也不希望是他,可价格只有他知道,如果有人泄密,只可能是他。

找他问过了吗?

他不接我电话。

我打。邱野立刻拨电话。电话铃声响了很久,没人接听。他挂断,对钟夕文道,我知道他家住哪儿,我去他家找他。

钟夕文无力地点点头。

另外。邱野再问,你的竞争对手到底是哪家,方便透露吗?

钟夕文叹口气,答道,你很熟,佰智科技。

佰智?

是。钟夕文再次点头。

邱野怔在那里,好半天,他喏嚅道,这家公司……我还确实很熟……这样吧,我也一起去了解一下情况吧。

好,感谢了。钟夕文端过咖啡来,递给了邱野。

邱野摆手道,不喝了,我现在就去找李心意。

不急,喝完咖啡再去吧。钟夕文再递。

不了。邱野再次推开，对钟夕文道，我还是先去找他吧，早知道情况，心里早踏实。说实话，我还真不希望是他，说到底这也是我兄弟。

好吧，那我等你消息。钟夕文放下了咖啡。

邱野从沙发上站了起来，往外走去。

邱野。慕小梅也站了起来，对他道，我跟你一起去吧。

不用了，你在会不方便。你留在这儿陪钟夕文吧，一有消息我立刻给你们电话。

好吧。慕小梅点了头。

慕小梅和钟夕文跟着邱野走出了屋外，目送他上车，开远，才反身回了屋。

两人走回到沙发处，落座，慕小梅拉住钟夕文的手问，要不要我给司徒轩去个电话？

不用了。钟夕文摇摇头说，这个时候你打我打都一样了。你知道我刚才为什么不让邱野帮着约德恒的总裁吗？

为什么？

如果司徒轩都约不到他，谁也别想约到他了。他不见我，其中必有原因。我还要再想想。

文子……慕小梅看着钟夕文欲言又止。

你说，这个时候什么都没关系了。钟夕文鼓励道。

上次听司徒轩说，你还得从自身找找原因。他提到一个关键的问题，用户如果三十多家分公司同时上线，你们的工程师忙得过来吗？

小梅。钟夕文蹙起了眉头，难道你也要站在我的对手那边吗？

怎么可能？慕小梅叫了起来，我只是提醒你。

不用你提醒。钟夕文撇嘴道，我们公司的工程师不够，我去借，就不便宜给佰智科技。

你这是较劲，做生意还是要顾全大局，从长远利益考量才好。

小梅，这些话都是司徒轩教你的吧。如果你今天来是来当说客的，我就要请你离开了。

好了好了。慕小梅叹道，我不说了，不说了行吧。我就这么提醒一句，你看你这不依不饶的劲儿。

我跟你说，小梅，我就算让这个标黄了，也不会便宜给佰智科技的。

你啊你！慕小梅叹口气，不再多言。事实上，话已至此，多说也无益了。跟司徒轩当初预想的一样，钟夕文真是谁的话也听不进去。她起身对钟夕文道，你先休息，我回去等邱野的消息。

好。钟夕文也起身相送，小梅，我知道你真心为我好，可我也有我的难处。

我知道。慕小梅拍拍她的手背，笑道，你别多想，先把全部心思顾在这个标上好了。

好。你理解就好。钟夕文点了头。

咱俩谁跟谁啊，放心吧。

钟夕文伸出胳膊抱住了慕小梅，两人搂抱着往屋外走去。

慕小梅回到家，坐立不安，不停地翻看手机，希望能早点接到邱野的微信或来电。可电话一直很安静。她想给自己找点事来做，却什么也做不下去。原本打算收拾屋子，打包祝奇安的东西的念头也已落空。直到夜深，她也没等来邱野的电话。她踱到阳台去看，那边黑不见影，邱野尚不知所踪。

她忍不住给邱野去了电话，可回过来的声音竟是您拨叫的用户已关机。

又是关机。她气愤地将手机摔到了床上，自己也倒在了那里。

21
往事钩沉

奇安，原想跟你好好地道别。昨天都已将你衣物打包。三年了，就算我有心要留你，或许你也想要走了吧。事实上，你又何尝没有走呢。可是事情太多，困难太大。不是我，是钟夕文。此时此刻，她真的很需要你。

奇安，想当初钟夕文是因为你才来北京的。她放弃了新加坡的高薪工作和优渥生活，来北京从头开始，这份决心跟勇气令人钦佩。七年来，她经历了多少艰难困苦，一步一步走到现在，将公司从那么小的规模做到如今的成绩，其间的辛苦只有你知我知。作为她的闺密，我深感能力有限，想帮竟是无从帮起。

如今，她的公司遭遇了一次极大的坎坷，我却只能在旁边干着急。那个标对她有多重要，你只要看她这几天来的彷徨跟无助便可深切地体会。你现在若还在我们身边，也会如我般担忧。到底你们是从小到大的好朋友，这份情意较之于我，又更深一层。

奇安，这一刻，我多希望你能回来，回到我们身边。哪怕不是为我，只是为了文子，我也愿意。没有你，她很难过此难关。而且，她现在谁的话也不听，谁的劝也不信，固执到了极点。明明前头就是一个大坑，她却偏偏要往坑里跳，你说我该有多着急？

回来吧，若你能感应到我此时迫切的心情，极度的渴盼，回

来这里,帮帮文子。

罢笔,慕小梅的眼眶湿润了。她真想此刻有那双轻触肩头的手,像从前那样,轻轻地拍拍她,告诉她没事,一切都会好起来的。可惜没有。回头,房间里空无一人。一切不过只是她的幻想,她将头埋进自己的臂弯,深深地叹息起来。

很久,她走回到床头,拿起电话,刚想给钟夕文打过去,想了想,还是给邱野拨了过去。

铃声响了几声,再次传来那个淡漠的声音:对不起,你所拨打的用户已关机。

她愤然丢了手机,手机铃声却突然响了起来,她欣喜地拿起电话,发现是三儿打过来的。她不敢迟疑,接起来问道,什么事,三儿?

你现在说话方便吗?

当然方便,说吧。

你……和邱野在一起吗?

没有啊,为什么这么问?

哦。三儿掩饰地笑笑,答道,没什么,没什么啦。

到底为什么?慕小梅叫了起来,有屁快放,有事说事。

三儿赶忙小声道,别嚷嚷,别嚷嚷。我现在可是躲开钟夕文来给你打电话的,不能让她听见了。

为什么啊?慕小梅受了他的影响,把音量降了下来。

三儿接着小声道,文文不让我给你打电话,所以我是躲起来,偷偷给你打过来的。

到底为什么不让你给我打电话?哎呀快说,真是急死人了。

三儿叹口气,文文刚告诉我,泄密的事……可能跟邱野有关。

不可能!慕小梅大叫了起来。

你别急嘛。三儿小声劝道,我也认为不可能是邱野干的,而且刚才我都劝她半天了。可她说根据她了解到的情况,好像此事还真跟邱野有关。

那你快说,她都了解到什么情况了?

小梅……三儿嗫嚅起来，这……这些话本来应该是钟夕文来告诉你的。可她偏不肯。刚才我都劝她半天了，她就是不听。说这些情况没法亲口跟你说。可她自己吧，又憋在心里在那儿难受。我看着实在是心疼，才偷偷给你打过来的。小梅，你要是有时间你就来一趟吧，直接问她好了。你们俩都跟姐妹似的，还有什么不能面对面挑明了说的？现在就把矛盾解决了，也好过以后闹别扭。你说呢？

好。慕小梅想都没想，直接答应道，我这就过来。你哄着她，别让她出门，我一会儿就到。

好的，小梅，辛苦你了。

辛苦什么？她的事就是我的事，不辛苦。只要能把误会解除了，这点辛苦算什么。不说了，一会儿见吧。

好，等你。

慕小梅挂了电话，连睡衣都懒得再换，直接披上一件长款外套，跑了出去。

她将车开出小区停车场，向着东四环去了。

一路都开得迅疾，没半个小时，已然开到了山水园小区。她将车泊好，下车，摁了钟夕文家的门铃。

三儿来开的门，看到慕小梅后挤眉弄眼地小声道，一会儿让着点她啊，她最近心情不好，你们可别吵起来。

我知道。慕小梅别开他，换了鞋往里走。文子，文子，我来了，快出来接驾。人还没走到，她已经嚷嚷起来了。

钟夕文一脸惊讶地从楼下跑上来，叫道，你怎么来了？

慕小梅笑着答，想你了呗，怎么，不想让我来啊？

怎么会呢，只是太突然了。去楼下坐吧，我叫人去准备咖啡。钟夕文有些心神不宁地应道，拉着慕小梅的手往楼下走去。

两人在榻榻米上坐了下来，钟夕文又问，为什么突然就跑过来了，不会只是为了来喝杯咖啡吧？

慕小梅也不打算再绕圈子，直接说道，三儿给我打电话了，你这边的情况大概地跟我说了说。

这死鬼。钟夕文啐道,我都让他别说别说……

我逼他说的。慕小梅打断了她。

三儿此时正好从楼梯口处探出头来,看看两人,讨好地对文文笑笑,咖啡一会儿就好,你们先聊着啊。好好的啊,别吵架。

钟夕文恨恨地瞟他一眼,不说话了。

慕小梅笑着对三儿道,放心吧,我们好着呢,怎么可能会吵架?你快去把咖啡弄好吧。

三儿干笑两声,又对着两人比了个OK手势,往上去了。

钟夕文看三儿走开,问慕小梅,三儿都跟你说什么了?

慕小梅笑笑,说,等同于什么都没说,只让我来问你。

钟夕文低下头去,好半天,抬起头来说,其实吧……也没什么事,是三儿担忧过度而已。

文子。慕小梅叫了起来,咱俩之间还用得着这样吗?你还当我是朋友吗?说到底邱野也是后来才认识的,有什么不能说的。

钟夕文的嘴唇张了张,依旧没有说话。

三儿此时从楼上走了下来,将手里的托盘放到了两人中间。又为两个空杯一一斟上咖啡,这才笑着说道,文文,说吧,别忍着了。小梅又不是外人,你忍个什么劲儿啊。说吧,说开了你心里也好受了。

钟夕文看他一眼,轻轻地点了点头。

这就对了。那你们聊吧,我上去了,有事叫我。

慕小梅冲着三儿点点头,他便往楼梯那方走了过去。

慕小梅一直等三儿的身影消失,才转回头来对钟夕文道,说吧,别瞒着了。

钟夕文端起咖啡小抿一口,放下问,小梅,你爱邱野有多深?

很深。慕小梅答。

钟夕文没想到她会答得这么快,一时瞪眼望着她,竟不知下一句该说什么。慕小梅也不说话,也瞪眼看着她。钟夕文只好叹口气道,既然这样,你让我怎么接着跟你往下说啊?

慕小梅端起了咖啡杯,也小抿一口,放下说,可我爱你也很深啊，你们两个在我心里的位置是一样的，都是至高无上的。

可如果邱野骗了你呢？

不可能。慕小梅撇嘴，淡淡地笑了起来。

如果可能呢？钟夕文紧逼。

慕小梅依旧不理，再小抿一口咖啡，说，我相信他，他是绝对绝对不会骗我的。

小梅……钟夕文踟蹰起来，好半天，说道，关于我们产品同一平台统一控制的功能，除了小李子，我还和一个人说过。

谁？

邱野。

什么时候说的？

那天去他家聚餐的时候，你和三儿在厨房里忙，我和他在客厅喝酒的时候无意中说出的。

那也不见得就是他泄密给佰智的呀。

可据我了解到的情况，佰智科技就是从那天之后将这条功能加进标书的。如果不是邱野泄的密，又会是谁？

慕小梅不答反问，你的这些情况都是从哪里了解到的？

佰智科技呀，还能从哪里了解到？他们能往我们公司渗透自己人，难道我们就不能往他们的公司渗透我们自己人？

好。慕小梅点头道，就算此功能确实是邱野透露给他们的，那价格呢？难不成你们的底价也是他透露的？难道你把底价也告诉给邱野了？

那倒没有。但小李子原来是他的属下，又是他一手带起来的高徒，两人更以兄弟相称，如果邱野向他要我们公司的底价，他会不给吗？就算出于感恩，他也是会给的。

好，就算如你所说，可是邱野为什么要向小李子要底价？又为什么要帮佰智科技？他都已经从佰智离职很多年了，就算要帮忙，恐怕也是先帮我的好朋友你才对呀。难道你不觉得你的分析不符合逻辑吗？

钟夕文一直等她说完，看着她说，有一件事……你恐怕还不

知道吧？

什么事？

邱野是佰智科技总裁邱志山的儿子，你知道吗？

什么？不可能！慕小梅叫了起来。

钟夕文笑笑，答道，有什么不可能的？

可是……

可是什么？钟夕文端起慕小梅的咖啡递给了她。你们从认识到相恋也有段时间了吧，这事，他一句也没跟你提过？

慕小梅没有回答，也没有去接那杯咖啡，只是呆呆地望着钟夕文无言以对。

钟夕文将那杯咖啡放回，轻声道，小梅，我原不想跟你说这些的，但事已至此，也不得不说了。我就将实情全部告诉你吧。

慕小梅依旧不说话，只是看着钟夕文，重重地点了点头。

钟夕文转身从榻榻米右侧的抽屉里取出一包烟来，抽出一支，递给了慕小梅。慕小梅摆摆手。钟夕文将烟放到了一旁。她看慕小梅一眼，将语气放得更柔，对她道，邱野介绍小双去的那家公司正是佰智科技。这次与我们争标的对手也正是小双。听说还有个老销售在帮她。小梅……钟夕文欲言又止。

慕小梅脸色开始苍白，好在神情依旧镇定。她对着钟夕文点点头道，直说吧，都到这分上了，也没什么好瞒的了。

好。钟夕文继续说道，佰智科技能够对一个新人委以重任，完全是看着邱野的面子。当邱野知道我与小双争标，小梅，你认为他会帮谁？佰智是他父亲的企业，小双又是他视为妹妹之人。你说，他会帮谁？

那我呢？慕小梅淡淡地开口，难道你就没想过他会站在我这一边帮我吗？

你们才刚刚开始相恋，小梅，我……不相信他会抛弃亲人站到你这一边来。

慕小梅将身子靠在了墙上，无力地指指那包烟，对钟夕文道，帮我点一支吧。

钟夕文点点头,从烟盒里抽出一支,点着,递给了慕小梅。

慕小梅接过来,狠吸一口,喷出来问,这些消息可靠吗?

钟夕文不答反问,你觉得司徒轩可靠吗?

司徒轩?慕小梅的脸色更暗沉了些,点头道,如果是司徒轩……当然可靠了,很可靠。

钟夕文叹口气说,他本不让我跟你说这些,可你非要……所以只好都告诉你了。

必须的。慕小梅弹掉烟灰,看她一眼。这么重要的事,你必须要告诉我的。如果你没有,你就不是我的好朋友了。

小梅。钟夕文伸出手,握住了她。

慕小梅反手也握住了钟夕文,轻声道,文子,即使这样,也不一定就是邱野泄的密啊。或许他并不完全知情呢?你看他昨天有多着急,有多想帮你,难道这也是装出来的吗?

怎么可能装不出?钟夕文松开了慕小梅的手,高叫了起来,小梅,你简直太幼稚了吧。事到如今。你竟然还相信他?

慕小梅吸了一口烟,喷出问,文子,他如果想帮佰智,他为什么又要从佰智离职出来呢?

原因太多了,我哪知道他为什么要从佰智科技离职?浮夸子弟呗,想上班就上个班,不想上班了就随便辞个职去玩呗。他说不喜欢这个行业才辞的职,可并不代表利益面前他会不站在自己亲人的那一边啊。能让小李子泄密之人,除了他,绝不可能再有第二人选了。小梅,时至今日,你不会还在相信他吧?难道你连我都不相信了?

我当然相信你。慕小梅顿了顿,伸手将烟灭进了旁边的烟灰缸里,又抬起头来对钟夕文道,文子,我敢以我的人格担保,邱野绝不会是那个泄密之人。

那你就是不相信我啰。钟夕文瞪着慕小梅,眼睛布满血丝。你才认识他多久,你就敢以你的人格担保。你凭什么?

凭我的感觉,凭我的心。慕小梅一字一顿地答道。

心?钟夕文冷笑两声,盯着慕小梅半秒,问道,你相信祝奇

安吗?

当然相信。慕小梅一脸的诧然,问,为什么突然提到他?

钟夕文撇嘴道,小梅,你认识祝奇安这么多年了,他结过婚的事,有跟你提过吗?

什么?结婚?慕小梅坐直身子。你……你不是跟我开玩笑吧?

钟夕文冷笑两声,接着说,一个爱你这么多年的人都有可能欺骗你,邱野为什么就不能呢?

文子。慕小梅眼泪涌了出来。告诉我,结婚是怎么回事?

钟夕文收了笑,将一包纸巾递给慕小梅,也回身靠在了墙上。事到如今我也不瞒你了。当年,祝奇安刚刚认识你的时候,他是有婚姻的。

这事你早就知道?

是。

那你为什么还追来北京?

你听我慢慢说嘛。

慕小梅静了下来。

钟夕文叹口气说,那段婚姻于祝奇安而言,完全就是被胁迫的。奇安根本就不爱那个女人,可当年……当年他们家也实在是走投无路了。一场经济危机让他的家族企业遭遇了最大的滑铁卢。在几近走投无路的情况之下,他的父亲求到了女方的父亲,请他们出手相救。可对方竟然提出了联姻为条件。你想想,对于一个完全没有感情的女人,祝奇安怎么可能会同意联姻?所以奇安死活都不肯。但实际情况在那里摆着,由得他任性吗?于是在父亲苦苦的哀求下,他点头答应了这门亲事。

后来呢?

两年后,两人有了个女儿。

连女儿都有了?

钟夕文不敢看她,转开脸,轻轻地点了点头。

慕小梅沉默了下来。

钟夕文看她不说话了,转回脸接着说道,即使如此,奇安还是无法爱上那个女人。这一切,我作为旁观者都看得清清楚楚。他那时经常约我出来喝酒,每次都会喝得酩酊大醉,口口声声说想要离婚。可说归说,还不全是醉话。他忍下来,坚持与那个女人又生活了好些年,直到家族企业步入平稳期,他向那个女人提出了离婚。

那女人能肯吗?有难的时候同意跟人家在一起,好了就将别人始乱终弃,他也狠得下心来?

那你让奇安怎么办?如果是你,你能坚持下去吗?

慕小梅不说话了。

钟夕文叹口气说,那女人一开始坚决不同意,祝奇安就搬了出去。再之后……他离开了家族企业,把大权全部交到弟弟手里,自己只身回到了晨曦小镇。借陪伴奶奶为由,躲开了那段令他痛苦不堪的婚姻。再往后的事,就不用我说了吧?钟夕文看着慕小梅,笑笑说,他遇到了你。从一开始他就没打算骗你,他只是把你当做小妹妹看待。只是后来随时间的推移,他发现自己竟然爱上了你。但他仍未表露半点,因为那个女人还未同意跟他离婚,他不想伤害你。直到后来你主动进攻,向他表白,他才失了防线,开始与你相恋。关键是,那会儿他妻子终于于口头上答应了他的离婚请求,他才敢跟你在一起的。当时的他,打算等办完离婚手续,再将此事与你和盘托出。他这样做的唯一目的,就是希望将对你的伤害降到最低。

慕小梅看她一眼,问,你那时来北京,也是知道他妻子终于同意跟他离婚了吧?

当然,要不我干吗来。但我那时候不知道还有个你。

慕小梅叹口气再问,到最后……到最后也没离成吧?

钟夕文刚要端起咖啡杯,听到这句,放下了。小梅,她幽幽道,那个女人在准备还他自由的时候,提出要与他最后深谈一次,所以她去了北京。找到他的同时,还知道了你的存在。她什么也没再说,当天就返回了新加坡,并将远在美国留学的女儿招回,双面夹击,逼迫奇安回新加坡,并告诉他此生决不离婚。

所以他就这样不辞而别了。慕小梅凄楚地笑了起来。

小梅。钟夕文轻声道，他或许永远都不会爱上自己的妻子，但他不可能不爱自己的女儿。你与你父亲的矩阵、痛苦、纠结，他通通都看在眼里，他怎能不害怕自己的女儿也同你一样陷入到此情此景中？

所以他就牺牲了我？

钟夕文叹口气答，他牺牲了他自己。你与他女儿，于他而言就是手心手背，离开谁都是一场剧烈的伤痛。他爱你如己出，难道你还感受不到吗？他当时的心有多痛，你可以想象。若你再见到他，或许你会认不得他了。他已不知苍老到几何了。

你……后来有见过他？

当然。钟夕文苦笑着点了点头。他与我偶尔有联系。几年前，我回过一次新加坡，见到了他……算了，不过沧海桑田，不提也罢了。我宁可他留在我心里的永远都是那个儒雅潇洒的模样，也不愿再见如今的他。

这么多年……你竟什么都不说？

小梅，这是奇安的意思，我也不想这样。他要我等到你有了新恋情，开始了自己的新生活后，再将实情告诉你。所以这么多年我才会一直劝你再找，赶快走出过去的痛苦，重新开始。你现在能明白我的心了吗？

慕小梅看着她，却什么也看不清。眼泪已经打湿了她的眼眶，模糊了她的双眼。

钟夕文看她那样，也不敢再说任何别的。

过了很久，慕小梅终于再次开口道，文子，你和我做了这么多年的朋友，我当时有多痛苦，你全都看在眼里。你怎么就忍心这么骗着我，竟然不告诉我任何？

告诉你……你就不痛苦了？钟夕文的眼泪也涌了出来。她一边抽泣一边说道，告诉你，让你去找奇安吗？找到了又怎样？如果他选择了你，他女儿和妻子该有多痛苦。如果他再次抛弃你，你觉得你还能活吗？你自己考虑一下，如果换作你，你会怎么做？最好的办法只有一个，等你平静之后，忘却之后，再来告诉你。这么多年，我有多痛苦，你想过吗？保守这个秘密又有多痛苦，你想过吗？慕小梅，我爱奇安有比你少过半分？失去他，对我而言也是一场人生的悲痛好吗？至少你还与他真心实意地相恋过，而我呢，我有什么？钟夕文失声痛哭起来。

慕小梅坐过去，伸手抱住了她，两人同时痛哭失声。

也不知哭了多久，直到楼上传来了脚步声，钟夕文猛然惊醒。她慌忙扯过几张餐巾纸擦干眼泪，再扯几张递给了慕小梅。

三儿从楼梯口探出头来问，没什么事吧？

钟夕文赶忙笑道，没什么事，没什么事，我们俩能有什么事？

那就好。三儿笑着点点头，又看看两人，再问，你们脸色怎么都不太好啊，又聊什么不开心的事了吧？算了，过去的就让它过去吧，还是换个话题，聊点儿开心的事吧。听到没有？

钟夕文赶忙答道，好，好，这就聊开心的事，你赶紧上去吧，你在这里我们什么也聊不了。

好吧。三儿一挥手，往楼梯上方去了。

慕小梅赶忙低声问钟夕文，他不会都听见了吧？

钟夕文摇摇头道，没事，三儿心可大了，过去的事他从不会计较。我一会儿上去再跟他解释解释就好了。

好，别待会儿因为我，闹得你们俩不开心。

不会的。钟夕文摇摇头，无力地靠回了墙上。

慕小梅看她不再说话，一时也无话起来。过了很久，突然问道，奇安家的地址可以给我吗？

新加坡的？钟夕文不相信地看着她。

是。慕小梅轻轻地点了点头。

你真打算去找他？

慕小梅再点头。钟夕文便不再说什么了。过了很久，叹口气说，好吧，给你。她拿过一旁的手机，摁了几下，对慕小梅道，收吧，我微信给你了。

慕小梅点开来看，再抬头对钟夕文笑道，谢了。

小梅……钟夕文拉住她的手。你要想好了，见了面你们两个也不可能……

放心吧。慕小梅没等她说完便打断了她。我自有分寸的。

那就好。钟夕文点点头，又无力地靠了回去。突然，又猛然坐起，对慕小梅道，小梅，我劝你还是赶紧离开邱野吧，这个人绝对不可靠。

文子，你怎么车轱辘话又转回来了？慕小梅皱眉叫道，你对邱野有成见，有误会。

误会？成见？钟夕文差点从榻榻米上跳了起来。慕小梅啊慕小梅，难道我刚才跟你说了这么多，都算是白说了？

文子。我坚持我的观念，这件事肯定与邱野无关，你先别急着下定论，还是等我问过邱野再说。

小梅啊小梅，他是佰智科技总裁儿子的事，跟你提都没提，却将小双介绍去了这家公司。这说明什么？

说明什么？

说明小双在他心目中的地位远远地胜过了你。证明他与小双之间没有秘密，而与你却还保持着一段距离。这样，你也相信他？

文子，他与小双认识了很多年，自然会比我更熟悉一些。他不跟我提他家的事，可能只是单纯地不想显摆自己的身份而已。原本他也不指望靠着他父亲吃饭。你想多了。

我想多了？钟夕文冷笑两声。看来无论这事跟邱野有没有关系，你都会站到他那一边了？

文子……这跟站边有什么关系啊？

钟夕文笑着站了起来。小梅，既然这样，我就无话可说了。作为朋友，我已经尽了我最大的努力，你好自为之吧。

文子。慕小梅也站了起来。你这是什么意思？

钟夕文瞪着她，一字一句道，什么意思你清楚。当我已经知道邱野在我背后暗算我，你却还要坚持与这样的人在一起，你让我怎么办？我惹不起还不能躲得起吗？

所以呢？

所以，今天你若选择跟邱野在一起，那么咱俩以后就不再是朋友了。

文子……慕小梅的眼泪涌了出来。你难道就不能等我问过邱野之后再作定夺吗？你为什么要这么武断呢？你难道连这个机会也不给我？你何必这样？

慕小梅。钟夕文也哽咽道，这也是我想对你说的，你又何必？你走吧，不送了。

慕小梅看着她，半响，用力点了点头，转身往楼上走去。

钟夕文的声音再次于身后响起。小梅，她叫道。慕小梅欣喜地回头，看到的却是钟夕文冰冷的眼神。她淡淡道，无论如何，祝你幸福。

慕小梅黯然地点头，继续向楼上走去。

楼上，三儿正坐在沙发上，看到慕小梅后，站了起来。

慕小梅没理他，直接向门口走去。

三儿跟了过去，看她换鞋，靠在鞋柜上说，小梅，这次你应该听文文的。

慕小梅换好鞋，站起身来对三儿说，三儿，什么都别说了，好好照顾文子。转身，她走出门去。

她很快坐上自己的车，拿出手机打给了一家旅行社。那边很快接通，是她相熟的朋友。她让其加急办理新加坡的签证及相关事宜。过了半天，挂断电话，她将车开出了山水园别墅区。

她很快到达朝阳公园的南门，却没有左转，而是右转进了对面的小区。

她找到邱野所住的那栋楼。上楼，敲门，无人应答。她不甘心，再敲，再等，依旧无人应答。她无力地靠在了那里，呆站了很久，才朝楼下走去。

她将车调头，右转，开回了自己的小区。

刚进家门，她就往阳台上跑。对面阳台漆黑一片。她拿出一直握在手心里的打火机，晃了晃，那方依旧毫无动静。

她站了很久，直到风将她的心吹冷，才低头往屋内而去。

Chapter

4

夜火轻燃

22
分 手

奇安

……

万语千言，该从何说起？

曾一度以为解谜者解开谜题的时刻，是欣喜若狂的。到今天才知道事实并不如此。那感觉更像是看一本书。当你随着故事情节翻越重山，经历错综复杂的情结之后，你心内有的只是五蕴皆空般的平静。根本无须再去探知什么结局。所有的痛，所有的苦，所有的悲欢离合，都已经在看的过程中消融掉了。再回头时，一切不过是场可笑的错足。到底是命运戏弄了我们，还是我们戏弄了命运？

奇安，想见你的欲望还是这么的强烈。像虫蚁咬噬我的心，让我片刻都不得安宁。我们还是见面吧。

可以吗？奇安，我只想静静地再看你一眼，便已足够。

慕小梅丢开了笔，心里却慌茫不已。邱野的电话还处在关机状态，钟夕文的道别还言犹在耳，三儿又选择了与钟夕文一起，而司徒轩则被自己拒之门外。所有的人似乎都在专注着自己的事。只有她，除了站在这深秋的萧索里瑟瑟发抖，再无事可做。此时此刻，她竟如此地希望身边能出现一个人，哪怕什么也不说，什么也不做，只是静静地陪着她，就好。

可惜，什么也没有。除了窗外的秋风凛冽，再无其他。

她突然很想哭，却哽咽了半天，一滴泪也流不出来。原来悲伤深处空无一物。

手机铃声突然响起，慕小梅欣喜若狂。她冲过去，拿起电话看也不看接了起来。邱野，是你吗？是你吗，邱野？

邱野的声音像来自极遥远的天边，那么空，那么远。是，小梅，是我，在吗？

在，在，在。慕小梅说出这三个"在"，突然有种重生的感觉。眼泪瞬时倾盆。

好。邱野低声道，也只是简单一个字。

慕小梅用力将手机贴到耳边，生怕走漏了邱野的任何声音。

对不起，小梅。手机关机是因为不得已。

没关系，找到小李子了吗？

不用找了。

为什么？

都是我干的。邱野长叹一口气。

不可能。慕小梅大叫了起来。

可能。邱野依旧低声道，同一平台统一管理的功能是我泄密给佰智科技的，底价也是我从小李子嘴里套出来的。所有的一切都是我干的。对不起，小梅，都是我的错。

邱野，你为什么……要这样？明明不是你，你为什么？

是我，小梅。全都是我一人干的。我这么无耻，不值得你再为我以身相许。

邱野……慕小梅哽咽到说不出话来。她深呼吸，努力使自己平静下来。很久，才又对邱野说道，邱野，我最后一次问你，你真的要承担这些莫须有的罪名吗？甚至不惜牺牲我们的爱情？

电话那头没了声音。

慕小梅也不再说话，只是无力地等在了那里。

很久，邱野哑声道，小梅，是我做的，所有的一切都是我

做的。

好。慕小梅淡淡地点点头，轻声道，邱野，那我就知道你的决定了。虽然我不知道我到底做错了什么，竟让你不惜以如此不堪的手段来与我分手，但我告诉你，你的目的达到了。我放手，还你自由。

对不起……邱野嗫嚅道。

慕小梅打断了他，邱野，你不用对我说对不起。你应该对你自己说对不起。我只愿你以后不会后悔你今天作的决定。祝你幸福。

慕小梅挂断了电话。

23
迟来的道别

奇安，此时此刻，我是坐在飞往新加坡的飞机上给你写信。周围静极了，所有人似乎都已睡着。灯也熄了，只余我座位上的这一顶还亮着。光线如此柔和美丽，照过来，将我的落笔处都照成了金色。又像极了结婚请柬上的烫金字，很好看，只是张着嘴，嘲笑着我的落寞。

曾几何时，也幻想过与你的那一天。将那一封封请柬交到朋友们手里的时候，会是如何的欢喜？慕小梅与祝奇安，多么和谐的两个名字。

感谢那些幻觉，感谢那些如玫瑰般绮丽的梦境。多少次温软了时光，温软了憧憬，温软了浮想联翩。像永不会落幕的爱情剧，如花般绽放，不问明日，不问归期，只是绽放。

可惜，还是成了过去。再明艳，再锦绣又如何，也终有零落成泥的一天。

好在经历了，挣扎了，沉淀了，也终于快要走完这一程了。奇安，我以为我脆弱，我做不到，可原来我一个人走了这么久。再回看时，往事如烟飘散。留下的时光被洗涤后只剩下了发黄的记忆。流光碎影，在眼前如慢镜头般纷呈闪现。

而今天，我要的是什么？想见你又是为了什么？奇安，这个问题从昨天到今天，我已问了自己无数遍。

没有答案。人生有太多莫名其妙的决定跟方向，没有答案。或许有天我终会找到答案的，可此时，我只听从心的指引，将我带去你所在的地方。

奇安，三年了，我终于可以说出这一句，奇安，我们一会儿见。

播音器里突然传来空姐的声音，用英文说着飞机即将降落，让大家系好安全带之类的提醒。

慕小梅的心随着那声音跳了起来。涨大，不断涨大。那种难受又幸福的感觉，让慕小梅激动得不知如何是好。

她突然有些迫不及待。三年了，慕小梅压抑了整整三年的思念，期盼，就要全部爆发。她的鼻子酸了起来。她闭起眼，抬起头，随着机舱外越来越猛烈的轰鸣声，心也沸腾了起来。

飞机终于平安落地。慕小梅随人流往舱外走去。她的行李很少，只有一个小小的背包。她甚至连换洗的衣服都没有带，她根本就没打算久留。

她走到出租车搭乘地，搭了辆的士往Caldecott山顶别墅区去了。

她不知走了多久，当车再停下时，她只是感觉一切都只是在一眨眼间。她抵达了目的地。到此时，她的心跳才开始减慢。由刚才的极速降到了正常的心率。越临近幸福竟越平静，越接近真实竟越淡然。她深吸一口气问司机道，到了吗？

司机将车泊好，转头对她笑道，到了，就是这里了。

好。慕小梅将算好的车钱付给她，又加了一些，一起递了过去。

哦，多给了。司机退了回来。

没多给。慕小梅又推了回去，这也是给你的，麻烦您能在这里等等我吗？我一会儿还想坐你的车回去。

好啊，可以的，会很长时间吗？

应该不长。慕小梅说到这句的时候，脸色黯淡了下来。

那好吧，我就在这里等你。

谢谢。慕小梅下了车。

她沿着眼前一条极干净的小石子路向前走去。走了一会儿，她停在了一间别墅门前。

高高的院墙，精致，干净。也无来由地给你冷漠、肃然的感觉，将她这个陌生人挡在了墙外。

慕小梅感觉自己的身体正在变小，变小，无比的小。而身边的所有事物都开始变得庞大可怕。她深吸几口气，朝那扇镂空的铁门走去。

刚走近，她又闪身躲了起来，只余半边脸向内张望。

镂空的铁门内，祝奇安就这样出现在了眼前。那身影，即使化成灰，她也记得。他在笑，手里拿着一根细长皮管，在给园中的树木浇水。一如从前，还是一身雪白的休闲服，这是慕小梅熟得不能再熟的装扮。头发短短的，发丝在阳光下闪着光。他侧身站着，手臂扬起落下，溅起了无数银色的水花。水花被光镀了影，变得晶莹奇幻起来。

风吹来，慕小梅微闭起眼，闻着风里的味道，满满的，全是奇安的味道。她遗失了许久许久的味道，今天终于又闻到了。依然Happy水，依然蔷薇花，依然祝奇安。什么都回来了。所有的过往，所有的画面，所有的欢笑，拥抱，亲吻，全都回来了，回来了心里，压得沉沉实实的。

一切都没有变。是否记忆里的那个人也未变？她无声地问着那个人，却深知已失去了让他来答的权利。她的眼睛湿润起来，像是也被那水浇到了一般，开始往外涌出一股股晶莹剔透的东西来。

她擦干眼泪，告诉自己此时绝不能哭，她想要留一双清澈至极的眼睛去看那个人，那个她如此思念、如此深爱的人。

就在此时，一直侧身而立的祝奇安转了过来。他的目光落到了慕小梅的身上。他颤抖了起来，又很快平息下来，深切地望着慕小梅，像是辨识梦境的真实与虚假。

那么远的距离，慕小梅依然能感觉那目光的炽烈，像团火，瞬间便可将她一同烧灼。

烧吧。她笑了起来，化成灰烬又如何，只要能和你在一起。

祝奇安移步向她走来。打开铁门，站在了慕小梅的面前。

慕小梅笑了起来，这笑，她从昨天计划到今天，如此，格外的艳。

小梅。祝奇安终于开口，那声音如果可以捕捉，慕小梅希望能将它们捉到自己的心里。她开始后悔自己没有打开手机录音系统，她应该将它们逐字逐句地录下来，如此，在自己想断了呼吸的时候，可以有一味解药来疗治。

他站在她的面前，如此近，她却依然觉得两人之间有一条河，一条无法逾越的河。他们相对无言，只听那河水的咆哮，一声又一声，越来越猛烈。像是一遍又一遍，说着他们说不出的再见。

是的，他们没有了开始，也无所谓了结局。他们有的只是此刻，如海市蜃楼般的此刻，转眼就要消失。慕小梅笑着，完美地笑着。如果转眼就要消失，她要留给祝奇安最美的一刻。

奇安。很久，她开口叫道。

祝奇安瞬时红了眼，他哽咽着，却说不出一句话来。

慕小梅抬头看他那满头白发，笑着对他道，你老了。

是。他收了泪，也笑了起来。解气了吗？

慕小梅答，解气了，非常。

祝奇安叹口气，轻声道，你比以前更美了。

慕小梅多想告诉他，那是因为你，因为要见你，她努力美到了今天。可是她终是没能说出口。她说不出口。她已没有了说这话的权利。她也叹口气，笑着问道，受到惩罚了吧？

是。祝奇安点点头。我活该。这么美的……就不该是我的。

慕小梅也笑了起来，轻声道，我这次来，不是为听你道歉来的。我是来跟你说声谢谢的。奇安，她顿了顿，接着说道，谢谢你，那段岁月美极了。

祝奇安点头道，于我，同感。

慕小梅笑笑，再说，从今天起，把我放下吧。我知道，我一直都在你的心上，我来就是来请你将我放下的。我很好，要结婚了，终于找到了一个爱我，我也爱的男人，而且还很用心地呵护我。你不用再为我担心了。放下吧，从此享受你的生活，不要回看，不要再被过往打扰。答应我好吗？

祝奇安静静地看着她，眼前的这个女人，他曾以为他会陪伴一生的女人，直到今日，他才明白已然都成了过往。再也回不去的过往。他多想抱抱她，最后抱抱她。可是不能。他已没有抱她的权利。他甩甩头，甩掉了这些念头，只是静静地，静静地看着她，很久很久，点头道，我答应你，小梅，祝你幸福。

也祝你幸福，奇安，再见。当她说出这句"再见"的时候，她终于得到了她一直想要的答案。原来，她一直想要的只是"好好的道别"。

风起了，吹起了什么，连带着心里的某些东西也飘了起来。突然，飘进风里，消失了。

慕小梅转身离去。

身后的人，静静而立。

24
晨曦小镇

半年后，晨曦小镇。

小梅，有人找。父亲的声音突然从客厅那边传了过来。

慕小梅低头看看自己刚刚培好的土，又转头闻闻墙头的那枝蔷薇花，跑了出去。她边跑边叫，谁啊，爸，是不是又骗我？

父亲慈爱的笑声再次响起，骗你干什么，快去快去，就在前院。我让她进来等，她还不愿意。

真的？慕小梅往前院跑去。刚跑到，又站住了脚。

那人慢慢转过身来，阳光照着她，淡淡的光晕，极美的笑容。少了些许活泼，多了几分娴静。小梅，她开口叫道。

文子。慕小梅也叫道，又问，你怎么……

钟夕文笑道，除了我那里，就只有这里了，要不然你还会去哪儿？说到这个"儿"字的时候，又乱加了一个重音。

慕小梅大笑起来，边笑边往台阶下走去。

钟夕文张开双臂，慕小梅想也没想投了进去，两人紧紧地抱在了一起。

很久，慕小梅挣脱出来问，不恨我了？

从来就没恨过。钟夕文答。

骗人。慕小梅撇撇嘴，一脸的不相信。

钟夕文立刻举起三根手指头，对慕小梅笑道，向毛主席保证，绝对绝对没恨过。

好啦好啦。慕小梅将她的手指扳下来，啐道，你就跟三儿学吧，你看你现在，油嘴滑舌的。

父亲此时也走了过来，对二人笑道，进屋坐吧，别站着说话了。

慕小梅拉着钟夕文穿过正厅，副堂，朝后院而去。

钟夕文刚走进后院，便停下了脚步。她四处打量一番，赞道，小梅，这院子真是美极了。

哪儿美啊，就这样呗。慕小梅一边煮茶一边笑着答她。

哪儿都美。钟夕文边走边看边叹，你看这花，这藤，这桌，这椅，这壶，哦哦哦，还有这倭瓜，美翻了。

你才倭瓜呢，这明明是葫芦好嘛。慕小梅一边说一边将茶叶放进了茶壶里，放上茶漏，再将烧开的水倒入壶中，盖上盖，才又对钟夕文笑道，你不过是觉得新鲜而已，这地儿再美，你也住不了三天，三天后你必定烦。

这倒是。钟夕文也坐了过来。还是你了解我。

慕小梅将头道茶倒掉，再倒沸水，又盖了盖。她将一个淡蓝色的碎花小杯放到钟夕文的面前，倒进半杯茶水，道，喝茶。

钟夕文端起来，轻抿一口，叹道，好茶。小梅，你这可是神仙一般的日子，怪不得你能销声匿迹这么长时间呢。

是吗？慕小梅看着她笑，那你也来过啊。

我？钟夕文指指自己，摆手道，我就算了吧。我这人太浮躁，过不了你这神仙日子。

慕小梅笑笑，也给自己斟上一杯茶，优雅地端起来喝。

父亲于此时走入后院，手里端着一些零食，放到了二人中间。又转头对钟夕文笑道，这些都是我们家自己种的，你尝尝。

谢谢伯父。钟夕文赶忙站起来道谢，拿起一颗花生丢进了嘴里。

父亲笑笑又说，那你们忙着，有什么需要就叫我。

嗯。二人都对他点点头，目送他走出了后院。

钟夕文一直等那身影消失，才又转回头来问慕小梅，你们关系……

非常好。慕小梅点头答道。

那后妈和小……小什么俊呢？

也非常好，一家人。

啊，那就好。钟夕文连连赞道，小梅，你真是越来越成熟了。祝奇安若能知道你现在这样，该有多高兴啊！

他知道。

他怎么知道？

心有灵犀嘛，这么简单的道理都不懂？

好吧，你说是就是了。

哦对了。慕小梅突然叫道，你那个标最后怎么样了？

平了。钟夕文边喝茶边答。

什么叫平了？

钟夕文放下茶杯，笑道，平了就是与佰智科技平分这个标了，我们提供产品，他们提供服务。一人一半。

文子。慕小梅看着钟夕文说，你能如此轻松地说出这件事，就证明你已经放下了。

是啊。钟夕文叹道，不放下又能怎样？凭良心说，我们虽然产品比佰智强，可佰智的服务又确实比我们强啊。用户当然什么都想要最好的。不过小梅，这个项目还有二期，三期，未来可开发的前景非常广阔，所以我们公司的这个新台阶是上定了。

慕小梅突然一阵心潮澎湃，她放下茶杯，笑道，祝贺你，文子，这是你应得的。

谢谢。钟夕文不好意思地笑笑，又接着说，我这次来，还有个好消息要告诉你。

什么好消息？

三儿的歌陆陆续续卖出了很多，他要用这笔钱投资成立一家自己的音乐工作室，以后，可就真的成音乐制作人了。

太好了。慕小梅笑道，三儿也太不容易了，他真的早就该拥有这些了。祝贺你们。

钟夕文握住慕小梅的手，又对她道，先别忙着祝贺我们，还有件事要告诉你。

又什么事？慕小梅看着她的神情，心头一紧。

关于邱野……

关于他的事就不要跟我提了，他已与我无关了。

可是小梅，你必须知道真相。

慕小梅不说话，看着她，很久才点头。好，你说。

钟夕文将手边的茶杯推开，轻声道，我和司徒轩后来终于搞清了事情的真相。不是邱野搞的鬼。全是小双干的。那天，我和邱野在客厅聊天，她躲在卧室里全都听到了。她去找的小李子，打着邱野的名号，逼他说出了底价。

这些我早就已经知道了。慕小梅打断了她。

你知道了？钟夕文无比震惊地望着她。

是。慕小梅点点头，从一开始我就猜到是这么回事，而且也一直坚信是这么回事。所以那天你那么气愤地让我选择，我还是选择了邱野，就是这个原因。

这么说你从来就没有恨过邱野？那你在这里的地址我能告诉他了吗？

他在找我？

是。他向我要你老家的地址，我一直不肯给。我在不知你意愿的情况下，不敢贸然给他。这次来，也是想探探你的真实想法。

那就不要给他了。就说没找到我好了。

为什么？

慕小梅停了停，抬头对钟夕文道，当初，他决意要跟我分手，我已经放下了。文子，我累了，我不想再要那些反反复复的纠缠了。我与他，就这样吧。

小梅……你还爱不爱邱野？

慕小梅晃晃手里的茶杯，低头笑笑，不答。

爱不爱？钟夕文再问。

爱。很久，慕小梅轻声一句，再无他言。

好，那我告诉你，虽然你猜到了一些事，但还有些事你没有猜到。

你说。慕小梅看着她。

邱野后来告诉我，从青岛回来的那次，你坐司徒轩的车走了。他以为你从此选择了司徒轩，心里很是痛苦。正好小双从国外回来，为给她庆祝接风，多喝了几杯，高了。早上起来发现自己与小双睡在一张床上。好在当时小双也没说什么，这事就这么被搁浅了。后来，邱野为这个标泄密的事指责小双的时候，她竟然以此事来胁迫邱野，说什么那晚他们确实睡过了，还要邱野必须娶她为妻什么的。邱野在百口莫辩的情况下，才对你撒了谎，承担了所有的罪过。他只是希望借此能让你少受些伤害。他认为这是他最后唯一能为你做的。

后来呢？

后来，当我知道事情真相时，我找到了小双，威胁她，如果她再不老实交代，就用商业盗窃罪来起诉她。她一害怕，跟我全部摆了实底。包括那晚，她跟邱野其实什么事都没发生。邱野当时都喝断片了，哪有精力干那事？

邱野呢，他知道这些情况了吗？

当然知道了，要不然他能来找你？

文子。慕小梅叹口气道，我累了，虽然心里还爱着他，可……不想再纠缠了。算了吧，我已经没有勇气再爱了。

小梅。钟夕文握住了慕小梅的手。别放弃。我后来找邱野谈过好几回，他每回都哭得很伤心。一个大男人肯在女人面前掉眼泪，除了是真爱你，别无他意。小梅，试着再给他一次机会吧，只当是给自己一次机会。

慕小梅抽出了自己的手，不说话，低头喝起茶来。很久，幽幽开口道，再给我一点时间吧。

好。钟夕文轻轻地拍拍她的手背说，不过要快啦，上次与邱野告别的时候，他说他要去做一次长途旅行。历时一年之久呢。我想着，有一个祝奇安就够了，别再多出个邱野来让你等啦。如果你真的还爱他，去找他吧。

好。慕小梅点头道，我会好好考虑的，放心，无论如何，谢谢你。你是我最好的好朋友。

永远都是。钟夕文起身抱住了慕小梅。很久，松开道，好了，我这就走了。

这么快？

是啊，还要赶去杭州，有个用户分公司明天上线，我要过去拜访拜访。

好吧，我送你。

不用。钟夕文将她摁回，轻声道，咱们北京见吧。

好。慕小梅点了头。

25
想 念

一周后，北京。

午夜烟语的门前，慕小梅站在那里一动不动。极好的午后，极好的阳光，如此美的光线将她的身影绘成金色。

门依旧是那扇门，门上的那托烟女人依旧妩媚如昔，托烟的手指依旧纤细修长，半闭的眼神依旧妩媚迷离，喷出的烟雾依旧撩人心脾。

一切恍如昨日。

慕小梅推开了那扇门，门后却静谧无声。她深深地叹息，感觉回到这里用了一个世纪的时间。好在她终于还是回了。带着一颗平静如洗的心，洁净如月的情，回到了这里。

她推开那扇门，没有一丝一毫的犹豫，恍如当年。

门内比她想象的亮，除了霓虹，几乎所有的灯都开了。只是空无一人。所有人都如同蒸发了一般，销声匿迹。什么都没有变，舞台还是那个舞台，桌椅还是那些桌椅，连摆放的位置都没有一丝一毫的变化。一缕光线从二楼的露台漏下来，化成一道极美的斜线。所有的浮尘正踊跃地奔向那里，那光里，跳动着，随光起伏。

慕小梅往吧台那边看了看，依旧看不到一个人。她不再理会，往厨房那边走了过去。

厨房里亦空无一人，可炉灶上的火还开着，上面一口大锅，不知正炖着什么。

慕小梅突然就看到了那年的自己，坐在吧台上，晃着两只脚，举着个高脚杯，与邱野说笑着。眼泪涌了出来。她擦去，却还会再来。眼前模糊了。

请问您找谁？身后突然有人问。

慕小梅赶忙转回身去，依旧看不清来人。她轻拭眼角，对来人笑道，请问你们老板邱野在吗？

啊，邱老板吗？

是。慕小梅赶忙点头。

他去旅行了，昨天走的，你若早一天来或许就能见到他了。

昨天……昨天……昨天。慕小梅开始不断地重复起这两个字。

是的。那人笑道，听说是他计划很久的一件事，终于成行了。

哦，原来这样啊。谢谢你告诉我。

不谢。只是可惜你来晚了。

没关系。慕小梅摆摆手道，你能帮我一个忙吗？

当然可以，什么忙？

慕小梅低头在自己的背包里找了找，拿出一本书来。如果邱野回来了，请把这本书交给他好吗？

好啊，没问题。那人立刻接过书，又翻了翻，念道，《写给奇安的信》。

那就拜托你了。慕小梅笑道。

好，放心吧，我一定会亲手交到他手里的。

我还能在这里待一小会儿吗？慕小梅指了指身后。

那人立刻点头道，可以呀，只是出去前将门带好就行了，我们还没开始营业，所以……

好的，谢谢。

那人再摆手，走出了厨房。

慕小梅一直等他走远，转身打开那个小阳台的门，走了上去。

阳台上也是什么都没有变。画板依旧立在那里，连画板上的那张拼图都还是老样子，唯独缺失的一块在光里闪烁。

慕小梅笑了起来，她伸手往衣兜掏了掏，摸出那块拼图，填进了那个空缺里。刚刚好，画面立刻变得完整起来。

邱野。她暗自叫道，漏洞已经被填满，远去的游子什么时候才能回来呢？

无人来答，邱野已经走了，连同她的爱，也走了。

她什么也不再说，转身往酒吧外去了。

她驱车回家，什么也不做，只是站到阳台上去发呆。眼前的光在一点点浓，一点点烈。刚才还平静如洗的天空，转眼就金乌西坠，碧海流霞。夕阳俨俨十八里红，醉满西天。渐渐地，又一点点淡，一点点深。终于等到暮色四合之时，四周沉静了下来。

当喧闹也沉静的时候，她点燃了一支打火机。举起来，轻轻地晃，灭；晃，灭。风吹过，将那一小团火苗吹得歪歪斜斜，扭扭曲曲。间或站直了，又更猛烈地燃烧起来。

慕小梅一直等到有些烫手，才将它灭掉。她回身往屋内走去。转身的那刻，眼睛的余光瞟到了一缕红光。她不敢相信，转回身再看。

没错，那盏盏熟悉的彩灯上，写着：I MISS YOU。